# Kaiserwasser

*Wien, Juli 2017:* Im Vorfeld des Lichterfestes verschwinden entlang der Alten Donau reihenweise Hunde. Anwohner verdächtigen den Koch des koreanischen Sejong-Centers am Kaiserwasser; schließlich esse man in Korea auch Hund. Die Freundinnen Conny und Tony jedoch ahnen, dass in dem Gewässer ein (Un-)Wesen auf der Jagd sein könnte, das wenig zur ›schönen blauen Donau‹ passt.

Gleichzeitig bereitet eine Bestseller-Autorin die Publikation ihres neuen Romans vor, in dem es um eine unkonventionelle Liebesgeschichte geht.

Wie all dies miteinander zusammenhängt, wird erst nach und nach klar. Es entwickelt sich ein Wettlauf gegen die Zeit. Zum Showdown kommt es beim Lichterfest, als Tausende Wiener und Wienerinnen auf Hunderten Booten auf der Alten Donau unterwegs sind. Nicht alle davon überstehen die Nacht heil und intakt ...

*Fyona Alexandrowna Hallé* (* 1978), Österreicherin multinationaler Herkunft, promovierte Kulturwissenschaftlerin. Nach dem Studium jobbte sie einige Monate in aus- und inländischen Hotels, was zur Inspiration der vorliegenden Geschichte sowie von ›Hotel Welt‹ beitrug. Heute ist sie im Museumswesen tätig und lebt als alleinerziehende Mutter eines Sohnes in Wien. Sie schreibt bevorzugt Kurzgeschichten aus allerlei Genres, die zumeist in Wien angesiedelt sind. Einige davon wurden in Anthologien und Zeitschriften veröffentlicht.

Weitere Hinweise am Schluss des Buches.

Fyona A. Hallé

# KAISERWASSER

## Vom Fressen und Gegessenwerden

### Caprice d'été

Edition début de siècle
Wien 2017

Bibliografische Information der Deutschen Nationalbibliothek: Die
Deutsche Nationalbibliothek verzeichnet diese Publikation in der
Deutschen Nationalbibliografie; detaillierte bibliografische Daten
sind im Internet über http://dnb.dnb.de abrufbar.

Herstellung und Verlag: BoD – Books on Demand, Norderstedt

ISBN: 978-3-7448-3678-4

# Die wichtigsten Schauplätze entlang der Alten Donau, Wien

Donaustadt

Untere Alte Donau

Gänsehäufel

Kaisermühlen

Labensteg

Kaiserwasser

Zur Alten Kaisermühle

Sejong-Center

Floridsdorf

Obere Alte Donau

Binnenstrand

Angelibad

Hundezone

Wasserpark

1 km

O
S
N
W

Da im realen Leben Herkommen und Sitte den Menschen nicht gestatten, sich rückhaltlos zu geben, suchen sie in der Literatur nicht nur mehr Abwechslung, sondern im Grunde auch mehr Wirklichkeit, als das reale Leben ihnen bieten kann. Obwohl sie also das Ungewöhnliche wünschen, wünschen sie doch auch Natur, aber befreite, heitere, letztendlich geläuterte Natur. Entsprechend sollen die Menschen in einem Roman gleich den Menschen auf dem Theater sich kleiden, wie sich in Wirklichkeit niemand kleidet, sollen sprechen, wie niemand in Wirklichkeit spricht und handeln, wie niemand in Wirklichkeit handelt. So ist es in der Literatur wie in der Religion: Sie soll uns eine andere Welt zeigen, aber eine, mit der wir uns verbunden fühlen.

Herman Melville, *The Confidence-Man*

Franzi ist ein Schäferhund; genauer gesagt, ein zwar stammbaumloser, aber allem Anschein nach reinrassiger Deutscher Schäferhund.

Allerdings war die Rassefrage Herrl und Frauerl herzlich gleichgültig, als sie den Welpen vor einigen Wochen im Tier-QuarTier Wien abholten; das Pärchen suchte einfach ein neues, liebenswertes Haustier, nachdem Fritzi, ihr bisheriger Begleiter, im gesegneten Alter von 17 Jahren den Weg allen Hundefleisches gegangen war.

Nicht ganz so gleichgültig dagegen dürfte die Rasse einem anderen Akteur sein, der an dieser Stelle noch nicht näher vorgestellt werden soll. Er taucht – fürs erste – ohnehin nur sehr kurz auf; momentan ist er noch außer Sicht. Somit kann sich Franzis Herrl im Schatten einer Eiche dem Plausch mit einer anderen Hundehalterin widmen, während beider Tiere – der Schäferhund und ein etwa gleich großer Terrier-Sonstwas-Mix – kläffend durchs flache Wasser tollen.

»Grad erst Sieben«, bemerkt der Mann mit einem Blick auf seine Uhr. »Wohl etwas früh für Frau Stadler. Die letzten Tage, da traf ich sie sonst immer hier am Kaiserwasser, aber da war's meist schon gegen Acht. Dabei sollt für ihren Hund die morgendliche Frische doch auch angenehmer sein, mit all dem Fell und so. Selbst vorhin, als ich losging, da waren's schon 25 Grad im Schatten!«

Die Frau blickt ihn betroffen an: »Haben's das noch nicht gehört, Herr Travnicek? Schrecklich, was ihr passiert ist. Das arme, arme Hündchen ...«

»Hündchen ist gut: Der ist noch blader als sein Frauerl! Jumbo heißt er, nicht wahr? Nichts für ungut, aber ... Was ist denn passiert?«

»Der arme Jumbo ... Sie war vorgestern mit ihm in der Hundezone drüben am Angelibad; Sie kennen's bestimmt; ich führe da meine Paula auch äußerln, ab und an, abends oder frühmorgens, wenn da weniger von den großen Hunden unterwegs sind und so ... Jedenfalls: Der Hund ging ins Wasser; macht er sonst wohl

7

selten, eher nie, meinte Frau Stadler, aber an dem Tag, es war Nachmittag, wieder wohl 35 Grad, eher mehr ...«

»Eh klar; wird dort kaum anders gewesen sein als hier!«

»Natürlich, natürlich. Jedenfalls, der Hund ging ins Wasser, Frau Stadler blieb am Ufer, sah ihm zu, und plötzlich ... Das arme Tier klatscht ins Wasser, versinkt, verschwindet – und taucht nicht mehr auf.«

Jetzt ist doch das Interesse des Mannes geweckt: »Einfach so? Nun, vielleicht ein Hitzschlag, der Schock ... Passiert ja jedes Jahr auch ein paar Badenden; man springt überhitzt ins kalte Wasser ... Nun, das ist natürlich ein Schreck, aber wenn der Hund nicht lange litt, nicht wie unsere Fritzi zuletzt ... Hat sie ihn dann gleich zur EBS gebracht?«

»Zur was?«

»Sie wissen schon, der Wiener Tierservice am Alberner Hafen. Die holen tote Hunde auch gratis ab, aber bei Fritzi, da haben Cordula und ich sie ganz bewusst selber dort hin gebracht. Ein letzter Abschied, nach all den Jahren ...«

»Nein, nein; das war ja das Seltsame: Frau Stadler meinte, sie ist dann zwar sofort ins Wasser gegangen, hat gesucht, zuerst an der gleichen Stelle, dann ringsum, aber vergeblich: Keine Spur! Dabei war's ja wahrlich kein kleines Tier.«

»Weiß Gott nicht. Nun ja, die Alte Donau ist schon recht trüb.«

»Aber das Wasser dort war nur knietief, meinte Frau Stadler, und so tief kann man allemal schauen, sogar hier, am Kaiserwasser. Vielleicht hat die Strömung den armen Hund erfasst, ihn weggetragen ...«

»Strömung? Das mag zwar ›Alte Donau‹ heißen, aber Sie wissen schon, dass das eigentlich ein Binnensee ist, nicht wahr? Wo soll hier so was wie Strömung herkommen?«

»Tja, ich weiß auch nicht; was könnte sonst ... Paula! Paula, hör auf zu kläffen! Was hat denn der Hund?«

Darauf dreht sich auch der Mann wieder zum Wasser um: »Wen verbellt sie denn da? Was ... Und wo ist Franzi?«

»War Ihr Hund nicht eben noch da?«

»Ja, sicher; ich hörte ihn doch gerade noch. Vor ein paar Minuten oder so ... Franzi! Komm her, Franzi! Wo bist du?«

»Paula, komm aus dem Wasser raus! Bei Fuß, Paula!«

Herrl und Frauerl treten ans Ufer, doch keines der beiden Tiere gehorcht: Paula steht weiter mit steil aufgerichteter Rute zum Ufer hin im wadentiefen Wasser und bellt, und ein zweiter Hund ist weit und breit nicht zu sehen.

# Montag, 17. Juli

»Also, wollen wir anfangen?«

Während ihre gefalteten Hände auf dem Typoskript ruhen, auf dass die Blätter nicht vom Winde verweht werden, blickt die Autorin fragend in die Runde. Da sie bereits eine Lesebrille trägt, dürfte sie höchstens die drei Kameramänner und den Tontechniker erkennen, die um ihren Tisch herumwuseln. Diese antworten aber nicht; so wechselt die Autorin nochmals die Brille, blickt zu dem Grüppchen hinter den Technikern hinüber und beugt sich etwas weiter über den Tisch, so dass sie direkt ins Mikrofon sprechen kann: »Frau Schimek? Meinetwegen kann's losgehen!«

»Danke, Frau Herno!«, ruft die älteste und kleinste Frau aus dem Sechser-Grüppchen zurück, nachdem sie ihre Kopfhörer abgesetzt hat. »Von unserer Seite her ist auch alles bereit; die Aufnahme kann starten. Wollen wir?«

Die Autorin nickt, blickt aber dann noch eine zweite Frau aus der Gruppe an: »Was meinst du, Margret? Findest du nicht, dass dieses Setting arg gestellt, allzu artifiziell wirkt?«

»Nein, wirklich nicht, Cassie«, erwidert die Angesprochene mit eifrigem Kopfschütteln. »Wenn deine Geschichte schon hier an der Alten Donau angesiedelt ist, warum dann nicht auch direkt an der Alten Donau daraus lesen? Und die Szenerie hat Stil – soweit ich das beurteilen kann.«

»Das können Sie, Frau Mondo«, befindet besagte Frau Schimek. Dabei schiebt sie ihre Sonnenbrille auf die Nasenspitze, um über sie weg an der neben ihr stehenden Frau hoch zu blicken. Diese ist nur knapp über Mittelgroß; dank ihrer schlanken, fast schlaksigen Gestalt, vor allem aber dank der recht kurzen, rundlichen Figur der Sonnenbrillenträgerin sticht der Größenunterschied besonders ins Auge. Margret Mondo irritiert das offenbar ein wenig; die andere Frau dagegen kaum. Sie schiebt schließlich die Sonnenbrille in ihre erblondete Kurzhaarfrisur, um einen Blick auf ihr Klemmbrett zu werfen: »Nun gut; ich als Regisseurin bin zufrieden, die beste Freundin ist zufrieden, mein Redakteur ist zufrieden. Und wie sieht's mit dem Manager aus? Herr Müller?«

Damit dreht sie sich zu dem älteren der zwei Männer aus dem Grüppchen um. Der aber schüttelt gleich den Kopf:»Solche Sachen überlasse ich den Leuten vom Fach. *Mein* Job ist es, dafür zu sorgen, dass möglichst viele Leute diese Aufnahmen sehen – und dann das Buch kaufen, versteht sich.«

Darauf lächelt auch die Autorin:»*Straight to the point*, wie immer, Bernd. Nun, es wird schon passen. Also dann ... Frau Kovac, könnten Sie mir vorher bitte noch mal rasch den Schweiß abtupfen, die Stirn pudern und so? Wird doch recht schnell warm mit der Sonne im Rücken und den Reflektoren von vorne.«

Noch ehe sich die Regisseurin zu der dritten Frau im Grüppchen umdrehen kann, ist diese unterwegs. Mit fünf Schritten hat die junge Frau den Holzsteg erreicht; nach zehn weiteren weiten Schritten steht sie schon mit offenem Schminkköfferchen neben der Autorin. Darauf kämmt sie ihr zuerst die widerspenstigen schwarzen, schulterlangen Locken, um ihr dann die Stirn abzutupfen und sacht zu pudern.»Würde man in der Aufnahme ohnehin kaum erkennen, Frau Herno«, erklärt sie dabei halblaut, so dass sie selbst die Kameramänner kaum verstehen dürften.»Da Sie keine Nahaufnahme wünschen ... Was ich, wenn ich das sagen darf, schade finde. Ich weiß nicht, ob Ihnen das schon mal wer gesagt hat, aber Sie erinnern mich ein wenig an Julia Roberts.«

Nun verbreitert sich das vorher eher schmale Lächeln der Autorin doch sichtlich:»Ist mein Mund tatsächlich so groß? Nett von Ihnen; aber ich finde es einfach störend, wenn mir jemand eine Kamera gegen die Stirn rammt. Hauptsache der Ton passt!«

»Sie haben natürlich recht ... So, das sollte für den Moment reichen. Wir wären dann soweit!«

Letzteren Satz rief sie der Regisseurin zu, worauf sie das Schminkkästchen zuklappt.

»Danke, Petra«, erwidert Frau Schimek, und während die Maskenbildnerin vom Steg herab eilt, blickt ihre Kollegin zuerst erneut auf ihr Klemmbrett hinab, dann zu dem jüngeren Mann in der Runde hinauf:»Gut. Harri, du meintest, dass es gemäß Prognose heute noch den ganzen Tag wolkenlos bleibt? Dann können wir mit der Lesung von Abschnitt 3 bis Sonnenuntergang warten.«

Besagter Mann nickt bestätigend: »Das würde jedenfalls für eine sehr stimmungsvolle Atmosphäre sorgen. Also kommt jetzt Abschnitt 2?«

Auch die Autorin nickt: »Das ist der Plan.«

»Sehr gut«, befindet die Regisseurin, die nun Sonnenbrille sowie Kopfhörer wieder aufsetzt. »Nur für das Timing hier noch mal die Vorstellung für den ›Kulturmontag‹, die dann später unsere Sprecherin nachvertont; dazu wollen wir schon Sie am Tisch zeigen: ›In ›Kaiserwasser‹, ihrem neuen potentiellen Bestseller, packt die italienisch-deutsch-österreichische Autorin Cassiana Herno wieder ein heißes Eisen an. Seit Wochen machen im Literaturbetrieb und im Feuilleton Gerüchte die Runde, dass sich der Plot um die Liebe zwischen einer vierunddreißigjährigen Frau und einem halb so alten Knaben ranken soll; auch war wieder viel von autobiographischen Elementen in dieser Erzählung die Rede. Wie wir aber bald erfahren werden, ist das noch längst nicht alles! Doch hören Sie selbst ...‹ Soweit die Einleitung; dann ein paar Takte Musik; Zoom auf Sie, Frau Herno ... Und los!«

Die Autorin lächelt etwas unsicher, blickt kurz auf, sieht, wie sich eine der Kameras ihr zumindest bis auf Armlänge nähert, und ergreift dann mit beiden Händen ihr Typoskript. Der zweite Kameramann steht am Ufer; der dritte wurde hinter dem Tisch positioniert, ganz am Ende des Steges, und während Cassiana Herno zu lesen beginnt, vollführt er einen langsamen Kameraschwenk über die Umgebung: Beginnend bei dem gut 100 Meter breiten, dreigeschossigen Hauptgebäude des Areals, weiter über das zum Wasser hin sanft abfallende Außengelände, über die kleine Badebucht, in die der Holzsteg führt, über das Kaiserwasser, jene Ausbuchtung der Alten Donau, in welche die Badebucht mündet, und damit auch über die umgebenden Wiesen und Wohnbauten, die sich zumeist hinter Bäumen und Buschwerk verbergen. Er stoppt den Schwenk jedoch, ehe die Kamera auch jene gut zwanzig Schaulustigen erfasst, die das Geschehen rund um die Lesung teilweise schon seit Stunden verfolgen. Die meisten von ihnen drängen sich auf dem Laberlsteg, der gleich linkerhand von der Badebucht die Verbindung zwischen Kaiserwasser und Alter Donau überbrückt und von dem aus man den besten Blick auf jenes Areal hat, wo die Aufnahmen stattfinden.

»Was drehen's denn da?«, fragt ein Radler, der gerade seinen Drahtesel über den Steg schiebt, als die Autorin zu lesen beginnt.

»A Werbespot für die chinesische Bank, was da jetzt sitzt?«

»Koreanisch, nicht chinesisch«, verbessert ihn ein älterer Herr.

»Sejong-Bank heißen's.«

»Pscht!«, mahnt eine besonders schaulustige Frau, die sogar einen mittelgroßen Feldstecher zur Hand hat. »I glaub, sie liest jetzt!«

»Wer?«

»Cassiana Herno. Bin sicher, das da an dem Tisch, auf dem Badesteg da hinten, das ist sie.«

Prompt lehnt der Neuankömmling sein Rad gegen das Geländer auf der anderen Seite des Steges: »Die Autorin? Was macht die denn da?«

»Ka Ahnung; hab's auch grad erst erkannt. Schad', dass die Anlage nur für die Banker zugelassen ist: Tät mir gern ihren Roman signieren lassen, den was ich daheim hab.«

Indem er sich auf die Zehenspitzen stellt, kann der Neuankömmling zumindest etwas erahnen: »Schaut aus, als filmen's eine Lesung. Interessant! Warum grad da?«

Am Rand der Gruppe stehen zwei Mädchen, zwei Teenager, die infolge ihrer Schlaksigkeit den Eindruck erwecken, als wären sie gerade dabei, zumindest in vertikaler Richtung aus ihren ohnehin knappen Sommerklamotten heraus zu wachsen. Von den beiden führt die Brünette einen etwa vierjährigen Jungen an der Hand und die Rothaarige einen Hund an der Leine; zwischen den zweien steht eine Tragewippe samt Kleinkind. Sie haben bisher geschwiegen; nun meldet sich der Rotschopf zu Wort: »Im Internet hieß es, dass sie aus ihrem neuen Buch liest. Kann sein, dass es auch hier spielt.«

»In Wean?«

»Genau hier, an der Alten Donau.«

Dass das zweite Mädchen Mühe hat, ein Grinsen zu unterdrücken, entgeht dem Neuankömmling, da er sich nun noch weiter zu strecken versucht: »Ist ja stark!«

13

Damit zückt er sein Smartphone, hält es so hoch als möglich und macht mehrere Schnappschüsse, begleitet von außergewöhnlich artifiziellen Auslöselauten. Während er sich anschließend daran macht, die Aufnahmen umgehend zu verschicken und online zu stellen, wendet sich das zweite Mädchen flüsternd an ihre Freundin: »Wir sollten doch nichts verraten!?«

»Bleib cool, Conny: Ich *habe* ja nichts verraten«, erwidert der Rotschopf. »Praktisch nichts ...«

»Okay. Aber ich glaube, das bringt nichts, hier rum zu hängen. Gehen wir zur Liegewiese? Wollten schließlich den Hund ausführen, und da drüben ist ja auch das Wasser flacher als dort am Steg. Wie ist's, Andreu: Willst du baden? Kannst du eigentlich schwimmen?«

Letzteres richtet sich an den Buben, den Conny an der Hand hält. Der nickt sogleich eifrig: »Felipe kann auch schwimmen!«

Damit deutet er auf den Mops, den das erste Mädchen an der Leine führt. Dieses blickt daraufhin skeptisch auf den hochfrequent hechelnden Canoiden: »Na ja ... Wurscht, wir passen eh auf! Also, schönen Tag noch!«

»Pschscht!«, zischt wiederum die Feldstecherin, als sich der Rotschopf etwas lauter als nötig von den übrigen Schaulustigen verabschiedet. Darauf ergreift jedes Mädchen je einen Tragegurt der Wippe – was den Insassen munter aufglucksen lässt – und verlassen den Steg.

Der Rest der *Zuschauer* hofft weiterhin, auch noch zu *Zuhörern* der Lesung werden zu können. Zwar weht eine leichte Brise vom Badesteg her in Richtung der Gaffer, doch hilft dies nicht: Man steht seitlich von der Autorin; diese spricht zwar in ein Mikro, doch dient das offenbar nur der Aufnahme; Lautsprecher sind keine zu sehen. Außerdem liest die Autorin zwar mit wohlakzentuierter Altstimme, doch recht leise und fast ohne aufzublicken. Da neben dem Tontechniker nur die Regisseurin Kopfhörer trägt, tritt bald das gesamte Grüppchen dichter an den Steg heran, um den Text verstehen zu können: »Von jener Truppe namens *La Fura dels Baus* hatte Diana noch nie gehört, ehe sie das Programm der Wiener Festwochen für 2011 durchblätterte. Aber der betreffende Programmpunkt interessierte sie sofort: Angekündigt war eine Aufführung von Xenakis' ›Oresteia‹ im und rund um das

Wasserbecken vor der Karlskirche. Die Mythen und Sagen der Alten Griechen und Römer hatten Diana schon immer fasziniert – nicht zuletzt aufgrund ihres eigenen Namens. Zudem hatte sie gleich erkannt, dass der Name der Gruppe katalanisch ist, und das Programm bestätigte, dass *La Fura* aus Barcelona kam. An ihren Schüleraustausch-Aufenthalt in jener Stadt, damals, mit sechzehn, siebzehn Jahren vor wiederum siebzehn Jahren, dachte sie noch oft mit Wehmut und Sehnsucht zurück – trotz allem, was damals geschah, ja vielleicht eher *wegen* alledem. So machte sie sich am Nachmittag jenes frühsommerhaften 20. Mai auf gen Karlsplatz.

Dass die Aufführung gratis war, war dabei kein zusätzlicher Anreiz; schließlich konnte sich Diana inzwischen auch die teuerste Kartenkategorie in der Staatsoper leisten. Da sie aber ihre Pappenheimer – beziehungsweise Wiener – kannte, fand sie sich schon eine Stunde vor Beginn vor Ort ein. Und das war gut so: So errang sie gerade noch einen Sitzplatz auf dem Beckenrand, während wenig später alle Neuankömmlinge in zweiter, dritter und vierter Reihe dahinter Aufstellung nehmen mussten.

Die Aufführung, die mit Einbruch der Dunkelheit begann, sollte Diana auf ewig im Gedächtnis bleiben. Die Klänge von Iannis Xenakis waren anspruchsvoll und alles andere als eingängig; die Musik der Moderne war aber nichts Neues für Diana; im Gegenteil, sie genoss geradezu deren stark rhythmischen, oft gar brutalen Charakter.

Im Zentrum stand allerdings die szenische Umsetzung des Mythos durch *La Fura*. Man zeigte eine Mischung aus Pantomime, stummen Schauspiel, spektakulärer Performance und Artistik, verbunden mit viel Feuerzauber und Lichteffekten inner- und außerhalb des Wasserbeckens. Selbst für Diana erschloss sich nicht immer, welche Elemente des Mythos gerade ›verkörpert‹ wurden; eine Szenenfolge aber war unmissverständlich: Einer der Darsteller kniete nackt im flachen Wasser, um sich Blut abzuwischen; er stellte offenbar Agamemnon dar, den heimkehrenden Feldherrn und König von Mykene. Zu ihm trat ein ebenfalls unbekleidetes Paar; da diese dann gemeinsam den Badenden pantomimisch erstachen, verkörperten sie offenbar Klytaimnestra sowie deren Liebhaber Aigisthos. Diana sah sich gleich darauf in dieser Vermutung bestätigt, als sich die ›Mörder‹ noch neben der ›Leiche‹ zu liebkosen begannen.

Was dann folgte, überraschte Diana jedoch, ja es erschütterte sie: Während sich das ehebrecherische Paar noch im blutigen Bad wälzte, betrat ein weiterer Akteur die feuchte Bühne. ›Oh ihr Götter, welch ein Jüngling!‹, dachte Diana: Denn gleich auf den ersten Blick gemahnte sie der Darsteller an die Bronzestatue des sogenannten Jünglings vom Magdalensberg, den sie so oft im Kunsthistorischen Museum bewundert hatte: Ein klassisches, dunkellockiges Haupt, ein makelloser, mediterraner Körper, würdig eines jungen, olympischen Gottes, einerseits noch mit knabenhaften Zügen, andererseits schon unverkennbar männlich, kurz, das Ideal eines Epheben. Und wie sich wohl niemand jenes Kunstwerk in verhüllter Form vorstellen mag, so schien auch für den Darsteller seine Nacktheit vollkommen natürlich und selbstverständlich zu sein; sein Auftritt hatte – anders als der von Agamemnon, Klytaimnestra und Aigisthos – keinerlei exhibitionistischen oder gar obszönen Beigeschmack.

Auch der Rest des Publikums registrierte dies: Hatte beim Auftritt jener drei Nacktbader mancher und manche im Rund peinlich berührt gekichert oder gelästert, so ging beim Erscheinen des Jünglings ein Raunen durchs Publikum. Sofort sank der Lärmpegel, und da gleichzeitig auch die Musik vom Fortissimo zum Pianissimo wechselte, hörte man es platschen, wie der Jüngling durch das Wasserbecken schritt.

Das Schreiten endete allerdings, als der Darsteller das andere Paar erreichte: Er zog ein – fiktives – Schwert und stürzte sich dann mit erschreckender Schnelligkeit und furioser Energie auf Klytaimnestra und Aigisthos. Nach wenigen Augenblicken und wenigen schmerzhaften Orchesterschlägen lagen zwei weitere Leichen neben der von Agamemnon. Als dann der Jüngling – einerseits entsetzt wirkend, andererseits auch stolz, ja befriedigt – wieder in den Schatten zurück wich, da erst erfasste Diana, dass er Orest darstellte, Orestes, den Sohn und Rächer des Agamemnon – und damit Mörder der eigenen Mutter.

Dieser Auftritt dauerte kaum zwei Minuten, aber Diana war sich sicher, dass kaum einer der Zuschauer ihn so schnell vergessen würde; jedenfalls erging es ihr so, wenn sie sich auch nicht sicher war, warum. Die Erregung im Zuschauerrund klang erst ab, als unmittelbar nach jenem Auftritt eine Schar Fledermäuse über das Wasserbecken hinweg flatterte.

Auch während die Frau am nächsten Morgen eine extra lange Jogging-Runde durch den Prater absolvierte, ging ihr noch die Aufführung vom Vortag durch den Kopf. So erkannte sie auch sofort den Jüngling, der dann bei ihrer Rückkehr vor ihrer Haustür wartete.

Diana fehlten die Worte, und so begrüßte der Besucher sie als erste: »*¡Vive usted aquí?*«

»*¡Que sí!*«, antwortete die Frau ebenfalls auf *Castellano*. Dass sie dann zu Stammeln begann, lag nicht nur daran, dass sie in den letzten Jahren nur noch sporadisch Spanisch gesprochen hatte; auch nicht daran, dass sie von einer knappen Stunde Dauerlauf noch außer Atem war. »Aber ... Du- Verzeihung, Sie sind doch ... Habe ich Sie nicht-«

»Dann sind Sie Diana Maisonneuve?«, unterbrach sie der Jüngling lächelnd.

»Einfach Diana, bitte«, entgegnete die Frau. Dabei blickte sie ihren Gast mit einem Ausdruck an, von dem sie hoffte, dass er nicht allzu deutlich ihre Verwirrung widerspiegelte: Natürlich war er nun bekleidet, freilich passend zur Jahreszeit: Sockenlose Sneakers, eine nicht übertrieben enge Jeans und ein himmelblaues T-Shirt, das den Ephebenkörper darunter noch erahnen ließ. Doch das allein war es nicht, was Diana irritierte. »Und ... Wer bist du?«

Der Jüngling streckte der Frau lächelnd die Rechte entgegen: »Dass ich dich endlich kennenlernen darf! Ich bin Álvar Casals Núñez. Ich hoffe, ich komme nicht unpassend?«

»Álvar-? Oh mein Gott!«

Und dann wurde es dunkel um Diana.«

+++

»Als sie das Bewusstsein wiedererlangte, war Diana für einige Momente desorientiert. Dann realisierte sie, dass sie auf dem Sofa in ihrem Wohnzimmer lag, und als sie sich aufrichtete, kam gerade ihr Besucher mit einem Glas Wasser ins Zimmer zurück. »Oh, du bist wach? Alles in Ordnung? Ich wollte gerade einen Krankenwagen rufen.«

Diana griff sich an den noch schweißnassen Kopf, ehe sie diesen nachdrücklich schüttelte: »Nicht nötig, das war nur ... Die Überraschung. Aber ... Hast du mich rein getragen?«

»Nun, ich konnte dich ja schlecht draußen liegen lassen. Den Schlüssel fand ich in deiner Tasche. Ist ja nur die eine da ...«

Nun wurde sich Diana bewusst, dass sie immer noch ihre knappen Laufshorts sowie den dazu passenden Sport-BH trug; nur die Schuhe hatte Álvar ihr offenbar abgestreift. Normalerweise wäre ihr dieser Vorfall höchst peinlich gewesen; nun aber war sie sich über ihre Gefühle völlig im Unklaren. »Ohnmacht ... So was ist mir noch nie passiert! Mein Gott, Álvar; bist du's wirklich ... Ja, natürlich bist du's: Du wirst deinem Bruder immer ähnlicher! Dass ich dich nicht schon gestern erkannt habe ...«

Der Besucher war überrascht, aber keineswegs peinlich berührt: »Gestern? Am Karlsplatz? Du hast unsere Aufführung gesehen?«

»Ja, in der Tat: Ich habe alles gesehen ... Ich meine, die ganze Aufführung. Du bist Alexandre wahrlich sehr ähnlich. Sein Haar ist etwas dunkler; ich glaube, er ist etwas größer, aber sonst ...«

»Ja, das sagen viele«, meinte der Jüngling ernst. »Und sagen es immer noch – selbst ein Jahr nach seinem Tod ...«

Für ein paar selige Momente hatte Diana dies tatsächlich vergessen: »Oh mein Gott, ja; euer Vater schrieb mir das ja! Der erste Brief, den ich von ihm bekam, und dann einer mit Trauerrand ... Mit Dreiunddreißig zu ertrinken, und dann noch bei der Hochzeit seiner Schwester! Zusammen mit ... Mit ...«

Diana versagte die Stimme, doch ihr Besucher wusste, was sie meinte: »Mit Enric, seinem Sohn, der ihn zu retten versuchte. *Eurem* Sohn ...«

Diana sackte auf das Sofa zurück: »Oh mein Gott ... Ist das schon ein Jahr her? Und du weißt von ... das von Alexandre und mir? Woher ... Daher ... Tut mir leid, ich ... Ich muss erst einmal unter die Dusche, sonst kippe ich hier noch mal um. Fühl dich wie zuhause!«

»Lass dir Zeit!«

18

Es brauchte nur eine Viertelstunde; dann kam Diana – nun ebenfalls in T-Shirt und Jeans – mit noch feuchtem Haar ins Wohnzimmer zurück. Dort besah sich ihr Besucher gerade ein gerahmtes Foto, das als einziges Bild über dem Kamin hing: »Das Bild kenne ich gar nicht. Ehrlich gesagt, ohne die blonden Haare hätte ich dich kaum erkannt.«

»Das einzige Foto, das ich von Alexandre und mir habe. Das war am Strand von Barcelona, damals, vor über siebzehn Jahren. Der schöne Katalane und die blasse, pummelige Österreicherin.«

»Sag nicht so was! Aber ihr wart noch so jung ...«

»So jung wie du heute – oder so alt!«

»Stimmt auch wieder. Warst du damals schon ...«

»Schwanger? Ja – nur wusste ich's noch nicht!«

Álvar schüttelte traurig den Kopf, während er das Bild zurück hängte. »Was für ein Paar hättet ihr sein können! Ich verstehe meine Eltern nicht, dass sie dies verhindert haben. Aber warte; ich habe andere Bilder mitgebracht.«

Er öffnete seinen Rucksack, der am Schreibtisch lehnte, zog einige Bilder hervor und reichte sie Diana. Gleich das erste ließ sie aufstöhnen und wieder auf das Sofa niedersinken. »Oh mein Gott! Er hat mir ja ab und an Fotos geschickt; zuletzt vor zwei Jahren, aber das ... Nein, das sah ich noch nie. Das ist auch am Strand von Barcelona?«

»Genau.«

Tatsächlich kannte Diana die Szenerie – abgesehen von dem Beachvolleyball-Feld, das im Hintergrund zu sehen war. Im Vordergrund standen eine Frau im Bikini sowie vier Männer in Badeshorts Arm in Arm. Bei ersterer erriet Diana eher, wer sie war: »Ist das etwa Aquinia? Gott, gut sieht sie aus! Sie war ja erst Zehn, als ich bei euch war; das letzte Foto, das Alexandre geschickt hatte, zeigte sie irgendwo im Hintergrund. Nimm's mir nicht übel, aber sie ist eher eine Casals denn eine Núñez.«

»Ja, das sagen alle – sogar ihre Mutter!«

»Gut für sie ... Und erst Alexandre; oh mein Gott!«

»Er sah gut aus, nicht wahr?«

Gut!? dachte Diana fast indigniert. Sie hatte ihn natürlich wiedererkannt, aber es war das erste Foto, auf dem sie ihn mit freiem Oberkörper sah. Diesmal kam ihr unwillkürlich die Statue des hellenistischen Prinzen in den Sinn, die sie vor ein paar Jahren im römischen Palazzo Massimo sah. »Das ist kein Ephebe mehr, sondern ein würdiger Prinz und Erbe eines großen Hauses! Und daneben ... Oh Gott, du und Enric, wie ähnlich ihr euch seht!«

Ihr Besucher nickte wehmütig: »Ja ... Niemand, der die Wahrheit nicht kannte, hat jemals bezweifelt, dass wir Zwillinge waren. Himmel, *wir selbst*, Enric und ich, haben es nie bezweifelt! Manche hielten uns sogar für eineiige Zwillinge.«

»Na, so ähnlich seid ihr euch auch wieder nicht.«

»So? Und wer von den beiden bin ich? Na?«

»Ich werde doch mein eigenes Kind erkennen – und dich, wenn du gleich neben mir stehst! Auch wenn das Bild schon ... Von wann stammt das eigentlich?«

»Das war ein paar Tage vor der Hochzeit. Das letzte mit uns allen zusammen drauf ...«

»Dann ist der vierte Mann da Aquinias Bräutigam?«

»Genau; Rodrigo. Ein Madrilene, durchaus zum Kummer seines Schwiegervaters.«

»Sieht nett aus.«

Auch wenn dies kaum als Kompliment durchging, widersprach Álvar: »Ein Schleimer! Ein Manager aus dem Familienunternehmen, und ich wette, er hofft, Vaters Posten zu erben! Aber Schwesterchen weiß ihn schon zu nehmen. Aber komm: Welcher bin ich?«

Erneut musterte Diana die zwei Jünglinge, die zu Alexandres Rechten standen, und nun zögerte sie. Beide wirkten sehniger und schlanker, als ihr Besucher ihr gestern erschien, aber angesichts der Lichtverhältnisse und des Zeitabstandes war sie sich nicht sicher. Das letzte Foto der beiden ›Zwillinge‹ hatte ihr Alexandre vor zwei Jahren geschickt. Er hatte versäumt, zu schreiben, wer wer sei, doch damals war sich Diana ohnehin sicher gewesen. Nun aber ...

»Das da bist du!«

Álvar nickte lächelnd: »Stimmt! Enrics Haar war meist einen Tick länger und heller, aber sonst ... Gleiche Größe, gleiche Figur, ähnliche Stimme ...«

Diana seufzte erneut: »Mein Gott; siebzehn Jahre ...«

Ihr Besucher legte ihr sanft die Hand auf die Schulter: »Ich wünschte, ich hätte von all dem viel früher erfahren – und nicht erst aus Alexandres Testament! Und wenn ich gewusst hätte, dass Enric eigentlich mein Neffe war, nicht mein Bruder ... Nun, ich bin sicher, zwischen ihm und mir hätte das wenig geändert. Aber ich hätte so manches besser verstanden.«

»Was denn?«

»Enric und mir ist natürlich nicht entgangen, dass Alexandre uns ... Wie soll ich sagen? Dass er uns nicht wie Zwillingsbrüder behandelte. Auch wenn er versuchte, es nicht zu zeigen, so war das Verhältnis zwischen ihm und Enric deutlich enger. Andererseits ließ Alexandre gegenüber ihm auch öfter die Autoritätsperson heraushängen. Manchmal, da waren Enric und ich regelrecht eifersüchtig aufeinander. Wir liebten unseren großen Bruder ...«

»Wer nicht?«, seufzte Diana. »Wir haben uns so viel zu erzählen ...«

»In der Tat.«

Und damit legte Diana das neue Foto auf den Kaminsims, gleich unter dem Bild von ihr und Alexandre. Dann-«

Aber hier wurde die Leserin unterbrochen: »Halt, stopp, Tony! Hoffte schon, es geht gleich zur Sache, aber Pustekuchen! Jetzt tauschen die garantiert seitenweise Sentimentalitäten über jene verlorenen siebzehn Jahre aus. Wetten? Blätter doch mal vor! Sonst schlafen Andreu und ich bald ebenso tief und fest wie Hänschen Klein. Stimmt's, Andi?«

Die Vorleserin schlägt das Buch zu und legt es sich auf den Bauch; gleichzeitig hebt sie ihren Kopf von dem Handtuch-Bündel; so kann sie zu den drei anderen rüber blinzeln, die mit ihr auf der Decke lagern: »Tatsache; der gähnt ja schon! Bestimmt weil du mit ihm die ganze Zeit im Wasser warst. Okay, kann sein, dass der Schmöker nicht seine Altersklasse ist – aber deine wohl auch nicht, hm, Conny? Die Herno deutete vorgestern ja schon an, dass es nicht ganz jugendfrei sei – und trotzdem hat sie es mir gegeben!«

Das zweite Mädchen grinst breit, während sie dem vor ihr sitzenden Jungen die Haare mit dem Handtuch abrubbelt, das um ihre Schultern liegt; gleichzeitig blickt sie zu der Wippe hinüber, in welcher der zweite Knabe schlummert: »Tu mal nicht so wegen der zwei Monate, die du älter bist! Und von wegen jugendfrei: *Ich bin immerhin Österreicherin* – aber *du* kommst aus Finsterfels.«

»Was willst du damit sagen?«

»Ich habe mal gehört, dass man in der Schweiz erst mit Sechzehn Sex haben darf – und ebenso doch auch bei euch in Finsterfels, gell? Hier bei uns ist das aber schon mit Vierzehn erlaubt! Also darf *ich* schon munter schnackseln, und *du* musst noch sieben Monate zuwarten!«

Jetzt grinst auch Tony: »Tu bloß nicht so erwachsen, du alte Jungfer!«

»Na, du hast's nötig.«

Zwischenzeitlich waren dem Jungen die Augen schon zugefallen; nun blickt er aber zwischen den beiden Teenagern hin und her: »Was ist eine Jungfer?«

Nach einer Schrecksekunde prustet Conny fröhlich los: »Andi, erzähl bloß deiner Mama nichts; sonst lässt sie uns nie wieder Babysitten!«

Auch ihre Freundin kann und will nicht ernst bleiben: »Eine alte Jungfer, Andi, das ist eine olle Schachtel, die Sex nur aus Büchern kennt.«

Der Junge wirkt einen Moment verwirrt; dann zeigt er auf das Buch, das noch auf Tonys Bauch liegt und fast exakt den textilfreien Bereich zwischen Top und Jeansshorts abdeckt: »Ist das Mamas Buch?«

»Ganz genau, Andi«, erklärt Conny. »Der neue Bestseller von Cassiana Herno, den sie uns Wochen vor der offiziellen Veröffentlichung überlassen hat – wofür *wir* im Gegenzug als Gratis-Babysitter jobben dürfen, obwohl nur eine von uns ein Herno-Fan ist!«

Tony ist natürlich klar, wem dieser Seitenhieb galt: »Hey, sie schreibt echt gut! Ihr erstes Buch war nicht nur urspannend, es war bewegend!«

»Tja, so hast du mal gelernt, wie's ist, wenn man nicht mit dem Silberlöffel im Mund geboren wird.«

»Blödsinn! Und sie hätte *dir* bestimmt auch ein Buch gegeben. Aber du wolltest ja nicht – und außerdem muss eine von uns ja auf ihren Junior und den Köter achten! Wo ist das Viech eigentlich?«

»Felipe? Der tollt da drüben am Ufer mit den Dackeln rum. Wäre er stattdessen da im Kaiserwasser abgesoffen, so hättest du's garantiert nicht gemerkt.«

»Bah! Wie's aussah, fühlte er sich vorhin pudelwohl im Wasser – oder eher mopsfidel.«

»Ach, du konntest dich doch mal losreißen von der Schnulze? Tja, solange er mit seinen krummen Haxen noch auf den Boden kommt ... Aber falls was passiert, da kriege *ich* den Ärger! Überhaupt: *Du* darfst exklusiv den neuen Schmöker lesen, und was springt für mich raus? Immerhin ist Cassiana die Studienfreundin *meiner* Mutter; sie wohnt in *unserem* Hotel, Mamas Ex-Kollegin hat den Dreh auf dem Bank-Gelände da drüben ermöglicht ...«

Aber Tony grinst darob nur: »Aber es ist die Bank *meines* Vaters – oder zumindest deren Partner. Außerdem: Wolltest du nicht schon immer ein Hunderl?«

»Schon, ja – aber nicht so ein schiaches Teil!«

»Und vielleicht ein zweites Brüderchen?«

»Was? Hans hier ist noch nicht mal ein Jahr! Dir fehlen dafür Hund *und* Brüderchen!«

»Daheim ins Finsterfels, da haben wir ein gutes Dutzend Jagdhunde. Aber einen Bruder ... Nein danke; ganz sicher nicht! Dann würde der ja Fürst werden! Schließlich will ich mal die erste Fürst*in* von Finsterfels werden. Wozu waren fünfzehn Jahre Prinzessinieren denn sonst gut!?«

»Das heißt ... Wenn dein Dad jetzt noch mal hochzeitet und einen Sohn zeugt, dann würde der erben? Echt? Selbst wenn's der ärgste Fetzenschädel wär?«

»Aber hallo! Nennt sich Salisches Gesetz, oder patrilineare Primogenitur. Gibt's sonst praktisch nirgends mehr; krassestes Mittelalter!«

»Na prima! Dann lieber Einzelkind ...«

»Allerdings. Apropos Prinzessinieren: Für den Empfang im Center am Samstag können wir uns ordentlich aufbrezeln; dann gehst du wieder als mein Cousinchen durch. Vielleicht finden wir einen schnuckeligen Prinzen – oder zumindest einen knackigen Junior-Manager mit ordentlich Kohle.«

Die Prinzessin grinst ihre Freundin aufmunternd an, aber die zögert noch: »Also, dieser Society-Kram ödet mich ja eher an.«

»Na, rate mal wen noch! Aber der Laden hat ja jetzt auch einen neuen Koch; ich glaube, der hat vorher für den koreanischen Botschafter geköchelt.«

»Ein Koreaner also?«

»Bestimmt. Ist schließlich eine koreanische Bank, mit der die Finsterfels-Bank dann kooperiert.«

Wenn Conny je ernsthaft verstimmt war, so ist sie jetzt wieder versöhnt: »Prima; ich liebe asiatisches Essen! Aber- Hoppla, jetzt schläft er echt. Leise!«

Damit hebt sie den Buben sanft an und legt ihn neben die Wippe auf die Decke; dort rollt sich das Kind sofort ein und schlummert ungestört weiter.

»Na, ich glaube, die zwei kriegt so schnell nichts wach«, meint Conny, und da sie inzwischen auch trocken ist, steht sie nun auf, um sich Shirt und Shorts über den Bikini zu streifen. Dann sieht sie sich um: Zwar ist die Liegewiese gut besucht; auch tummeln sich – neben den Hunden – noch einige Kinder im Wasser. Die nächste Familie jedoch lagert gut zwanzig Schritt weiter – und somit außer Hörweite. »Also gut; kannst weiter lesen. Aber nun bitte die interessanten Stellen, gell?«

Grinsend greift Tony wieder zum Buch: »Kein Problem; wozu hat Daddy mich schließlich *Speed Reading* lernen lassen!«

»Na, garantiert nicht für so was«, lacht Conny, während sie sich im Lotussitz wieder auf der Decke niederlässt.

»Kann sein; eher als Vorbereitung aufs Aktenstudium. Aber was soll's; wo waren wir ... Ah ja, hier; los geht's! Hm, sieht aus als hättest du recht: Álvar und Diana bringen einander auf den neuesten Stand, erzählen sich, was so in den letzten siebzehn Jahren geschah ...«

»Sag ich doch! Das kann dauern ...«

»Na klar! Als erstes ist unser spanischer Feschak dran: Das Familien-Business in Barcelona floriert-«

»Lass mich raten: Weinbau! Oder Pferdezucht?«

»Kalt; eiskalt: Fischfang! Der Núñez-Clan betreibt eine der größten Fangflotten im Mittelmeer. Und ... Was steht da? Trotzdem eine Familie von Nichtschwimmern!? Nun, das erklärt den tragischen Unfall.«

»Eher tragikomisch. Und weiter?«

»Dann ist Diana dran. Hat sich strikt daran gehalten, keinen Kontakt zu ihrem Sohn zu suchen; das wenige, was sie von ihm wusste, erfuhr sie durch die spärliche Post seitens des Vaters: Unter anderem, dass er als einziger im Clan schwimme wie ein Fisch im Wasser – eben ganz wie seine Mutter. Die meinte halt, dass Enric dort besser aufgehoben sei: Besser als bei ihr selber. Nach der Rückkehr nach Österreich, nach Schulabbruch, Drogen und so, da musste sie sich mit Kellnern und Putzen durchbringen, hat ihrerseits ihre alkoholkranke Mutter bis zu deren Tod unterstützt und gepflegt ... Schließlich schreibt Diana sich ihren Frust in einem autobiographischen Roman von der Seele, *et voilà*: Es wird ein Bestseller; sie hat plötzlich Erfolg und Geld! Sie kündigt alle Jobs, legt sich ein Haus zu, hier in- Nein, sogar direkt hier am Kaiserwasser! Daher also die Lesung gleich da drüben.«

»Sagte sie doch, dass der Roman hier spielt.«

»Ich dachte, das meint ›hier an der Alten Donau‹. Seltsam; so interessant finde ich das Grätzl hier auch wieder nicht. Wurscht; jedenfalls gute Werbung ... Also weiter: Diana plant, Alexandre und Enric zu kontaktieren; Platz genug für Besucher ist im Haus; vielleicht sogar für eine kleine Familie ... Aber dann kommt's zum Unglück auf der Hochzeit.«

»Eine Hochzeit und zwei Todesfälle ...«

»Lass dem Schmäh! Wie auch immer: Man plaudert und ratscht; man vergisst die Zeit, und als Diana das Licht anknipst, geht Álvar erst auf, wie spät es ist. Er will sich verabschieden; da bietet sie ihm an, dass er doch bei ihr übernachten könne; Platz genug sei ja da.«

»War ja klar.«

»Soll ich weiterlesen oder nicht!?«

»Schon gut; sorry. Machst das übrigens echt gut! Kannst dich ja als Sprecherin verdingen, falls es in Finsterfels mal einen Staatsstreich gibt ...«

»Sehr witzig! Na gut. Also; Álvar zögert nicht lange, und so wird er im Gästezimmer untergebracht. Diana selber findet erst spät Schlaf; schon gegen Vier ist sie wieder wach. Wieder legt sie eine Jogging-Runde ein; diesmal extra lang; duscht ausführlich ... Sportlich, die Frau! Ich glaube, hier steige ich wieder ein:

Der Lauf und die Dusche hatten Diana kaum dabei geholfen, ihre Gedanken zu ordnen. So überraschend Álvars Besuch gekommen war, so sehr überraschte sie auch der Gefühls-Wirrwarr, den dies in ihr ausgelöst hat. Natürlich war sie seinerzeit nach dem Tod von Alexandre und Enric in ein tiefes Loch gestürzt. Nach dem Tod ihrer Mutter waren diese beiden die wichtigsten Menschen in ihrem Leben, die einzigen, die zumindest annähernd so etwas wie eine Familie für sie konstituierten. Nun war es eine Sache, die zwei zwar weit weg, aber am Leben und mutmaßlich auch glücklich zu wissen; es war eine ganz andere Sache, sie tot zu wissen, so jung zudem, so viele Jahre vor ihrer Zeit ... Damals hatte sie tage- und nächtelang mit dem Gedanken gespielt, sich in das Kaiserwasser zu stürzen. Aber bei maximal vier Meter Tiefe; außerdem war sie eine exzellente Schwimmerin ... Zeit heilt alle Wunden, sagt das Sprichwort, doch dies hielt Diana schon immer für Unsinn. Die Wunden, die jenes Unglück im fernen Barcelona aufgerissen hatte, spürte sie jederzeit; gleichzeitig merkte sie aber auch, dass sie nicht an ihnen verbluten würde.

Dieses – und manch anderes – ging Diana in jenen Morgenstunden durch den Kopf. Es versprach einer der ersten heißen Tage zu werden; so zog sie nach dem Duschen ein leichtes, schulterfreies Sommerkleid an. Dann verzichtete sie darauf, ihre leicht lärmende Espressomaschine in Betrieb zu setzen und machte sich lieber einen Schnellkaffee. Ihr Besucher schien sich aber ohnehin eines gesegneten Schlafes zu erfreuen; die Sonne war längst aufgegangen, wie sich noch immer nichts im Gästezimmer rührte.

Gegen Neun wurde Diana dann doch unruhig. Sie streifte ihre Hausschuhe ab, zehenspitzte ins Untergeschoss hinab, wo sich das Gästezimmer befand, und lauschte an der verschlossenen Tür. Nichts. So öffnete sie die Tür schließlich so leise als möglich und schlich ins Zimmer.

Nur dünne Gardinen hingen vor den Fenstern; da diese aber lediglich das obere Viertel des Untergeschoss-Zimmers einnahmen, herrschte dennoch Zwielicht. Álvar lag mittig auf dem Gäste-Doppelbett; die dünne Decke hatte er im Schlaf bis zu den Unterschenkeln heruntergestrampelt. So konnte ihn die Frau fast vom Scheitel bis zu den Sohlen in Augenschein nehmen – fast, da er in Boxershorts schlief, was das Bild etwas beeinträchtigte. Dennoch, auch so mochte sie sich nicht von diesem Anblick losreißen. Anders als vor eineinhalb Tagen fühlte sich Diana nun aber eher an den Anblick des Barberinischen Satyrs erinnert – an eine jugendliche Version, einen Satyrisken sozusagen, aber ebenso makellos. Minutenlang verfolgte Diana, wie sich Álvars Brust in langsamen, regelmäßigen Zügen hob und senkte, und wenn sie selbst die Luft anhielt, hörte sie ihn auch atmen. Schließlich musste sie einfach nachschauen, ob sich da unter der Decke nicht womöglich doch die Bocksfüße eines Satyrs verbargen. So sanft als möglich streifte sie die Decke gänzlich zur Seite, aber nein: Zum Vorschein kamen zwei normale, menschliche Füße – Füße, die nun in Bewegung kamen, und mit ihnen der Rest des Körpers: Álvar hob auch den zweiten Arm, verschränkte beide hinter dem Kopf und reckte sich genüsslich; schließlich öffnete er die Augen.

»Oh, *bon dia*, Diana!«, begrüßte er die Frau mit einem schläfrigen Lächeln; es schien ihn nicht im geringsten zu überraschen, dass sie an seinem Lager stand. Die Frau freilich war peinlich berührt: »Tut mir leid; ich wollte dich nicht wecken. Ich wollte nur schauen, ob- Es ist schon so spät, und …«

Darauf wechselte auch ihr Gast vom Katalanischen ins Spanische: »Wie spät ist es denn?«

»Schon nach Neun.«

»Hoppla; ich hatte wohl etwas Schlaf nachzuholen! Na dann …«

Er streckte sich ein weiteres Mal und sprang dann unerwartet behände aus dem Bett. Als erstes trat er unter eines der Fenster, schob die Gardine zur Seite und zog sich dann mit beiden Händen am Fensterbrett hoch, um hinaus spähen zu können – was seiner Gastgeberin einen guten Blick auf seine Rückenmuskulatur verschaffte. »Tatsächlich! Fast hätte ich einen wunderbaren Frühsommertag verschlafen. Schön hast du's hier, Diana! Ich sah gestern, dass du ja direkt am Wasser wohnst. Ist das die Donau?«

Obwohl von jenem Fenster aus nur der Garten vor dem Haus zu sehen war, trat die Frau an seine Seite. »Es ist das Kaiserwasser. Das war mal der Hauptstrom der Donau, früher, als sie noch nicht reguliert war. Jetzt ist es nur noch eine gut 500 Meter lange Ausbuchtung der Alten Donau, und auch die ist ja nur ein Altarm der Donau.«

»Ein schönes Heim in schöner Lage«, befand Álvar nickend, nachdem er seinen Klimmzug beendet hat. »Genug Platz für eine glückliche, kleine Familie ...«

Jemand schluchzte laut auf, und erst, als sie dies gehört hatte, begriff Diana, dass sie es gewesen war. Betroffen wandte sich der Gast ihr zu: »Tut mir leid; das war dumm von mir!«

Diana trat zurück ins Zimmer und versuchte, ihre Fassung wieder zu gewinnen: »Nein, nein; du hast ja recht: Genau das dachte ich auch!«

Während sie noch schniefte, trat ihr Gast an sie heran, fasste sie bei den Schultern und blickte ihr in die Augen. Das heißt, er versuchte es, doch Diana hielt den Kopf gesenkt. So strich er ihr die Haare zur Seite und hauchte der Frau einen Kuss auf die Stirn – wozu er sich auf die Zehenspitzen stellen musste, da beide gleich groß waren. Erst danach blickte die Frau auf, und beiden glückte wieder ein Lächeln. Darauf trat Álvar einen Schritt zurück und nahm nun seinerseits seine Gastgeberin in Augenschein. »Diana, Göttin der Jagd ... Wo hast du deinen Bogen und die Pfeile?«

Während Álvar ernst blieb, musste die Angesprochene unwillkürlich lächeln: »Ich fürchte, meine Mutter dachte bei der Namenswahl weniger an die römische Göttin.«

»Wohl eher an Lady Di?«

»Nun, ich bin ja im 77er Jahr geboren; da war die arme, gute Diana Spencer ja noch eine unbekannte Schülerin. Nein; meine Mutter wurde wohl eher von Paul Ankas Song inspiriert, wie sie mir viel später gestand.«

»Den muss ich mir demnächst anhören! Wie auch immer: Lass mich schätzen ... Du dürftest in etwa ein Meter fünfundsiebzig sein, so wie ich? Und auch so um die fünfundsechzig Kilo wiegen?«

Diesmal nickte Diana stumm. Darauf umschritt Álvar sie in ein, zwei Schritt Abstand. »Ich will offen sein, Diana: Du liebtest Alexandre, und auch ich liebte ihn. Er war ein wunderbarer Mensch, aber eines kann ich ihm nicht verzeihen: Dass er zugelassen hat, dass du von ihm getrennt wurdest – von ihm und von eurem Sohn! Nicht dass unsere Mutter Enric schlechter behandelt hätte als Alexandre, Aquinia oder mich; das tat sie wahrlich nicht!

Eher hat sie ihn, der ja eigentlich ihr Enkel war, verwöhnt. Aber Enric hatte das Recht, zu erfahren, wer seine wahre Mutter ist.«

Diana drehte sich nicht zu ihrem Gast um; dank eines Spiegels an der gegenüberliegenden Wand sah sie ihn trotzdem: »Hätten Alexandre und ich hier nach Wien gehen sollen? Zwei Teenager ohne Jobs, ohne Schulabschluss, ohne Unterstützung, aber dafür mit einem Baby? Nein; deine Eltern hatten schon recht. Vielleicht war es ein Wink des Schicksals, dass du nur wenige Tage nach Enric geboren wurdest; so konntet ihr wie Brüder aufwachsen.«

Im Spiegel sah Diana, wie Álvar den Kopf schüttelte, während er von hinten langsam an sie heran trat. »Vielleicht; vielleicht auch nicht. Aber hat Alexandre wirklich mit aller Kraft versucht, seine Eltern zu überzeugen? Warum ist er nicht sofort hierher geeilt, als du zu Geld und Erfolg kamst – *mit* eurem Sohn? Er wusste schließlich davon: Ich fand dein Buch unter seinen Sachen – die erste Auflage auf Deutsch, obwohl sein Deutsch, wie du weißt, nicht sonderlich gut war. Sein Erbe hätte ihm egal sein müssen. Ihr hättet ein so schönes Paar sein können ...«

Diana wusste nicht, was sie erwidern sollte – zumal sie Álvar nun von hinten sanft bei den Schultern fasste und diese und ihren Rücken zu streicheln begann. »*Ich* hätte dich niemals aufgegeben, Diana.«

Dann begann er ihre Schultern zu küssen, während er zugleich den Reisverschluss an der Rückseite des Kleides langsam nach unten zog. »Was machst du?«, stieß die Frau mühsam hervor.

»Soll ich aufhören?«

Ehe sie so recht begriff, was geschah, streckte Diana beide Arme nach hinten, um ihrerseits über den noch bettwarmen Epheben-Körper zu streichen. »Du weißt schon, dass ich doppelt so alt bin wie du!?«

»Es gibt eine katalanische Redewendung: ›*Som home i dona; això és suficient.*‹ Meinst du nicht?«

Das verstand Diana: »Wir sind Mann und Frau; das ist genug!«

Damit drehte sie sich zu Álvar um. Dieser trat – erwartend? unsicher? – einen Schritt zurück. Einen Augenblick zögerte Diana noch; dann fuhr sie mit den Daumen unter die Spaghettiträger ihres Kleides, streifte diese über die Gänsehaut, die sich an ihren Schultern aufgestellt hat, und ließ das Stück Stoff wort- und lautlos zu Boden gleiten. Bekleidet nur noch mit einem schlichten, schwarzen Slip, trat sie auf Álvar zu und umfasste seine Taille. Er tat es ihr gleich, zögerte seinerseits noch einen Augenblick und zog sie dann an sich, bis sich Brust, Bauch, Schoß und Schenkel aneinander schmiegten. Auch die Münder fanden sich rasch.

Nach einem ersten, langen Kuss löste sich die Frau aber wieder von ihrem Liebhaber *in spe*. Der blickte sie fragend an; sie aber trat nun ihrerseits hinter Álvar und begann, *seine* Schultern zu küssen – um dann langsam und genüsslich tiefer zu wandern. Der Genuss steigerte sich noch, als Álvar wohlig aufstöhnte, die Hände wieder hinter dem Kopf verschränkte und sich streckte. Fasziniert hielt Diana zwischen den Küssen immer wieder inne, um den Körper vor ihr zu bewundern: »Sag mir nicht ... Oh Gott! Sag mir nicht, dass dieser *Body* ein reines Göttergeschenk ist! *Ich* musste mir meine Figur mühsam erarbeiten.«

Auch Álvar gelangen kaum noch komplette, korrekte Sätze: »Aquinia ... Mach weiter! Ich war Zehn, als sie Enric und mich zum Turnen mitschleppte. Du weißt ...«

Diana wusste: »Ah ja; schon damals ... Einmal sah ich Aquinia dabei ... Ein Wettturnen für Kinder oder so ...«

»Genau. Ja ... Wir mochten es zuerst nicht, aber dann ... Ich bin bis heute dabei ... Reck ... Ringe ... Weiter!«

»Das erklärt manches – aber nicht *alle* Muskeln!«

Damit streifte sie Álvar langsam, aber in einem Zug die Boxershorts herunter. Wie sie sich wieder aufrichtete, hatte sich Álvar ihr zugewandt, und nun ließ er Mund und Hände über ihren ganzen Körper wandern. Ineinander verschlungen, trudelte man auf das Bett zu, auf das man eher niederfiel denn -sank. Diana fand sich zuerst zuunterst wieder, und während ihre Hände über Álvars Rücken wanderten, arbeitete sich dieser küssenderweise über ihren Hals, ihre Brüste bis zu ihrem Bauch vor. Dann richtete er sich auf den Knien neben ihr auf und blickte die Frau fragend, aber stumm an. Diese hob ihr Gesäß ein wenig und streckte die Beine; so konnte ihr Álvar den Slip über die schlanken Schenkel streifen. Das kleine Stück Textil noch in der Hand, kniete er dann einige Augenblicke neben der nun ebenfalls komplett entkleideten Frau. »Diana ... Welcher Name könnte passender sein!«

Die Angesprochene lächelte, kniete sich ebenfalls hin und strich ihrem Gegenüber mit beiden Händen über die flaumigen Wangen: »Wenn ich eine Göttin bin, dann jedenfalls keine jungfräuliche – auch wenn ich schon eine Weile nicht mehr auf der Pirsch war. Komm her, mein kleiner Satyr!«

Sie küsste ihn energisch; er ließ den Slip zu Boden fallen, und wie einst das Fallenlassen eines Tuches durch die römischen Imperatoren das Zeichen dafür war, dass das Wagenrennen beginnen konnte, so legten nun auch Álvar und Diana erst richtig los. Hatte die Frau sich einst über das zwei Meter breite Bett im Gästezimmer geärgert, so war sie nun mehr als froh über dessen Dimensionen: Bald lag man untereinander, nebeneinander, übereinander, aufeinander, durcheinander; bald hockte, kniete oder hing man aneinander; man löste sich voneinander, hielt kurz inne, um umso ungestümer wieder zu einem Fleisch zu werden.

Nach dem Klimax lagen Mann und Frau minutenlang schwer atmend und wortlos Seite an Seite. Dann wandte sich Diana wieder Álvar zu, verschränkte ihre Arme auf dessen Oberkörper, legte ihr Kinn auf die Unterarme und blickte ihren Liebhaber vielsagend lächelnd an: »Bei allen Göttern ... Alexandre und ich, wir waren damals ja unerfahrene, blutige Anfänger, aber das heute ... Wissen deine Eltern davon?«

Álvar erwiderte ihr Lächeln, während er mit der Rechten den Kopf stützte und mit der Linken sanft über den Rücken der Frau strich: »Glaub's mir oder nicht: Aber bevor ich mit *La Fura dels Baus* auf Tournee ging, war ich noch völlig ... Wie sagt man?«

Diana zog erstaunt die Augenbrauen hoch: »Unschuldig?«

»Genau. Aber kaum hatte die Arbeit an dem Stück begonnen, wollte plötzlich fast jede Frau in der Truppe was von mir.«

»Lass mich raten: Nach der ersten ›Kostüm‹-Probe?«

»Genau. Was sollte ich machen? Ich will ehrlich sein: Ich war ja auch neugierig – und bald fand ich Gefallen daran.«

»So soll's sein. Hm ... Darf ich fragen, wie viele?«

»Sieben oder Acht Frauen.«

»Du bist nicht sicher!?«

»Nun ja; einmal waren es zwei Frauen zugleich ... Auch mit zwei Männern war ich im Bett – oder sie mit mir ...«

»So viel Sex hatte ich in zehn Jahren nicht. Eine Art Crashkurs, hm?«

Álvar lächelte erleichtert: »Du siehst das sehr gelassen.«

»Nun, dass du kein Anfänger bist, habe ich gemerkt. Warum sollte ich dir das zum Vorwurf machen?«

Darauf zog der Mann die Frau näher an sich heran: »Ja, es war ... Neu! Und auch schön – meistens! Aber ... Wie soll ich sagen? Immer geschah es *mit* mir, ließ ich es mit mir geschehen. Mit dir ... Das ist ganz anders. Als würden wir uns schon ewig kennen.«

Wieder lächelte Diana schelmisch: »Was ja auch stimmt: Ich war damals in Barcelona bei deiner Taufe dabei, hielt dich gar auf dem Arm ...«

Nun lächelte auch Álvar wieder: »Und nun hältst du mich *im* Arm. Und es macht dir nichts aus, dass du mich schon als Baby kanntest?«

»Nein; warum sollte es? Entscheidend ist: *Jetzt* bist du groß und stark«, bemerkte Diana schmunzelnd, während sie den nackten Körper unter ihr inspizierte. »Mal sehen, *wie* stark!«

Und damit fielen die beiden erneut übereinander her.

Und weiter geht's ... Ich glaube, das reicht fürs erste, hm, Conny? Doch nicht so übel, oder?«

Damit schlägt Tony das Buch zu, lässt es wieder auf ihren Bauch niedersinken und blickt zu ihrer Freundin hinüber. Die hat tatsächlich aufmerksam zugehört und nur ab und an zu den zwei neben ihr schlafenden Knaben rüber geschaut. »Ja, da geht's echt zur Sache! Nicht gar so kitschig, wie ich befürchtet habe. Aber ... Bin ja keine Literaturkritikerin oder so, aber trotzdem: Wirklich neu ist das doch nicht, gell? Okay, alter Kerl mit jungem Ding, das gibt's öfter. Junger Kerl mit ... hm, mit nicht mehr ganz so junger Frau? Gab's doch garantiert auch schon mal?«

Tony zuckt mit den Schultern – soweit das im Liegen möglich ist: »*So what?* Muss denn immer alles Neu sein?«

»Würde zumindest helfen, wenn man einen Bestseller landen will. Rein vom Stil her ... Nimm's mir nicht übel, Tony: Aber Nabokov ist echt besser.«

Die Leserin blickt ungläubig zu ihrer Freundin rüber: »Du meinst, du hast ›Lolita‹ gelesen?«

»War Schullektüre; Mama hat's auch gewundert. Die Story; na ja, nicht so mein Fall ... Aber gut geschrieben!«

»Schau an; also doch Literaturkritikerin!«, lästert Tony. »Okay; kann sein. Aber hier ist eben *er* jünger als *sie* – halb so alt! Hast ja recht: Wenn jemand mit 60 oder 70 eine Zwanzigjährige heiratet, klar, da lästert man, aber sonst ist's okay. Aber eine 34jährige mit einem Lover von Siebzehn? Das ist doch immer noch tabu.«

»Glaubst du? Was ist denn mit dem Macron und seiner Alten? Da war anfangs *er* 17 – und *sie* sogar knapp 25 Jahre älter!«

»Klar; *vive la France!* Aber nun stell dir mal vor, Boss Baby Basti Kurz wäre mit einer Madame jenseits der 50 vermählt!«

Es schüttelt Conny angesichts dieser Vorstellung: »Lieber nicht! Trotzdem; ob das reicht als Thema ...«

Ehe sie fortfährt, wirft Tony ihrerseits einen Blick auf die schlafenden Buben und senkt die Stimme etwas: »Außerdem: Hast du nichts von den Gerüchten gehört? Kamen bestimmt in jedem Bericht zu dem Buch vor: Spiegel; News; Standard, Profil ... Du weißt ja; unser Sekretariat kriegt das alles im Abo.«

Das interessiert Conny merklich: »Also doch Werbung! Haben sie auch erwähnt, dass die Autorin bei uns im ›Hotel Welt‹ abgestiegen ist?«

»Da ist sie ja erst seit letzter Woche; kommt bestimmt noch! Aber was ich meine: Es heißt, dass auch dieses Buch wieder autobiographisches Klumpert enthalten soll – so wie ihr erster Bestseller.«

Darauf dreht sich Conny auf den Bauch, stützt sich auf den Ellbogen ab, lehnt das Kinn auf die Hände und blickt Tony erwartungsvoll an: »Du meinst ... Cassiana *ist* Diana? Stimmt, einige Parallelen fallen echt auf: Das Alter; beide sind Autorinnen, beide recht fesch und sportlich ...«

»Eh klar. Im ›Spiegel‹ war ein langes Interview; da wehrte sie sich dagegen, dass man Leben und Werk gleichsetzt. Sie meinte aber, dass die Geschichte schon von wahren Erlebnissen inspiriert sei.«

»Aufregend! Na los; wo bleiben die pikanten Details!?«

»Die wollte sie nicht nennen. Aber der Interviewer hatte seine Arbeit eh gemacht: Er wusste, dass die Autorin vor gut 5 Jahren lange in den USA lebte, durchs Land reiste ... Aus den Erlebnissen jener Zeit entstand später ja auch der Erzählband ›Route 99‹. Damals war Cassiana Herno 34 – also so alt wie die Diana in ›Kaiserwasser‹. Als sie nach Österreich zurückkam, war sie schwanger; 2012 kam dann Andreu zur Welt, und wer der Vater ist ... Nur Allah weiß es! Der Journalist hat auch ausgegraben, dass die Herno im gleichen Alter zum Schüleraustausch in Spanien war wie Diana. Ob sie freilich damals auch ein Kind bekommen hat ... In Cassianas Jugend gibt's wohl ebenfalls ein paar Rätsel.«

Conny schnalzt anerkennend mit den Lippen: »Wow ... Das heißt, Álvar wird Diana in dem Buch noch schwängern!? Das kommt davon, wenn man weder Kondom noch Pille benutzt! Klingt echt interessant.«

»Soll ich vorblättern?«

Conny überlegt kurz, winkt dann aber ab: »Nein, lass mal! Ich glaube, wir sollten wieder rüber gehen ins Center: Wird langsam kühl, und gegen Acht wollten die ja fertig sein.«

Darauf legt Tony das Buch zur Seite, setzt sich auf und streckt sich: »Warten wir noch, bis die Buben aufwachen?«

»Ist besser; sonst quengeln die nur. Aber den Hund sollten wir holen. Ist der immer noch ... Ich hörte doch eben noch sein kurzatmiges Kläffen?«

Sie steht auf, streckt sich ihrerseits und dreht sich zum Kaiserwasser um. Dort bellen tatsächlich einige Hunde, doch befinden sie sich nun alle am Ufer, nicht mehr im Wasser, das sie stattdessen anzukläffen scheinen.

+++

Im Garten des Sejong-Centers diskutiert man unterdessen noch die Lesung. Der Steg liegt mittlerweile im Schatten; so ließ sich das Grüppchen plus Autorin an einem Tisch im Schatten einer Eiche nieder, die direkt am Hauptgebäude ihre Krone entfaltet. Und während oben in der auffrischenden Abendbrise das Blätterdach dezent rauscht, blättert der jüngere der beiden Männer in der Runde nicht ganz so dezent durch seine Kopie des Buches: »Also ... Bitte um Verzeihung, Frau Herno, aber, um offen zu sein: Ich habe Ihr Buch bisher nur quergelesen, und gerade *diesen* Teil ... Ich weiß nicht, ob wir den im ›Kulturmontag‹ verwenden sollten.«

Während der Redakteur lieber nicht aus dem Buch aufsieht, hat sich die ihm an der Tafelrunde gegenüber sitzende Autorin in ihrem Stuhl zurückgelehnt, um ihn eindringlich anzublicken: »Man hatte mir versprochen, dass die Auswahl der Buch-Auszüge mir überlassen bleibt, Herr Novak. Schließlich war ich auch bereit, selber zu lesen. Wie Sie vielleicht wissen, mache ich sonst kaum Lesungen.«

Ehe der Redakteur etwas erwidern kann, meldet sich die links neben der Autorin sitzende Margret Mondo zu Wort: »Um auch meinerseits ehrlich zu sein, so verstehe ich die Bedenken wirklich nicht: Der ›Kulturmontag‹ läuft doch ohnehin spätnachts.«

Der rechterhand von Cassiana Herno sitzende Manager nickt lachend: »Sie haben völlig recht, Frau Mondo! Was meinen Sie, wie viele Kinder oder Jugendliche sich diese Sendung ansehen, Herr Novak? Oder besser: Wie wenige?«

Der Redakteur zögert und blättert weiter: »Na ja ...«

»Jedenfalls weniger, als sich Sex-Videos auf YouTube reinziehen. Bin auch gespannt, was die Presse dazu sagen täte: ›ORF zensiert Bestseller-Autorin‹. Wäre eigentlich tolle Publicity!«

Nun blickt der Redakteur erschrocken auf: »Ich bitte Sie; davon kann keine Rede sein. Wir sind Ihnen, liebe Frau Herno, natürlich dankbar, dass Sie sich für unsere Sendung für ein Portrait zur Verfügung stellen, dass Sie zudem selber aus Ihrem Buch lesen ... So wie wir auch Ihnen, Frau Schweighofer, dafür dankbar sind, dass Sie uns das Sejong-Center als Drehort zur Verfügung stellen – und natürlich Ihnen, Frau Mondo, da Sie diesen Kontakt vermittelt haben. Wo schließlich einige Schauplätze gleich hier am Kaiserwasser angesiedelt sind ...«

»Gern geschehen«, erwidert Margret Mondo. »Michi – also, Michaela Schweighofer – ist ja eine alte Freundin von mir, ebenso wie Cassie Herno. Als ich dann hörte, dass ihr neues Buch teils hier spielt, da lag das nahe.«

»Und ich leite den Dank gerne weiter an die Sejong- und die Finsterfels-Bank«, ergänzt dies die ›Hausherrin‹. Ehe sie fortfahren kann, meldet sich wieder die Regisseurin zu Wort: »Wo genau spielt das alles eigentlich? So ganz konnte ich das den Schilderungen nicht entnehmen. Die konzentrieren sich ja, sagen wir, eher darauf, was drinnen im Hause so abgeht. Haben Sie da ein konkretes Vorbild? Falls ja, wäre das natürlich der perfekte Drehort.«

Aber die Autorin schüttelt den Kopf: »Ja, das Haus selbst hat tatsächlich ein konkretes Vorbild – aber das befindet sich auf der anderen Seite der Alten Donau, ein Stück entfernt vom Wasser; so viel dichterische Freiheit habe ich mir gestattet. Freilich wissen die Besitzer nichts von ihrem Geschick! Und wo das hier stehen könnte ... Es gibt ja nur zwanzig, dreißig Häuser am Kaiserwasser; da kann sich meinetwegen jeder raussuchen, wo das sein könnte. Was sich *nicht* jeder heraussuchen soll, ist der Auszug, den ich vorlese: Schließlich ist das erste Treffen der beiden Hauptfiguren eine Schlüsselstelle. Und wenn Sie schon an dieser Passage Anstoß nehmen, wie wird das dann erst bei ... Sagen wir: Bei den wirklich kontroversen Stellen? So weit haben Sie offenbar erst recht nicht gelesen. Dabei hat Ihnen Bernd Müller das Buch doch schon ...«

Sie blickt ihren Manager fragend an, und der greift den Faden auf: »Schon letzten Monat habe ich ihm das Vorausexemplar zugeschickt, als einem der ersten. Dachte eigentlich, Sie wüssten das zu schätzen, Herr Novak!?«

Der Redakteur wird blass, aber wohl weniger wegen jenes Vorwurfs: »Noch kontroverser ...? Ist etwa an den Gerüchten was dran, dass ... Nun ja ...«

Er macht sich wieder ans Blättern, während sich Autorin und Manager wissend anlächeln. Die Hausherrin sieht nun den Zeitpunkt gekommen, die Wogen zu glätten: »Ich bitte Sie, meine Herrschaften: Ich bin sicher, Sie werden sich gütlich einigen können; ich für meinen Teil fand die Stelle durchaus ... Hm, durchaus jugendfrei. Die Bilder dazu entstehen ja schließlich erst im Kopf des Lesers, nicht wahr? Im übrigen ist es uns ein Vergnügen und eine Ehre, für diese Gelegenheit das Sejong-Center zur Verfügung zu stellen – und ich spreche hier natürlich auch im Namen des Bank-Vorstandes in Seoul, deren Genehmigung ich eingeholt habe. Ich will nicht leugnen, dass ich dabei auch auf den Werbeeffekt hingewiesen habe; da unsere Bank erst seit zwei Jahren hier in Österreich tätig ist, können wir davon nur profitieren. Daher legen wir Wert darauf, zu beweisen, dass wir nicht nur alles Erdenkliche für unsere örtlichen Mitarbeiter tun – wie dieses schöne Center hier wohl beweisen sollte –, sondern auch die örtliche Kultur fördern. Wir-«

»Wir glauben's Ihnen, Frau Schweighofer«, unterbricht sie die Regisseurin schmunzelnd. »Wir alle sind Ihnen auch sehr verbunden für Ihre Gastfreundschaft. Apropos Gastfreundschaft ...«

Margret versteht den Wink mit dem Zaunpfahl: »Um ehrlich zu sein: Ich bekomme auch allmählich Hunger. Wir wollen wirklich nicht allzu viel Unkosten verursachen, Michi: Aber hattest du nicht einen Imbiss erwähnt? Seit Wochen schwärmst du mir von dem koreanischen Koch des Hauses vor.«

Die Hausherrin nickt eifrig: »Und nicht ohne Grund! Ich werde mal schauen, ob er schon so weit ist. Wenn Sie mich entschuldigen würden?«

Damit steht sie auf und geht ins Center. Sobald sie außer Sicht ist, wendet sich der Manager an seine Klientin: »Toller Service ... Nur der Neugierde halber, Cassie: Hattest du diese Location eigentlich schon im Sinn, als du das Buch schriebst?«

Die Autorin schüttelt den Kopf: »Nein; wie sollte ich? Der Plot stand schließlich bereits weitgehend, als ich letztes Jahr hier in Wien an den Details feilte. Damals wohnte ich natürlich auch bei Margret im ›Hotel Welt‹, aber da war Frau Schweighofer ja noch Geschäftsführerin des Hotels. Erst als wir dann die *Promotion Tour* planten, meinte Margret, dass Michi – wir sind inzwischen auch per du – nun dieses Center hier leite. Ich nehme mal an, diese Job-Wahl hatte nichts mit meinem damaligen Besuch zu tun – oder gar mit meiner Recherche von vor zwei Jahren. Stimmt's, Margret?«

Die Angesprochene schüttelt ihrerseits den Kopf. »Soweit ich weiß, nein. Das Angebot kam ja von Adolf Finsterfels, unserem Nachbarn. Damals stand er noch in Verhandlungen wegen der Kooperation mit der Sejong-Bank; die hatte das Gelände hier übernommen, suchte eine geeignete Leiterin, und da fiel Finsterfels halt Michi ein; er kennt sie ja flüchtig. Sie hat ja wirklich die idealen Job-Voraussetzungen: Einerseits gelernte Bankerin, andererseits ein paar Jahre im Hotel-Business – also genau das richtige für die Geschäftsführterin der neuen Freizeit-Einrichtung für die

Mitarbeiter der Sejong-Bank. Und da die Bezahlung auch besser war als das, als ich ihr bieten konnte, wollte ich ihr da nicht im Wege stehen. Natürlich fehlt sie mir im Hotel, aber dafür dürfen Conny und ich halt auch die Anlage nutzen. Sehr nett!«

Eine Nachfrage hat der Manager noch: »Conny, das ist Ihre Tochter? Die Kleine, die gerade mit Ihrer Freundin auf Andreu aufpasst?«

»Richtig – sagen Sie aber bitte nicht ›Kleine‹ zu ihr, wenn sie das hört! Erstens ist sie knapp 1,70, und in zwei, drei Jahren dürfte sie mir über den Kopf wachsen. Zweitens mögen die Mädeln erst Fünfzehn sein, aber Conny jobbt schon seit ein, zwei Jahren auch als Babysitterin für die Gäste vom ›Hotel Welt‹. Bisher hat sich noch niemand beschwert, und für eine alte Freundin ihrer Mutter, da macht sie's natürlich gratis.«

Sie grinst die Autorin an, und diese erwidert das Grinsen. »Du solltest aber auch nicht verschweigen, wer denn Connys Freundin ist, Margret.«

»Habe ich das nicht erwähnt? Na ja; ich sehe sie ja häufiger; für mich ist sie halt nur die Antonia, nicht die Erbprinzessin von und zu Finsterfels.«

Das überrascht nicht nur die Regisseurin: »*Das* war die Tochter von dem Zwergstaat-Fürsten? Kam mir gleich irgendwie bekannt vor. Meine Güte, ich habe sogar mal einen Bericht in deren Palais gedreht, seinerzeit, als das noch als Museum diente. Ist allerdings ein paar Jahre her.«

»Aber wenn die beiden zurückkommen, sprechen Sie Antonia bitte nicht darauf an! Sie hat's ganz gern, wenn sie mit Conny ... Wie sagt man heute? Wenn sie zusammen urnormal abhängen können. Ich glaube auch nicht, dass ihr Vater es gern hört, wenn man sein Ländchen als Zwergstaat bezeichnet.«

Der Redakteur ist unterdessen merklich erleichtert, dass man ein unverfänglicheres Gesprächsthema gefunden hat: »Sie haben einen interessanten Bekanntenkreis! Sie und Frau Herno, Sie kennen sich noch vom Studium her, wenn ich das recht verstand?«

»Stimmt«, bestätigt das die Autorin. »Wir haben beide im gleichen Jahr hier an der Wirtschafts-Uni mit dem Studium begonnen – wie übrigens auch Michi Schweighofer.«

»Und wir zwei mussten es dann auch im gleichen Jahr vorzeitig abbrechen«, ergänzt das Margret mit einem halb melancholischen, halb ironischen Lächeln. »Beide gewissermaßen aus familiären Gründen. Ich war mit Conny schwanger, und Cassie ... Nun, das wissen Sie ja von der Lektüre ihres ersten Buches her.«

Die Autorin nickt ernst: »Stimmt wohl. Aber wir haben den Kontakt nie verloren; ich war öfters im ›Hotel Welt‹ ... Schließlich sind wir auch beide alleinerziehend – wenn deine Conny natürlich schon aus dem Gröbsten raus ist. Sie macht sich, die Große!«

Margret nickt stolz, aber die Regisseurin kommt ihr mit einem Einwurf zuvor: »›Groß‹ passt; die zwei Mädeln sind allemal einen halben Kopf länger als ich. Wenn ich bedenke, dass ich auch mal so jung war – und so schlank ...«

Obwohl die Regisseurin dazu fröhlich lacht, vertieft ihr Kollege das Thema lieber nicht: »Wie schön, dass Sie offenbar ein gutes Einvernehmen mit ihren fürstlichen Nachbarn haben. Wenn ich da an meine Nachbarn in Hietzing denke ...«

Da lacht nun die Hôtelière laut auf: »Ha! Das war auch bei uns wirklich nicht immer so!«

+++

Darauf rekapituliert Margret Mondo in groben Zügen, wie man sich zwischen ›Hotel Welt‹ und ›Palais Finsterfels‹ zusammengerauft hat – durchaus zur Überraschung und Unterhaltung der Runde. Da jedoch dieser Rückblick für die hier zu erzählende Geschichte nicht notwendig ist, verweise ich auf das Gratis-E-Book ›Hotel Welt‹; dort erfährt man *en détail*, unter welch kuriosen Umständen sich gut zwei Jahre zuvor die Familien Mondo und Finsterfels kennengelernt haben.

In der Gegenwart haben die zwei Mädchen wenig Muße, in Erinnerungen zu schwelgen. Stattdessen stehen sie mit vier Erwachsenen am Ufer des Kaiserwassers und halten Ausschau.

»Na prima; wenn mir der Mops hier absäuft, dann war's das.« murmelt Conny. »Niemand wird mir mehr ein Hunderl anvertrauen – und erst recht keine Kids! Siehst du was, Tony?«

Auch ihre Freundin hält angestrengt Ausschau. »Jedenfalls keinen kraulenden Köter.«

Darauf meldet sich auch Andreu zu Wort, den nun Tony an der Hand hält; die Wippe mit dem nach wie vor schlummernden Baby steht neben Conny: »Wo ist Felipe? Wo ist mein Hund!?«

»Keine Panik; der ist bestimmt in der Nähe – bei einer feschen Hündin oder so ...«

Um den Jungen nicht noch weiter zu beunruhigen, wendet sich Conny fast im Flüsterton an die Frau neben ihr: »Sind Sie sicher, dass es ein Mops war, den Sie sahen?«

Die eher füllige Dame aber zuckt mit den Schultern. »Denk scho, aber sicher bin i net. Waren doch gut zwanzig, dreißig Meter.«

Ihr nicht weniger fülliger Begleiter nickt: »Haben euer Hunderl auch nur gesehen, weil grad vorher unser Poldi verschwand – ganz plötzlich, so wie euer Mops.«

»Poldi? Der Chihuahua?«

»Freilich. Als Gertrud hier 'nausi schwamm, a Runde durchs Kaiserwasser, da ist Poldi gleich hintnoche. Hatte ihn scho im Aug, aber i weiß ja, er schwimmt wie a Fisch im Wasser. Hatten ihn scho mit an die Adria; alles leiwand da. Aber auf halben Weg zu meiner Frau, zehn Meter weit draußen, da japste er kurz auf, und dann ... Nix mehr; glatt pfutsch.«

»Vielleicht ein ... So eine Art Herzinfarkt? Wenn's so was bei Hunden gibt ...«

Als Antwort schluchzt die Frau laut auf: »Mein Poldi ... Erst zwoa Jahr! Irgendwas ... Irgend*wer* muss schuld dran sein!«

Nun mischt sich auch Tony wieder ein: »Und da haben Sie auch Felipe zuletzt gesehen? Unseren Hund, meine ich?«

»Na, des war später«, präzisiert der Mann. »Der kläffte da noch am Ufer; vorher, da tollten er und Poldi ja im flachen Wasser rum.«

»Ja; das hatte ich noch mitbekommen«, bestätigt das Conny, ohne den Blick vom Wasser abzuwenden. »Und dann?«

»Nu, wie i das sah, da rief i stantapede meine Frau; eh klar. Wir schwammen beide hin, da wo i Poldi zuletzt sah – aber nix! Bin auch getaucht, aber in die trübe Brühe, ohne Schwimmbrill und so, da siehst ja gar nix. Dann hört i, wie noch a Hund fiept –

der Mops, denk i mal. Na, i hatt grad Wasser im Aug, und ohne Brill ... Sah aber echt aus, als schwimmt er wie an Irrer zum tiefen Wasser 'naus, da lang, zum Laberlsteg hin. Richtig schnell, mein i – viel schneller, als i schwimm.« 

Conny mustert den Mann von der Seite; sie bezweifelt, dass das viel heißen will. Sie sagt dazu aber lieber nichts und wendet sich an die anderen zwei Frauen: »Und Sie? Haben Sie was gesehen?«

»Tut mir leid, Kleines«, antwortet die eine Mittdreißigerin, die freilich einige Zentimeter kleiner ist als das Mädchen. »Ich hab's nur gehört.«

»Haben sich sicher in diesem Unterwasser-Unkraut verfangen«, vermutet die zweite, einen Kopf längere Frau. »Grindig, das Zeug; das sollte die Stadt mal mähen lassen!«

Tony blickt ratlos aufs Wasser hinaus: »Seltsam. So weit wird dieser kurzatmige, kurzbeinige Köter doch nicht raus paddeln?«

Ihre Freundin zögert noch kurz; dann streift sie sich das T-Shirt wieder ab: »Bringt ja nichts, hier Löcher in die Luft zu stieren! Ich hoffe nur, der ist nicht echt abgesoffen, aber wenn doch ... Ich schaue mal nach; habe ja die Schwimmbrille dabei. Sucht ihr hier an Land und passt auf unseren Kram auf?«

Und ehe Tony womöglich widersprechen kann, geht Conny zu dem Baum zurück, unter dem ihre Sachen lagern, streift auch Shorts und Sandalen ab und holt die Schwimmbrille aus der Sporttasche. Während sie die Brille noch zurechtrückt, steigt sie bereits ins Wasser.

»Geht klar; viel Glück!«, meint Tony schließlich, ohne auch nur ansatzweise so was wie Optimismus auszustrahlen. Dann wendet sie sich an den Jungen, den sie nach wie vor an der Hand hält: »Na, Andi? Komm, wir suchen Felipe; wie wär's?«

»Wo ist mein Hund!?«

Dem Mädchen entgeht nicht, dass der Junge kurz davor steht, in Tränen auszubrechen. »Na, nicht plärren; der spielt bestimmt nur Verstecken. Na komm!«

Sie verfolgt noch, wie Conny im trüben Wasser abtaucht; dann machen sie sich daran, die Liegewiese und das umgebende Gebüsch abzusuchen.

Etwa gleichzeitig kehrt im Sejong-Center Michi Schweighofer zu der Runde unter der Eiche zurück. Begleitet wird sie von einem Herrn um die 40 und zwei etwa halb so alten Frauen, alle drei ein, zwei Fingerbreit kleiner als Margret Mondo, alle drei fernöstlicher Herkunft – und alle vier kommen nicht mit leeren Händen, wie die Regisseurin erfreut registriert: »Ah, das Essen; wunderbar!«

Darauf dreht sich auch Margret zu den Neuankömmlingen um – und zu den Tabletts, die die drei Asiaten wie auch die Chefin des Hauses balancieren: »Hm, riecht das gut!«

Der Autorin sticht etwas Anderes ins Auge: »Stilvoller Auftritt!«, raunt sie ihrem Manager zu. »Tatsächlich kein Stäubchen auf der blütenweißen Arbeitskleidung! Entweder kleckern die wesentlich weniger als ich beim Kochen, oder sie haben sich eben erst frisch umgezogen.«

»Profis eben; die Inszenierung gehört mit dazu«, raunt der Mann zurück. »Hoffen wir, dass das nicht auf Kosten des Geschmacks geht.«

Darauf stellen alle ihre Tabletts auf dem Tisch ab: Zuerst platzieren die zwei Asiatinnen jeweils zwei große Teller mit panierten, flachen Objekten in der Mitte des Tisches, und Michi fügt einige kleinere Schüsseln mit Soßen, Tunken und anderen Häppchen hinzu.

»Sieht aus wie ein Mix aus Palatschinken und Wiener Schnitzel«, bemerkt der Redakteur nach einem leicht skeptischen Blick auf die Mahlzeit. »Riecht aber nach Fisch?«

»Gut erkannt, Herr Novak«, erwidert Michi, während sie ihr Tablett an die eine Asiatin abgibt. »Dazu gleich mehr! Wenn ich Ihnen zuerst Ahn Jong Beom und seine beiden Mitarbeiterinnen vorstellen dürfte, Frau Kim und Frau Nam? Herr Ahn leitet die Küche des Centers.«

Der Koch deutet dezent eine Verbeugung an, da er noch sein Tablett balanciert; seine jungen Mitarbeiterinnen verneigen sich deutlich tiefer. Letztere bleiben stumm; ersterer begrüßt seine Gäste aber auch verbal: »Eine wunderschönen guten Abend, meine Damen und Herren; es ist mir eine Ehre und Freude!«

»Die Freude und Ehre ist ganz auf unserer Seite«, erwidert der Redakteur automatisch. »Aber ... Sie sprechen ja ein ganz hervorragendes Deutsch. Sogar mit leicht österreichischem Einschlag?«

Die nächste Verbeugung fällt einen Tick tiefer, das Lächeln etwas breiter aus: »Zu freundlich von Ihnen! Ich habe noch viel zu lernen ...«

»Herr Ahn war einige Jahre in Berlin tätig, dann als Koch des koreanischen Botschafters in Wien«, erklärt Michi. »Als die Sejong-Bank das Center hier eröffnete, hat er sich dankenswerterweise bereit erklärt, die Leitung der Küche zu übernehmen. So können wir die perfekte Verbindung von koreanischer und österreichischer Küche genießen – sozusagen als Vorgeschmack auf die anstehende Banken-Kooperation ...«

Unterdessen haben die beiden Köchinnen die Flaschen und Gläser, die Ahn trug, vom Tablett genommen und ebenfalls auf dem Tisch verteilt; so kann der Chef sich nun das leere Tablett unter den Arm klemmen: »Aber heute habe ich bereitet ein traditionelle Essen aus Korea – traditionell, aber nach eigene Rezept. Es ist *Jeon*, ein einfaches, altes Gericht. Passt zu warme Wetter, hoffe ich.«

»Es ist paniert; daher hatten Sie mit dem Wiener Schnitzel gar nicht so unrecht, Herr Novak«, ergänzt Michi. »Und ebenso, was den Fisch betrifft.«

Unterdessen verteilen die Frauen als letztes das Besteck – genauer gesagt, die Essstäbchen. Der Koch nickt darauf den fertig gedeckten Tisch zufrieden ab: »Der Fisch für das *Jeon* ist aber nicht von Korea, sondern von Österreich. Viele Fische habe ich versucht; wenige waren gut, nur eine perfekt: Er heißt hier Hausen. Ich denke, Sie kennen Fisch?«

Der Redakteur staunt: »Hausen? Die Stör-Art, von der man den Beluga-Kaviar gewinnt? Der Fisch mit der seltsamen Nase? Ich wusste gar nicht, dass man den als Ganzes auch essen kann.«

Seine ORF-Kollegin zeigt sich ebenfalls wohlinformiert: »Aber soweit ich weiß, gibt's den doch nicht mehr in Österreich? Früher, da schwamm er zum Laichen angeblich die Donau rauf bis Bayern, aber heutzutage, mit all den Wehren und Dämmen entlang der Donau ...«

Der Koch nickt etwas melancholisch: »Ist richtig. Dennoch: Diese Fisch ist von Österreich, von Züchter. War natürlich klein, nicht groß wie Hausen, die früher schwamm in Donau. Nur eine Meter.«

Margret erschrickt: »Ein Meter? Das nennen Sie klein? Und solche Mordstrümmer gab es früher in der Donau?«

Auch Michi staunt: »Wenn das klein ist, wie groß können die denn werden?«

Letztere Nachfrage richtete sich an den Koch. Der lächelt stolz: »Beluga, wie meist genannt, ist starke Fisch. Je stärker, je größer Fisch, desto besser *Jeon*! Wurde früher viel großer: Fünf Meter, auch sechs, sieben Meter. Schwer bis zu zwei Tonne. Heute nur sehr selten; leider; zu früh, zu klein fischen. Schade!«

Das kann der Redakteur bestätigen: »Ja, davon las ich schon. Früher war der hier um Wien wohl recht verbreitet; am Donner-brunnen auf dem Neuen Markt sind ja genau vier Fische abgebil-det: Ein Wels, ein Hecht, ein Karpfen und eben ein Hausen. Letz-teren gibt's leider nicht mehr bei uns. Das größte, was heute hier in der Donau lebt, dürfte der Wels sein: Also bis zu zwei Meter; selten mehr. Darüber gab's im ORF auch schon mal eine ›Univer-sum‹-Folge. Die Kollegen konnten sogar einen recht großen Wels im Kaiserwasser filmen, gleich da drüben.«

»Zwei Meter ...«, wiederholt Margret tonlos, während sie eilig ihr iPhone aus der Tasche holt. »Und die Kinder sind gerade dort hinten am Schwimmen.«

Die Autorin nimmt das nicht sonderlich ernst: »Ja, ruf sie lie-ber: Besser, sie essen hier Fisch, als dass sie dort *vom* Fisch gefres-sen werden! Wie auch immer; Andi wird eh müde sein.«

Margret hat unterdessen gewählt und hält nun bereits das Te-lefon ans Ohr: »Geht nicht ran ... Sie gibt ihr Teil doch sonst nie aus der Hand! Hm ... Ich probier's mal bei Antonia.«

Sie wählt erneut, und dann meldet sich am anderen Ende der nicht vorhandenen Leitung offenbar rasch jemand: »Antonia? Gott sei Dank! Wo ... Immer noch auf der Liegewiese? Und Con-ny? Ich habe gerade versucht ... Im Wasser? Jetzt!? Sie ist doch sonst nicht die große Wasserratte. Nun, eh wurscht: Sagst du Ihr bitte Bescheid, sie soll gleich rauskommen; bist du so lieb? Hier gibt es jetzt Essen, asiatisches Essen; ihr vier müsst doch wirklich hungrig sein!? Kommt ihr? ... Was kann dauern? Das sind doch höchstens fünf Minuten von hier; zehn, wenn Conny sich noch abtrocknen muss. Ja? Bis gleich!«

Der Koch hat die Fisch-Diskussion mit leicht erstaunter Miene verfolgt; als Margret auflegt, fragt er nach: »Alles in Ordnung? Tut mir leid; ich bin nicht sicher ... Sagte ich Falsches wegen Fisch?«

»Nein, nein; wirklich nicht«, versichert Margret – obwohl ihr Gesichtsausdruck das Gegenteil nahelegt. »Ich habe wohl überreagiert. Es ist nur ... Die Idee, dass da womöglich Fische im Wasser sind, zugleich mit den Mädeln, aber größer und schwerer als beide zusammen ...«

»Der Wels ist eh harmlos, nehme ich an«, mutmaßt Michi diesbezüglich. »Frisst vermutlich Grünzeug und so. Oder?«

Der Redakteur weiß es besser: »Das auch wieder nicht. Für die ›Universum‹-Folge haben wir ein paar Szenen von brasilianischen Kollegen eingekauft: Dort im Amazonas gäbe es Welse, die angeblich auch Menschen fressen. Und die Störe in Alaska sollen sogar aus dem Wasser springen – ebenfalls mit potentiell tödlichen Folgen. Dürfte viel Anglerlatein dabei sein ...«

Darauf blickt Margret zum westlichen Horizont, wo die Sonne zwar noch nicht untergegangen, aber schon hinter der umgebenden Vegetation verschwunden ist: »Ich weiß nicht ... Wenn die Kinder in fünf Minuten nicht da sind, dann hole ich sie selbst!«

»Bis dann können versuchen *Jeon*«, befindet der Koch, und da sich seine zwei Mitarbeiterinnen zurückgezogen haben, schenkt er nun selbst den Gästen aus den bereitstehenden Flaschen ein: »Und können trinken *Soju*; ist Getränk, das gehört zu *Jeon*.«

Der Manager wirft erst jetzt einen Blick auf das Etikett: »Ich dachte, das wäre Bier? Mein Koreanisch ist etwas eingerostet ... Das dürfte so eine Art Sake sein?«

»Ist nicht Sake!«, korrigiert ihn der Koch nachdrücklich, während er die Runde macht. »Ist von Reis, ja, aber nicht Sake. Probieren Sie, Herrschaften!«

+++

45

Während die Runde – mehr oder minder skeptisch – zu Gläsern und Stäbchen greift, hat am gegenüberliegenden Ufer des Kaiserwassers Tony ihre Freundin aus dem Wasser gerufen. Wie Conny an Land stapft und sich – noch immer leicht keuchend – die Schwimmbrille abstreift, wedelt Tony mit ihrem Handy: »Deine Mum rief eben an; wir sollen kommen. Wenn wir nicht in ein paar Minuten da sind ... Na, du kannst es dir bestimmt denken. Und?«

Conny schüttelt den Kopf, während sie sich ihr Handtuch holt: »Nichts; keine Spur. Ist aber auch echt urtrüb, die Brühe, und nun, wo alles im Schatten liegt ... Und bei euch?«

»Auch nix.«

»Scheiße, was machen wir jetzt? Was sagen wir Frau Herno?«

Während sie sich eilig abrubbelt, wirft die Schwimmerin einen besorgten Blick auf Andreu: Der sitzt nun wieder auf der Decke, aber während neben ihm der Knabe in der Wippe fröhlich vor sich hin brabbelt, scheint der erste Bube den Tränen nahe zu sein. Auch Tony entgeht das nicht; sie überlegt kurz, dann zuckt sie mit den Schultern: »Die Wahrheit. Was bleibt uns anderes übrig? Aber keine Sorge; Andi: Felipe findet sich schon wieder. Kann sein, er hat echt eine Hündin getroffen, die ihn fesch fand. Muss freilich ein halbblindes Hunderl sein ...«

Aber Andreu kann darüber gar nicht lachen: »Mein Hund ... Wo ist Felipe?«

»Wir suchen weiter«, verspricht Tony, während Conny in ihre Sachen schlüpft. »Gleich morgen!«

»Falls mir meine Mutter nicht Stubenarrest aufbrummt oder so etwas«, gibt Conny zu bedenken. »Immerhin; Hansi ist bester Laune. Nimmst du die anderen Sachen?«

»Geht klar«, erwidert Tony. So hebt Conny die Wippe von der Decke, worauf Tony diese und die anderen Sachen in ihren Rucksack stopft. »Schade, dass Karla im Palais zu tun hatte: Schließlich liebt sie Kinder *und* Hunde! Letzte Woche, da hätte sie dein Brüderchen am liebsten gleich da behalten, glaube ich. Hoffentlich können wir noch mal mit ihr Babysitten; mit zwei Fratzen ist das halt so eine Sache ...«

Conny schmunzelt halb melancholisch, halb stolz, während sie auf den Knaben in der Wippe hinab blickt. Der erkennt offenbar seine Schwester, streckt seine Ärmchen aus und brabbelt nun noch munterer drauflos. »Warum auch nicht? Er ist echt ursüß.«

»Das muss er vom Vater haben«, lästert Tony, als sie den Rucksack aufsetzt. »Stimmt's, Andi? Na komm; auf zu deiner Mama!«

»Hast Glück, dass ich keine Hand frei habe!«, erwidert Conny, die die Wippe in der Rechten und die Sporttasche in der Linken schleppt. »Mama meint, er sähe fast aus wie ich in dem Alter.«

»Was wohl heißt, dass sie über den Erzeuger noch nix verraten hat?«

»Heißt es. Wobei ich ja nach wie vor unseren Ex-Rezeptionisten in Verdacht habe.«

»Den Jus-Student? Der mich ›Finstersteinchen‹ nannte? Wie hieß der Typ gleich?«

»Konrad Graf. Schließlich hat er sich prompt dünne gemacht, wie Mama plötzlich dick wurde. Nun, wurscht: Mir ist's recht! Die Angelegenheit dürfen die beiden gern unter sich klären.«

Darauf blickt Tony zu dem nun recht schweigsamen Jungen an ihrer Hand hinab: »Und wie ist's mit dir, Andi? Was hat deine Mama dir erzählt?«

Fragend blickt der Junge zu dem Mädchen hinauf: »Wovon?«

»Na, über deinen Vater. Deinen Papa. *El Progenitor.* Stimmt es, dass ... Du weißt schon!«

Der Junge weiß nicht: »Einen Papa hab ich nicht.«

»Eine leicht befleckte Empfängnis, was? Na, früher oder später muss sie's dir ausdeuten.«

Conny deutet mit dem Handtuch auf das Buch, das in der Außentasche des Rucksacks steckt: »Spätestens wenn er lesen kann, wird er's gneißen.«

»Wenn's denn so stimmt, was die Presse verbreitet«, relativiert dies Tony. »Sollte man sich nicht drauf verlassen.«

»Du musst's ja wissen.«

»Allerdings!«, antwortet Antonia Finsterfels etwas lauter als nötig. »Was diese Vernaderer schon so alles an Blödsinn über mich verzapft haben ... Da war ich letzten Sommer in Monaco einzweimal mit einem Franzosen im Kino und auf einer Party, da schrieben die von ›erster Liebe‹, ›Prinzessin findet ihren Prinzen‹ und so; Paparazzi lauerten uns auf ... Echt übel!«

»Ich hab's gelesen. Du meinst diesen Jean?«

»Klar; war ja der einzige Typ. Nett, aber ein echt fader Zipf ... Hat sich zum Glück wieder gegeben. Da lobe ich mir das Rote Wien; hier kann man praktisch anonym sein.«

Unterdessen sind die vier wieder am Laberlsteg angekommen. Den Schaulustigen ist längst die Lust vergangen, da die Dreharbeiten beendet sind; aufgrund des Bewuchses erahnt man auch nur, dass jenes Grüppchen jetzt unter jener Eiche tafelt. »Denen schmeckt's garantiert schon. Na, ich fürchte dass wir zumindest Cassiana Herno den Appetit verderben werden.«

Tony fällt dazu nichts ein.

Zwei Minuten später öffnet sich für das endhundete Quartett das Gatter am Eingang des Sejong-Centers; man umrundet das Hauptgebäude, und dann nähern sich die vier zögerlich dem Tisch unter der Eiche. Dort ist man noch am Essen, nachdem sich der Koch auf dem letzten freien Platz niedergelassen hat. Als sie von ihrem Teller aufblickt, erspäht als erste Margret die Neuankömmlinge: »Conny; na endlich! Komm; wir holen euch zwei, drei Stühle; am Tisch ist noch Platz. Ich glaube, das ist wirklich was für dich – abgesehen vom *Soju*!«

Sie eilt auf das Quartett zu, das einige Schritt vor dem Tisch stoppt; dann blickt die Mutter als erste in die Wippe, die Conny leicht ächzend abstellt; sie tätschelt ihrem Söhnchen den Kopf, ehe sie neben Andreu in die Hocke geht. »Na, alles in Ordnung? Der Kleine ist ja immer noch munter! Und du, Andi? Er sieht verweint aus; kann das sein?«

Ehe die Mädchen dazu etwas sagen können, antwortet der Junge: »Wir suchen Felipe ...«

Margret schaltet nicht gleich: »Felipe? Ach ja, natürlich; Cassies Hund! Ja ... Wo ist er denn?«

Während sie sich suchend umsieht, tritt die Autorin an das Grüppchen heran: »Felipe? Stimmt was nicht?«

Die beiden Mädchen blicken sich mehr als verlegen an und schweigen etwas zu lange. Schließlich übernimmt Conny die Beichte. Sie berichtet stockend und zögerlich, was geschah – oder zumindest, was man weiß.

»Klar, dass wir morgen weiter suchen«, ergänzt dies Tony. »Wir finden ihn bestimmt, Frau Herno!«

Die Autorin nahm den Bericht mit starrer Miene zur Kenntnis; sie schweigt einige schmerzhafte Augenblicke, um sich dann an ihre Freundin zu wenden: »Du meintest, dass sie Erfahrung mit Kindern und Hunden haben, Margret!? Passiert das öfter, dass ihnen die Tiere abhanden kommen? Von den Kindern gar nicht zu reden ... Komm her, Andreu!«

Sie hockt sich hin und drückt ihren Sohn an sich. Dem kommen prompt die Tränen: »Mein Hund ...«

»Nun, nun; ist schon gut!«

Sie nimmt den Jungen auf den Arm, und ohne die Mädchen noch eines Blickes zu würdigen, trägt sie ihn zum Tisch hinüber – von wo aus diese Szene aufmerksam verfolgt wurde.

»Wir finden ihn!«, ruft Tony den beiden noch hinterher, während Conny nun ihrerseits mit den Tränen kämpft. Ihrer Mutter entgeht das nicht. »Na, das ist eine Geschichte«, murmelt sie, während sie die Wippe anhebt. Ehe sie aber der Freundin folgt, raunt sie ihrer Tochter noch etwas ins Ohr: »Ehrlich gesagt: Wundert mich, dass das schiache Tier nicht schon vor Jahren seinen letzten Schnaufer getan hat!«

Conny prustet prompt los – was gerade noch als Schniefen durchgehen kann.

Da den beiden Müttern nun nicht mehr nach Tafeln zumute ist, verabschieden sie sich von der Runde. Conny wirft noch einen begehrlichen Blick auf die Reste des *Jeon*, und vom Koch selbst erfährt sie nach der wechselseitigen Vorstellung auch den Namen des Gerichtes. Da die zwei Mütter samt Söhnen aber bereits auf dem Weg zum Parkplatz sind, folgen die Freundinnen schweren Herzens.

Bei Cassies Miet-Kombi angekommen, schnallen die Frauen die Knaben in den Kindersitzen fest; die Mädchen setzen sich zu ihnen auf die Rückbank, und dann fährt man zum Hotel zurück. Unterwegs versucht Margret, darüber zu plaudern, wie der Nachmittag denn sonst so gewesen sei, doch weder Conny noch Tony steht der Sinn nach Small Talk.

»Sie können gerne neben unserem Palais parken«, meint Tony schließlich zur Fahrerin, als man schon fast am Ziel ist. »Da wird der Wagen nicht gefladert; es ist Platz – und man kriegt kein Strafpickerl.«

»Das wäre nett«, erwidert die Autorin knapp, ohne sich umzu-drehen. »Wo lang?«

Tony erwägt einen Augenblick, ihre Offerte zu widerrufen. Dann zückt sie ihr Handy, wählt, und rasch meldet sich jemand am anderen Ende: »Paul? Tony hier! Wir würden gern den Miet-wagen von Cassiana Herno neben unseren Wagen ... Ja, genau! Würdest du ...? Danke!«

»Alles klar«, bemerkt das Mädchen, während sie das Telefon wieder einsteckt. »Paul, unser Chauffeur, ist übrigens auch ein großer Fan von Ihnen.«

»Danke!«, erwidert die Autorin knapp, ohne zu präzisieren, worauf sich das bezieht. So gibt nun auch Tony ihren Versuch auf, die Stimmung zu bessern; stattdessen erklärt sie nur kurz, dass man an der letzten Kreuzung nun nicht nach links zum Hotel, sondern nach rechts abzubiegen habe. Während man am Finster-fels'schen Park entlang fährt, öffnet sich bereits das Gatter am Eingang. Da dieses per Fernbedienung funktioniert, überrascht es Tony, als sie neben dem Tor besagten Chauffeur stehen sieht – und zwar in makelloser Livree.

Conny weiß längst, dass er sich nur bei speziellen Anlässen sol-cherart aufbrezelt: »Steigt bei euch heute irgendein Event?«

»Nein; gar nix«, raunt Tony zurück, während die Fahrerin auf den Parkplatz einschwenkt, auf den Paul mit eleganter Geste deu-tet. »Dad ist ja gar nicht da. Ist wohl wegen der Herno.«

Conny staunt: »Muss echt ein Riesenfan sein!«

Als wäre es eine Selbstverständlichkeit, parkt die Autorin ihren Kombi neben einem schwarzen R-Klasse-Mercedes und einem bordeauxroten Peugeot, die momentan vor der Garage stehen; Schaumreste sowie ein Schlauch am Boden lassen vermuten, dass der Chauffeur gerade mit der Autowäsche befasst war. Während dann die Mütter ihre Kinder ausladen, geht Tony rasch auf Paul zu, der nun per Fernbedienung das Tor wieder schließt. Da die Frauen in Hörweite sind, versucht das Mädchen, dem Chauffeur mit Gesten zu signalisieren, dass er sein Vorhaben – welcher Art das auch sein mag – lieber vergessen soll. Paul aber blickt die Prin-zessin nur ratlos an – um sich dann sogleich Cassiana Herno zu-zuwenden: »Frau Herno, es ist mir eine besondere Ehre-«

»Danke für den Parkplatz«, unterbricht ihn jedoch die Angesprochene. Besser gesagt, scheint sie den Chauffeur gar nicht wahrzunehmen: Ihr Dank könnte sich ebenso an Tony richten; Paul passiert sie – den Sohn auf dem Arm –, ohne ihn anzublicken. »Schönen Abend noch!«

Damit entschwindet sie in Richtung Hotel, gefolgt von Margret, die die Wippe trägt, sowie Conny. Letztere wendet sich vorher noch rasch an den Livree-Träger, dann an ihre Freundin: »Hallo Paul; sorry für die Umstände. Ich rufe dich nachher an, gell!?«

»Geht klar«, antwortet Tony. »Servus!«

Die beiden Palais-Bewohner verfolgen noch, wie die zwei Hernos mit den drei Mondos hinter dem Gebüsch des Parks in Richtung ›Hotel Welt‹ verschwinden; erst dann wendet sich der verdatterte Chauffeur an seine Junior-Chefin: »Sag, Antonia ... Habe ich irgendwas Depperte gemacht oder gesagt? Das war doch Cassiana Herno, oder?«

»Wie sie leibt und lebt. Mach dir keinen Kopf, Paul: Du hast keinen Mist gebaut, sondern wir. Conny und ich, heißt das.«

»Meine Güte, was ist denn passiert?«

»Kann sein, dass wir ihren Köter im Kaiserwasser absaufen ließen.«

»Ach du Scheiße! Bitte um Verzeihung ...«

»Ach was; hast ja recht. Aber wir biegen das schon zurecht; wäre ja gelacht. Und dir verschaffe ich auch noch einen Schmöker mit Widmung von der Herno; versprochen!«

# Dienstag, 18. Juli

Wie ebenfalls versprochen, telefonieren Conny und Tony noch am gleichen Abend. Sie wussten bereits, dass Cassiana Herno am Dienstag mit Routine-Arbeiten beschäftigt sein würde: Interviews geben, Foto-Shootings, Artikel checken, Verhandlungen mit Verlagen und dergleichen. Margret ihrerseits würde sich wie üblich um das Hotel kümmern; den Fürst wähnt man auf Auslandsreise in Skandinavien, und da Sommerferien sind, haben die Freundinnen den ganzen Tag zur freien Verfügung – ein schätzenswerter Luxus für beide. Auch um die beiden Buben muss man sich nicht kümmern: Hänschen Klein schlummert, krabbelt oder brabbelt gerne gleich neben der Rezeption und in Reichweite seiner Mutter – sehr zum Ergötzen der Gäste –, und die Autorin will sich fürs erste selber um ihren Sohn kümmern. Einerseits ärgert dies Conny, nicht zuletzt, weil ihr damit Einnahmen verloren gehen; andererseits sind sie und Tony so natürlich viel flexibler und freier.

Wer nicht frei hat, ist Paul: Stattdessen darf der Chauffeur am Vormittag die beiden Mädchen quer durch die Stadt chauffieren. Zwar verschmäht auch die Prinzessin die Wiener Öffis nicht prinzipiell, doch verstaut sie diesmal im Kofferraum des Peugeot einiges an Ausrüstung, was man kaum durch die U-Bahn schleppen kann, ohne unerwünschtes Aufsehen zu erregen. Und da Paul beim Verstauen half, weiß er natürlich, was man da mit sich führt: »Ich glaube, in der Donau bist du noch nie getaucht; stimmt's?«

»Stimmt«, bestätigt das Tony vom Rücksitz her. »Wird kaum so klar sein wie das Rote Meer, wo wir letzten Winter schnorchelten.«

»Aber dafür erfrischender«, stichelt Conny.

»Kann sein, aber dafür habe ich ja den Neopren-Anzug.«

»Neopren, pah! Was für Warmduscher ...«

»Na, du hast gestern auch ganz schön gebibbert, als du aus dem Wasser stiegst. Und wer weiß, wie lang ich suchen muss?«

Conny blickt ihre Freundin mit einer Mischung aus Unglauben und Respekt an: »Für dich scheint das ja echt eine Art Ehrensache zu sein?«

»Na klar! Hör mal, früher oder später, da wirst *du* das ›Hotel Welt‹ schmeißen – und *ich* unser Fürstentum! Soll man uns da nachsagen, dass wir uns nicht mal um einen blöden, kurzatmigen Köter kümmern können!? So was bekommt man früher oder später aufs Brot gestrichen!«

»Okay, da ist was dran. Ich fürchte nur, das Kind ist schon längst in den Brunnen gefallen – beziehungsweise der Hund in die Donau.«

»Kann ja sein. Aber dann sollten wir zumindest den Grund finden – und dafür sorgen, dass so was nicht noch mal passiert.«

»Falls uns Cassiana Herno dann ihr nächstes Hunderl zum Hüten anvertraut, oder was?«

»Du weißt, was ich meine.«

»Und selbst *falls* wir's herausfinden: Glaube nicht, dass das ihre Laune bessern wird. Meine Güte; die war gestern echt angepisst!«

»Wär ich bestimmt auch, wenn jemand meinen Hund verschlampt – wobei ich mir eh nie ein so schiaches Biest zulegen würde. Wir- Ah, wir sind ja schon da; sehr gut! Setz uns am besten einfach da auf dem Parkplatz vom ›Hotel Kaiserwasser‹ ab, Paul!«

Gesagt, getan. Zu dritt entlädt man die Taucherausrüstung, und als beide Mädchen beide Arme voll haben mit Anzug, Luftflasche, Flossen und Handtüchern, kann der Chauffeur den Kofferraum wieder schließen.

»Danke, Paul!«, schnauft Tony, die mit der Luftflasche das schwerste Objekt übernommen hat. »Wenn du uns ... hm, sagen wir so gegen Vier wieder abholen würdest? Das sollte reichen. Du kannst dir natürlich auch hier auf der Wiese die Sonne auf den Bauch brennen lassen.«

»Reizvolle Idee«, schmunzelt der Chauffeur, der diesmal natürlich keine Livree trägt, sondern Jeans und Polo-Shirt; letzteres immerhin mit dem Fürstlich-Finsterfels'schen Wappen anstelle eines Firmenlogo. »Aber ich habe heute Fahrbereitschaft für die Botschaft; da muss ich nötigenfalls rasch rüberfahren können.«

»Für die Finsterfels'sche Botschaft im ersten Bezirk?«, hakt Conny nach.

»Ja, sicher. Wieso?«

»Wieder mal als Schwarzgeldbote?«

53

»Eher nicht«, erwidert Paul grinsend, da er genau weiß, dass Conny auf die in ›Hotel Welt‹ geschilderten Machenschaften anspielt. »Halt Besucher abholen, Mitarbeiter chauffieren und so was. Soll ja immer Stil haben ...«

»Da kommst du von hier aus garantiert schneller hin als vom Palais weg; glaub mir! Und per Handy bist du eh hier wie dort erreichbar.«

»Wo sie recht hat, hat sie recht. Und *wir* werden dich bestimmt nicht bei Seiner Durchlaucht vernadern«, ergänzt dies Tony grinsend, da Paul noch zögert. Schließlich aber zuckt er schmunzelnd die Schultern: »Tja, warum eigentlich nicht? Ich suche nur noch einen Parkplatz und komme dann nach.«

»Recht so! Wir sehen uns dann auf der Wiese?«

»In Ordnung; bis gleich!«, verspricht der Chauffeur, als er bereits wieder einsteigt. »Wo finde ich euch?«

Aber Conny winkt grinsend ab: »Halt einfach Ausschau nach der Dauerwurst im überdimensionierten Kunstdarm; davon wird's nicht so viele geben!«

»Dein Glück, dass ich keine Hand frei habe!«, erwidert Tony, aber selbst sie muss grinsen; auch Paul lässt lieber schnell die Autotür zufallen, ehe er womöglich loslacht. Während er dann vom Parkplatz runter fährt, schleppen die Mädchen die Ausrüstung zur Liegewiese am Kaiserwasser rüber. Dort lagert man sich wieder unter dem gleichen Baum wie am Vortag. Conny braucht nur ihre Turnschuhe abzustreifen, um ›einsatzbereit‹ zu sein; so kann sie in ihren Shorts zumindest bis über die Knie ins Wasser waten. Bei Tony freilich dauert es etwas länger; nach einer Viertelstunde steckt sie zumindest schon mal im Neopren-Anzug. Nachdem sie den Reißverschluss am Rücken geschlossen hat, tritt Conny zwei Schritt zurück, um das Ergebnis in Augenschein zu nehmen: »Ganz schön umständlich! Aber echt sportlich schaust aus ... Fesch!«

»Na klar!«, meint Tony grinsend, während sie die Ärmel zurechtzupft. »Wurde ja schließlich extra für unseren Urlaub maßgefertigt. War nicht billig.«

»Glaub ich gern. Und die Farben; dunkelblau mit roten Streifen ... Die Farben eures Wappens, gell?«

Als Antwort klatscht sich die Taucherin mit der Rechten auf den Schenkel: »Das ist Dads Interpretation; war auch seine Vorgabe an den Hersteller. *Meine* Deutung ist: Die Dinger machen 'ne Klasse Figur – und rote Längsstreifen, dunkelblauer Grund, das macht noch mal extra schlank! Klar, bei meinem Vater hilft das auch nicht mehr ...«

Conny schüttelt grinsend den Kopf: »Na, was für'n Pech, dass hier just keine Typen- Warte, da kommt ja einer!«

Tony folgt dem Blick ihrer Freundin und sieht den Chauffeur kommen – der vorerst noch außer Hörweite ist: »Tja, wenn der gute Paul Zwanzig wäre statt Vierzig ...«

»Und zwanzig Kilo leichter«, ergänzt Conny. »Aber er ist echt in Ordnung.«

»Na klar. Hey, Paul: Hier sind wir!«

Auf diesen Ruf hin entdeckt der Chauffeur die beiden Mädchen; so kann er seiner Junior-Chefin noch dabei helfen, die Luftflasche anzulegen. Kurz darauf geleitet Conny ihre – dank der Flossen ungraziös dahinwatschelnde – Freundin ins Wasser: »Na gut; da Paul auf den ganzen Kram aufpassen kann, werde diesmal ich mich hier an Land umsehen. Vielleicht traf Felipe ja auf einen ausgehungerten Fuchs ... Viel Glück!«

»Danke. Bin schon gespannt, was sich da so findet.«

Damit setzt sie ihre Taucherbrille auf, nimmt den Atemregler in den Mund, nickt ihrer Freundin nochmals zu und marschiert dann ins Wasser. Erst nach zwanzig, dreißig Metern reicht ihr das Wasser bis an die Hüfte, so dass sie endlich untertauchen kann. Conny verfolgt noch, wie die Luftblasen-Schwärme weiter und weiter draußen aufblubbern; dann kehrt sie zu ihrem Lagerplatz zurück. Dort sagt sie kurz Paul Bescheid; dann macht sie sich ihrerseits in der Umgebung auf die Suche nach Hunde-Faschiertem.

Angelehnt an den Baum, halb liegend und die Arme gemütlich hinter dem Kopf verschränkt, überlegt der Chauffeur halbherzig, ob es eine gute Idee war, die beiden Mädchen alleine suchen zu lassen. Als er gerade am Einschlummern ist, wird er von der Seite her angesprochen: »Bitte um Entschuldigung, aber wir haben Sie vorhin von da drüben mit den beiden Mädeln gesehen ... Gehören die zu ihnen? Ihre Töchter?«

Paul blickt blinzelnd zu dem Paar hoch, das neben ihm Stellung bezogen hat. Da eine solche Situation nicht zum ersten Mal vorkommt, weiß er, was er zu erwidern hat: »Die Taucherin gehört zu mir, ja. Die andere ist ihre Freundin. Wieso?«

Die Frau antwortet mit einer Gegenfrage: »Ich glaube, wir haben die beiden schon gestern hier getroffen. Kann das sein?«

»Mag sein; da war ich selber allerdings nicht dabei.«

»Aber dafür ein Hund? Ein Mops, glaube ich?«

»Ja, so ist es. Haben Sie den gesehen?«

»Siehst du!«, wendet sich die Frau darauf zuerst an ihren Gatten, ehe sie dem Chauffeur antwortet: »Sie suchen immer noch Ihr Hunderl, nicht wahr?«

»Stimmt. Kann ja sein, dass er hier noch irgendwo ist. Ich passe unterdessen hier auf ...«

»Ich verstehe«, antwortet die Frau. Sie blickt ihren Gatten auffordernd an, worauf dieser zögerlich fortfährt: »Sie müssen wissen, dass es uns gestern ebenso erging: Auch unser Hunderl ist verschwunden, unser Poldi ...«

Darauf berichtet die Frau, was sie am Vortag bereits den Mädchen erzählt hat. Paul ist sich nicht sicher, was er von dieser Sache halten soll: »Meine Güte, fast wie bei ... beim Hund meiner Tochter. Ich glaube, sie erzählte so was. Das war ein Chihuahua, nicht wahr?«

»Ganz genau.«

»Und Sie suchen heute auch weiter?«

»Nicht direkt«, meldet sich nun wieder der Mann zu Wort. »Wir kommen gerade von dort drüben; da wollten wir fragen, ob man Poldi gesehen hat, ob er sich vielleicht dahin verlaufen hat ... Aber da ließ man uns erst gar nicht rein.«

Er fingerzeigt zum nordöstlichen Ende des Kaiserwassers hinüber, und Paul erkennt gleich, was er meint: »Meinen Sie vielleicht die Freizeit-Anlage dieser Bank ... Wie heißt die gleich?«

»Sejong-Bank«, erklärt die Frau, das »j« freilich nicht »dsch« aussprechend. »Waren Sie schon mal da?«

Tatsächlich hat Paul vor einigen Wochen Margret, die beiden Mädchen und Fürst Finsterfels höchstselbst zur feierlichen Eröffnung des Sejong-Centers gefahren. »Soweit ich weiß, haben da nur Mitarbeiter und Angehörige Zutritt. Wieso?«

Die Frau nickt eifrig: »Eben. Wissen Sie auch, dass das Koreaner sind?«

Seinerzeit war Paul aufgefallen, dass höchstens ein Viertel aller Anwesenden aus Asien zu stammen schien; die meisten Mitarbeiter und Geladenen waren Einheimische. Auch dieses Insider-Wissen unterschlägt er lieber: »Ist wohl nach einem alten König Koreas benannt, heißt es. Und?«

»Man sagt, die haben auch eine koreanische Küche, einen koreanischen Koch und so. Und wissen Sie, was man in Korea so alles isst?«

Jetzt dämmert Paul, worauf das hinauslaufen soll: »Sie meinen ... Dass man dort manchmal auch Hunde verspeist?«

»Genau! Wer weiß, vielleicht endeten das Hunderl Ihrer Tochter und unser Poldi- Mein Poldi ...«

Die Frau beginnt verhalten zu schluchzen. Paul dagegen hat Mühe, ein Grinsen zu unterdrücken, so abstrus erscheint ihm diese Idee: »Sie meinen ... Die kidnappen – oder dognappen – Hunde und braten sie dann? Mit süßsaurer Soße!? Ich hörte mal wo, für so was werden die Hunde in Korea extra gezüchtet – eben wie bei uns Rinder, Hähnchen oder Schweine.«

Tatsächlich durfte Paul seinen Chef im vorigen Winter auf einer Reise nach Seoul begleiten: Während Fürst Finsterfels in der Zentrale der Sejong-Bank über die Kooperation verhandelte, radebrechte Paul auf dem Parkplatz – den gemieteten Rolls immer im Auge behaltend – mit den koreanischen Kollegen. Einer von diesen bot sich tatsächlich an, ihn in ein Restaurant mitzunehmen, wo auch Hund auf der Speisekarte stehe; »*Bo-sin-tang; Soup that make you healthy.*« Paul lehnte jedoch höflich ab. Auch dieses Detail verschweigt der Chauffeur nun lieber.

»Hunde essen ... Barbaren! In Österreich verbietet das unser Tierschutzgesetz«, konstatiert stattdessen die männliche Hälfte jenes Paares. »Gott sei Dank!«

Das war Paul neu. »Ach so?«

»Ja! Woher also nehmen, wenn man auch in Wien echt koreanische Küche haben will? Und es ist ja nicht so, dass Ihr und unser Hunderl die ersten wären: Wir trafen gestern noch eine Frau, die meinte, das sei öfter vorgekommen in den letzten Wochen –

allerdings nicht hier, sondern bei der neuen, großen Hundezone neben dem Angelibad.«

»Ein Stück die Alte Donau aufwärts, meinen Sie? Da war ich noch nie.«

»Falls Sie noch einen zweiten Hund haben, dann gehen Sie da besser auch nicht hin! Es gibt inzwischen sogar eine Facebook-Gruppe, gegründet von denen, die ihren Hund dort ... Nun, sagen wir, dort verloren haben.«

»Ich bin gestern der Gruppe beigetreten und habe gleich ein paar Nachrichten mit den Mitgliedern ausgetauscht«, ergänzt dies der Mann. »Was glauben Sie, wann die ersten Hunde verschwunden sind?«

Paul kann es sich denken: »Zeitgleich mit der Eröffnung des Sejong-Centers da drüben?«

»Bingo! Na, jedenfalls nur wenige Tage später.«

›Dummer Zufall!‹, denkt sich Paul. »Aber wie soll das funktionieren? Ich meine, dass die Koreaner unbemerkt die Hunde einfangen könnten? Ein Asiate mit Fangnetz auf der Hundewiese, das fällt doch arg auf.«

»Sie sind raffiniert!«, meint dazu nur die noch immer schluchzende Frau.

Ihr Gatte wird ein wenig konkreter: »In einigen Postings wird vermutet, dass man die Hunde unter Wasser zerrt, ersäuft und dann in das Center rüber schafft. Sie wissen ja, die haben da einen eigenen Bootsanleger.«

Paul kommt aus dem Staunen nicht heraus: »Sie meinen ... Die schnorcheln an den Strand ran?«

Der Mann zuckt mit den Schultern: »Möglich wär's doch? Da hat es uns schon gewundert, als wir Ihre Tochter vorhin im Taucheranzug sahen.«

»Ich sagte doch, dass sie nach unserem eigenen Hund sucht: Sie im Wasser, ihre Freundin in der Umgebung an Land.«

Der Mann nickt begütigend: »Ich verstehe ja. Nun, vielleicht finden sie ja was? Wie es scheint, werden diese Hundefresser leichtsinnig: Sie gehen schon gleich im Grätzl auf die Pirsch!«

Mittlerweile hat Paul den Eindruck, dass alles, was er sagen könnte, jenes Pärchen in ihrer Meinung nur bestätigen wird; so zeigt er sich fortan recht einsilbig. Der Mann und die Frau lassen sich davon nicht stören; stattdessen geben sie angebliche koreanische Kochrezepte für Hund gegrillt, gebraten oder gekocht zum Besten, erzählen von ähnlichen Gerüchten aus anderen Städten, ergänzen das zudem durch grauselige Details über Hunde-Spezialitäten aus China ... Da kann sich der Chauffeur einen Kommentar nicht mehr verkneifen: »Ich dachte, es geht um koreanische Küche?«

»Korea, China, Japan ...«, bemerkt dazu der Mann schulterzuckend. »Essen die nicht alle mit Stäbchen und so?«

›Was würdest du wohl davon halten, wenn du mit Tschechen, Tschuschen und Italienern in einen Topf geworfen wirst?‹, denkt Paul dazu. Eine Antwort bleibt ihm aber erspart, als er Tony aus dem Wasser steigen sieht.

»Und? Was gefunden?«, ruft ihr Paul entgegen – obwohl der Schwung, mit dem sich das Mädchen die Taucherbrille vom Kopf reißt, für sich spricht. Sie erwidert vorerst auch nichts; so steht der Chauffeur lieber gleich auf, um seiner Junior-Chefin beim Ablegen der Ausrüstung zu assistieren.

»Hallo, Liebes«, begrüßt unterdessen die Frau das Mädchen. »Wir trafen uns gestern schon hier; erinnerst du dich?«

»Klar«, erwidert Tony, nachdem sie den Atemregler abgelegt hat. »Sie suchten auch Ihren Hund, den ... (Sie verkneift sich gerade noch die Bezeichnung ›Flohbeutel‹) den Chihuahua. Wie hieß er gleich? Haben Sie ihn gefunden?«

»Poldi. Nein, er ist immer noch ...«, erwidert die Frau – worauf sie erneut zu schluchzen beginnt; so fährt der Mann fort: »Keine Spur. Und du?«

Tony schüttelt den Kopf: »Auch nix. Klar, da unten sieht man höchstens ein, zwei Meter weit, und bei all dem Gestrüpp ... Da kann man an der *Titanic* vorbeischwimmen, ohne dass man's merkt.«

Die männliche Hälfte des Pärchens zeigt sich wenig überrascht: »Wir haben deinem Vater gerade erklärt, dass unsere beiden Hunde nicht die einzigen sind, die hier entlang der Alten Donau vermisst werden. Bei weitem nicht die einzigen.«

Tony blickt den Mann befremdet an, während sie sich die nassen Haare aus dem Gesicht streicht: »Meinem Vater? Wie-«

»Irgendwie müssen wir auch noch deinem Brüderchen beibringen, dass wir Felipe nicht gefunden haben«, unterbricht Paul sie, während er seiner vorgeblichen Tochter die Sauerstoffflaschen abnimmt. »Und eurer Mutter ...«

Tony stutzt erneut; dann schaltet sie: »Oh ja, klar ... Kann man nichts machen, hm? Aber ... ›Nicht die einzigen‹? Was heißt das?«

Darauf berichtet das Pärchen in Kurzfassung nochmals, was sie vorher dem ›Vater‹ verklickert haben. Währenddessen stößt Conny zu der Gruppe; auch ihre Suche war erfolglos. Paul sieht den beiden Mädchen unschwer an, dass sie die Theorie von den koreanischen Hunde-Nappern ebenso befremdet wie ihn. Allerdings sagen auch sie das nicht direkt; schließlich hat man selbst keine bessere Erklärung.

Als Tony dann aber erfährt, dass beim Angelibad noch mehr Hunde verschwunden seien, ist ihr Ehrgeiz geweckt: Sie schlägt vor, dass man doch auch da noch suchen sollte; schließlich ist noch nicht mal Mittag. Conny sieht das genauso, und so widerspricht auch Paul nicht. Das belustigt das Ehepaar ein wenig, da sie den Chauffeur für den Erziehungsberechtigten halten; ansonsten aber ermutigen sie Tony. Die Einladung, Paul und dessen ›Töchter‹ zu begleiten, lehnt das Paar aber ab; man reise morgen in den Urlaub und müsse noch packen – worüber das Trio wiederum nicht unglücklich ist.

So lässt man sich von dem Paar noch die genaue Bezeichnung der Facebook-Gruppe geben; dabei stellen sich die zwei als Heinz und Christine Tascher vor; unter diesem Namen seien auch sie auf Facebook zu finden. Darauf stellt sich ihrerseits Conny vor; ihre beiden Begleiter benennt sie »Paul und Antonia Stein« – ein Pseudonym, das man schon verschiedentlich verwendet hat. Unterdessen packt Paul die Taucherausrüstung in den Wagen; Tony trocknet sich ab, aber der Einfachheit halber zieht sie den Neoprenanzug gar nicht erst aus.

Rasch verabschiedet man sich von den Taschers; dann steigen Conny und die ›Familie Stein‹ in den Peugeot. Weit muss man nicht fahren; nachdem man die UNO-City passiert hat, biegt Paul in die Arbeiterstrandbadstraße ein. Am Nordbahndamm findet man bequem einen Parkplatz, von wo aus die drei die Ausrüstung nur noch bis zur nächsten Wiese tragen müssen.

Der Großteil der Hundezone neben dem Angelibad wird von zahlreichen Bäumen angenehm behalbschattet; wem es dennoch zu heiß wird, für den ist das Wasser der Alten Donau nur wenige Schritte entfernt. Somit tummeln sich dort beim Eintreffen der Neuankömmlinge ein Dutzend Vierbeiner, begleitet von etwa ebenso vielen Zweibeinern. Einige Hundchen, Herrchen und Frauchen verfolgen verwundert, wie Paul und die Mädchen Luftflasche, Atemregler und Handtücher zu einer Sitzgruppe nahe am Wasser tragen; Fragen stellt aber keiner. Während dann Tony wieder die Ausrüstung anlegt, begibt sich Conny zum benachbarten Bootsverleih: Denn vom Boot aus kann sie ihrer Freundin nötigenfalls gleich an Ort und Stelle helfen; außerdem sehen vier Augen mehr als zwei, befand man auf der Herfahrt; Paul würde unterdessen wieder den Lagerplatz hüten. So strampelt Conny ihr Miet-Tretboot dann gerade in die Nähe der Hundezone, als Tony dort ins Wasser steigt. Man winkt einander noch zu, und dann beginnt die Suche von neuem.

Da der Grund auch hier flach abfällt, schwimmt Tony zuerst gut 50 Meter hinaus, ehe sie neben Connys Boot stoppt. »Alles klar?«

Tony streckt die Rechte mit erhobenem Daumen aus dem Wasser. »Alles klar! Hoffe nur, mein ›anderer‹ Dad erfährt nie von alledem ... Na, was soll's; ist mal was anderes.«

»Kann man wohl sagen.«

Darauf beschreibt die Taucherin mit der Rechten einen weiten Bogen über die Umgebung: »Okay, ich denke, ich schwimme mal an den Anlegern da drüben vorbei, immer im Uhrzeigersinn in Sichtweite vom Ufer. Ist ja möglich, dass der eine oder andere Köter einfach nur vom Steg gefallen ist, nicht mehr raus kam und so ...«

»Würde mich nicht wundern.«

»Eben. Warte am besten so in der Mitte zwischen Hundewiese und Nordufer; da finde ich dich rasch. Man weiß ja nie ...«

»Geht klar. Viel Spaß!«

Tony nimmt den Atemregler in den Mund, setzt die Taucherbrille auf und winkt Paul zu, der vom Ufer aus zurückwinkt.

Dann reckt die Schwimmerin erneut den Daumen in die Höhe und versinkt in der Haltung langsam im trüben Wasser der Alten Donau. ›Wie am Schluss von ›Terminator 2‹‹, denkt Conny, doch verscheucht sie diese Assoziation rasch wieder.

Während Conny dann ihr Tretboot gemächlich weiter hinaus strampelt, gleitet Tony in die Tiefe. Weit gleiten kann sie allerdings nicht, da dort die Alte Donau nur gut drei Meter tief ist; auch als sie anschließend dem sanft abfallendem Boden folgt, werden es maximal vier Meter.

Dennoch genießt das Mädchen den Tauchgang. Natürlich ist es kein Vergleich mit dem Ägypten-Urlaub einige Monate vorher; einen Vorteil hat die Donau allerdings gegenüber dem Roten Meer: Hier ist die Temperatur noch halbwegs frisch, so dass man nicht in Gefahr gerät, unter Wasser ins Schwitzen zu kommen; andererseits verhindert der Neopren-Anzug, dass Tony zu frieren beginnt. Auch beträgt die Sicht nun zumindest drei, vier Meter, so dass die Suche nicht ganz so sinnlos erscheint wie im Kaiserwasser.

Dennoch muss sich die Schwimmerin ab und an dazu zwingen, sich auf ihre Suche zu konzentrieren. ›Ich sollte das öfter machen!‹, sagt sie sich. ›Einfach abtauchen, schwerelos dahingleiten mit flüssigem Flossenschlag; sanft gestreichelt von den Wasserpflanzen ... Wenn die nicht direkt über die Haut streichen, ist's gar nicht mal unangenehm!‹

Nachdem sie sich ein paar Minuten warmgeschwommen hat, blickt Tony nach oben: Anhand der Richtungen des abfallenden Grundes, des einfallenden Sonnenlichtes sowie des Kompasses an ihrem Handgelenk kann sie sich unschwer orientieren. So paddelt sie, angetrieben nur durch leichte Flossenschläge, gemächlich ein, zwei Meter über dem Grund dahin, abwechselnd nach unten und nach vorne spähend. Nach gut zehn Minuten entdeckt sie die Stützen des ersten Steges, worauf sie nach rechts schwenkt. Einige Minuten später taucht sie kurz auf, um sich zu orientieren; sie winkt Conny zu, die gut hundert Meter weiter wartet, und taucht wieder ab.

In der folgenden Viertelstunde passiert sie mehrere Stege am Nordufer der Alten Donau. Dort ist der Grund ziemlich zugemüllt, aber um sicher zu gehen, schwimmt Tony trotzdem mehrfach um die Stützen der Stege herum. Dabei entdeckt sie neben dem östlichsten Steg etwas, was sie auf den ersten Blick für einen Ast oder ein Kabel hält. Als sie das Objekt aber untersucht, entdeckt sie an einem Ende eine Schlaufe und am anderen einen Karabinerhaken.

›Eine Hundeleine!‹, erkennt Tony aufgeregt. ›Na, wenn das keine Spur ist!‹

Rasch taucht sie auf – womit sie einem älteren Herrn, der auf dem Steg angelt, fast einen Herzinfarkt verpasst.

»Tut mir leid!«, murmelt Tony dem sprachlosen Angler zu, nachdem sie den Atemregler aus dem Mund genommen hat. Dann wendet sie sich dem offenen Wasser zu: »He, Conny. Ich komme!«

Sie schwenkt die Leine; ihre Freundin entdeckt sie und macht sich sogleich daran, das Boot zu wenden. Darauf taucht Tony wieder ab, um ihr entgegen zu schwimmen.

Als sie erneut in tieferes Wasser hinaus schwimmt, scannt die Taucherin den Boden nur noch nachlässig, da sie eher nach Connys Boot Ausschau hält; aber auch so fällt ihr auf, dass allerlei Altwaren auf dem Grund rumliegen: ›Hier sollte die Stadt echt mal das Grünzeug jäten; da sieht man ja kaum noch den Boden!‹ denkt sie. ›Und den Mist einsammeln! Ein rostiges Fass ... Noch ein Pneu ... Ein toter Baumstamm ... Ein Haufen Ziegel ... Ein Bündel Draht ... Ein Röhren-Fernseher ... Mit dem Klumpert hier unten, da kann man ganze Häuser bauen und einrichten! Warte mal ... Sollten Baumstämme nicht oben schwimmen?‹

Einen Augenblick noch zögert die Taucherin; dann siegt die Neugier, und sie schwimmt einige Meter zurück. Dank des Autoreifens findet sie unschwer den Ort, wo der mutmaßliche Baumstamm lag – doch zweifelt sie nun an ihren Sinnen: ›Weg? Wo ... Das war doch hier!? Aber ... Da ist nur Grünzeug und Sand. Blödsinn; der kann doch nicht ...‹

Da hier das Grünzeug weniger dicht wächst, kann sich Tony bis auf Tastweite dem Grund nähern. Als sie dann die bewusste Stelle untersucht und umkreist, läuft ihr – trotz des Anzuges – ein Schauer über den Rücken, und dies liegt nicht nur daran, dass in der Tiefe das Wasser spürbar kälter ist als nahe der Oberfläche. Plötzlich realisiert sie am Rand ihrer Taucherbrille, dass sich zu ihrer Linken etwas am Lichteinfall ändert; es wird dunkler. Als sie sich umdreht, merkt sie, dass sie sich plötzlich mitten im Schatten befindet. Sie blickt nach oben, und anstatt direkt in das vom Wasser gefilterte Sonnenlicht zu blicken, wird ihr Schwarz vor Augen – wortwörtlich: Denn direkt über ihr, nur eine Armlänge entfernt, schwimmt ein riesiges Objekt; zu beiden Seiten dringen die gestreuten Sonnenstrahlen bis auf den Grund vor, doch dazwischen bewegt sich Schwärze. Und tatsächlich bewegt sich die Schwärze aus eigener Kraft, wie Tony entsetzt erkennt: Glaubte sie im ersten Augenblick, dass da eben jener Baumstamm dahin treibt, so wird ihr nun klar, dass sie es hier mit keinem toten Objekt zu tun hat.

Zwei, drei Sekunden ist das Mädchen starr vor Schreck. Dann will sie aufschreien; sie verliert den Atemregler; Luftblasen steigen auf und nehmen Tony die Sicht; dennoch meint sie noch zu erkennen, wie dahinter der Schatten auf sie zukommt. Nun völlig panisch, stößt sich das Mädchen mit den Flossen am Boden ab, wedelt gleichzeitig abwehrend mit den Händen und versucht, sich von der Gefahr zu entfernen. Dabei verrutscht die Brille; Wasser dringt ein und gerät Tony in die Augen. Nur noch vom Instinkt getrieben, paddelt sie so stark als möglich mit den Beinen, schwimmt rückwärts-aufwärts und durchstößt endlich die Wasseroberfläche. Sie will gerade die Taucherbrille herunter reißen, wie etwas von hinten an ihr zu zerren beginnt: »Nicht; lass das; weg da! Hau ab!«, schreit Tony, unterbrochen von Husten, Spucken und Keuchen. »Lass mich!«

»Tony; keine Panik: Ich bin's, Conny!«

Es dauert etwas, bis die Taucherin die Stimme ihrer Freundin erkennt; noch etwas länger dauert es, bis sie zu strampeln aufhört. Sie nimmt die Brille ab, wischt sich das Wasser aus den Augen, spuckt und keucht noch ein paar Mal, und als sie sich dann umdreht, sieht sie, dass sich Conny weit aus ihrem Boot herauslehnt, um die Schwimmerin an den Luftflaschen festzuhalten. »Was ist denn? Ich sah die Blasen aufsteigen, und-«

Aber da beginnt sich bei Tony wieder die Panik zu melden: »Zieh mich raus, verdammt: Zieh mich ins Boot; na los!«

»Schon gut, schon gut! Nicht so heftig, sonst kentert das Schinakel!«

64

Mit Ach und Krach gelingt es Conny, Tony aufs Boot zu zerren, ohne dass dieses umschlägt. Einige Augenblicke sitzt die Taucherin dann keuchend an Deck. Sobald sie aber wieder bei Atem ist, tastet sie sich zur Bordwand vor, späht sehr, sehr vorsichtig ins Wasser – um sich dann sofort wieder zurückzuziehen: »Bring uns hier weg; weg hier!«, schreit sie dann Conny zu, obwohl die direkt neben ihr hockt. »Da ist was im Wasser!«

Conny kennt ihre Freundin gut genug, um nicht erst nachzufragen; stattdessen schwingt sie sich wieder in den linken der beiden Sitze und tritt in die Pedale: »Okay, okay! Hätte echt ein Motorboot nehmen sollen ...«

Obwohl sie mit voller Kraft strampelt, wendet das Boot recht träge, um sich dann eher gemächlich in Richtung Bootsverleih zu bewegen – gemächlich jedenfalls aus Tonys Sicht, die abwechselnd nach links, recht und hinten ins Wasser späht. »Geht das nicht schneller?«

»Wenn du hilfst, schon!«, schnauft Conny zur Antwort. »Was ist denn? Was war denn?«

»Da ist was da unten!«, wiederholt Tony, ohne den Blick vom Wasser abzuwenden. »Und es ist scheiß groß!«

»Was denn? Und wie groß?«

»Na, ein Fisch halt – ein Riesenviech von einem Fisch, mindestens ... also, bestimmt vier Meter lang. Nein, mehr!«

»Vier Meter?«, keucht Conny. »Echt? So was Großes, hier in der Alten Donau? Was sollte das denn sein?«

»Was weiß denn ich; bin ich Zoologin?«

»Bist du sicher, dass es ein Fisch war? Vielleicht ein Boot, das über dir schwamm?«

»Glaubst du, ich bin blind und blöd!? Das Viech war unter Wasser, keinen Meter über mir – und es bewegte sich! Es war im Gegenlicht, klar, da konnte ich nicht viel erkennen, und dann ... Okay, ich bekam die Panik! Aber ich hätte mal dich sehen wollen! Das Teil war bestimmt so ...«

Conny dreht sich um und sieht, wie ihre Freundin die Hände gut einen Meter weit auseinander hält: »So klein? Meintest du nicht-«

»So *dick* war das Mordstrumm; wie ein Baumstamm! Wie lang ... Das konnte ich halt nicht so genau erkennen. Aber länger als ich; doppelt oder dreimal so lang! Verdammt ... Wie kommt das hierher?«

Conny weiß dazu nichts zu sagen, doch etwas anderes ist ihr noch aufgefallen: »Was hast du da eigentlich in der Hand?«

Erst da registriert Tony, dass ihre Rechte immer noch die Hundeleine umklammert hält: »Das ... Die fand ich kurz vorher, neben dem Steg. Das ist eine Leine, eine Hundeleine.«

Nun versucht Conny, Eins und Eins aufzuaddieren: »Meinst du ... Das, was da unten schwimmt ... Ist das gefährlich?«, überlegt sie laut, soweit es ihr Atem zulässt. »Frisst es womöglich ... all die Hunde?«

»Groß genug ist es dafür allemal. Scheiße, hier gehe ich nie wieder schwimmen! Ich- Warte, nicht zum Bootsverleih: Fahr gleich zur Hundezone rüber!«

Conny lenkt das Boot prompt nach links: »Wenn du mit trittst, geht's schneller, gell? Sind ja nicht umsonst zwei Sitze mit Pedalen da.«

Tatsächlich zieht sich Tony nun die Flossen aus und legt die Luftflasche ab. Als sie damit fertig ist, ist man aber schon fast an der Wiese angekommen. Somit springt die Taucherin – nach einem prüfenden Blick ins Nass – in das nur noch knietiefe Wasser, um an Land zu eilen. Noch ehe sie dieses erreicht, wendet sie sich einem jungen Paar zu, welches mit ihrem *Golden Retriever* im seichten Wasser herum tollt, dass es nur so spritzt: »Weg hier; raus aus dem Wasser!«, schreit sie diesen zu. »Sind Sie deppert?«

»Das wird peinlich!«, murmelt Conny, die vorerst im Boot bleibt. Das Paar seinerseits starrt das Mädchen im Neoprenanzug zuerst nur konsterniert an; schließlich findet die Frau als erste Worte: »Was ... Was soll das? Was willst du?«

Tony eilt weiter auf das Paar zu, bis sie nur noch in knöcheltiefem Wasser steht: »Da draußen schwimmt was rum – was Großes, etwas scheiß Großes!«, ruft sie, wobei sie gen Norden deutet. »Bestimmt das Viech, was all die Hunde frisst.«

Da sie zugleich mit der Hundeleine winkt, hinterlässt ihr Auftritt durchaus Eindruck – und lockt andere Hundebesitzer an, wie Tony verschreckt realisiert: »Nein, nicht: Bleiben Sie vom Wasser weg!«

Stattdessen versammeln sich entlang des Ufers rund um die Taucherin nach und nach ein halbes Dutzend Hunderln – samt Herrln und Frauerln. »Davon habe ich gehört«, bemerkt eine Hundehalterin.

Die Frau neben ihr kann noch eins draufsetzen: »Meiner Nachbarin ist das passiert; erst vorige Woche!«

»Wo hast du die denn gefunden?«, fragt ein Mann, indem er auf die Leine deutet; die nächsten Fragen folgen jedoch, ehe die immer noch atemlose Taucherin antworten kann:

»Was ist passiert?«

»Wurde wieder ein Hund gefladert?«

»Hast du was gesehen? Was denn; sag schon!«

Tony beginnt mit der letzten Frage: »Ich weiß nicht ... Aber es war groß, sehr groß; ich bin selbst nur knapp entkommen!«

Während Conny denkt, dass ihre Freundin nun womöglich doch etwas dick aufträgt, berichtet diese in Kurzform über ihren Tauchgang – und findet weitere aufmerksame Zuhörer. Zu diesen hat sich inzwischen auch Paul gesellt, nachdem er sich die Schuhe ausgezogen und ebenfalls ins Wasser gewatet ist. Eine Weile hört er seiner Junior-Chefin zu; dann geht er zum einige Schritt abseits vor sich hin dümpelnden Tretboot rüber: »Meine Güte ... Stimmt das?«

Conny zuckt mit den Schultern: »Ich habe nichts gesehen, nur Tony eben, wie sie in Panik geriet.«

»Sie ist doch hoffentlich nicht verletzt!?«

»Sieht nicht so aus.«

Paul blickt sich ratlos nach dem immer noch größer werdenden Grüppchen um; dann wendet er sich wieder an Conny: »Jedenfalls gut, dass ihr wieder da seid: Vor ein paar Minuten rief Tonys Vater an: Ich soll ihn in einer halben Stunde mit dem Wagen abholen.«

»Der Fürst? Ich dachte, der sei gar nicht im Lande.«

»Dachte ich auch. Aber wie's aussieht, ist er in Wien. Sogar ganz in der Nähe: Ich soll ihn in dem Center am Kaiserwasser abholen, wo ich euch alle seinerzeit zur Eröffnung hingefahren habe.«

»Im Sejong-Center? Was macht er denn da?«

»Ich weiß es nicht; vermutlich eine Besprechung wegen der Zusammenarbeit der Banken. Aber ich kann ihn da schlecht warten lassen.«

Conny versteht: »Ist klar; ich sage Tony Bescheid. Zuerst bringe ich aber das Boot zurück; kostet ja per Stunde! Vermutlich rufen wir uns dann ein Taxi – und zwar am Besten, bevor hier die Presse aufmarschiert ...«

Paul wirft einen weiteren Blick auf die Gruppe, in deren Zentrum Tony steht: »Wäre besser; solche Publicity braucht niemand. Also, danke und servus!«

»Wir haben zu danken; bis demnächst!«, verabschiedet sich Conny vom Chauffeur. Der zögert einen Moment, blickt erneut zu Tony hinüber, die inzwischen von drei neugierigen Flohbeuteln beschnüffelt wird, und eilt dann zurück an Land.

+++

Tatsächlich befindet sich Fürst Adolf von und zu Finsterfels zur gleichen Zeit auf dem Gelände des Sejong-Centers, wo er nur einen Tag vorher wiederum seine Tochter hätte treffen können. Allerdings würde es nicht nur Tony, Conny und Paul überraschen, was er dort tut: Denn er befindet sich keineswegs in einem der Sitzungs- und Veranstaltungsräume des Centers, sondern im Untergeschoss, in der Küche, wo ihm momentan nur der Chefkoch Gesellschaft leistet. Der öffnet gerade eigenhändig zwei Flaschen der gleichen *Soju*-Marke, wie er sie am Vortag serviert hat, um sie dann zusammen mit zwei Gläsern auf einen der blankpolierten Edelstahl-Arbeitstische in der Großküche zu stellen. Beidhändig füllt er die beiden Gläser zu zwei Dritteln; dann schiebt er eines davon zum Fürsten rüber: »Trinken Sie! Das ist beste *Soju* von ganz Korea!«

Der Fürst blickt etwas skeptisch über den Tisch weg zu dem Koreaner hinüber bzw. auf diesen hinab; schließlich ist er fast einen Kopf größer und zudem deutlich massiger gebaut. Endlich hebt er das Glas an: »*Soju* ... Ja, das habe ich schon bei meinem ersten Besuch in Seoul kosten dürfen ... Gewöhnungsbedürftig!«

Der Koch nickt lächelnd, nimmt einen tiefen Schluck aus seinem Glas und stellt es dann mit einem wohligen Seufzer auf dem

Tisch ab: »Ich bin sicher, Sie haben nicht getrunken billige, schlechte *Soju!?* Versuchen Sie!«

Der Fürst tut es – zuerst vorsichtig, doch dann leert er gleich das ganze Glas, um es anschließend auf den Tisch zu knallen: »Meine Güte! Ja, wahrlich nicht schlecht. Daran *könnte* ich mich gewöhnen! Und Sie meinen, das passt zu dem Fisch?«

»Besser als alles; vertrauen Sie mir!«, erwidert der Koch augenzwinkernd. »Natürlich; für große Fest wir haben kleine Gläser! Wir in Korea trinken gerne gemeinsam, wenn Arbeit fertig. Aber nicht alle können trinken viel ...«

Sein Gegenüber nickt zustimmend, während er den maßgeschneiderten, doch einen Tick zu straff sitzenden Anzug zurecht zupft: »So ist es sicher besser: Wir wollen ja schließlich am Samstag den Beginn der Zusammenarbeit unseres Institutes mit der Sejong-Bank zelebrieren und kein Massenbesäufnis veranstalten.«

Auch der Koch nickt: »Noch wichtiger: Wenn Gast trinkt zu viel Alkohol, er kann nicht mehr viel schmecken von Essen! Und Gast sollen doch schmecken Fisch ... Später, wenn Abend, wenn Reden gehalten, wenn gegessen, dann kann alles trinken!«

»Da haben Sie selbstverständlich recht: Man soll unsere große Überraschung, unser *pièce de résistance* zu würdigen wissen! Apropos: Ist dafür im Saal alles bereit?«

Wieder nickt der Koch. Er leert seinerseits sein Glas, ehe er antwortet: »Kommen Sie; ich zeige Ihnen!«

Man verlässt die Küche und steigt ins Erdgeschoss hinauf. Dort betritt man dann den größten Saal im Gebäude, der sich mittels einer Galerie über zwei Stockwerke erstreckt. Auf beiden Ebenen sind ein gutes Dutzend Handwerker und Arbeiter zugange, die Teppiche verlegen, Dekorationen aufhängen und runde Stehtischchen aufstellen. An der Querseite des Raumes aber steht ein einzelner, gut zwei Meter breiter und viermal so langer Tisch, geschnitzt und gezimmert offenbar aus einem einzigen, grob bearbeitetem Baumstamm.

»Ah, ich sehe, unsere Spezialanfertigung fürs Buffet ist wohlbehalten angekommen«, kommentiert dies der Fürst lächelnd. »Sehr gut!«

»Er wurde geliefert vor drei Tage«, bestätigt das der Koch. »Wunderbar; Sie haben recht! Welche Baum ist das?«

»Eine dreihundert Jahre alte Eiche«, erklärt der Fürst, während er liebevoll über die polierte Tischoberfläche streicht. »Ich habe den Baum in unserem Forst in Finsterfels eigenhändig ausgesucht. War wahrlich nicht einfach, ihn zeitgerecht bearbeiten zu lassen. Aber wozu hat man schließlich daheim nicht nur eine eigene Bank, sondern auch ein Sägewerk!? Fürwahr angemessen für unser *pièce de résistance*, meinen Sie nicht?«

Der Koch nickt, doch ein wenig Restskepsis bleibt noch: »Wunderbar. Doch ist Tisch auch stabil genug? Sie wissen ...«

Er sieht sich nach den Arbeitern um, doch von diesen ist momentan keiner in Hörweite. Dennoch senkt auch Finsterfels die Stimme ein wenig: »Das Teil wiegt über zwei Tonnen; acht Beine, so dick wie Elefantenhaxen ... Sicher hält das! Oder ist unser ›Kleiner‹ noch gewachsen? Werfen wir noch einen Blick auf ihn? Eigentlich kann ich mich an diesem fürwahr majestätischem Tier nicht sattsehen – aber schließlich sollen sich am Samstag dann ein paar Hundert Leute auch an ihm satt*essen*; hehehe ...«

Ehe der Koch widersprechen kann, geht sein Begleiter zu der Flügeltür in der Mitte des Saales hinüber. Dieser zum Außengelände führende Durchgang steht ohnehin offen, da gerade einige Arbeiter Stühle nach draußen tragen. Der Koreaner ist ihm nicht gleich gefolgt; so holt er den Fürsten erst ein, als dieser schon auf halbem Weg zum Ufer ist: »Herr Finsterfels ... Ich weiß nicht ...«

»Ich weiß, ich weiß; eigentlich ist der Bereich abgesperrt«, entgegnet der Fürst leicht schnaufend, da er nun bereits seinen massigen Körper zwischen zwei Absperrbändern hindurch zwängt. »Aber schließlich haben wir selbst für diese Absperrung gesorgt, nicht wahr? Also ...«

Die Lesung am Vortag wurde im westlichen Abschnitt jener Badebucht aufgezeichnet; die zwei Männer stehen nun an deren östlichen Ende. Dort, jenseits der abgesteckten Bahnen für die Schwimmer und gegenüber vom Durchgang zum Kaiserwasser, befindet sich ein gut zehn Meter breiter Unterstand, wo sonst einige Tret- und Ruderboote untergebracht sind. Diese sind nun mehrere Meter weiter direkt am Ufer vertäut, während der Unterstand selber auf allen Seiten durch schwarze Planen verhängt ist, die bis ins Wasser hinab reichen. Vorsichtig betritt der Fürst den kurzen Steg, der zum Unterstand führt, um dann zwischen zwei

Planen hindurch ins Innere zu spähen: »Arg dunkel ... Nun, so mag er's wohl! Ich hoffe, der gute Koloman hat genug Platz? Aber zehn Meter, damit sollte selbst er gefälligst sein Auslangen finden.«

Inzwischen ist der Koch neben den Fürst getreten – beziehungsweise hinter ihn, denn er versucht erst gar nicht, in das Innere des Verschlages zu blicken: »Zehn Meter ist wenig«, befindet er. »Ist nicht genug.«

»Schauen's, für die paar Tage, da können wir kaum den Käfig vergrößern. War schon schwierig genug-«

Doch der Koch fällt ihm ins Wort: »Käfig ist offen.«

Es dauert einige Momente, ehe der Fürst begreift. Dann lässt er die Plane zur Seite gleiten und dreht sich zu seinem Begleiter um: »Was sagen Sie? Meinen Sie etwa ... Nein; Sie wollen mich pflanzen!«

Instinktiv tritt der Koch einen Schritt zurück: »So großes Fisch in so kleine Käfig ... Unmöglich! Wird fett, wird faul ... Und dann schmeckt nicht mehr! Fisch muss schwimmen in offene Wasser, muss jagen für Muskeln, für richtige Essen. Nur dann Delikatesse; nur dann *pièce de résistance*.«

Der sonst recht rotgesichtige Fürst erblasst sichtlich: »Sie meinen ... Koloman ist weg!? Verflucht, wissen Sie, wie teuer das war, ihn hierher zu bekommen, unbemerkt, bei Nacht und Nebel!?«

»Keine Sorge: Fisch ist nicht weg; kann nicht weg: Ist ja immer noch in See. Hole ihn raus erst kurz vor Feier; dann ist Geschmack optimal.«

»Ach!? Und wie wollen Sie das anstellen?«

»Keine Sorge: Ist nicht erste Fisch, die ich fische. Habe meine Methode ...«

Beim Fürsten fällt der Groschen unterdessen nur Cent-weise: »Das heißt ... Das Biest schwimmt jetzt irgendwo in der Alten Donau!? Und Karla meinte, dass Tony und Conny heute ins Strandbad wollten!«

»Keine Gefahr; Fisch hat andere Geschmack.« beteuert Ahn, aber das ist nicht geeignet, den Vater zu beruhigen. Der zückt nun sein Smartphone, wählt, und während er dann wartet, tappt er ungeduldig mit dem Fuß auf den Planken des Stegs. Nach einer halben Minute erreicht er jemanden: »Tony? Na endlich! Was-Ach, wurscht! Ich-«

»Hey, Papa! Könntest du etwas lauter sprechen!?«, unterbricht ihn die Tochter am anderen Ende der Leitung.

Der Vater tut dies: »Was ist denn das für eine Unruhe bei dir da im Hintergrund? Wo bist du?«

»Äh ... Im Angelibad. Ist halt urvoll hier. Wieso?«

»Angelibad ... Du meinst das Strandbad? An der Alten Donau!?«

»Ja, klar. Wieso?«

»Komm da raus aus dem Wasser, hörst du? Sofort!«

»Hey, ich telefoniere gerade mit dir! Meinst du, ich nehme mein Handy mit ins Wasser? Das mag ja wasserdicht sein, aber wohin soll ich's stecken?«

»Ah ja ... Dann geh bloß nicht wieder rein!«

»Wieso? Was soll der Stress? Conny und ich, wir-«

»Sie gefälligst auch nicht! Schau, ich komme gleich mit Paul vorbei, dann holen wir euch ab. Wir treffen uns am Eingang!«

»Das heißt ... Seit wann bist du denn wieder in Wien? Und wo?«

»Später! Bis gleich!«

»He, warte; ich- Aufgelegt! So was ...«

Einige Momente blickt Tony ratlos auf ihr Handy. Da sie noch den Neoprenanzug trägt, gibt sie das Gerät an Conny zurück; die kam gerade rechtzeitig vom Bootsverleih zurück, um ihrer Freundin noch das Telefon zu bringen: »Er kommt her? Warum plötzlich der Stress?«

Tony zuckt mit den Schultern: »Was weiß ich; ein Anfall von Fürsorglichkeit oder so. Nun, hatte eh nicht vor, da noch mal rein zu gehen; will ja nicht als Fischfutter enden! Aber jetzt schnell; wir müssen vor ihm am Eingang vom Bad nebenan sein. Ich habe null Bock, ihm diese Aktion von heute zu erklären; sonst lässt der mich nie mehr raus.«

Dabei blickt sie allerdings etwas ratlos an ihrem Anzug hinab: »Aber was mache ich mit der Ausrüstung? Die kann ich ja kaum in die Tasche stecken, und wenn er die sieht ...«

Ihre Freundin winkt gelassen ab: »Kein Problem: Wenn du mir Geld fürs Taxi gibst, nehme ich die gerne mit. Okay, vielleicht nicht gerne; aber wenn's sein muss ...«

»Echt?«, meint Tony strahlend. »Das wäre klasse! Klar; dafür sollte ich genug dabei haben. Danke!«

»Kein Problem!«, antwortet Conny grinsend. Dann daumendeutet sie auf die Hunde-Hundehalter-Gruppe, die einige Schritt weiter nach wie vor eifrig diskutiert: »Ist eh besser, wenn ich bei den Depperten da drüben weiter lausche, glaube ich: Wer weiß, auf was für Ideen die noch kommen! Zieh du dich mal um und lass deinen Dad nicht warten! Ist schon schräg: Erst hetzt Paul da rüber; dann kommt er prompt wieder her.«

Während somit Tony zu der Sitzgruppe eilt, wo Handtücher, Tauchausrüstung und Kleidung liegen, mischt sich Conny wieder unter jene Gruppe, wo die von Tony geborgene Hundeleine wie eine Reliquie von Frauerl zu Herrl wandert. Rasch ist Tony umgezogen; sie verabschiedet sich von ihrer Freundin, drückt ihr einen Fünfziger fürs Taxi in die Hand, und eine Viertelstunde nach dem Telefonat erreicht sie den Parkplatz neben dem Angelibad. Tatsächlich kommt nur wenige Minuten später Pauls Peugeot an – beziehungsweise zurück. Auf die verwunderte Nachfrage ihres Vaters erklärt die Tochter knapp, dass Conny noch ins Kino wolle, ins Megaplex. Während danach Vater, Tochter und Chauffeur zurück gen Palais fahren, ist das Trio ungewohnt schweigsam.

Umso erregter dagegen geht es weiterhin in der Hundezone zu. Conny hat inzwischen erfahren, dass jenes Pärchen mit dem *Golden Retriever* Rumpoldt heißt; dieses ist mittlerweile samt Hund aufs sichere Festland retiriert. Dort ist die Gruppe um sie herum auf gut dreißig Zweibeiner – und zwanzig Vierbeiner – angewachsen. Neuzugänge müssen natürlich zuerst darüber aufgeklärt werden, worum es denn eigentlich geht, und fasziniert verfolgt Conny, wie mit jeder Schilderung Tonys Bericht spektakulärer und farbenprächtiger wird: In einer Version versuchte die Taucherin, dem unbekannten Ungetüm sein letztes Opfer zu entreißen, doch behielt sie nur die Leine zurück; in einer wenige Minuten jüngeren Fassung wurde sogar das Mädchen selber attackiert. Auch zeigt der mutmaßliche Raubfisch ein bemerkenswertes Wachstum;

bald ist er fünf, bald sieben Meter lang. Ein Herr spekuliert gar, dass es sich nicht um einen Fisch handele, sondern eher um ein Krokodil, das irgendwer ausgesetzt habe; davon höre man ja immer wieder.

Conny hätte fast vorgeschlagen, dass man es mit mutierten Schildkröten zu tun haben könnte; sie verkneift sich das aber lieber: Womöglich glaubt es noch jemand! Stattdessen versucht sie, den wildesten Gerüchten entgegen zu treten, doch da hat sie schlechte Karten: Sie selber hat ja nichts gesehen, und die Hauptzeugin ist verschwunden, ohne dass man so recht mitbekommen hat, warum und wohin. Dies führt zu weiteren wilden Gerüchten; manche mutmaßen, dass die Taucherin das Tier angelockt oder gar gefüttert habe!

Noch emotionaler wird die Unterredung, als ein weiteres Ehepaar in den 40ern zu der Gruppe stößt: Denn die Frau erkennt die geborgene Leine sofort; sie gehöre zu ihrem Hündchen namens Franzi.

Ohne dass es Conny mitbekam, rief auch irgendwer die Polizei, und recht bald nähern sich vom Parkplatz her drei Uniformierte. Conny will sich nun lieber absentieren, doch wird sie daran von den anderen ›Zeugen‹ gehindert; schließlich sei sie als einzige mit der ›vermissten‹ Taucherin draußen auf dem Wasser gewesen. Als dann ein ORF-Kamerateam den Ermittlern fast auf dem Fuße folgt, wird Conny endgültig klar: Die Sache gerät außer Kontrolle.


Unterdessen diskutieren im ORF-Zentrum auf dem Küniglberg Cassiana Herno und ihr Manager Bernd Müller mit jenem Redakteur namens Novak, der bereits der Lesung am Vortag beigewohnt hat. Genauer gesagt, vergeht viel Zeit bei diesem Meeting damit, dass der Redakteur in seinem Vorab-Exemplar von ›Kaiserwasser‹ blättert. Als dies allzu lange währt, reißt der Frau der Geduldsfaden, und sie schlägt mit der flachen Hand auf den Schreibtisch, hinter dem der Redakteur sitzt: »Sieben Abschnitte hatte ich herausgesucht, die ich für eine Lesung für geeignet halte«, echauffiert sich die Autorin. »Sieben! Und Sie wollen mir tatsächlich sagen, Herr Novak, dass Sie sich außerstande sehen, davon zwei oder drei auszusuchen, die über den Sender gehen dürfen?«

Dem Redakteur rutscht vor Schreck das Buch aus der Hand und auf den Schoß. Ehe er antwortet, schlägt er es zu, umfasst es mit beiden Händen an den Längsseiten und stützt es wie einen Schutzschild vor sich auf dem Tisch ab: »Frau Herno; verstehen Sie doch ... Ich dachte nur, die zwei Stellen, die Sie gestern lasen, wären ein wenig ... Wie soll ich sagen?«

Nur der grinsende Manager scheint die Unterredung zu genießen; während Cassiana auf ihrem Sessel fast bis an den Rand vorgerückt ist, hat er sich bequem zurückgelehnt: »Schlüpfrig? Ist das das Wort, nach dem Sie suchen?«

»Nein! Na ja ... Jedenfalls: Die anderen Stellen, die Sie sonst noch angeboten haben, die wären ja noch- Hm ...«

»Expliziter?«

»Nein, nein! Aber ... Für eine Ausstrahlung im ›Kulturmontag‹ ... Ich meine ...«

»Das haben wir doch gestern schon durchgekaut!«, schnauft die Autorin verächtlich, um sich nun auch in ihrem Freischwinger-Sessel zurückfallen zu lassen. Darauf beugt sich der Manager ein wenig vor: »Wir hatten doch auch schon erwogen, auf der ORF-Homepage einen Clip mit einer Lesung anzubieten. Wenn es Ihnen fürs Fernsehen zu anzüglich ist ... Wie gesagt: Im Netz sind ganz andere Sachen zu sehen und zu hören.«

»Aber nicht auf *unserer* Website!«, erwidert der Redakteur spontan. Dann versucht er einen versöhnlichen Tonfall anzuschlagen: »Ein Vorschlag: Wir zeichnen noch eine dritte Lesung mit unserem Equipment im Center auf; die, nun ja, am wenigsten verfängliche Stelle würden wir im ›Kulturmontag‹ bringen, und eine der beiden Stellen von gestern dürfen Sie gerne auf Ihrer persönlichen Website anbieten. Ich sah, dass Sie da ja auch Videos von anderen Lesungen zeigen.«

Das interessiert die Autorin: »Und ein Link auf meine Homepage findet sich dann direkt beim dem Bericht über mich auf ORF.at?«

»Versteht sich. Ein Link auf Ihre Website, meine ich, nicht direkt auf die Lesung. Ich denke-«

Aber nun unterbricht ihn der Manager: »Das ist nicht, was wir besprochen hatten! Ein Video direkt auf Ihrer Homepage, das schauen sich womöglich 10 Prozent aller Besucher an. Einem Link folgen bestenfalls fünf Prozent, und von denen sucht dann wiederum nur ein Bruchteil nach dem Video, falls der Link nicht direkt dahin führt. Herr Novak, ich bin Deutscher, schlimmer noch, Hamburger: Wie Sie wissen, haben wir das Image, möglichst rasch auf den Punkt zu kommen – was man in Österreich oft als Unhöflichkeit ansieht; das ist mir bekannt. Aber es bleiben nur noch sechs Tage bis zum Sendetermin, also sagen wir doch klipp und klar, worum's hier geht: *Wir* wollen ›Kaiserwasser‹ promoten, und *sie* wollen exklusive Bilder und Statements einer Bestseller-Autorin für Ihre Sendungen. Ich ging eigentlich davon aus, dass dies für beide Seiten eine Win-win-Situation ist!?«

»Schon ... Gewiss ... Ich meine ...«

In dem Moment wird – ohne Anklopfen – die Bürotür geöffnet, und die ebenfalls bereits bekannte Regisseurin tritt ein: »Hallo Harri! Oh, Grüß Gott, Frau Herno, Herr Müller! Bitte um Entschuldigung, aber ... Dauert nicht lange! Ich sah nur gerade, was da über den Sender geht. Schaltest du mal ORF 2 an, Harri? Dürfte Sie auch interessieren, Frau Herno, als Freundin von ... Wie heißt Ihre Freundin hier in Wien doch gleich? Die mit dem Hotel?«

Während der Redakteur – mutmaßlich nicht unerfreut über diese Unterbrechung – zu dem Fernseher hinüber eilt, der an einer Seite des Büros steht, blickt die Autorin die Regisseurin fragend an: »Meinen Sie Margret? Margret Mondo?«

»Eben die. Sie hat doch- Ah ja, da ist es schon.«

Alle wenden sich dem Fernseher zu, wo gerade offenbar eine Live-Reportage läuft, aufgenommen irgendwo im Grünen. »Wo ist denn das?«, fragt angesichtsdessen der Redakteur. »Was ist-«

»Das ist doch Cornelia!?«, unterbricht ihn da bereits die Autorin: Schon nach wenigen Sekunden hat sie das Mädchen erkannt, das da neben den Rumpoldts vor der Kamera steht, während im Hintergrund bereits mehrere Dutzend Schaulustige zu erahnen sind.

»Wusste ich's doch!«, triumphiert die Regisseurin. »Die Kollegen wurden an die Alte Donau gerufen; da soll es einen

Schwimm-Unfall, eine Tier-Attacke oder so was gegeben haben. Mal sehen ...«

»Das wird Margret erst recht interessieren«, murmelt die Autorin, während sie – ohne den Blick vom Bildschirm abzuwenden – ihr Handy zückt und wählt. Im Fernsehen wechselt unterdessen die Reporterin zu jenem Ehepaar, dem die gefundene Hundeleine gehört: »... also, Herr Travnicek: Was haben Sie gesehen?«

»Wir selber?«, fragt der Mann nach. »Na, eh nix! Wir waren ja hier an Land, haben teils den anderen Hunderln zugeschaut, wohl auch gehofft, unsere Franzi zu finden ...«

»Ihr Hund, zu dem die gefundene Leine gehört?«

»Ja, das war seine Lieblings-Leine«, bestätigt das die Gattin mit leicht zittriger Stimme. »Ich habe sie sofort erkannt, mit dem Anhänger an der Schlaufe, den Bissspuren am Ende der Leine ...«

»Und du hast sie gefunden? Dort in der Alten Donau?«

Damit wendet sich die Reporterin an Conny, der dies sichtlich unangenehm ist: »Nein, nicht ich selber, sondern- äh, meine Freundin. Ich habe sie nur ins Boot gezogen.«

»Nachdem sie im Wasser attackiert wurde?«

›Ich kann Tony hier doch nicht als Lügnerin hinstellen!‹, denkt sich Conny. »Äh, ja, so war's wohl.«

»Und du? Hast du was gesehen?«

»Na ja; ich kann's nicht beschwören. Nur einen großen Schatten; aber das Wasser ist ja auch echt urtrüb.«

»Irgendeine Ahnung, was das war? Ob es auch für das Verschwinden der Hunde verantwortlich ist?«

»Keinen Schimmer; ehrlich!«

»Und deine Freundin?«

Hier hat Conny eine Ausrede parat: »Die ist ... Das war garantiert ein Wahnsinns-Schock für sie. Sie kann jetzt echt nicht.«

»Verständlich; danke. Aber Sie, Herr Travnicek, meinten, dass Sie nicht an ein ... sagen wir, nicht an ein Seeungeheuer glauben?«

Der Mann, an den sich die Reporterin nun wieder richtet, nickt eifrig: »Ist es nicht seltsam, dass die einzige vermeintliche Augenzeugin sich so rasch schleicht? Ich habe den Eindruck, man will uns hier pflanzen, will uns auf eine falsche Spur locken. Nichts für ungut, Kleines!«

Perplex blickt Conny zu dem Mann hinüber, der nur zwei, drei Fingerbreit größer ist als sie und – im Gegensatz zu seiner Gattin – auch kaum breiter; er aber fährt unbeirrt fort: »Hier verschwinden ja schon den ganzen Monat über Hunderln – und zwar exakt seit dem Zeitpunkt, als die Koreanische Bank dort hinten am Kaiserwasser ihr Freizeit-Zentrum eröffnet hat.«

»Komplett mit koreanischer Küche und koreanischem Koch«, ergänzt dies die Frau mit einer Stimme, die nun eher vor Empörung denn aus Trauer zu beben scheint.

Während Conny sich umsieht, ob sie nicht unbemerkt verschwinden kann, weiß die Reporterin offenbar nicht so recht, was sie davon halten soll: »Und wo sehen Sie da den Zusammenhang?«

»Die essen Hunde, die Koreaner!«, erklärt der Mann fast triumphierend. »Die Idee, dass man von dort aus Taucher ausschickt, um entlang der Alten Donau Hunde zu fladern, die erschien selbst mir allzu abenteuerlich – bis heute, heißt das. Aber jetzt-«

Nun reißt Conny der Geduldsfaden: »Lächerlich; Ahn Jong Beom kocht garantiert keine Hunde!«

Darauf wendet sich die Reporterin sogleich wieder dem Mädchen zu: »Du kennst den Koch? Er heißt ... Bomm?«

»Ahn mit Familiennamen; der wird in Korea an erster Stelle genannt«, erklärt Conny. Als Erbin *in spe* und Teilzeit-Mitarbeiterin des ›Hotel Welt‹ hat sie auch Erfahrung mit Gästen aus Korea; ein ausgezeichnetes Namensgedächtnis gehört zum immateriellen Familienerbe, und so ist es für sie selbstverständlich, dass sie den Namen behalten hat, auch wenn sie ihn am Vortag zum ersten und einzigen Mal gehört hat. Was sie damit anrichtet, dämmert ihr erst bei Travniceks Reaktion: »Sehen Sie? Sehen Sie? Ich wusste es: Die beiden stecken mit den Hunde-Dieben unter einer Decke!«

Tatsächlich hakt die Reporterin umgehend nach: »Woher kennst du also jenen Koch?«

»Ich, äh, wieso?«, stammelt Conny. »Tu ich nicht! Der, äh, der trat doch mal in einer dieser Koch-Shows auf, irgendwo im Fernsehen. Außerdem: Wir suchen doch selbst unser Hunderl!«

»Aha!«, meldet sich wieder der Mann zu Wort. »Also seid ihr tatsächlich auf Hunde-Jagd!?«

»So meinte ich das nicht!«

»Sie bezieht sich offenbar auf deinen Felipe«, meint an dieser Stelle der Manager zur Autorin, während auf dem Monitor das Interview weiterläuft. »Ist doch süß, dass sie so hartnäckig ist; hat offenbar ein schlechtes Gewissen.«

Aber die Autorin ist längst am Telefonieren: »Ja, wir sehen es auch, Margret. Vielleicht solltest du Cornelia lieber an- beziehungsweise wegrufen? Spontane Interviews machen schließlich nur Zores. Glaub mir; ich weiß, wovon ich rede.«

»Sicher wird's Zores geben – für mein Töchterchen!«, erwidert Margret kopfschüttelnd, während sie ihrerseits das Interview verfolgt. »Was tut Conny da überhaupt?«

»Schaut so aus, als suche sie immer noch Felipe.«

»Deinen Hund? Wenn ich das richtig verstehe, hat sie was ganz anderes gefunden. Eine klassische Sommerloch-Geschichte; wirklich höchst peinlich.«

»Ich hoffe nur, dass nicht mehr draus wird. Na, jedenfalls bis heute Abend, Margret. Oder ... Sag, hast du heute Mittag schon was vor? Hättest du Zeit?«

»Na ja, prinzipiell schon. Wieso?«

»Dann würde ich dich gerne zum Essen einladen. Etwas plaudern; nur wir zwei ... und unsere zwei Buben – wenn's dir recht ist?«

»Ja; gerne. Und wo?«

»Wie wär's mit dem Schweizerhaus? Vor Jahren waren wir da ja schon mal.«

»Prima Idee; ich komme gerne.«

Die beiden verabreden noch Zeit und Ort fürs Treffen; dann legt Margret den Hörer auf, schiebt das Telefon auf dem Tresen zur Seite und stellt mit der Fernbedienung den Ton leiser, da die Reporterin gerade wieder ins Studio abgegeben hat. Vorerst reagiert sie nur mit einem Kopfschütteln auf all dies; der ältere, zierliche Herr, welcher der Frau momentan als einziger im Frühstücksraum des ›Hotel Welt‹ Gesellschaft leistet, schmunzelt dagegen amüsiert: »Meine Güte ... Es dürfte zehn Jahre her sein, seit ich die liebe Cornelia das letzte Mal im Fernsehen sah, Frau Mondo.«

Darauf muss auch die Hôtelière schmunzeln: »Richtig; das war im '7er Jahr, als der ORF hier einen kurzen Bericht über unser Haus machte. Sie waren ja auch mit dabei, Herr Hofmann – schon damals als Stammgast.«

»Ja, in der Tat.«

»Tja, *das* war seinerzeit wirklich gute Werbung; aber so was hier!?«

Der Gast sieht das recht gelassen. »Nun, es dürften nicht allzu viele Zuseher wissen, dass Cornelia Mondo zum ›Hotel Welt‹ gehört. Aber wer könnte das andere Mädchen gewesen sein, das erwähnt wurde?«

»Oh, das war mit Sicherheit Antonia Finsterfels. Erstens waren gestern ja Conny *und* Antonia fürs Baby- und Hundesitten zuständig; zweitens ist sie der einzige weibliche Teenie mit eigener Tauchausrüstung, den ich kenne.«

»Dann kann ich nachvollziehen, warum sie es vorzieht, die Kamera zu meiden«, befindet Hofmann nickend. »Bei der Prinzessin Finsterfels hätte gewiss eher die Gefahr bestanden, dass der eine oder andere Zuseher sie erkennt.«

»Trotzdem: Es war kein netter Zug, dass sie Conny da allein stehen lässt – zumal es ja offenbar Antonia war, die dieses ... die was auch immer gesichtet hat.«

»Ich bin gewiss, unsere Prinzessin hat es nicht gern getan«, befindet Hofmann – wobei sich diesmal Margret nicht sicher ist, ob da eine Portion Ironie mitschwingt.

Tony Finsterfels hat momentan freilich noch keine Ahnung, was gerade an der Alten Donau vor sich geht – und selbst andernfalls käme sie vorerst kaum dazu, sich darüber den Kopf zu zerbrechen: Denn während das Interview im Fernsehen läuft, erreichen Paul sowie Fürst und Prinzessin erst den Parkplatz neben dem Palais.

Nach dem Aussteigen wendet sich der Vater nach längerem Schweigen wieder an seine Tochter: »Wie war's eigentlich im Angelibad? Was für Zeugs hast du denn da alles mit?«

Instinktiv wirft sich Tony ihren tatsächlich recht prall gefüllten Rucksack auf den Rücken: Zwar hat Conny den Großteil der Ausrüstung übernommen; den Neoprenanzug hat die Taucherin aber selbst eingepackt. »Nur eine große Decke. Ist sonst arg unbequem auf der Liegewiese.«

»Verstehe. Also wart ihr gar nicht im Wasser?«

Die Frage, ja schon die Idee an sich befremdet die passionierte Schwimmerin: »Klar waren wir im Wasser! Platz zum Chillen, den hätten wir hier ja auch.«

»Waren viele Leute im Wasser?«

»Bei dem Wetter? Na logisch!«

Während man nun das Palais betritt, weicht der Fürst weiter dem forschenden Blick seiner Tochter aus: »Und? Ist irgendwas geschehen? Irgendwas Besonderes, meine ich?«

»Was soll denn geschehen sein?«

»Na ja, ich weiß nicht ... Vielleicht irgendwelche Unfälle, speziell im Wasser. Kommt ja immer wieder vor; gerade bei diesen Strandbädern. Scherben im Sand; Sonnenstich; Schwächeanfälle; Fischbisse ...«

»Fischbisse!?«

»Ach, nur ein Beispiel ... Aber, wo wir schon dabei sind: Warum fahrt ihr eigentlich quer durch Wien, nur um in der trüben Brühe der Alten Donau zu plantschen? Und gestern wart ihr doch erst im Kaiserwasser, nicht wahr?«

»Ja, klar; das nennt sich Sommerferien! Hätten ja gleich im Center vom Steg springen können, wie letztes Mal, aber da liefen gestern ja die Aufnahmen.«

»Und? Wie liefen die deinem Eindruck nach? Du weißt ja; Frau Herno wird schließlich auch am Samstag auf unserem Empfang aus ihrem Roman vortragen.«

»Tja, habe davon halt nicht viel mitbekommen. Da fragst du besser Frau Schweighofer oder Frau Mondo.«

»In Ordnung. Aber dass ihr da auch ins Wasser geht ... Das muss doch wahrlich nicht sein! Speziell im Kaiserwasser nicht; da soll es doch ... Also, da ist es fürwahr besonders unhygienisch, das Wasser.«

»Ist mir nicht aufgefallen«, flunkert die Schwimmerin, der ein gewisser Unterschied zum Hauptteil der Alten Donau durchaus nicht entgangen ist. »Okay; sauber war's auch nicht gerade.«

»Eben. Warum fahrt ihr zum Schwimmen nicht lieber ins Neuwaldegger Bad? Das ist von hier aus eh näher und auch bedeutend, hm ...«

»Exklusiver?«

»Ja, das auch ...«

Tony ist nach wie vor nicht klar, was das soll; kurzentschlossen nutzt sie jedoch die Situation: »Tja; leider ist das auch das teuerste Bad Wiens.«

»Mach dich nicht lächerlich: Du kriegst das Eintrittsgeld selbstverständlich von mir.«

»Für Conny und mich?«

»Ja, ja.«

»Und was fürs Buffet? Ohne Snack geht sich das nicht aus, wenn man ein paar Stunden da drin ist. Ein paar Würstel; zwei Cola ...«

»Schon gut, schon gut!«

»Und Paul bringt uns hin?«

»Aber zurückfahren dürft ihr gefälligst mit der Bim!«

»Deal«, meint Tony grinsend – und entschließt sich gleichzeitig, dem Grund für diese unerwartete Großzügigkeit nachzugehen.

+++

Als Conny ihrerseits per Taxi ins Hotel zurückkehrt, trifft sie ihre Mutter dort nicht an – zu ihrer Überraschung, aber auch Erleichterung; so braucht sie nicht zu erklären, warum sie eine Taucherausrüstung anschleppt. Von der Abwesenheit der ›Chefin‹ erfährt die Tochter von der Rezeptionistin, einer relativ neuen und jungen Mitarbeiterin, mit der Conny immer noch per Sie ist. Per Sie ist sie nach wie vor auch mit Herrn Hofmann, der gerade an der Rezeption steht; ihn freilich kennt sie schon ihr Leben lang, und er kann dem Mädchen auch weitere Informationen geben: Während jenes Berichtes von der Alten Donau haben Cassiana und Margret telefoniert; dabei habe man ein Treffen im ›Schweizerhaus‹ verabredet. Auf diese Weise erfährt die Tochter auch gleich, dass ihre Mutter bereits über das Geschehen vom Vormittag informiert ist. Der Stammgast muss bei seiner Schilderung erneut schmunzeln, und zu Connys Erleichterung meint er, dass auch Margret den Bericht recht gelassen aufgenommen habe.

Nachdem sich Hofmann verabschiedet hat, verstaut Conny die Tauchausrüstung im Gepäcklager des Hotels. Anschließend begibt sie sich rasch auf ihr Zimmer, und noch auf der Stiege schreibt sie ihrer Freundin und Nachbarin eine WhatsApp-Nachricht.

Nach einigen Texten, die zwischen Hotel und Palais hin und her wechseln, haben sich die zwei Mädchen jeweils auf den neuesten Stand gebracht – und einen Plan gefasst: Man will die beiden Frauen im ›Schweizerhaus‹ überraschen. Conny hofft, jenen ominösen Auftritt im Fernsehen in entspannter Atmosphäre erklären zu können – und Tony will versuchen, sich nun ihr Buch von der Autorin signieren zu lassen, wozu sie ja am Vortag nicht gekommen ist.

Gesagt, getan; und so verlässt Conny nach weniger als einer Stunde das Hotel schon wieder. Im Park treffen sich die Freundinnen, und zusammen macht man sich mit Straßen- und U-Bahn auf den Weg zum ›Schweizerhaus‹.

Dank des Prater-Turms als Wegweiser findet man den Weg von der Station zum Restaurant ohne Probleme; nur Tony flucht ein paarmal halblaut angesichts des trägen Touristen-Tempos vieler Besucher des Wurstelpraters.

Im ›Schweizerhaus‹ selber herrscht – wie bei diesem Wetter zu erwarten – ordentlich Betrieb, wenn es auch noch nicht so voll ist wie an Wochenenden. Sich aufmerksam umsehend, durchqueren die beiden Mädchen den weitläufigen, angenehm schattigen Gastgarten.

Weit braucht man nicht zu gehen, ehe Conny ihre Mutter sowie Cassiana erspäht. Sie erkennt aber auch sofort, dass die Frauen – mit ihren beiden Söhnchen – direkt an einem der efeuberankten, gut eineinhalb Meter hohen Zäune sitzen, die das ausgedehnte Areal in überschaubare Abschnitte unterteilen. Darauf stoppt der Teenager derart plötzlich, dass ihre Freundin von hinten auf sie aufläuft: »He, was soll das!?«

»Kusch!«, macht Conny nur. Dann fasst sie Tony bei der Hand, bückt sich, so dass der Efeu vor Entdeckung schützt, und schlüpft in den Abschnitt neben dem von Margret und Cassiana: Letztere sitzen im ›Margareten‹-Areal, benannt nach Wiens 5.

Bezirk; die beiden Mädchen beziehen Posten im 6. Bezirk ›Maria-hilf‹ – Lauschposten, genauer gesagt, denn praktischerweise ist jener Vierertisch noch frei, der neben dem der beiden Frauen steht; beide Tische trennt lediglich der Stamm einer Linde sowie das daran sich anschließende Efeu-Gitter.

»Willst du sie belauschen!?«, fragt Tony flüsternd, nachdem sich die Freundinnen gesetzt haben. »Wozu der Blödsinn?«

»Wenn's nichts Interessantes zu hören gibt, können wir immer noch ganz normal zu ihnen stoßen«, flüstert Conny grinsend zurück. »Aber das ist doch echt eine prima Gelegenheit: Wer weiß, was man da erfährt? Mama war ja bisher arg schweigsam, wenn's darum ging, wie sie und unsere Star-Autorin sich kennengelernt haben.«

»Ich dachte, das war beim Studium?«

»Etwas genauer wüsste ich's schon gerne. Äh ... Zwei Cola bit-te!«

Letzteres richtet sich an den Kellner, der sogleich herbeigeeilt war. »Wie bitte?«

»Zwei Cola!«, wiederholte Conny einen Tick lauter.

»Kommt sofort!«

Der Kellner geht ab; die Mädchen lehnen sich zurück und horchen. Und zumindest Conny lauscht anfangs mit angehalte-nem Atem, denn der erste Satz ihrer Mutter ist vielversprechend: »Ich glaube, Andreu schläft jetzt; Hans ohnehin ... Also gut, Cas-sie, vergessen wir mal den Presserummel heute; davon redet übermorgen eh keiner mehr.«

»Das stimmt vermutlich«, befindet die Autorin, und gleichzei-tig atmet Conny erleichtert auf. »Tratschen wir lieber über Män-ner – und Knaben!«

»*Va bene!* Also, wie abgemacht: *Du* erzählst mir, wer Andreus Vater ist, und *ich*, wer der von Hans ist!«

Tony blickt ihre Freundin mit weit aufgerissenen Augen an; offenbar hat auch sie dies verstanden – trotz des Geschirr-Geklirrs, des Gäste-Gemurmels und des Blätterrauschens, das die mal mehr, mal minder dezente Geräuschkulisse im ›Schweizerhaus‹ bildet. Selbst den Seufzer der Autorin kann man hören, und wür-den die Mädchen durch das Efeu-Dickicht spähen, sähen sie Cas-siana nachdenklich nicken: »Nun gut; warum nicht: Schließlich hast du ja noch nie über unsere Freundschaft öffentlich geplaudert, nicht wahr? Oder hat dich überhaupt schon mal jemand deswegen kontaktiert?«

»Bisher noch nicht, um ehrlich zu sein. Aber ich wäre eine schlechte Hotel-Chefin, wenn ich notorisch über das Privatleben meiner Gäste plaudern würde – ganz zu schweigen von dem meiner Freundinnen.«

»Wohl wahr. Also gut ... Ich erzählte dir ja schon von meinem USA-Aufenthalt vor vier, fünf Jahren?«

»Den du dir von den Einnahmen aus deinem ersten Bestseller gegönnt hast? Und wo die Erzählungen aus ›Route 99‹ schriebst; richtig?«

»Stimmt. Nun, die Kurzgeschichten entstanden tatsächlich teils schon vorher, teils auch hinterher, aber egal. Wichtig ist der Zusammenhang mit ›Kaiserwasser‹.«

»Davon habe ich in der Presse gelesen: Da sollst du die *Love Story* erlebt haben, die dich zu deinem neuen Buch angeregt hat. Ich las auch ein Interview, aber da meintest du nur, man könne die Realität nicht zu 100 Prozent in Fiktion übertragen – oder so ähnlich.«

»Ja, so was sagte ich wohl. Bernd findet, Andeutungen seien oft wirkungsvoller als klare Aussagen.«

»Okay ... Wenn's also nicht 100 Prozent sind, wie viel dann? Ist dein Kleiner hier ... Ist er wirklich ...?«

»Sag's ruhig, Margret: Ist er wirklich das Ergebnis einer Affäre mit einem halb so alten Knaben? Der mein eigener Sohn sein könnte? Oder gar tatsächlich ist?«

»Äh, ja; das meine ich. Und?«

Die beiden Lauscherinnen lehnen sich noch etwas weiter zur Seite, so dass die Efeublätter schon ihre Ohren kitzeln, zumal die Autorin nun noch einen Tick leiser wird: »Was ich dir jetzt erzähle, weiß hier in Österreich einzig und allein Bernd; drüben in den USA wissen es nur zwei oder drei Mediziner, und die unterliegen der ärztlichen Schweigepflicht. Also, um es klipp und klar zu sagen: Von den sechs Monaten in Amerika bin ich tatsächlich nur gut sechs Wochen kreuz und quer durchs Land gereist. Den Rest der Zeit habe ich in Chicago verbracht, in einer Privat-Klinik für künstliche Befruchtung. Beim dritten Versuch hat es geklappt, und ich wurde schwanger.«

Es dauert eine Weile, bis Margret antwortet: »Künstliche ... Das heißt, Andreu hier ist in Wirklichkeit ein Retortenbaby!?«

»Stimmt; mit einem anonymen Samenspender sozusagen aus dem Katalog. Findest du das so schockierend?«

»Nein; natürlich nicht. Ich meine nur ... Ich habe das nicht erwartet.«

»Verständlicherweise! Ich war zwar erst 34, hörte die biologische Uhr aber schon dezent ticken. Klar; ich hätte mich auch auf die Suche nach einem, sagen wir, normalen Erzeuger machen können. Aber du weißt ja, dass ich mit meinen eigenen Eltern keine guten Erfahrungen gemacht habe; auch der Rest meiner Jugend war kaum dazu geeignet, Illusionen über Liebe, Partnerschaft und Ehe zu nähren. So sagte ich mir: Wozu das Risiko einer Familiengründung eingehen, wenn's heute auch anders geht? Also habe ich mir einen ansprechenden Samenspender ausgesucht, der keine Fragen und keine Ansprüche stellen wird, und Bingo: Andi ist ein wunderbarer Junge, nicht wahr? Ich würde es jederzeit wieder so machen!«

»Natürlich; Andreu ist wirklich ein Butzerl! Aber dass man ihn womöglich mit der Love Story aus ›Kaiserwasser‹ in Verbindung bringen könnte ... Stört dich das nicht?«

»Ach was; bis das zum Problem werden könnte, fließt noch viel Wasser die Donau runter. Ich mache mir keine Illusionen über die Literatur, die ich schreibe: Wenn die Bücher sich ein, zwei Jahre in den Bestseller-Listen halten, sehr schön! Aber in fünf oder zehn Jahren, gar nicht zu reden von Jahrzehnten oder Jahrhunderten? Da ist das Gott und der Welt so was von wurscht. Mein erstes Buch ist zwar immer noch zu haben, aber längst aus den Regalen, den Bestseller-Listen und den Schlagzeilen verschwunden; mittlerweile muss Bernd oft schon erklären, worum es dabei ging – selbst gegenüber Agenten, Verlegern und Kulturredakteuren. Aber lenk nicht ab; jetzt bist du dran. Also: Wer ist der glückliche Vater von Hänschen Klein hier? Nicht der nämliche wie bei Conny, nehme ich an?«

»Richtig; wie gesagt, ist der ja schon lange irgendwo im Ausland. Nein, es ... Ach, es ist mir so peinlich!«

»Muss es nicht sein! Na gut, lass mich nachrechnen: Geboren letzten September; also wurde er so um die vorletzte Jahreswende herum gezeugt? Stimmt's?«

Conny nickt dazu nur mit angehaltenem Atem; das hat sie natürlich auch schon eruiert – ohne dass es ihr weitergeholfen hätte. Auch Tony lauscht derart aufmerksam, dass sie gar nicht die Wespe bemerkt, welche in ihr Cola-Glas klettert.

»Richtig. Sogar genau zu Silvester. Ganz genau genommen war's schon Neujahr.«

»Ah, bei einer Party? Nun, da wärest du nicht die erste.«

»Mag sein, aber ... Es war die Neujahrs-Feier drüben bei Fürstens. Im Palais derer von Finsterfels, meine ich.«

»Das heißt ... Einer aus dem Clan!?«

»Nicht *irgend*einer: Der Fürst selbst.«

Die Autorin muss sich hörbar zusammenreißen, um nicht laut aufzulachen: »Adolf von und zu Finsterfels höchstpersönlich? Tatsächlich!? Nimm's mir nicht übel, Margret, aber ... Wie sagt man so unschön: Ich dachte nicht, dass das dein Typ wär!«

»Ist er auch nicht! Ich meine ... Nicht so! Aber damals waren wir sozusagen frisch versöhnt – als Nachbarn, heißt das –; es lief endlich wirklich gut für unser Hotel, und, ja, er hat durchaus liebenswerte Züge. Dennoch ... Ohne einige Gläser Champagner zu viel – für uns beide! –, da wäre das sicher nie passiert, um ehrlich zu sein.«

Wieder tritt eine Pause ein – in der sich die zwei Mädchen mit weit aufgerissenen Augen und offenen Mündern wortlos anstarren.

»Nun gut; es ist passiert«, fährt schließlich Cassiana fort. »*So what?* Aber wie hat er denn reagiert, als der Fürst von seinem potentiellen Stammhalter erfahren hat? Weiß er überhaupt davon? Die Vaterschaft ist nicht fraglich, nicht wahr?«

»Nein; ich heiße ja nicht Bridget Jones! Ich habe es ihm im Februar berichtet – und zugleich gesagt, dass ich gewillt war, das Kind zu bekommen. Den Sohn, heißt das; so viel wusste ich schon. Das war für mich nie eine Frage.«

»Und was hielt er davon?«

»Oh, er war ... Sagen wir, überrascht. Immerhin, er war fast zwanzig Jahre verheiratet, und dann nur ein Kind ... Aber er zeigte sich auch wirklich generös. Er hat mir sogleich eine angemessene finanzielle Unterstützung versprochen – und Wort gehalten. Er wollte natürlich auch wissen, ob ich ... Nun, sagen wir, ob ich die Sache öffentlich machen will.«

»Will sagen, ob du den Skandal ausschlachten willst. Mein Manager hätte dich damit reich machen können!«

»Das glaub ich gern, aber das wollte ich nicht. Ich sagte Adi – wir sind inzwischen per Du –, dass ich nie publik machen würde, wer Hans' Vater ist – jedenfalls nicht einseitig. Nun, das beruhigte ihn, und er vertraute mir.«

»Was bleibt ihm auch anderes übrig? Und dass ihr zwei ... Wie soll ich sagen? Dass ihr eure beiden Haushalte zusammenlegt, wo ihr eh schon Nachbarn seid? Das kam wohl nicht in Frage?«

»Ehrlich gesagt: Darüber haben wir nie gesprochen. Ich habe von ihm keinen Antrag oder so was erwartet, und er hat mir auch keinen gemacht.«

»Hätte mich auch sehr erstaunt; der Clan gilt schließlich als arg konservativ. Da schau her, Hänschen: Ein Fürstensohn bist du also!? Na wenn das kein Roman-Stoff ist!«

»Beherrsch dich!«

Jetzt lacht die Autorin offen auf: »Keine Sorge; ich habe noch ausreichend Stoff für einige Bücher! Und wenn nicht ... Mal sehen! Zahlen, bitte!«

Letzteres richtet sich an den Kellner im Bereich ›Margareten‹. Im Abschnitt ›Mariahilf‹ fehlen den zwei Mädchen weiter die Worte. Erst als die Frauen sich anschicken, aufzubrechen, ducken sich Conny und Tony noch dichter gegen Efeu und Linde, um nicht entdeckt zu werden. Sobald Margret und Cassiana außer Sicht sind, lassen sich die Mädchen in ihren Sesseln zurück fallen. Längst hat man vergessen, weswegen man eigentlich gekommen war.

»Also, das ist echt ...«, beginnt Conny tonlos. »Wusstest du davon?«

»Blödsinn; woher denn?«, antwortet Tony sofort. »Allein der Gedanke ... Krass! Ich meine, nicht dass deine Mum nicht fesch wär für ihr Alter-«

»Na, schönen Dank, dass sie das nicht gehört hat!«

»Sorry, aber du weißt schon! Außerdem ... Ein *Womanizer* war Dad bestimmt nie, schon gar nicht, als Mum noch lebte. Und nun das!«

Erst nach und nach dämmert der Prinzessin, was dies bedeutet: »Das heißt also ... Ich habe einen Bruder!?«

»Halbbruder!«, verbessert sie Conny sofort. »Die andere Hälfte ist meine.«

»Irre. Das heißt ... Sind wir dann irgendwie verwandt? Als Halbschwester meines Halbbruders; bist du da meine Viertelschwester oder so was?«

»Man merkt, dass Mathe und Bio nicht deine starken Fächer sind!«

Aber Tony ist noch viel zu perplex, um Conny dies übel zu nehmen: »Hans ... Muss mal drauf achten, ob er mir irgendwie ähnlich sieht!«

»Also, die Segelohren hat er nicht von uns Mondos!«, meint Conny grinsend – worauf Tony, ebenfalls grinsend, ihrer Freundin einen Bierdeckel an den Kopf wirft.

Eine Weile hängen beide ihren Gedanken nach; dann fährt Conny fort: »Und? Wie jetzt weiter?«

»Hm? Was meinst du?«

»Na ja, das war echt *Big News* heute, aber, ehrlich gesagt: Der eigentlich große Hammer kam für mich schon letztes Jahr, als Mama mir sagte, dass ich ein Brüderchen bekomme.«

»Ich dachte, du hast dich gefreut?«

»Ja, klar, aber das macht's ja nicht weniger überraschend. Und dass kein Vater im Package mit dabei war ... Na ja, daran bin ich gewöhnt. Aber für dich, da kamen ja heute beide Klopper zugleich, gell? Ein Halbbrüderchen *und* die Eltern dazu – nur dass bei dir die Info nicht vom Erzeuger kam.«

Das dämmert nun auch Tony: »Jetzt wo du's sagst ... Mein Dad wusste das alles, und er hätte mich glatt dumm sterben lassen, ohne mir zu sagen, dass ich ein Brüderchen habe!«

»Vielleicht wartete er auf den rechten Zeitpunkt.«

»Scheiße, Conny, das ist nicht dein Ernst!? Ich war bei Hans' Taufe dabei; ich hatte ihn auf dem Arm, und ich hatte keinen Tau davon! Okay, deine Mutter hat auch nichts durchblicken lassen, aber wenn sie's Dad versprochen hatte ... Na warte!«

»Willst du's ihm sagen?«

Tony überlegt eine Weile, ehe sie antwortet: »Hätte gute Lust drauf. Andererseits: Offenbar liegt ihm nichts daran, dass die Geschichte öffentlich wird.«

»Kann ich verstehen.«

»Klar; ich auch. Würde aber einen 1A-Skandal abgeben. Damit habe ich einen Riesen-Trumpf gegen ihn in der Hand. Wer weiß, wofür's mal nützlich ist ... Fürs erste aber will ich wissen, warum er plötzlich nicht mehr will, dass wir in der Alten Donau plantschen. Dass das gerade jetzt passiert, wo dieses Monster da auftaucht ... Das kann kein Zufall sein.«

Das frappiert Conny: »Also ehrlich: Manchmal machst du mir Angst, Tony. Du wirst garantiert mal eine verdammt gute Fürstin abgeben!«

Dazu grinst die Prinzessin sardonisch: »Ich weiß!«

# Mittwoch, 19. Juli

Die Zeit bis zum Sendetermin drängt, und da Cassiana noch andere Termine hat, werden die Aufnahmen zur neuen Lesung für den ›Kulturmontag‹ schon am Mittwoch durchgeführt. Wie besprochen, bedient man sich wieder der gleichen Lokalität wie zwei Tage zuvor. Auch ist wieder dasselbe ORF-Team zuständig, doch die Mondos sind diesmal nicht mit dabei: Margret hat im Hotel zu tun, und Conny sowie ihre Freundin waren sich am Vortag einig, dass man erstens für genug Aufsehen gesorgt und zweitens auch auf privater Basis einiges zu verarbeiten habe. Tony befragt – möglichst unauffällig und wie nebenbei – Paul, Karla und andere Angestellte des Hauses, aber selbst auf recht eindeutige Anspielungen hin zeigen diese sich unwissend: Mag sein, dass in der langen Historie der Finsterfelse so mancher Angehöriger des Hauses gehörig über die Stränge geschlagen hat, es mit der ehelichen Treue nicht so genau nahm und so manchen Bastard in die Welt setzte – aber Adolf von Finsterfels? Nein, er gewiss nicht!

Conny ihrerseits fühlt vorsichtig Herrn Hofmann auf dem Zahn; nur von ihm kann sie sich vorstellen, dass ihre Mutter sich ihm anvertrauen würde. Der Stammgast jedoch will auch von nichts wissen oder nichts sagen über »eventuelle Liaisons«. So googelt das Mädchen ein weiteres Mal den Namen von Konrad Graf: Schon bald nach seiner Kündigung als Aushilfs-Rezeptionist im ›Hotel Welt‹ hat Conny das versucht – damals vergeblich, doch diesmal mit Erfolg: Zu ihrer Überraschung findet sie ihn in einem Mitglieder-Verzeichnis eines Wiener Ruderclubs. Sie schickt ihm prompt eine mail, in der sie ganz unverfänglich nachfragt, ob er denn auch derjenige sei, für den sie ihn hält. Er ist es, wie die Antwort wenige Stunden später zeigt, und er zeigt sich durchaus erfreut, mal wieder von seiner Teilzeit-Ex-Kollegin zu hören. Auf eine weitere, mäßig subtile Nachfrage hin, warum er denn damals so plötzlich gekündigt habe, schützt Konrad allerdings sein Studium als Grund vor.

All diese Infos tauschen die Freundinnen umgehend untereinander aus; so kann Conny Tony auch noch am gleichen Abend mitteilen, dass die Autorin wieder im Hotel sei; offenbar verliefen die Aufnahmen problemlos, und diesmal sei auch der Redakteur über die Auswahl des Textes glücklich – oder zumindest weniger unglücklich als vorher.

Als das Mädchen dann spätabends nochmals in den Internet-Auftritt des ORF schaut, entdeckt sie dort zu ihrer Überraschung bereits einen kurzen Hintergrundbericht zu den Aufnahmen im Sejong-Center. Angefügt sind zwei Links: Einer für die Homepage des Sejong-Centers, und der zweite führt direkt zu einem Video auf der Website der Autorin. Auch dies teilt Conny ihrer Freundin sogleich per WhatsApp mit, und so schauen sich die beiden Mädchen noch in der gleichen Nacht fast gleichzeitig die Aufzeichnung jener Lesung an.

»Diana hat nicht viele Freunde in Wien, und selbst von den wenigen hat bisher nur eine Handvoll ihr Haus von Innen gesehen – was ihr durchaus recht war. Als es somit eines Morgens bei ihr an der Tür läutete, ging sie davon aus, dass es der Postbote wäre.

»Machst du mal auf?«, rief sie aus dem Obergeschoss herunter: Man wollte gleich eine Runde durch den Prater laufen, und während Álvar bereits im Erdgeschoß wartete, zog sich Diana noch um. »Ich bin gleich da!«

Als somit Álvar die Tür öffnete, stolperte die Frau, die davor gestanden war, erst einmal ein, zwei Schritt zurück; offenbar hatte sie nicht erwartet, dass ihr ein junger Mann öffnen würde, bekleidet nur mit Laufschuhen, Shorts und einem Schweißband am rechten Handgelenk.

»*¡Buenos días!*«, begrüßte er die Frau lächelnd. »*Can I help you?*«

Es war wohl weniger dieses spanisch-englische Sprach-Amalgam, was die Frau verwirrte: »Äh ... *Hello; sorry!* Wohnt hier ... Hier wohnt doch Diana, oder? Diana Maisonneuve?«

Besagte Hausherrin kam just die Treppe runter geeilt: »Barbara? Bist du das!? Wenn das keine Überraschung ist!«

Nach wie vor lächelnd, trat Álvar ins Haus zurück; so konnte Diana – nun auch in ihrem Laufdress – den Neuankömmling begrüßen. »Wie ich sehe, hast du schon Álvar getroffen?«

»*It's a pleasure!*«, bekundete dieser, da Diana auf ihn deutete.

»*Yes, indeed!*«, befand die andere Frau. »*Most definitely ...*«

Um von beiden verstanden zu werden, wechselte Diana ins Englische: »*If I may introduce you: This is Barbara Mühl, my literary agent. And this is Álvar, my nephew from Barcelona. Have I ever told you about him?*«

»*Well, I am most sure that we have never met*«, befand die Agentin mit einem vielsagendem Blick auf den ›Neffen‹. Diana nahm dies grinsend zur Kenntnis und wandte sich dann wieder an Álvar: »*I am afraid you have to go without me today; this will take a while.*«

»*Okay; adéu per ara!*«, antwortete der Katalane. Als dann Diana ihren Gast zu einer Sitzgruppe im Vorgarten führte, folgte ihnen

Álvar ins Freie. Dort führte er erst einmal einige Dehnübungen durch – aufmerksam beäugt von der Agentin: »Dein Neffe!? Also, wenn ich dreißig Jahre jünger wäre, ebenso viele Kilos leichter ... Ach was; zwanzig täten's auch schon!«

Diana lächelte, aber erst, nachdem Álvar die Grundstückspforte hinter sich geschlossen hatte und man hörte, wie sich seine Schritte rasch entfernen, antwortete sie: »Ich weiß genau, was dir jetzt durch den Kopf geht!«

»Hey, vermutlich dasselbe, was jeder Frau durch den Kopf gehen würde«, antwortete die Agentin. »Was für ein fescher, knackiger Bursche! Dein Neffe!? Wusste ja nicht einmal, dass du Bruder oder Schwester hast, und dabei kennen wir uns seit fünf Jahren!«

Ehe sie antwortete, sah sich Diana nach allen Seiten hin um: Einige Schritt weiter trennte ein mannshoher Zaun ihr Grundstück von dem der Nachbarn; ansonsten schirmten Haus und Gebüsch die Sitzgruppe gegen unerwünschte Lauscher ab. Dennoch senkte Diana die Stimme: »Das ist es, was ich den Nachbarn erzähle; du weißt ja, Tratsch und Klatsch ... Aber, Himmel, ich muss einfach jemandem die Wahrheit sagen – die ganze Wahrheit!«

Die Agentin rückte in ihrem Gartenstuhl fast bis ganz nach vorn, verschränkte ihre Arme auf dem Plastiktisch und blickte ihr Gegenüber auffordernd an: »Ich bin ganz Ohr!«

»Nun ja; von dem, was vor siebzehn Jahren in Barcelona passiert ist, habe ich dir ja berichtet. Auch von ... Also, du weißt ja, was letztes Jahr Enric und Alexandre zustieß.«

Ihr Gast nickte ernst: »Natürlich; Álvar! Irgendwo läutete es doch bei diesem Namen ... Er ist Alexandres kleiner Bruder, nicht wahr?«

»Eben der.«

»Also, wenn Alexandre seinerzeit nur halb so fesch war ... Ich glaube, ich hätte mich auch nicht lange bitten lassen.«

»Sie sind sich so ähnlich. Fast beängstigend ...«

»Und was bringt ihn hierher?«

»Na ja; das kam ganz überraschend. Ich kam gerade vom Laufen zurück, und-«

Die Agentin warf einen vielsagenden Blick auf Dianas knallgelben Sport-BH und die gleichfarbigen, kniekurzen Lauf-Shorts: »Im gleichen Dress?«

»Ja. So viele habe ich davon nicht, und wenn's morgens schon so warm ist ...«

»Na, du kannst es dir leisten; dein Sixpack ist fast so geil wie seiner! Aber ich plappere; leg los!«

Somit berichtete Diana in der nächsten halben Stunde von Álvars Ankunft in Wien, davon, was ihn herbrachte – und auch davon, was danach kam. Nachdem sie ihren Bericht abgeschlossen hatte, lehnte sich die andere Frau leicht ächzend zurück: »Was für eine Story! Also, jetzt brauche ich erst mal was, um mich abzukühlen!«

»Ja, ich auch!«

So holte Diana eine Karaffe Saft, eine Mineralwasserflasche sowie zwei Gläser aus der Küche. Nach jeweils einem ersten Glas kühlen Nasses fuhr der Gast fort: »Siebzehn; wow ... Ich bewundere dich, Diana: Andere hätten in der Situation Skrupel gehabt. Andererseits: Selbst seine Mama würde wohl zögern, diesen Buben von der Bettkante zu stoßen. Gott, was für ein Körper – und nett wirkt er auch! Und, wenn ich so offen fragen darf: Wie ist der Sex?«

Diana lächelte eher versonnen denn anzüglich: »Göttlich!«

»Und ... Wie oft?«

»So oft es geht – und es geht oft!«

»Herrschaftszeiten ... Wie gesagt: Wenn ich zwanzig Jahre jünger wäre – und nicht verheiratet – und nicht ab und an mal arbeiten müsste ... Ganz offen gesagt: Ich beneide dich, Diana. Aber ... Was soll ich sagen? Wie lange, meinst du, wird das gut gehen?«

Diana zuckte mit den Schultern: »Wer weiß ... Ich nehm's, wie's kommt. Ich sehe das so: Ich hatte meinen Teil Unglück; nun halt auch meine Portion Glück, und ich werde es bis zum Letzten ausnutzen und genießen.«

»Recht hast du, Liebes! Aber, wie du dir wohl denken kannst: Ich bin nicht hier, um mich nach deinem Liebesleben zu erkundigen.«

Diana lächelte wissend: »Lass mich raten: Du warst mal wieder bei Immanuel Mehlkann, unserem Lieblings-Bestseller-Autor unter deinen Klienten?«

»Okay, das ist nicht schwer zu erraten. Nun, schließlich bringt der gute Mann auch jedes Jahr ein Buch heraus. Andere Autoren dagegen – oder auch Autorinnen ...«

Die Gastgeberin wusste genau, was sie meinte: »Tut mir leid, Barbara: Aber ich habe dir von Anfang an gesagt, dass ich mein erstes Buch weder wegen des Geldes noch wegen des Ruhmes geschrieben habe.«

»Ja, ja. Und noch jeder Papst hat gesagt, dass er seinen Job unerwartet und widerwillig antritt ... Sorry, Diana, aber ich hatte schon gehofft, dass da noch der eine oder andere Band nachfolgen würde.«

Diana grinste ein wenig schadenfroh, während sie ihrem Gast und sich selbst ein weiteres Glas eingoss; es versprach erneut ein schweißtreibender Tag zu werden: »Tja, wenn du deinen Job nicht so gut gemacht hättest, dass ich für den Rest meines Lebens von den Tantiemen leben kann ...«

»Und demnächst verkaufe ich womöglich noch die Filmrechte – bringt schließlich auch mir Geld! Trotzdem: Ja, dein erstes Buch verkauft sich nach wie vor ordentlich, aber wenn du noch zwei, drei Jahre schweigst, läufst du Gefahr, dass dich die Leute vergessen – oder dass du als One-Hit-Wonder à la Harper Lee in die Literaturgeschichte eingehst.«

»Mit beidem hätte ich kein Problem – und für die gute Lee wäre es wohl auch besser gewesen, wenn sie es bei dem einen Buch belassen hätte. Mir ist es ohnehin immer noch peinlich, wenn mich jemand auf mein Werk anspricht.«

»Drängt es dich denn gar nicht zum Schreiben? Die Freiheit genießen, den Body in Form halten, gutes Essen, Reisen, Kultur, Sex nicht zu vergessen, schön und gut, aber was ist mit dem Trieb zum Schöpferischen? Der wohnt doch jedem Autor, jeder Autorin inne!«

Diana zuckte wieder mit den Schultern: »Ja, manchmal regt sich dieser Trieb schon. Ehrlich gesagt: Ich habe in den letzten Jahren einige Kurzgeschichten veröffentlicht – unter Pseudonym natürlich. Auch an einen Lokalkrimi habe ich schon mal gedacht;

schließlich schreibt heute ja fast jeder Krimis, und da ich die Gegend und die Leute hier inzwischen recht gut kenne ...«

Ihre Besucherin seufzte theatralisch auf: »Ach ja, Krimis ... Warum nicht, wenn es dich dazu treibt. Aber bitte ohne Leichen!«

Das wiederum verwunderte Diana: »Wieso denn das?«

»Ach Gott ... Was schätzt du, wie viele Morde es so in Österreich pro Jahr gibt?«

»Ehrlich gesagt, ich habe keine Ahnung. 100? Vielleicht 200? Mehr?«

»Es sind weniger als 50«, präzisierte die Agentin. »Knapp 20 davon in Wien; Tendenz gleichbleibend. Aber allein bei der ›Soko Donau‹ gibt's in der gleichen Zeit mehr Leichen; von denen in Büchern gar nicht zu reden. Nein, Diana: Morde sind in Krimis hoffnungslos überrepräsentiert – und außerdem literarisch zumeist ziemlich uninteressant. Dann bleib lieber beim klassischen, realistischen Roman.«

»Ein Roman ... Da fehlt mir eigentlich das große Thema.«

Die Agentin machte große Augen: »Na hör mal: Das Thema ist doch bei dir zu Gast! Junger, fast noch halbwüchsiger Bursche und Frau in- na, sagen wir, in den allerbesten Jahren: wenn das keine Story ist? Ist doch fast noch ein Tabu heutzutage.«

»Meinst du? So was sieht man doch schon in TV-Serien.«

Das brachte die Agentin ins Grübeln: »Hm, da ist was dran. Ja, da müsste man noch einen draufsetzen ... Du meintest, Álvar und dein Enric wären wie Brüder gewesen?«

»Füreinander und für die Welt *waren* sie Brüder; nur Eltern und Großeltern kannten die Wahrheit.«

»Das ist es! Natürlich; stell dir einfach vor, Álvar wäre Enric: Eine Liebesgeschichte zwischen Mutter und Sohn; Ödipus lässt grüßen! Das wäre ein Knaller!«

Die Idee befremdete Diana: »Inzest!?«

»Aber ja – und zwar zwischen Mutter und Sohn. Vater und Tochter, das hatten wir schon beim Max Frisch und anderen, aber die andere Variante ... Man müsste noch diskutieren, ob's aus Versehen geschieht, ob offenen Auges; letzteres wäre natürlich die heftigere Variante.«

»Du meinst, die Leute wollen so was lesen?«

»Ich bitte dich! Wenn man aus ›*Fifty Shades of Grey*‹ einen Bestseller machen kann – oder gleich mehrere ... Auch ich war meinerseits immer offen und direkt zu dir, Diana: *So was* kriegst du allemal hin, auch wenn du keine Austen oder Brontë sein magst. Und für ausreichend Öffentlichkeit würde ich schon sorgen. Wenn-«

»So was kann ich nicht«, unterbrach Diana den Redefluss ihres Gastes. »Ich meine ... Was würde Álvar dazu sagen, wenn ich ihn auf diese Weise literarisch verarbeiten würde?«

»Liebes, bis sich *diese* Frage stellt, fließt noch viel Wasser die Donau runter. Denk drüber nach! Wir könnten- Ah, ich glaube, unser junger Athlet läuft ins Ziel ein?«

Tatsächlich näherten sich nun auf der anderen Seite des Zaunes rasche Schritte; sie stoppten, und dann betrat Álvar durch die Pforte das Grundstück – nach wie vor schwungvollen Schrittes, doch schweratmend und schweißüberströmt.

»*Benvingut!*«, begrüßte ihn Diana, um dann einen Blick auf ihre Uhr zu werfen: »58 Minuten? Für unsere übliche Strecke? Nicht schlecht!«

»*Però sí!*«, antwortete der Läufer ebenfalls auf Katalanisch, während er sich grinsend mit dem Schweißband über die Stirn wischte. »Ich musste mich nicht mehr deinem Tempo anpassen.«

»Das lasse ich mir nicht sagen!«, erwiderte Diana schmunzelnd. »Soweit ich mich entsinne, sind wir bisher zumeist gleichzeitig durchs Ziel gelaufen.«

Álvar trat nun an den Tisch heran, bemerkte die Getränke und deutete auf die Wasserflasche: »*Aigua? Puc?*«

Diana antwortete nur mit einer einladenden Handbewegung. So griff sich der Läufer die Flasche, setzte sie an die Lippen und trank gierig. Die Frauen beobachteten unterdessen aufmerksam, wie ihm einige Spritzer Mineralwasser auf die Brust tropften, sich dort mit Schweißperlen vermengten und in Richtung Hüfte rannen. Endlich setzte er die fast leere Flasche schwungvoll ab, unterdrückte einen Rülpser und wandte sich darauf zuerst an die Agentin, dann an seine Partnerin: »*Excellent ... See you around! Ens veiem aviat!*«

»Das war doch kein Spanisch zuletzt!?«, wunderte sich die Agentin, wie Álvar im Haus verschwunden war.

»Kein *Castellano*, sondern *Català*«, klärte sie Diana auf. »Das väterliche Erbe bricht bei ihm bevorzugt dann durch, wenn ... Na, du kannst dir's denken.«

Barbara konnte, weshalb sie nun ihr Glas leerte und aufstand. »Dann will ich euch nicht weiter stören. Macht's gut, ihr zwei Turteltauben!«

Die Frauen umarmten einander, und Diana brachte ihren Gast noch bis zur Pforte.

»Denk drüber nach!«, meinte die Agentin nochmals, als sie in der offenen Pforte stand. »Inzest, ja ... Kein leichtes Thema, aber mit Potential. Da kann man was draus machen – da kannst *du* was draus machen!«

»Ich lass es mir durch den Kopf gehen; versprochen!«

»Nun gut; ich komme darauf zurück. Nun aber schnell; sonst trocknet sein Schweiß noch!«

Diana schüttelte lachend den Kopf, eilte aber tatsächlich raschen Schrittes zur Haustür rüber. Von dort aus winkte sie ihrer Besucherin nochmals zu, ehe sie die Tür hinter sich schloss; die Agentin konnte dank der großzügigen Verglasung des Erdgeschosses aber noch verfolgen, wie Diana auf dem Weg zur Stiege bereits ihren Sport-BH abstreifte.

»Mach's gut, Diana!«, meinte die Agentin mit einem versonnenen Lächeln, während die andere Frau im Untergeschoss verschwand. »Ich hoffe, dass es dir mit deinem Endymion besser ergeht als deiner Namenspatin ...«

Damit schloss sie die Pforte hinter sich.«

Hier endet das Video, und der Mann am Laptop schließt im Browser den zugehörigen Tab. »Okay; das war's. Dass Schimek & Co die Aufnahme noch am gleichen Tag an deinen Homepage-Betreuer weiterleiten, dass der es einbauen und der ORF es dann wieder verlinken konnte ... Schon toll! Und ich muss sagen, du hattest recht, Cassie: Das ist eine gute Stelle, um den Leuten Lust zu machen – in jeglichem Sinne des Wortes! Wenn's mich auch nach wie vor irritiert, dass du mich da bis zur Kenntlichkeit verarbeitet hast.«

Die Autorin blickt den auf der Terrasse des ›Hotel Welt‹ neben ihr sitzenden Manager ungläubig an: »Tatsächlich? Immer noch?

Barbara ist Agentin und Frau, nicht Manager und Mann. Ist das nicht genug an Unterschieden?«

»Nun ja; Barbara Mühl dort; Bernd Müller hier; na gut. Aber schließlich kam die Inzest-Idee in Wirklichkeit auch von mir.«

»Was aber nur du und ich wissen. Und auch nur eine Handvoll Leute wissen, dass du einem Jüngling wie Álvar ebenfalls lüsterne Blicke nachwerfen würdest. Aber ein schwuler Agent als Dianas *best buddy* ... Das war mir dann doch zu Klischeehaft.«

»Nett von dir. Nicht dass ich nicht zu meinen Vorlieben stehen würde; aber bei meinem Job, und solange meine Eltern noch leben ...«

»Hey, du brauchst dich mir gegenüber nicht zu rechtfertigen! Aber wenn du willst, kann ich dir mein letztes Vorausexemplar von ›Kaiserwasser‹ für morgen mitgeben: Das wäre doch mal ein exklusives Geschenk zum 80. deiner Mutter ...«

»Sehr ulkig! Sie las zwar seinerzeit dein erstes Buch, aber das war ihr zu deprimierend. Aber gut; wie's aussieht, ist mein Job hier fürs erste ohnehin erledigt.«

»Stimmt: Die Lesung ist ungeschnitten und in guter Qualität zu sehen, und der Link von der ORF-Homepage führt direkt dahin. Kommt mir trotzdem immer noch komisch vor, wenn ich Aufzeichnungen von mir selber höre oder sehe. Hätten vielleicht doch eine professionelle Sprecherin oder Schauspielerin nehmen sollen ...«

»Unsinn«, widerspricht der Manager, der unterdessen auf der Homepage des ORF surft. »Du machst das gut. Auch der Hinweis auf den ›Kulturmontag‹ ist dabei, ebenso ein Link zu Amazon, um das Buch vorbestellen zu können; außerdem soll noch heute der Audio-Mitschnitt der anderen Lesung online gehen ... Wie's aussieht, gibt sich Novak echt Mühe, dich bei Laune zu halten.«

»Da tut er auch gut dran. Und es ist fix, dass in der Sendung nur *ein* Buch besprochen wird – nämlich meines? Letztes Mal, da war auch der frischeste Mist vom Coelho mit dabei; solch eine Gesellschaft brauche ich nicht!«

»Nein; Novak meinte, ansonsten ist ein Beitrag über einen Maler mit dabei, einer über den Perkussionisten Martin Grubinger sowie einer über das neueste österreichische *Feel-Bad-Movie*. Wichtig für einen guten Werbeeffekt ist natürlich die Visibility dieses Beitrages. Okay, momentan ist er mit der Startseite der ORF-Homepage über Foto und Schlagzeile verlinkt, aber wer weiß, wie lange? Ich hoffe mal, zumindest bis zur Ausstrahlung vom ›Kulturmontag‹. Ich werde das natürlich im Auge behalten; glücklicherweise haben inzwischen sogar meine Eltern Internet daheim! Novak konnte oder wollte mir jedenfalls wenig versprechen; schließlich soll die Homepage aktuell bleiben und so.«

»Wir werden sehen. Jetzt, wo die halbe Welt Urlaub macht ... Was sind denn die anderen Top-Meldungen?«

»Na ja; das übliche: Vorbereitung der Beachvolleyball-WM ... Hitzewelle ... Brexit ... Die Wahlen im Oktober; eh klar ... Und was ist das? ›Koreanische Hunde-Napper in Wien?‹ Hunde-Napper; das habe ich ja noch nie gehört!«

»Halt eine klassische Sommerloch-Story! Vielleicht sollte ich Cornelia diesen Link schicken; sie wurde ja auch schon wegen so einer Hunde-Sache interviewt.«

Die Autorin schüttelt amüsiert den Kopf; der Manager aber blickt eher besorgt drein: »Sollten wir sie nicht lieber warnen? Ich meine, wenn es heute Hunde erwischt ... Wer weiß, was morgen passiert?«

Die Frau überlegt eine Weile, leert ihre Kaffeetasse und schüttelt schließlich den Kopf: »Das sind große Mädchen; die wissen schon, was sie tun.«

+++

Autorin und Manager ahnen nicht, dass nur einen Steinwurf entfernt eines der ›großen Mädchen‹ gerade ebenfalls im ›Kaiserwasser‹ abtaucht – wenn auch diesmal nur im übertragenen Sinne. Ohne die Bäume des Finsterfels'schen Parks könnte man einander sogar sehen: Denn im Palais widmet Tony sich ihrer Lektüre bevorzugt an ihrem Lieblingsplatz, der Einbuchtung des Rundfensters in ihrem Wohnzimmer, wo sie sich auf einer Matratze ausstrecken, bequem schmökern und ab und an in den Park hinablinsen kann. Letzteres kommt an diesem Morgen aber eher selten vor; schließlich hat sie das neue Buch von Cassiana Herno noch nicht mal halb durch.

›Eigentlich war Diana eine notorische Frühaufsteherin: Zumeist war sie um vier oder fünf Uhr früh wach, spätestens gegen Sechs; allerspätestens um Sieben, falls sie am Vorabend im Theater oder Konzert war. In jenem Sommer wurde es aber oft acht, gar neun Uhr – was natürlich damit zu tun hatte, dass sie nun zumeist bei Álvar im Gästezimmer im Untergeschoss schlief – soweit man eben Schlaf fand. Dieser war dann dafür umso tiefer; zudem hatte das Gästezimmer nur zwei schmale Fenster unter der Decke, während Dianas eigentliches Schlafzimmer im ersten Stock tagsüber lichtdurchflutet war. Auch an diesem Morgen war es schon halb Neun, als Diana herrlich erfrischt erwachte. Wie üblich, waren Mann und Frau frühmorgens unter die dünne Decke gekrochen, da es im Untergeschoss trotz Hitzewelle irgendwann kühl wurde; wie ebenfalls üblich, hatte man die Decke bis zum Morgen wieder bis auf Schenkelhöhe hinabgestrampelt. So konnte Diana, als sie sich auf die Seite drehte, zuerst einen Blick auf Álvars nackten Ephebenkörper werfen. Wie ebenfalls fast jeden Morgen, musste sie sich beherrschen, um sich nicht gleich wieder auf ihn zu stürzen. Einige Male hatte sie dieser Versuchung nachgegeben; heute jedoch nicht: Sie wusste, in ein, zwei Stunden würde auch er aufwachen, und dann würde man ohnehin den Tag mit einem besonders zärtlichen Liebesakt beginnen. So entstieg Diana so leise als möglich dem Bett, hüllte sich in ihren chinaseidenen Morgenmantel und zehenspitzte ins Erdgeschoss hoch. Dort brühte sie sich fürs erste nur einen großen Schnellkaffee, den sie mit ins Obergeschoss nahm, denn dort, gleich neben ihrem Bett, stand auch ihr Notebook auf dem kleinen, sehr aufgeräumten Schreibtisch.

Diana war der Vorschlag ihrer Agentin nicht mehr aus dem Kopf gegangen, und am Vortag hatte sie sich gesagt: Was soll's; fangen wir mal an und sehen, was draus wird; so hatte sie es bei ihrem ersten Buch auch gemacht. So öffnete sie, wie das MacBook Air hochgefahren war, eine leere Word-Datei, und sofort begann sie zu tippen:

›Eva ist glücklich.

Sie ist sich nicht sicher, ob sie glücklich sein darf, ob es moralisch, menschlich oder wie auch immer gerechtfertigt ist, aber das kümmert sie momentan nicht: Sie ist glücklich, und sie ist entschlossen, ihr Glück mit Adán so lange und so gründlich als möglich auszukosten.‹

Worüber sie schreiben wollte, war klar; Diana machte sich keine Illusionen über ihre Talente als Autorin: Szenarien, Charaktere, verwickelte Plots, ja ganze Welten zu erfinden, das war nicht ihr Fall: Sie schrieb über das, was sie kannte, was sie erlebt hatte, und das war nun natürlich ihre Liebesgeschichte mit Álvar. Was daraus werden sollte, das wusste sie beim Buch genauso wenig wie in der Realität; sie würde beides so lange fortspinnen wie möglich.

Formulierungen, Beschreibungen, Reflektionen, die flossen Diana leicht aus der Feder; seit sie einst als Schreibkraft gejobbt hatte, konnte sie zudem flott tippen, und so hatte sie nach einer guten Stunde fünf Seiten verfasst. Sie war gerade an der Stelle angekommen, wo ›Adán‹ auf ›Eva‹ trifft, als sie Schritte auf der Treppe hörte.

»Das muss Telepathie sein«, murmelte Diana mit einem erwartungsvollen Lächeln, während sie die Datei rasch abspeicherte und schloss; Álvar sollte davon nichts wissen – fürs erste zumindest.

»*Aquí estás!*«, grüßte sie ihr Gast auf Spanisch. »Wenn du morgens nicht neben mir liegt, da fehlt mir einfach was.«

»Wenn du so ein Langschläfer bist ...«

Darauf bog Álvar mit der Linken Dianas Schreibtischstuhl so weit als möglich nach hinten, beugte sich von hinten über sie, küsste sie, küsste ihren Hals und schickte zugleich seine Rechte unter ihrem Morgenmantel auf Wanderschaft. Mit frühmorgendlicher Feinfühligkeit strich er über ihre Brüste, über ihre Seite und ihren Bauch, um dann den nur lose geschlungenen Knoten des Seidengürtels zu erkunden. Diana streckte sich stöhnend, reckte die Hände nach hinten und strich ihrerseits über den noch bettwarmen, nackten Körper ihres Liebhabers. Schließlich entknotete Álvar den Gürtel, öffnete den Morgenmantel von oben bis unten, schob ihn von ihren Schultern und begann sodann, Dianas Oberkörper zu liebkosen: »*Que bonica ets!*«

Man war also wieder beim Katalanischen angelangt! Ehe Mann und Frau womöglich zusammen mit dem Sessel umstürzten, stand Diana eilig auf und riss Álvar mit beiden Armen an sich. Noch immer steckte sie mit den Unterarmen im Morgenmantel, doch nahm man sich nicht mehr die Zeit, das seidige Textil abzustreifen; stattdessen stolperte man zu Dianas Bett; Álvar setzte sich, Diana schob sich auf seinen Schoß, und das Übrige verhüllte nur ungenügend die kanariengelbe Seide.

Ein weiteres Mal vereinigte man sich wenig später unter der Dusche; erst danach war Zeit fürs Morgenmahl – wobei es freilich längst schon hellichter Tag war. Während man sich dann bei Semmeln, Toast, Eiern, Saft und Kaffee versonnen anblickte – Diana wieder im Morgenmantel, Álvar immerhin in Shorts –, da dachte die Frau: Auf *diese* Weise wird mein Buch entweder allzu kitschig – oder es landet im Erotik-Regal. Und wegen der Inzest-Geschichte ... Na, wir werden sehen, ob's das braucht!‹

»Ja, wir werden sehen!«, meint Tony halblaut, und sie schlägt das Buch nur zu, weil sie auf dem neben ihr liegenden Smartphone sieht, dass eine Nachricht ihrer Nachbarin eingetroffen ist: »Hast du Lust, rüberzukommen? Kannst deinem Halbbruder und deiner Viertelschwester Gesellschaft leisten ...«

+++

»Ach, hier bist du- Na Hoppla!«

Als Tony auf die Dachterrasse hinaus tritt, entdeckt sie ihre Freundin auf den ersten Blick; schließlich ist die Terrasse gerade so groß, dass neben den zwei Teakholz-Liegen nur noch ein Tischchen, ein Camping-Sessel und einige Pflanzkästen mit mannshohem Bambus halbwegs Platz finden. Auf der einen Liege ruht bäuchlings Conny, die nun vom Smartphone aufblickt und ihre Sonnenbrille grinsend in die Stirn schiebt – grinsend, weil sie als einziges ›Kleidungsstück‹ eben jene Sonnenbrille trägt: »Was denn? Ich habe dir doch erzählt, dass unsere Dachterrasse blicksicher ist; wozu wohnt man schließlich im höchsten Haus am Platz? Außerdem lässt es sich bei der Hitze so noch am besten aushalten.«

Tony legt als erstes ihr mitgebrachtes Buch auf dem Tisch ab; dann tritt sie an das bambusbespannte Geländer und überzeugt sich höchstselbst davon: »Tatsache. Außer du kletterst hier rauf; dann kann man dich vom Park aus prima sehen.«

»Habe ich nicht vor. Also; mach's dir bequem!«

»Mit meinen roten Haaren, da werde ich höchstens knallrot wie Paradeiser, nicht braun. So wie im Winter; da passte ich hinterher klasse zum Roten Meer.«

Darauf legt Conny das Smartphone auf den Boden, dreht sich demonstrativ auf den Rücken und deutet auf den zugeklappten Sonnenschirm, der neben dem Tischchen wartet: »Daran soll's nicht scheitern! Nur kein Genierer; wir waren doch schon oft bei euch drüben in der Sauna! Da muss ich jedes Mal dran denken, wenn ich dieser Tage in mein Zimmer komme ...«

Nach kurzem Zögern öffnet Tony den Sonnenschirm; dann rückt sie ihn so zurecht, bis er die zweite Liege beschattet. »Habt ihr im Hotel etwa keine Klimaanlage?«

»Nur in den Gästezimmern. Die sind zur Zeit alle belegt, und da Mama und ich unterm Dach wohnen ...«

»Ach du Scheiße; schon bei dem Gedanken bricht mir der Schweiß aus! Zum Glück sind Ferien ... Deine Mutter hackelt bestimmt im Hotel?«

»Logisch.«

»Und der Kleine? Hänschen?«

»Schläft – sollte er jedenfalls.«

Unterdessen hat Tony Schuhe und Shorts ausgezogen; nun streift sie das Tank Top über den Kopf und legt zuletzt auch den Slip auf dem Campingstuhl ab, wo bereits Connys Sachen liegen.

»Na also«, meint Conny grinsend, während sich Tony auf der zweiten Liege rücklings ausstreckt. »Jetzt könntest du einige Paparazzi reich und glücklich machen!«

»Das habe *ich* nicht vor!«

»Musst aber eh nichts verstecken ... Passt dir Größe 170 noch!?«

Darauf grinst auch Tony: »Hey, gib bloß nicht mit deinen Genen an! Erstens haben dir meine Klamotten immer prima gepasst; zweitens war meine Mum mindestens so schlank wie deine – und ich habe nicht vor, so in die Breite zu gehen wie mein Dad. Da kommt man ja schon ins Schwitzen, wenn man nur rumsitzt. Aber hier oben ... Lässt sich aushalten!«

Sie faltet die Hände hinter dem Kopf, blinzelt in die Sonne, die sich hinter dem kanariengelben Stoff des Schirmes abzeichnet, und streckt sich wohlig.

»Ja, hier oben geht ein angenehmes Lüftchen«, bestätigt das Conny, die sich nun wieder auf den Bauch dreht. »Aber ehe du mir hier einbüselst: Reibst du mir den Rücken ein; bist du so lieb?«

Als Tony daraufhin träge zu ihr rüber schaut, streckt ihr die Freundin die Sonnencreme-Flasche entgegen. »Okay, okay – wenn du mich dann auch eincremst? Bestimmt nicht mein Lichtschutzfaktor, aber solange ich im Schatten bleibe ...«

Sie steht auf, nimmt die Flasche entgegen und verteilt der Einfachheit halber gleich einige Spritzer auf Connys Rücken. »Angenehm, die Dame?«

»Herrlich!«, erwidert das zweite Mädchen, während sie ihre kastanienbraunen Wellen aus dem Nacken streicht. »Bis ganz nach oben – und unten, bitte! Ich les dir derweil auch was vor; könnte dich interessieren.«

Während sie die Creme verteilt, blickt Tony über die Schulter ihrer Freundin, die nun wieder zu ihrem Smartphone gegriffen hat: »Ist das die Homepage vom ORF?«

»Genau; die Ankündigung zum nächsten ›Kulturmontag‹; da ist der Bericht über deine Lieblings-Autorin angekündigt. Wo war das ... Ah ja: ›Cassiana Herno, die italienisch-deutsch-österreichische Bestseller-Autorin, wird am kommenden Samstag in Wien ihr neues Buch offiziell vorstellen. Weil die Geschichte von ›Kaiserwasser‹ rund um eben jenes Wiener Gewässer angesiedelt sein soll, wird die Präsentation im direkt am Kaiserwasser gelegenen Sejong-Center stattfinden. Gleichzeitig mit dem Wiener Lichterfest wird dort der offizielle Beginn der Kooperation der koreanischen Sejong-Bank mit der Finsterfels'schen Hausbank gefeiert. Während dies bereits seit Wochen bekannt ist, sind über den Inhalt von ›Kaiserwasser‹ bisher nur Gerüchte im Umlauf: Es soll wieder eine autobiographisch inspirierte Geschichte sein, in deren Zentrum die Beziehung zwischen einer 34jährigen Frau und ihrem halb so alten Liebhaber stehe. Für den ORF hat die Autorin eine Textpassage aus dem ersten Abschnitt des Romans eingelesen, die wir hier exklusiv präsentieren.‹ Soll ich den Link anklicken?«

»Ist das die gleiche Passage, die wir gestern gesehen haben?«

»Nein; das war ja auf der Website der Autorin. Die Lesung hier ist jetzt direkt auf der ORF-Homepage; seltsamerweise allerdings nur Ton, kein Bild. Wenn ich meine Mutter recht verstand, dürfte das der Text sein, den sie am Montag las; aber das haben wir ja eh auch verpasst. Wie sieht's aus; soll ich?«

Tony überlegt einen Moment; dann schüttelt sie den Kopf: »Nein. Entweder kenn ich's schon, oder ich möcht's selber lesen. Bei dem Auszug von gestern passte es zum Glück; den hatte ich gerade erst durch.«

Damit deutet sie auf das auf dem Tisch wartende Buch. Da sie just mit dem Eincremen fertig ist, legt Conny das Gerät wieder beiseite und setzt sich auf. »Ist vielleicht besser so, sonst wird dir noch heißer. Okay; jetzt bin ich dran!«

Nachdem Tony sich die Hände am Handtuch abgewischt hat, das auf ihrer Liege liegt, holt sie sich erst das Buch; dann streckt sie sich bäuchlings aus. Während Conny ihren Rücken bearbeitet, blättert Tony zu der Stelle vor, wo sie stehengeblieben war: »Bin echt gespannt, worauf das hinaus läuft ... Kann mir nicht vorstellen, dass solch eine Story ein simples Happy End hat. Das würde ja schon an Kitsch grenzen.«

»Wohl eher nicht, wenn's wirklich autobiographisch ist: Schließlich ist die gute Cassie nicht mehr mit ihrem *Lover Boy* zusammen – den es ja offenbar eh nicht gab, wie wir seit vorgestern wissen.«

Tony, die sich ebenfalls nur zu gut an das belauschte Gespräch im Schweizergarten erinnert, nickt wortlos; so fährt Conny fort: »Garantiert auch nur ein PR-Gag. Schaut aber so aus, als laufe das nicht so wie geplant.«

»Wieso?«

»Na ja, auf der ORF-Homepage wird auch eine Debatte über die Herno und ihre Werke angeboten. Etwas seltsam, da ihr neues Buch ja noch gar nicht veröffentlicht ist, aber okay ... Seit vorgestern waren's zweiundzwanzig Kommentare; immerhin die meisten zustimmend und lobend.«

»Zweiundzwanzig ... Ist das viel?«

»Jedenfalls viel weniger als bei anderen Debatten. So; den Rest kannst du wohl selbst?«

Conny stellt die Sonnencreme-Flasche ab und legt sich wieder in die Sonne; ihre Freundin blättert unterdessen weiter in Bauchlage in ihrem Buch: »Gleich, gleich. Was wird denn stattdessen so kommentiert – neben dem Wahlkampf, versteht sich?«

»Rate mal!«

»Doch nicht etwa jene Hunde-Geschichte!?«

»Bingo! Über zweihundert Kommentare ... Ist seit gestern auch eine der Top-Stories auf der ORF-Homepage.«

»Ach du Scheiße! Na, da hast du ja was angerichtet ...«

Tony grinst schadenfroh, während sie sich nun zuende eincremt, aber ihre Freundin mag darüber gar nicht lachen: »Hey, ich habe für euch Finsterfelse den Kopf hingehalten! An solcher Publicity liegt uns Mondos so wenig wie euch.«

»Schon gut, schon gut; bin ja dankbar, dass du uns aus dem Spiel gelassen hast«, meint die Prinzessin lachend. »Hättest freilich nicht unbedingt den armen koreanischen Koch in die Schlagzeilen bringen müssen ... Wie heißt er gleich?«

»Ahn Jong Beom«, antwortet Conny prompt mit vorbildlicher Aussprache. »Verstehe nicht, warum manche solche Probleme mit Namen haben.«

»Verstehe nicht, warum manche so *gar* keine Probleme damit haben«, erwidert Tony kichernd, wie sie sich wieder ausstreckt. »Fängt ja schon bei meiner eigenen Mischpoche an ... Ich sollte dich zu meiner Privatsekretärin machen!«

»Ich dank auch schön! Wir- Ah, wenn man von Arbeitgebern spricht!«

Auch Tony erkennt den Klingelton von Connys Smartphone: »Deine Mum?«

Die Hoteliers-Tochter ist sogleich am Apparat: »Ja, Mama, was ... Na, kein Wunder, dass der in dem Brutofen nicht pennen ... Hier oben? Lässt sich aushalten; jedenfalls weniger heiß als in der Wohnung, wenn- Jetzt? Wir ... Okay, okay. Soll ich ihn holen? Ich kann gerne ... Wie du meinst, dann bis gleich. Ach, nur nebenbei: Tony ist auch hier. Aber der ist das sicher auch recht ... Ja; wie Gott sie schuf! Wenn ... Okay, also bis gleich!«

»Ging's um Hänschen?«

»Sie bringt ihn rauf«, erklärt Conny, die sich nun aufsetzt. »Na ja; habe ich dir ja eh versprochen ... Kann nicht schlafen, der Arme. Kein Wunder bei dem Wetter, und da Mama anderes zu tun hat ...«

»Sehr schön!«, antwortet Tony, während Conny zumindest in ihre Shorts schlüpft. »Nicht, dass er nicht schlafen kann; eh klar. Aber ich sehe mein Brüderchen viel zu selten!«

»*Halb*-Brüderchen«, präzisiert Conny, die nun bereits die Terrassentür öffnet. Sobald nach zwei Minuten Schritte auf der Stiege zu hören sind, dreht sich Tony auf den Bauch und legt den Kopf auf den linken Unterarm. Als sie mit Rechts nach ihrem Buch greift, betritt Margret Mondo die Dachterrasse. Auf dem Arm trägt sie den quengelnden, verschwitzten, nur mit einer Windel bekleideten Knaben, während sie selber eine elegante, schwarzweiße Kombination trägt: »Uff, viel kühler ist es hier oben auch nicht!«

»Aber es weht eine muntere Brise«, erwidert ihre Tochter, während sie dem Buben durch die feuchten, rotbraunen Haare fährt. »Na, komm her, Hänschen! Meine Güte, bist du nass!«

Nachdem sie der Mutter ihr Brüderchen abgenommen hat, reißt sie sogleich das Handtuch von ihrer Liege, legt es in den Schatten, setzt das Kind darauf ab und beginnt, es abzurubbeln. Darauf hört Hänschen zumindest schon mal auf zu quengeln, sehr zur Erleichterung der Mutter. »Ja, das war nötig; danke! Äh ... Hallo, Antonia! Ich hoffe, der Kleine stört euch nicht?«

Die Prinzessin schüttelt träge den Kopf: »Kein Problem, Frau Mondo: Ich liebe unser Hänschen!«

»Unser Hänschen ...«, wiederholt Margret mit einem etwas bemühten Lächeln. »Das ist wirklich lieb von euch; danke! Nun gut; ich gehe dann mal wieder. Frisch gewickelt ist er; er war auch, äh ...«

»An der Brust?«, beendet die barbusige Tochter den Satz grinsend. »Mama, ich bin kein Kind mehr!«

»Offensichtlich! Ich meine ... Na, ruf mich einfach an, wenn ... Du weißt schon! Und creme ihn besser auch ein!«

Sie deutet noch auf die Sonnencreme-Flasche, ehe sie sich verabschiedet. Kaum hat sie die Tür hinter sich geschlossen, prustet Tony los: »Kann es sein, dass ich deine Mum in Verlegenheit gebracht habe?«

»Na, man stolpert ja nicht jeden Tag über pudelnackerte Prinzessinnen.«

»Schon, aber das meine ich nicht«, erwidert Tony. »*Sie* weiß, dass unser Kleiner hier mein Halbbruder ist, aber sie weiß nicht, dass ich es *auch* weiß!«

»Richtig; das kann einen echt konfus machen«, befindet Conny. Zugleich richtet sie sich auf, legt ihre Shorts wieder ab und auf den Sessel; von diesem nimmt sie dann das Sitzkissen runter, um ihr Brüderchen drauf zu legen; anschließend cremt sie ihn gründlich ein. »Gut, dass du noch nichts davon verstehst, hm, Hans? Aber dir wär's garantiert auch lieber, wenn das nicht auf ewig ein wohlgehütetes Geheimnis bleibt, oder?«

Letzteres richtet sich an ihre Freundin und Fast-Verwandte; diese setzt sich nun auch wieder auf und legt ihr Buch beiseite, um sich zu dem Knaben runter zu beugen: »Klar, aber alles zu seiner Zeit! Na, Hänschen? Komm zu deiner großen Schwester!«

Conny ist gern bereit, ihr diesen Wunsch zu erfüllen; sie hebt den nun schon wieder lächelnden Knaben hoch und drückt ihn ihrer Freundin in die Arme: »Na, geh zu Tante Tony!«

Darauf legen sich Conny bäuchlings und die ›Tante‹ rücklings auf ihre jeweiligen Liegen. Tony hält für einige Momente ihr Halbbrüderchen hoch in die Luft: »Kann es sein, dass sein Haar immer rötlicher wird? Von wem er das wohl hat ...«

»Also, von den Mondos nicht.«

»Eh klar. Uff; auf jeden Fall wirst du allmählich echt heavy, Kleiner! Na komm ...«

Damit setzt sie ihn vorsichtig auf ihrem Bauch ab, und während sie ihn dann an den Seiten stützt, lässt sie Hans sanft auf und ab wippen – was seine Laune rasch bessert: »Hey, das mag er ... Vorsicht mit den Griffeln, Kleiner: Ich bin deine Schwester!«

Conny beobachtet dies einige Zeit grinsend; dann wechselt sie das Thema: »Hast du eigentlich inzwischen irgendeine Idee, auf was du da vorgestern unter Wasser gestoßen bist?«

»Keinen blassen Tau«, entgegnet Tony, während der Junge munter weiter wippt. »Habe zwar etwas im Internet gesurft, aber das brachte nichts. Das Größte, was es hier im Wasser gibt, sind wohl Welse, aber selbst die werden nicht größer als zwei, drei Meter.«

»Und das Teil da unten war länger?«

»Aber hallo!«

»Tja ... Dann werden wir wohl nie erfahren, was das war – und was womöglich Felipe und all die anderen Hunderln gefressen hat.«

»Willst du mich provozieren? Hey, so leicht gebe ich nicht auf: Jetzt erst recht!«

»Sagtest du nicht, du willst da nie wieder ins Wasser?«

»Hey, so auf den ersten Schreck ... Aber das wird ja kaum der Weiße Hai sein, was da draußen schwimmt!? Nein; ich will dieses Biest finden – und ich werde es knipsen, damit alle mir glauben!«

»Du hast eine Unterwasser-Kamera?«

»Klar; die hat Dad für unseren Tauch-Trip gekauft. Macht echt urcoole Bilder. Na ja; manchmal jedenfalls. Allerdings habe ich wenig Lust, wieder beim Kaiserwasser oder bei der Hundezone ins Wasser zu steigen.«

»Du meinst also auch, dieser Riesen-Fisch hat irgendwas mit dem Center zu tun?«

»Klar, nur nicht auf die Weise, wie diese Deppen von der Hundeschützer-Facebook-Gruppe denken. Aber dass mein Dad gerade jetzt versucht, mich von der Alten Donau fernzuhalten ... An solche Zufälle glaube ich nicht.«

»›An solche Zufälle glaube ich nicht ...‹«, wiederholt Conny nachdenklich. »Der Kommentar kam in der Facebook-Gruppe mal in einem Posting vor – wortwörtlich, allerdings im Zusammenhang mit den Koreanern. Da können wir nur hoffen, dass die nicht ebenfalls anfangen, deinen Vater zu verdächtigen – und damit auch dich.«

»Allerdings. Deswegen habe ich ja keinerlei Bock, wieder die gleichen Typen wie beim letzten Tauchgang zu treffen; womöglich stellen die dumme Fragen, kommen auf dumme Ideen ...«

Während sie darauf den herzhaft gähnenden Buben vorsichtig auf dem Kissen absetzt, nimmt Conny erneut ihr Smartphone zur Hand: »Also, daran soll's nicht scheitern. Ich habe dir doch gestern erzählt, dass ich wieder Kontakt habe zu Konrad, unseren Ex-Rezeptionisten. Der ist offenbar in einem dieser Ruderclubs, und wenn ich das richtig sehe, hat der seinen Sitz am Nordufer der Alten Donau.«

Das weckt in der Tat Tonys Interesse: »An der Oberen Alten Donau?«

»Nein; an der Unteren, ziemlich genau gegenüber vom Zugang zum Kaiserwasser. Wenn du dir zutraust, da rüber zu schwimmen ...«

»Mach dich nicht lächerlich!«, erwidert Tony, während sie den einschlummernden Jungen sanft tätschelt. »Nötigenfalls tauche ich der Länge nach durch diesen ollen Teich!«

»Na prima; dann werde ich Konrad mal eine mail schicken, ob er morgen Zeit hat. Am besten gleich frühmorgens? Da ist's noch nicht so heiß und garantiert weniger los.«

»Klar; mach das!«

»Hm ... Dann bring am Besten nachher gleich den Rest der Ausrüstung zu uns ins Hotel; so können wir morgens von hier aus per Taxi losfahren, ohne dass dein Vater Lunte riecht. Heute Abend wollte ich dann ja auf das Treffen dieser Facebook-Gruppe. Mal sehen, was die so aushecken!«

»Wo steigt das denn?«

»In einem Restaurant in der Nähe des Kaiserwassers, die ›Alte Kaisermühle‹. Ich kenn's bisher nur vom Vorbeigehen.«

»Sagt mir nichts. Nun, ich hoffe, ihr habt eine schöne Hetz! Wegen Dad müssen wir uns aber eh keine Gedanken machen; der dürfte heute den ganzen Tag unterwegs sein.«

»Wieder am Herumfürsten?«

»So in der Art. Hat heute wohl wieder ein Meeting im Sejong-Center wegen der Banken-Kooperation; wird bestimmt wieder spät.«


+++


Tonys Vater befindet sich zu diesem Zeitpunkt in der Tat im Sejong-Center, doch für ein Meeting ganz anderer Art: Zusammen mit Michi Schweighofer kontrolliert er den Stand der Vorbereitungen für den Empfang am Wochenende. Insgesamt zeigt man sich zufrieden, wenn der Fürst auch auf seine Geschäftsführerin manchmal recht geistesabwesend wirkt.

Natürlich inspiziert man auch die Küche. Dort bekommen die beiden von den Mitarbeitern des Küchenchefs einige Kostproben gereicht, während der Koch selbst ihnen einen detaillierten Überblick über das geplante Menü gibt. »Von alles, sie verstehen, ist natürlich die Höhepunkt, die *pièce de résistance*, unsere mächtige Fisch.«

Finsterfels wirkt auf seine Begleiterin recht skeptisch: »Und mit dem ist alles in Ordnung? Wie geht's ihm?«

»Sehr gut«, versichert der Koch mit breitem Lächeln. »Alles wie Plan.«

»Also, wenn der nur annähernd so gut wird wie diese Häppchen ...«, schwärmt die Frau mit noch halbvollem Mund. »Köstlich!«

Der Fürst jedoch nickt nur und verabschiedet sich dann recht rasch aus der Küche. Auf der Stiege zurück ins Erdgeschoss sieht er sich um, und obwohl niemand in Sicht ist, senkt er die Stimme: »Was halten Sie eigentlich von unserem Koch?«

»Von Herrn Ahn? Nun, wie's scheint, wird er seinem Ruf vollauf gerecht.«

»Aber ... Ist Ihnen nichts aufgefallen? Benimmt er sich manchmal womöglich etwas ... Sagen wir, seltsam?«

»Was soll ich dazu sagen?«, wundert sich die Frau. »Solange er seinen Job macht und es nicht mit dem Betrieb des Hauses kollidiert, na gut, dann mag er meinetwegen auch seine Eigenheiten pflegen.«

»Eigenheiten? Meinen Sie da etwas Bestimmtes?«

Inzwischen sind die beiden im Gartenbereich des Centers angekommen; daher deutet Michi nun auf die Boote, die neben dem zweckentfremdeten Boots-Unterstand vertäut sind: »Nun, wie verabredet kümmert er sich natürlich um den Fisch da draußen in seinem Käfig – und *nur* er. Hinterher aber, da rudert er offenbar jeden Abend mit einem der Boote aufs Kaiserwasser raus – und teils weiter bis zur Alten Donau. Nun ja; etwas Bewegung kann nicht schaden.«

Darauf nickt der Fürst nur, während er mit unbewegter Miene aufs Wasser hinaus starrt.


+++


Als ein kurzer Moment der relativen Ruhe an der Tafelrunde eintritt, erhebt Gerhard Travnicek die Stimme: »Also, herzlich willkommen zu unserem ersten ... sagen wir, dem ersten Treffen unserer Facebook-Gruppe im echten Leben. Danke für das so zahlreiches Erscheinen; immerhin fast Dreißig Leute! Angesichtsdessen schlage ich vor, dass wir uns erst einmal vorstellen; auch wenn viele von uns auf Facebook befreundet sind, so weichen die Profilbilder ja womöglich etwas von der Realität ab. Einverstanden?«

Wie die meisten an der Tafel nickt Conny eifrig: Sie hat sich die Fotos der Facebook-Gruppen-Mitglieder vorher alle angesehen, und obwohl sie sich auf ihr Personengedächtnis verlassen kann, hat sie seit ihrem Eintreffen im Restaurant vor einer Viertelstunde nur elf Anwesende sicher identifizieren können. Dazu zählen natürlich die beiden Travniceks, die sie ja schon in jener Hundezone getroffen hat. Ansonsten hatte sie bisher nur zu den Taschers persönlichen Kontakt; diese aber ließen sich auf Connys Nachfrage hin durch die Travniceks entschuldigen; sie seien im Urlaub. Das nahm Conny erleichtert zur Kenntnis, denn es verringerte die Gefahr, dass man sie mit der ominösen Taucherin in Verbindung bringen würde.

Da seinem Vorschlag nicht widersprochen wird, fährt der Gruppen-Administrator auch gleich fort: »Gut; dann fange ich mal an. Mein Name ist Gerhard Travnicek; meine Frau Cordula und ich haben ja die Facebook-Gruppe mit ins Leben gerufen, nachdem unsere Franzi verschwand und wir erfuhren, dass dies beileibe nicht der erste Fall dieser Art war. Ich bin Angestellter bei der Stadt und wohne in Kaisermühlen. Daher kenne ich natürlich auch die ›Alte Kaisermühle‹ hier, und es freut mich, dass wir uns darauf als Treffpunkt einigen konnten; Cordula und ich, wir haben vor gut zehn Jahren schon unsere Hochzeit hier gefeiert. Wenn du dann gleich weitermachen könntest, Liebling?«

Seine Gattin lässt sich nicht lange bitten: »Nun gut; ich bin also die Cordula – Cordula Travnicek. Ich habe ein kleines Café an der Wagramer Straße – das leider allzu klein ist für dieses Treffen. Freut mich, euch alle kennenzulernen!«

Da sie sich neben die ihr bereits bekannte Frau gesetzt hat, ist nun Conny dran: »Äh, hallo! Mein Name ist Cornelia Mondo; meine Familie betreibt ein Hotel im 9. Bezirk. Bei uns war es ... Also, unser Hund Felipe ist am Kaiserwasser verschwunden.«

Conny ist froh, dass niemand nachfragt, worauf genau sich jenes Possessivpronomen denn bezieht; stattdessen fährt ihr Nebenmann gleich fort. Dieser war als letztes eingetroffen und hat sich auf den freien Platz neben dem Mädchen gesetzt; so kann Conny sein tabakgesättigtes Aroma beim besten Willen nicht ignorieren. Eine andere auffallende Eigenschaft ist unüberhörbar, als er sich dann vorstellt: »Herrmann Hegermann. Mein Bully ist noch munter beisammen. Gestern aber, da wurde Rocky gefladert und gekillt, der Pitbull von einem Haberer von mir, und er konnt's nicht verhindern. Aber nächstes Mal, das schwör ich, da haben die keinen Maschn mehr; dann gibt's Zores! Ich hab' übrigens ein Waffengeschäft drüben in Floridsdorf.«

›Mit dem Brummbass, den Tattoos sowie den Lederklamotten braucht er eigentlich keine Knarre mehr, um die Leute einzuschüchtern.‹ denkt sich Conny. Gleichzeitig weiß sie nun, dass er derjenige ist, dessen Facebook-Profilbild eine Pistolenmündung zeigt.

»Bully ist Ihr Hund, nehme ich an?«, fragt unterdessen Cordula Travnicek nach.

»So isses: Ein Bullterrier. Falls jemand hier ein Problem damit hat ...«

Er blickt herausfordernd in die Runde, aber nur der Gruppengründer antwortet: »Nun, wir haben unsere Facebook-Gruppe ja explizit für *alle* betroffenen Hundebesitzer ins Leben gerufen. Im übrigen bin ich sicher, Sie führen ihren Hund stets an der Leine. Ich glaube, ich traf Sie auch schon am Kaiserwasser und in der Hundezone am Angelibad. Wenn Sie dann bitte fortfahren würden, Frau Stadler? Frau Stadler ist nicht auf Facebook, aber als ebenfalls Betroffene habe ich sie auch eingeladen.«

Die angesprochene Pensionistin kommt dieser Bitte nach, und es folgt der Rest der Runde: Zu zwei Dritteln Frauen, wie Conny feststellt, und die Hälfte mutmaßlich Pensionisten; sie selber ist eindeutig die Jüngste. Nach der Vorstellung ist dann klar, dass — abgesehen vom besagten Waffenhändler — tatsächlich alle Anwesenden den Verlust eines Hundes zu beklagen haben; eine Frau trägt sogar um zwei Yorkshire-Terrier Trauer, die im Abstand weniger Tage verschwanden. Außerdem wissen fast alle von

Freunden, Verwandten und Bekannten zu berichten, denen es ähnlich erging.

»Das übertrifft noch meine Schätzungen«, konstatiert schließlich Travnicek, der sich fleißig Notizen macht. »Über vierzig Hunde dürften in den letzten zwei, drei Wochen verschwunden sein.«

Conny hat sich vorgenommen, in dieser Runde der Vernunft ihre Stimme zu leihen: »Ist denn sicher, dass die alle auch *an* und *in* der Alten Donau verschwunden sind? Ich meine, es wird ja auch sonst gelegentlich vorkommen, dass sich Hunde verzupfen, oder?«

»Also, mein Jumbo verschwand auf jeden Fall im Wasser«, beantwortet das Frau Stadler. »Das sah ich mit eigenen Augen.«

»Apropos gesehen«, wirft hier ein auffallend dürrer Pensionist ein. »Meine Augen sind nicht mehr die Besten; ich habe erst geschnackelt, dass mein Pluto nicht mehr da war, wie er nicht mehr ›bei Fuß‹ kam. Hat jemand wirklich *gesehen*, wer oder was unsere Lieblinge auf dem Gewissen hat? Den Täter, meine ich, ob Mensch, ob Tier? Eben mit eigenen Augen?«

Leider hat Conny selbst nicht mitbekommen, wie Felipe verschwunden ist, und Tonys ›Tauchreport‹ will sie natürlich nicht erwähnen. Es stellt sich dann heraus, dass neben Frau Stadler nur zwei weitere Frauen sozusagen *live* verfolgt haben, wie ihre Hunde, während sie im Wasser schwammen, plötzlich untertauchten – um nie wieder aufzutauchen: In einem Fall hüpfte ein Hund unweit vom Angelibad von einem Boot; im anderen Fall sprang eine Hündin – nahe der Stelle, wo Tony die Leine fand – von einem Steg ins Wasser, um einen Ball zu apportieren. Wer oder was sie unter Wasser zog, konnten aber auch sie nicht spezifizieren.

Nachdem das geklärt ist, breitet Travnicek eine großformatige Karte auf dem Tisch aus, die recht detailliert das Areal der Alten Donau zeigt – sogar mit Wassertiefen. »Die hat mir ein Kollege von der MA 45 überlassen ...«

»Was besagen denn die blauen Kreise?« fragt daraufhin eine ihm gegenüber sitzende ORF-Angestellte, mit Anfang Zwanzig die zweitjüngste am Tisch.

»Das sind die Stellen, wo die jeweiligen Tiere zuletzt gesichtet wurden«, erklärt Travnicek, während er mit rotem Filzstift zwei weitere Kreuze auf der Karte einzeichnet. »Und das sind also die gesicherten ...«

»Tatorte«, beendet Hegermann grimmig den Satz. »Sagen Sie's ruhig!«

»Nun gut. Jedenfalls sind, wie Sie sehen, die drei Tatorte und die Orte der letzten Sichtungen über das gesamte Areal der Alten Donau verteilt – allerdings mit einem Schwerpunkt rund um das Kaiserwasser.«

Als sich Conny daraufhin etwas vorbeugt, erkennt sie, dass sich dort tatsächlich sechs Kreise finden – einer mutmaßlich für Cassianas Felipe.

»Ihr meintet, ihr hättet da schon einen Verdacht?«, wendet sich darauf Hegermann an die Travniceks. »Den ihr aber nicht übers Internet äußern wolltet? Weswegen ihr auch ein paar Kommentare gelöscht habt? Also, heraus damit: Wir sind unter uns!«

Travnicek nickt zögerlich. »Richtig. Leider ließ ich mich vorgestern dazu hinreißen, *live* im ORF dies anzudeuten. Das war übereilt und leichtsinnig und hatte gleich einige böse Kommentare auf der ORF-Homepage zur Folge. Möglich, dass solch notorische Gutmenschen einen *shitstorm* entfachen, wenn sie Konkreteres erfahren. Also, unser Verdacht hat mit dem Mitarbeiter-Center jener Bank hier zu tun, dem, äh ...«

Dabei tippt er auf eine Stelle der Karte, die Conny nur zu gut kennt: »Dem Sejong-Center?«

»Ja, danke. Die meisten von Ihnen kommen ja aus Donaustadt und Floridsdorf; so werden sie mitbekommen haben, dass das Gelände im Vorjahr von dieser koreanischen Bank übernommen wurde.«

»Und?«, kommentiert dies die ORF-Mitarbeiterin. »Zugänglich war das Areal auch vorher nicht, wie es der italienischen Bank gehörte. Nur für Mitarbeiter eben.«

»Sicher, aber das ist wohl sekundär.«

Darauf erklärt Travnicek der versammelten Runde, was sie und die Taschers Conny bereits unter sechs Augen anvertrauten haben, auf Facebook bisher aber nur angedeutet wurde: Dass sie nämlich den koreanischen Koch im Center verdächtigen, die Hunde zu kidnappen, um sie dann in seiner Küche zu verarbeiten – und zwar unter anderem mittels eines oder mehrerer Taucher.

»Eine Taucherin sahen wir vorgestern selber in der Hundezone beim Angelibad«, erklärt seine Gattin dazu. »Du doch auch, Cornelia. Sprachst du nicht auch mit ihr? Bitte um Entschuldigung, wenn wir da etwas goschert waren; aber ich hatte den Eindruck, ihr kennt euch.«

Das Mädchen muss sich mehrfach räuspern, als sich daraufhin alle Blicke auf sie richten: Sie könnte jetzt jenes seltsame Gerücht aus der Welt schaffen – aber nur, indem sie ihre Freundin bloßstellt: »Äh, nein, nicht wirklich. Vom Sehen, heißt das; ich traf sie da zwei-, dreimal, beim Spazierengehen, mit Felipe ...«

›Das macht es eher noch schlimmer!‹, sagt sie sich sofort – um sich unmittelbar darauf darin bestätigt zu sehen, als der dürre Pensionist nachhakt: »Ihr steckt also nicht unter einer Decke?«

»Wie? Natürlich nicht! Ich habe- Wir haben doch selber unseren Hund verloren. Und dass sie da tauchte, das war garantiert Zufall, oder sie-«

Conny – wie der Rest der Runde – zuckt jedoch erschrocken zusammen, als ihr Nebenmann derart heftig auf den Tisch schlägt, dass die Biergläser klirren: »Zufall? Schas mit Quastln! Ich habe keinen Bock auf diesen *political-correctness*-Mist! Wenn diese Schlitzaugen daheim Hunde fressen, okay, deren Sache, aber hier!? Kommt nicht in Frage; ich lasse mich von denen nicht pflanzen!«

Die jüngste in der Runde bemüht sich dennoch weiter um Mäßigung: »Äh, aber haben einige von Ihnen nicht eh schon die Polizei zu Hilfe gerufen? Das waren doch Sie selber, gell, Frau Travnicek? Was ist denn daraus geworden? Was meinten die?«

»Selbstverständlich habe ich Strafanzeige erstattet«, antwortet die Angesprochene. »Ich habe auch von meinem Verdacht gegen das Kaiserwasser-Center und dessen Koch berichtet, aber ... Wie soll ich sagen? Ich hatte nicht den Eindruck, dass man mich ernst nahm.«

»Es liege ›kein ausreichender Anfangsverdacht zur Aufnahme von Ermittlungen‹ vor, hieß es«, präzisiert dies ihr Gatte. »Die wollten nicht einmal beim Center anrufen; das musste ich selber machen.«

Davon wusste Conny noch nichts: »Sie haben dort nachgefragt!? Und?«

»Hat man euch zum Hunde-Essen eingeladen?«, höhnt Hegermann grienend. »Was stand denn am Menü? Terrier mit Sauce Tartar? Greyhound vom Grill? Spitz süß-sauer?«

Frau Travnicek kann darüber gar nicht lachen: »Sie haben alles geleugnet; das war ja klar.«

»So funktioniert das ja auch nicht«, befindet die Rundfunk-Mitarbeiterin. »Da muss man investigativ vorgehen. Nachdem ich von den Gerüchten gehört habe, habe ich mich in meinen Wagen gesetzt, bin hier raus gefahren bis zum Fischerstrand und habe dem Koch am Ausgang des Centers aufgelauert.«

»Woher wussten Sie denn, wie er aussieht?«, wundert sich darauf Travnicek. »Ich habe versucht, ihn zu googeln, aber entweder gibt's so viele mit dem Namen, oder ich habe ihn falsch geschrieben.«

»Wusste ich nicht. Ich-«

»Die sehen doch eh alle genauso aus!«, wirft hier Hegermann ein.

›Was für ein Unsinn!‹, denkt Conny, aber ehe sie sich zu Wort melden kann, fährt die andere Frau fort: »Lassen Sie mich ausreden! Natürlich wusste ich nicht, wie er aussah, aber die meisten Leute dort sind ja auch keine Asiaten, sondern Einheimische. Außerdem: Ich habe mal selber in einer Küche gejobbt; daher weiß ich: Dort geht es in aller Herrgottsfrühe los! Also habe ich mich einige Tage vor Arbeitsbeginn auf die Lauer gelegt – und mit Erfolg: An zwei Tagen, so gegen fünf Uhr früh, kam ein Asiate ins Center – praktischerweise per Fahrrad: Etwa 1,70, Mitte Vierzig, Bauchansatz, Brille, dünner Kinnbart ... eher unauffällig. Ich war mir sicher, dass ist er.«

Conny schluckt: Tatsächlich passt die Beschreibung ziemlich gut auf Ahn Jong Beom.

»Und?«, drängt Hegermann. »Was haben Sie gemacht?«

»Nun, beim dritten Mal habe ich ihn angesprochen; ich gab mich als Nachbarin aus. Er hat tatsächlich zugegeben, dass er der Koch dort ist. Ich habe ihn natürlich nicht direkt gefragt, ob er in seiner Küche auch Hunde verwurstet; bin ja nicht auf der Nudelsuppe daher geschwommen! Wir haben erst mal einige Minuten geplaudert, dann, bei passender Gelegenheit, meinte ich: ›Ich habe mal gehört, dass man in Korea auch Hunde isst. Das stimmt doch nicht, oder? Das kann ich mir nicht vorstellen.‹ Nun, vorher war er recht umgänglich; dann wurde er aber schnell abweisend. ›Gibt schon‹, meinte er. ›Wenig. Sehr wenig. Ich nie Hunde kochen; schlechte Küche!‹ Und dann ließ er mich stehen und flüchtete ins Center.«

»Er meinte also, dass er niemals Hunde verarbeitet?«, hakt nun Conny nach.

»Genau – obwohl ich ihm selbst das gar nicht unterstellt hatte; nicht einmal andeutungsweise.«

»Nun, garantiert hörte er so etwas nicht zum ersten Mal?«

»Garantiert auch nicht ohne Grund!«, donnert Hegermann. »Was brauchen wir noch? Ein schriftliches Geständnis?«

»Wir brauchen vor allem Öffentlichkeit«, befindet Travnicek. »Wir wissen doch: Ohne öffentlichen Druck passiert hier in Österreich gar nichts! Vor allem die Hundebesitzer müssen aufgerüttelt werden. Himmel, es gibt allein in Wien 60.000 Hunderln – die meisten eben hier in Donaustadt und Floridsdorf! Wenn nur jeder Hundertste Hundehalter zu einer Demo kommt, die wir vorm Center veranstalten ... Das wäre doch schon was!«

»Das muss ins Fernsehen!«, befindet Hegermann mit einem weiteren Schlag auf die Tischplatte, um sich dann an die junge Frau zu wenden. »Du meintest, du bist beim ORF?«

»Ja, schon – aber als Technikerin.«

»Na und? Du kennst die Leute, sitzt an der Quelle ...«

»Stimmt schon ... Ich könnte mal einige Kollegen auf die Story hinweisen. Auf unserer Homepage war sie ohnehin schon. Ohne die Sache mit dem Center, heißt das.«

»Na also!«

In der folgenden Diskussion stellt sich heraus, dass weitere Teilnehmer Verbindungen zur Presse haben; zwei andere kennen einen bekannten Blogger beziehungsweise Radiomoderator ... Kurz: Während Wirt und Wirtin die Runde mit Getränken versorgen – Bier, Wein, aber auch Kräutertee, Cola für Conny, Korn für Hegermann – wird jene große Glocke gegossen, an welche man die Hunde-Koch-Geschichte zu hängen gedenkt.

»Wichtig ist dabei, dass wir nicht als ignorante Deppen rüber kommen und Pauschalisierungen vermeiden«, mahnt Travnicek, während man sich bereits an diversen Mehlspeisen gütlich tut.

»Ansonsten machen wir uns nur lächerlich, uns bläst ein *shitstorm* ins Gesicht, und wir schaden der Sache. Unsere Taktik sollte sein: Seht, wir wissen auch nicht genau, was geschehen ist-«

»Was ja auch stimmt«, wirft Conny ein.

»Schon. Aber es gäbe halt gewisse Indizien, Beobachtungen, Hinweise ... Niemand wäre glücklicher als wir, wenn ungerechtfertigte Verdächtigungen aus der Welt geräumt werden könnten. Aber dazu wäre es nötig, dass man auch beim Sejong-Center entsprechend offen und kooperationsbereit ist. Bisher stößt man dort aber eher auf Packelei und Geheimniskrämerei. Hat man dort etwa irgendwas zu verbergen?«

»So könnt's klappen«, grummelt selbst Hegermann. »Nicht gleich morgen oder übermorgen ... Werde aber schon dazuschauen, dass bis dahin nix geschieht.«

Frau Travnicek ist sich nicht sicher, was sie davon halten soll: »Wie meinen Sie das?«

»Na, ich und ein paar Haberer, wir werden in der nächsten Zeit die Augen offen halten. Soll keiner versuchen, sich an meinem Bully zu vergreifen!«

Niemand widerspricht.

»Was ich noch nicht ganz verstehe: Wenn es euch vor allem um's Kaiserwasser geht, was wollt ihr dann auf *dieser* Seite der Alten Donau!?«

»Conny wird's Ihnen erklären«, antwortet Tony, während Konrad die Ausrüstung auf dem Bootssteg ablädt. »Und ... äh, das andere auch.«

Conny nickt ihrem Ex-Kollegen zu, nachdem sich dieser zu ihr umgedreht hat: »Wie wär's, wenn wir dazu in das Café da drüben gehen? Von dort hat man einen guten Blick rüber zum Gänsehäufel, und Tony geht derweil ... Nun ja, sie geht schwimmen, gell?«

Die Taucherin betritt unterdessen – den Taucheranzug unterm Arm – den Schuppen, der neben dem Bootssteg auf dem schmalen Uferstreifen steht: »Ganz schön staubig hier. Ihre Vereins-Kollegen könnten ruhig mal für etwas Ordnung sorgen, Herr Graf!«

»Na ja, die meisten kommen halt nur hierher, um etwas Spaß zu haben, einige Runden auf der Alten Donau zu rudern; hinterher ein Bierchen zu trinken oder zwei ... Ist auch für mich eine nette Abwechslung vom Studium.«

»Wie läuft's denn damit, Konrad?«, fragt Conny, nachdem Tony die Tür hinter sich geschlossen hat. »Du meintest ja in deiner mail, dass bald die Abschlussprüfung für deinen Doktor ansteht?«

»Die *Defensio*, ja«, seufzt Konrad. »Im Oktober ... Frag bloß nicht! Eigentlich sollte ich jetzt daheim sitzen und Pauken, wie ich dir zuerst mailte, aber, na ja, nach dem Angebot in deiner Antwort ... Da konnte ich schlecht Nein sagen.«

»Aber hinterher nichts weitertratschen, klar? Mein Dad hat gute Anwälte!«, meldet sich dazu Tony aus dem Schuppen lautstark zu Wort. »Ich war trotzdem dagegen, aber da Conny meint, Sie seien kein Verkehrter ...«

Konrad blickt darauf verwundert das andere Mädchen an: »Was hat denn unser Prinzesschen damit zu tun?«

»Das ist Teil der Geschichte«, antwortet Conny knapp. »Nachher, unter vier Augen ...«

»Apropos Augen«, meldet sich erneut Tonys gedämpfte Stimme aus dem Schuppen. »Was, wenn doch noch wer von Ihrem Verein aufkreuzt? Wäre mir ... Na ja, unangenehm.«

Konrad schüttelt den Kopf – ehe ihm einfällt, dass Antonia dies nicht sehen kann: »Um Sieben in der Früh!? Wohl kaum! Kannst mich übrigens auch Konrad nennen; irritiert mich andernfalls, wenn Conny mich duzt und du- ich meine Sie ... Also, wenn Sie-«

»Ist recht«, lacht es gedämpft durch Neopren und Holzwand. »Solange du mich Tony nennst und nicht Finstersteinchen! Okay; bin fast fertig ...«

Kurz darauf tritt die Taucherin wieder ins Freie, wobei sie noch den Neoprenanzug an den Ärmeln zurecht zupft. Conny hat unterdessen – mittlerweile hat sie schon Übung darin – die Luftflasche und den Atemregler vorbereitet, so dass sie ihrer Freundin gleich beim Anlegen helfen kann. Konrad beobachtet das interessiert: »Cool! Und Sie- Äh, *du* bist sicher, dass ... Das sind doch einige hundert Meter von hier bis zum Kaiserwasser, oder? Rüber über die Alte Donau, vorbei am Gänsehäufel ...«

»Knapp ein Kilometer«, präzisiert Conny. »Ohne Umwege, versteht sich. Wir haben's auf der Karte nachgemessen.«

Tony kommt eventuellen Einwänden zuvor: »Im Urlaub bin ich schon weiter getaucht – und vom Gänsehäufel kann ich ja schlecht wegschwimmen; wir wollen schließlich nicht noch mehr Bahöö machen. Okay; alles klar!«

Sie kontrolliert die Luftversorgung, zieht alle Gurte stramm und schiebt die Brille in die Stirn. Daraufhin holt Conny aus der Kameratasche, die sie umgehängt hat, die in ein Plastikgehäuse eingebaute Unterwasser-Kamera hervor. »Na dann Petri Heil!«

Die Taucherin nimmt das Gerät entgegen, schaltet es ein und schießt zur Kontrolle ein Bild von ihren beiden Begleitern: »Bitte recht freundlich! Okay; Bild passt; Blitz ist aufgeladen ... Na dann bis bald!«

Die Kamera in der Linken, steigt Tony über die Steinstiege ins Wasser. Als sie bis zur Hüfte im Wasser steht, setzt sie die Brille auf, nimmt den Atemregler in den Mund, winkt ihren beiden Begleitern nochmals zu und taucht dann ab.

»Und du meinst, sie schafft das?«, fragt Konrad mehr sich selbst als Conny. »Was auch immer genau unser Prinzesschen vorhaben mag ...«

»Wir hoffen auf ein paar echt geile Schnappschüsse«, schmunzelt Conny. »Und: Ja, bin sicher, sie schafft das!«

»Schon gut, schon gut; je weniger ich weiß, desto besser: Fahrlässige Begehung einer Straftat oder so was ... Himmel, wird Zeit, dass ich den Jus-Kram aus dem Schädel bekomme!«

Conny verstaut noch die Kameratasche gleichfalls im Schuppen; dann verlassen die zwei den Bootssteg: »Und du bist echt sicher, dass du Jurist werden willst? Anwalt? Ein Winkeladvokat? Du, der du den Leuten so gern auf die Zehen steigst? Das geht doch garantiert nicht lange gut!«

»Na ja, mal sehen; mit einem *Doctor iuris* stehen einem viele Wege offen. Wie auch immer; darüber mache ich mir Sorgen, wenn's so weit ist.«

»Ich glaube, Mama würde dich auch gern wieder im ›Hotel Welt‹ arbeiten lassen«, bemerkt Conny mit einem listigen Seitenblick auf ihren Begleiter. »Und diesmal garantiert nicht nur Aushilfsweise – und bei besserer Bezahlung. Du weißt ja, dass es bei uns inzwischen besser läuft.«

»Also, ganz ehrlich: Mir ging's bei euch nicht nur ums Geld; ich mochte den Job! Nicht dass ich das Geld nicht gebrauchen konnte; Gott bewahre: Ist ja nicht so, dass ich wie unsere Prinzessin hier mit einem silbernen Löffel im Mund geboren wurde.«

»Hey, Tony ist echt okay!«

»Ja; seit ich sie zuletzt sah, scheint sie ... Hm, sagen wir, sie wirkt gereift. Du auch; klar!«

»Danke!«, grinst Conny. »Wie wär's; setzen wir uns hier?«

Inzwischen sind die beiden im Café angekommen, und dank der frühen Stunde findet man noch einen perfekten Platz auf der Terrasse mit freiem Blick über Bootssteg, Alte Donau und bis hin zum Gänsehäufel.

»Ist mir recht. Also ... Wo waren wir?«

»Beim Geld«, grinst Conny, die bereits die Kellnerin kommen sieht. »Du zahlst!«

»War ja klar!«, seufzt Konrad, doch zuerst greift er nach der Speisekarte.

Unterdessen ist Tony schon weit draußen auf der Alten Donau – beziehungsweise unter ihr. Zwischendurch pausiert sie ein-, zweimal; dabei taucht sie vorsichtig an die Oberfläche, um sich zu orientieren: ›Was für eine Brühe!‹, denkt sie. ›So weit erst? Bin vielleicht doch ein wenig aus der Übung ... Aber ich schaffe das!‹

Damit taucht sie wieder ab. Auch in diesem Bereich ist das Gewässer nur drei bis fünf Meter tief, und wie schon bei ihrem vorigen Tauchgang, schwimmt Tony aufgrund der teils meterlangen, dicht wuchernden Gewächse am Grund zumeist nur in einer Tiefe von ein, zwei Metern. Als sie schließlich den ersten Steg vor sich erspäht, weiß sie, dass sie das westliche Ufer der Alten Donau entlang des Fischerstrandes erreicht hat. Probeweise macht sie mit Blitz ein Bild von den vordersten Pfosten des Stegs. Soweit sie dies unter Wasser erkennen kann, fällt das Ergebnis zu ihrer Zufriedenheit aus. Somit biegt sie danach nach links ab, in südlicher Richtung, das Gänsehäufel zur Linken und den Zugang zum Kaiserwasser zur Rechten.

Unterdessen schlürfen die zwei Ex-Kollegen im Café am östlichen Ufer bereits ihre erste Melange.

»Also gut, Conny«, beginnt Konrad nach der ersten Dosis Koffein. »Wie gesagt: Eigentlich sollte ich jetzt pauken, und eigentlich dürfte ich ohne Genehmigung des Club-Vorsitzenden auch keine Nicht-Mitglieder auf unsere Anlage lassen. Aber da du in der zweiten mail meintest, du hättest – und ich zitiere wörtlich – ›Informationen, die mich garantiert interessieren‹ ... Was hast du für mich? Raus mit der Sprache! Nicht umsonst ist *do ut des* der mutmaßlich älteste Rechtsgrundsatz überhaupt.«

Er greift wieder zur Kaffeetasse, offenbar nicht erwartend, dass Conny umgehend *in medias res* geht: »Ich weiß, wer Hans' Vater ist.«

Prompt prustet Konrad in seine Melange. Nachdem er ausgehustet und sich den Schaum vom Kinn gewischt hat, starrt er sein – nun sehr ernstes – Gegenüber ungläubig an: »Du meinst ... Hänschen Klein? Dein Brüderchen?«

»Kennst du noch einen anderen Hans?«

»Ja, mehrere, aber ... Du redest von Hans Mondo, Margrets Sohn!?«

»Ja, sicher. Ich weiß, wer der Erzeuger ist.«

»Margret hat es dir erzählt!?«

Nun zögert Conny ein wenig mit der Antwort: »Nicht direkt ... Aber ich habe es von ihr; die Details spielen keine Rolle.«

»Meinst du? Sehe ich anders!«

»Nun gut. Also, das war so ...«

Gleichzeitig gleitet Tony unter dem Laberlsteg hindurch ins Kaiserwasser hinein. Unter dem Steg ist das Wasser kaum zwei Meter tief; daher ist die Taucherin zuerst im umgebenden Gestrüpp aufgetaucht, hat abgewartet, bis einige Hundehalter außer Sicht waren, um dann zügig unter dem Brücklein hindurch zu flosseln. Hinter dem Steg hält sie sich gleich wieder rechts, und als sie ein ins Wasser eingelassenes Gitter erspäht, weiß sie: Hier beginnt das Gelände des Sejong-Centers; dieses Gatter passieren Schwimmer und Boote, die zwischen der Center-eigenen Badebucht und dem Kaiserwasser hin und her wechseln. Gut zwanzig Meter hinter dem Gatter erreicht Tony den Boots-Unterstand in der nordöstlichen Ecke der Bucht – oder das, was einmal für die Boote vorgesehen war. Denn als sie im Schilf-Dickicht am Rande der Bucht vorsichtig auftaucht, sieht Tony, dass die Boote neben dem Unterstand vertäut sind und dieser mit schwarzen Planen verhängt ist: ›War das letztes Mal auch schon da?‹

Bei ihrem Kurz-Besuch vor vier Tagen hat das Mädchen darauf nicht geachtet. Somit taucht sie wieder ab und schwimmt entlang des Grundes bis zum Bootshaus. Mit dem, was sie dann dort entdeckt, kann sie zuerst nichts anfangen: ›Was um alles in der Welt ... Noch ein Stahlgitter? Nein, eher ein Gerüst. Trägt das das Bootshaus? Nein; das sieht neu aus; der Holzbalken hier ist alt; das sind die Stützen, und zwischen den Balken haben sie das Gitter befestigt. Und so groß ... Verdammt, hier ist die Brühe ja doppelt so trüb!‹

Sie schwimmt zuerst an der Schmalseite des Gatters entlang, dann an der gut zehn Meter messenden Längsseite, erst hin, dann zurück, wobei sie mit der Rechten an den Stahlstäben entlang streift: Alles sehr massiv von oben bis unten, bis-

›Was ist denn das?‹

Tony schwimmt ein Stück zurück, greift nach dem vorletzten Stahlstab und zieht daran. Prompt bewegt sich ein gut zwei Meter breiter Abschnitt des Gatters auf sie zu. Als sie an dessen Ende entlang tastet, entdeckt sie eine Kette, die am oberen Drittel des Gatters befestigt ist. Da begreift die Schwimmerin: ›Verdammt, das ist ein Tor, eine Käfigtür! Eine Tür, die mit der Kette da von oben geöffnet werden kann. Hm, die führt aus dem Wasser raus ... Was ... Scheiße, solch eine große Tür – unter Wasser!?‹

Die Taucherin ist sich sicher: Eben dies will ihr Vater vor ihr verbergen – und offenbar nicht nur vor ihr. ›War etwa hier jener Monster-Fisch gefangen?‹, fragt sie sich, während sie einige Aufnahmen von der Anlage macht. ›Aber warum? Seit wann? Und weshalb ist er jetzt frei?‹

Im Café hat Conny unterdessen Konrad berichtet, wie Tony und sie Margret und Cassiana belauscht haben – wobei sie die Beichte der Autorin verschweigt; an ihr zeigt sich Konrad auch völlig desinteressiert – ganz im Gegensatz zum entscheidenden Punkt in Margret Mondos Bericht: »Und? Wer ist der mehr oder minder glückliche Vater?«

Aber Conny lässt den Mann noch zappeln: »Also, eigentlich hatte ich ja lange dich in Verdacht.«

»Mich? Du beliebst zu scherzen!«

Konrads Verblüffung ärgert Conny schon ein wenig: »Nun tu mal nicht so erstaunt! Willst du echt leugnen, dass du und Mama ... Also, dass ihr mehr wart als Kollegen?«

»Was meinst du?«

»Dass ihr Geschlechtsverkehr hattet? Sex? Dass ihr gepudert habt, zum Teufel!?«

Zwar sind die zwei auf der Terrasse momentan unter sich; letzteres hat Conny aber in ihrem Unmut so laut gesagt, dass man es auch auf der benachbarten Promenade verstanden hätte. Erst als sich der Mann überzeugt hat, dass die nächsten Hundehalter, Jogger und Radler außer Hörweite sind, antwortet er – und zwar noch leiser als vorher: »Pschscht! Muss ja nicht gleich ganz Wien wissen ...«

Conny hat durchaus ein wenig geblufft – mit Erfolg: »Also stimmt es!«

»Himmel, ja. Und; willst du mir das zum Vorwurf machen? Margret ist eine attraktive Frau, und die paar Jahre Unterschied-«

»Hey, bleib cool: Nichts liegt mir ferner! Himmel, ihr seid Erwachsen; ihr könnt treiben, was ihr wollt.«

Konrad weiß nicht so recht, was er davon halten soll: »Danke; sehr großzügig ...«

»Wäre nur echt nett gewesen, wenn ihr mich deswegen nicht angelogen hättet, gell? Und damit meine ich dich *und* Mama. Geahnt hab ich's eh.«

»Ach; seit wann denn?«

»Oh, seit gut vier, fünf Jahren. Deswegen hatte ich auch lange dich in Verdacht, Hans' Vater zu sein. Zumal du fast gleichzeitig gekündigt hast, wie Mama mir von ihrer Schwangerschaft erzählte.«

»Nein, nein, das war nicht der Grund. Wenn ich der Vater wäre, so würde ich dazu stehen. Aber erstens war mein Jobben bei euch eh meist schwarz, und ich als Jus-Student ... Zweitens wurde es mit dem Studium zeitlich immer schwieriger. Und drittens, nun ja ...«

»Drittens warst du dir sicher, dass du *nicht* der Vater bist. Gell?«

»Allerdings. Ja, du hast recht: Vor gut sechs Jahren schliefen Margret und ich zum ersten Mal miteinander. Arbeitsrechtlich vielleicht etwas gewagt, aber ... Nun, wie ich sagte: Deine Mutter ist eine Frau mit vielen Gaben! Und ich selber ... Na ja, ich mag kein Feschak sein, bin aber bestimmt auch kein Schiachpercht. Ja, Margret und ich haben ab und an gepudert, um mal deine Worte zu gebrauchen, aber ich habe sie sicher nicht *an*gepudert. Erstens habe ich immer ein Kondom benutzt; zweitens hatten wir im vorletzten Oktober zuletzt Sex.«

»Woraus du dir unschwer ausrechnen konntest, dass du nicht Hans' Erzeuger sein kannst.«

»Exakt. Nun, es lag mir fern, irgendwelche exklusiven Ansprüche gegenüber Margret geltend zu machen, aber da sie mich ebenso vor vollendete Tatsachen stellte wie dich ... Wie auch immer:

Es war ein guter Zeitpunkt zu gehen. So, nun weißt du alles; zufrieden? Nun bist du dran!«

Während sich Konrad abwartend zurücklehnt, lächelt Conny zufrieden: »Mama bedeutet dir also nach wie vor was.«

»Habe ich das geleugnet? Deshalb ... Na, sagen wir's so: Ich wüsste schon gern, dass sie in guten Händen ist – falls Hans' Vater denn jemals zu seiner Rolle stehen sollte. Sieht ja momentan nicht so aus, oder? Wobei dir daran allemal mehr liegen sollte als mir! Also: Wer ist der glückliche Vater!?«

Der Gedanke, besagter ›glücklicher Vater‹ könnte tatsächlich zu seiner Rolle stehen, erscheint Conny derart abwegig, dass sie ihn gleich wieder verdrängt: »Ahnst du's nicht?«

Konrad zuckt nur mit den Schultern: »Ich kann höchstens abschätzen, wann's passiert sein muss: Irgendwann um die vorletzte Jahreswende herum.«

Conny genießt dies und zieht die Unterredung gerne etwas in die Länge: »Genauer gesagt: Exakt zur Jahreswende.«

Auch bei Konrad fällt der Groschen nur Cent-weise: »Exakt ... Du meinst, bei der Silvester-Party, drüben bei Fürstens? Als ich bei euch im Hotel die Stellung hielt!?«

Letzteres war Conny entfallen: »Äh, ja.«

»Na toll; also ein Quickie mit einem der Gäste! Und mit welchem? Komm; lass mich nicht zappeln!«

»Nicht mit *irgend*einem der Gäste ...«

Konrad reißt die Augen immer weiter auf: »Du meinst ... Mit einem der Finsterfelse? Ach du blaublütige Scheiße!«

»Nicht mit *irgend*einem von denen.«

Endlich fällt der letzte Cent: »Mit ... Der Fürst höchstselbst!? Du beliebst schlecht zu scherzen!«

»Mama meinte, er wisse und glaube es. Offenbar zahlt er sogar Unterhalt.«

»Na, das ist ja auch das mindeste! Also hat der gute Adi einen Bastard in die Welt- Sorry, war nicht so gemeint!«

»Will ich auch hoffen!«

»Trotzdem ...«


Während Konrad diese Neuigkeiten zu verdauen hat, ist Hans' zweite Halbschwester im eigentlichen Kaiserwasser unterwegs.

Einige Male taucht sie – geschützt vom ufernahen Gestrüpp – auf, um sich zu orientieren und umzusehen, doch angesichts der frühen Stunde ist noch nicht viel los: Zwei, drei Jogger sind unterwegs – und natürlich fünf, sechs Hundehalter; eine Dogge sowie ein Bullterrier tragen gerade im flachen Wasser vor der Liegewiese einen Schaukampf aus, als Tony sich vom südlichen Ufer her umsieht. ›Man kann in Wien unterwegs sein, wann und wo immer man will‹, denkt sie, ›stets trifft man auf Hunde. Ist das Schlaflosigkeit der Besitzer oder Inkontinenz der Tiere?‹

Da sie allmählich müde wird, verschnauft sie diesmal etwas länger, ehe sie wieder abtaucht. Etwas Spektakuläres hat sie freilich bisher nicht entdeckt: Einige Karpfen sah sie, einen Zander, den sie sogar knipsen konnte, mehrere kleinere Fische, jede Menge Grünzeug natürlich – und wieder einiges an Müll, was sie auch fotografisch dokumentiert hat. Kurz gesagt, war es bisher ein eher beschaulicher Tauchgang. Sie beschließt, noch ein-, zweimal quer durchs Kaiserwasser zu schwimmen und die Geschichte dann aufzugeben. ›Was habe ich auch erwartet?‹, sagt sich Tony. ›Nessie lässt grüßen ... Wäre schon ein arger Zufall, wenn mir das Biest noch mal unterkommt.‹

Dank der Dämpfung durch zwei, drei Meter Wasser dringen kaum Geräusche der Außenwelt zu Tony vor. Als sie gerade etwa in der Mitte des Kaiserwassers angekommen ist, stutzt sie aber; ihr scheint, dass es eben irgendwo zweimal geknallt hätte. Sie stoppt in drei Meter Tiefe, wendet sich mit Hilfe ihres Kompasses in Richtung Liegewiese um, und im gleichen Moment registriert sie, dass da über ihr ein Schatten sehr rasch auf sie zukommt. Auf den ersten Blick, noch aus einigen Metern Entfernung, hält sie es für ein Boot, und sie lässt sich bis auf den Grund sinken, wo sie sogleich wieder spürbar kälteres Wasser umgibt. Aus vier, fünf Metern Entfernung kann sie dann erste Konturen erkennen, und es wird klar: Dieses Objekt bewegt sich unter Wasser, wenn auch knapp unter der Oberfläche, und es ist kein starres Objekt; stattdessen bewegt es sich mit schlängelnden, kraftvollen Bewegungen voran. Schlag- und schockartig wird Tony klar: Das ist ein Fisch; das ist *der* Monster-Fisch, dem sie schon einmal begegnet ist. Diesmal aber, wie das Tier schräg über ihr schwimmt, kann sie deutlich die auffallend spitze Kopfform erkennen, den massigen

Körper, dessen Ende sich noch im Trüben verliert – und noch mehr: Seitlich des Kopfes scheint sich ein kleiner Fortsatz zu befinden, fast wie bei einem Hammerhai. Erst als der Fisch direkt über sie wegschwimmt, erkennt Tony: Es ist ein Kopf, der da aus dem Maul des Fisches herausragt – der Kopf eines Hundes, und in eben dem Moment, als die Taucherin das charakteristische Pitbull-Profil erkennt, reißt der Hund sein Maul auf; Blasen steigen auf, und die Taucherin meint sogar ein blubberndes Jaulen zu hören.

Für einige Momente ist sie starr vor Schreck; die Kamera entgleitet ihr; nur wie durch einen Nebel registriert Tony, wie der riesige Rest des Fisches lautlos über sie wegschnellt. Dann reißt auch sie entsetzt den Mund auf, schluckt Wasser, stößt sich vom Grund ab und taucht so rasch als möglich auf. Dort reißt sie sich die Maske vom Gesicht, hustet, spuckt und schnappt mehrmals keuchend Luft. Eher unbewusst registriert sie, dass es in der Umgebung lauter geworden ist; ein chaotischer, gemischter Chor macht sich irgendwo am Ufer bemerkbar. Das erste, was Tony versteht, ist der erstaunlich laute Ausruf einer Bassstimme: »Da, da sind sie: Die haben Bully gefladert!«

Während sich Tony der Stimme zuwendet, wischt sie sich noch das Wasser aus den Augen; so braucht es einige Augenblicke, bis sie erkennt, dass der Rufer vom Ufer her aufs Wasser raus deutet – und zwar genau auf sie. Er ist gut hundert Meter entfernt; so kann Tony keine Details erkennen, doch es ist unübersehbar, dass daraufhin auch die beiden ihn begleitenden Pärchen sich Tony zuwenden. Drei der fünf greifen zudem rasch in ihre Taschen und zücken irgendetwas.

Tony ahnt nichts Gutes, und eilig setzt sie ihre Brille wieder auf: »Verflucht, warum hat heute jeder jederzeit sein Handy dabei!?«

»Hiergeblieben, du Falott!«, schreit darauf der Bass, und auch er hebt etwas in die Höhe. Dann knallt es, es zischt, und vier, fünf Meter rechts von der Schwimmerin spritzt es schnalzend auf. Erst als dies gleich darauf nochmals zu ihrer Linken geschieht, begreift Tony: »Schießt dieser Volldepp auf mich!?«

Sofort nimmt sie wieder den Atemregler in den Mund und taucht so schnell als möglich ab – und gerade noch rechtzeitig: Sie ist kaum einen Meter unter Wasser, da hört sie einen gedämpften Knall, und direkt über ihr peitscht eine Kugel durchs Wasser.

›Das muss dieser Hegermann sein; der ist ja echt gschüttelt!‹ denkt Tony, während sie so tief als möglich gen Osten davonschwimmt. Aber noch mehrfach knallt es, und ebenso oft klatschen Kugeln ins Wasser, mal näher, mal weiter weg. Minutenlang paddelt Tony drauflos, so schnell sie kann; erst als sie völlig außer Atem ist, taucht sie kurz hinter dem Ausgang des Kaiserwassers wieder auf. Ein Fehler, wie sich sogleich erweist: Ehe sie sich orientieren kann, hört sie den Bass wieder brüllen – und diesmal ist er wesentlich näher: »Da, da ist er- sie!?«

Als sich Tony umdreht, sieht sie den Mann und die zwei Pärchen – samt kläffender Dogge – auf dem Laberlsteg stehen, keine zwanzig Meter entfernt. Und diesmal erkennt sie nicht nur zwei mutmaßlich filmende Handys, sondern auch die Pistole, die der Mann in der Mitte auf sie richtet. »Keine Bewegung! Haben wir dich, du Hunde-Napper!«

Natürlich leistet Tony dem nicht Folge, und wäre die Handy-lose Frau dem Mann nicht in den Arm gefallen, so hätte der nächste Schuss gewiss gesessen. So klatscht die Kugel fünf Meter vor ihr ins Wasser, und die Taucherin kann unverletzt abtauchen. Allerdings ist das Wasser in diesem Bereich sehr flach, so dass die Schwimmerin damit noch längst nicht außer Sicht ist; damit zischt die nächste Kugel nur eine Handbreit vor ihrem Kopf in die Tiefe. Mühsam bezwingt Tony eine erneut aufsteigende Panik; sie schwimmt Haken, zwängt sich zwischen den Grünpflanzen durch und hält den Atem an, um sich nicht durch Blasenbildung zu verraten; so hört sie zwar noch den nächsten Schuss, erahnt aber nur, dass die Kugel einige Meter entfernt aufschlägt.

Erst als der Grund zum Gänsehäufel hin wieder ansteigt, wird Tony aus purer Erschöpfung langsamer. Verwundert verfolgen dann die ersten Badegäste auf der Insel, wie die Taucherin eher an Land kriecht denn geht. Schließlich sinkt sie im noch knöcheltiefen Wasser nieder, um wieder zu Atem zu kommen. Kaum aber setzt sie die Taucherbrille ab, sieht sie am anderen Ufer, gut hundert Meter entfernt, ihre Verfolger; von dem nächstgelegenen Steg aus brüllt der Bass zum Gänsehäufel rüber: »Stoppt sie! Haltet den Hundedieb!«

»Gott, sind die hartnäckig!«, stöhnt Tony. Sie erkennt aber auch: Ehe sie jetzt unter Wasser außer Sicht wäre, könnte sie jener Irre mehrfach durchlöchern. Somit springt sie – immer noch keuchend – auf, watschelt an Land und sucht so schnell wie möglich in den Schutz der Bäume, Bauten und Besucher des Gänsehäufels zu gelangen.

Zwar ist die einzige Brücke zu dieser Badeinsel einige hundert Meter entfernt; Tony mag sich aber nicht darauf verlassen, dass jenes Quintett die Verfolgung deswegen aufgibt. So reißt sie sich – an einen breiten Baum gelehnt – die Flossen von den Füßen und rennt dann quer über die Insel, vorbei an Kabanen und Kabinen, ungläubig oder amüsiert beäugt von den wenigen schon anwesenden Badegästen. Unbehelligt am anderen Ufer angekommen, streift sie sich Flossen und Brille wieder über, steigt ins Wasser, kämpft sich durch das ufernahe Grünzeug, und kaum hat sie hüfthohes Wasser erreicht, taucht sie ab.

Im Café hat Konrad Connys Enthüllungen inzwischen halbwegs verdaut: »Okay ... Und wie weiter? Ich meine, soll das ewig ein Geheimnis bleiben?«

Conny zuckt mit den Schultern: »Wenn's nach Finsterfels geht, vermutlich schon. Mama scheint das auch recht zu sein. Was später daraus wird, wenn Hans mal alt genug ist, um Fragen zu stellen ... Nun, das ist kaum mein Problem.«

»Nun, wo du's weißt, schon. Und meines auch. Wir könnten das Ganze an die Presse bringen; wäre ein astreiner Skandal.«

Davon hält Conny wenig: »Was würde das bringen? Erben wird er eh kaum; zahlen tut Finsterfels schon. Ansonsten würd's nur einen Presserummel geben, den ich weder meiner Mutter noch meinem Brüderchen wünschen möchte – und ich selber bin auch nicht scharf drauf.«

»Okay; das ist eure Entscheidung. Aber, mal sehen; falls ich irgendwann dringend Geld brauchen sollte ...«

»Sehr witzig! Ich- Ah, da ist Tony! Zahlst du noch?«

Sobald sie gesehen hat, wie die Taucherin aus dem Wasser stieg, ist Conny sofort aufgesprungen, und ohne Konrads Antwort abzuwarten, eilt sie zum Steg rüber. »Und? Alles klar bei dir!?«

Tatsächlich sinkt die Taucherin – nachdem sie Flasche, Brille und Atemregler abgelegt hat – erst einmal auf den Rand des Steges nieder, um wieder zu Atem zu kommen. Als dann Konrad zu den Mädchen stößt, kann Tony sich zumindest schon mal aufrappeln: »Schnell; ich muss mich umziehen: Wer weiß, ob diese Deppen nicht auch hierher kommen! Und versteckt die Ausrüstung!«

Ohne eine Antwort abzuwarten, verschwindet sie im Schuppen und schlägt die Tür hinter sich zu. Von innen gibt sie dann ihren beiden Komplizen einen etwas atemlosen, abgehakten Report über ihre Erlebnisse – was wiederum Conny und Konrad die Sprache verschlägt.

»Er hat auf dich geschossen!?«, hakt schließlich Konrad nach, als Tony vorübergehend verstummt. »Das ist versuchter Mord!«

»Sag bloß!«, antwortet Tonys gedämpfte Stimme nur.

»Das war garantiert dieser Hegermann,« konstatiert Conny. »Aber es müssen doch auch die anderen dieses … diesen Riesenfisch gesehen haben!?«

»Hatte keine Gelegenheit, danach zu fragen,« antwortet es aus dem Verschlag heraus. »Müssten auf jeden Fall gesehen haben, dass *ich* deren Scheiß-Köter nicht im Maul hatte, aber … Die sind Irre – und die Kamera ist auch futsch! Ist die Flasche weg?«

»Schon unterwegs!«, verspricht Konrad, klemmt sich Flasche und Atemregler unter den Arm und trägt sie in Richtung Parkplatz. Conny entlockt unterdessen ihrer Freundin einige Details zum jüngsten Opfer: »Also echt ein Bullterrier? Der Hegermann hatte ja angedeutet, dass er irgendwas gegen die angeblichen Hunde-Entführer unternehmen wollte. Sind wohl Streife gegangen oder so was …«

»Ach, und das sagst du mir jetzt!?«

»Wer ahnt denn so was? Man sollte den Spinner anzeigen, aber, na ja … Ist ja noch mal gut gegangen!«

»Aber noch mal kriegen mich hier keine zehn Pferde mehr ins Wasser – diesmal echt nicht!«

»Na, jetzt kennen wir ja die Wahrheit – oder zumindest ein paar Puzzleteile mehr. Aber wenn dieses Ungeheuer aus dem Verschlag im Sejong-Center entkommen ist – oder freigelassen wurde: Wozu das Ganze? Wie kam er da hin; was sollte er da – und wer ließ ihn frei? Wenn es denn Absicht war …«

»Na, das frag besser meinen Dad; ich bin sicher, der hat seine fürstlichen Finger da mit im Spiel. Verdammt, geht das schon wieder los mit der Geheimniskrämerei ...«

Wie Tony kurz darauf – wieder in normaler Sommerkleidung und mit dem Neopren-Anzug im Plastiksackerl – aus dem Verschlag tritt, kommt auch Konrad zurück: »Und dieser Fisch ... Wie groß, meintest du, war der? In etwa?«

Tony schüttelt darauf nochmals fassungslos den Kopf: »Fünf Meter – mindestens! Dass es so etwas gibt, hier, in der Donau ... Echt krass!«

Konrad reibt sich nachdenklich den Drei-Tage-Bart: »Fünf Meter ... Also, einer der Vereinskameraden hier, der gibt auch manchmal etwas Anglerlatein zum Besten ...«

»Glaubt du, ich lüge!?«, schnauft Tony.

»Das meinte ich nicht. Aber der einzige Fisch, den er mal aus der Alten Donau gezogen haben will und der zumindest in der gleichen Größenordnung lag, war ein Wels.«

»Wels ... Sagt mir nichts! Wie groß war der?«

»Gut eineinhalb Meter – sagte er!«

»Okay, das *ist* groß – aber längst nicht so groß wie das Biest, das ich vorhin sah! Da muss es noch was Anderes geben.«

»Tja, er meinte auch, früher, da gab es hier bei Wien die Hausen, eine Stör-Art. Auf Englisch Beluga; ihr wisst schon, nicht der Wal, sondern der mit dem Kaviar. Angeblich der größte Süßwasser-Fisch der Welt ...«

Conny hat bereits ihr smartes Phone gezückt: »Mal sehen ... Sah dein Flipper etwa so aus, mit dieser komischen spitzen Schnauze?«

Damit hält sie ihrer Freundin das Telefon mit der bewussten Abbildung hin – auf die Tony sofort mehrfach tippt: »Genau, genau so; das ist er!«

Sicherheitshalber nimmt Conny das Gerät wieder an sich: »Europäischer Hausen; *Huso huso*; der größte Süßwasserfisch Europas ...«, liest sie, um dann flott über den Artikel zu scrollen. »Größe ... Bis zu zehn Metern und drei Tonnen!? Höchste sicher belegte Werte immerhin sieben Meter und zwei Tonnen; wow! Lebt als ausgewachsenes Tier hauptsächlich von anderen Fischen; verschmäht aber auch Wasservögel und Robben nicht ... Alter bis zu

100 Jahre, womöglich auch 180 ... Schwamm früher zum Laichen die Donau bis nach Deutschland rauf ... Ich glaube, so einen sah ich mal im Tiergarten Schönbrunn, aber der hatte vielleicht eineinhalb Meter. Sieben Meter; Wahnsinn! Und so was trieb auch hier bei Wien sein Unwesen?«

»Mit der Betonung auf ›trieb‹«, meint Konrad. »Mit all den Talsperren und Kraftwerken ist das ja heute nicht mehr drin.«

»Ach?«, schnauft Tony höhnisch. »Dann ist jenes Fischlein da draußen wohl zu Fuß hergekommen? Oder per Auto?«

»Keine Ahnung. Aber wenn der vorher neben dem Gelände des Sejong-Centers in Gefangenschaft gehalten wurde, wie du meintest ... Irgendwer muss ihn dahin verfrachtet haben – und dem ist er nun entwischt. Wie auch immer: Wer für das Verschwinden der Köter verantwortlich ist, dürfte damit klar sein.«

»Aber wer wird das glauben?«, überlegt Conny, während sie weiter im Netzt surft. »Ehrlich gesagt, habe ich wenig Bock auf einen Versuch, jene Facebook-Clique davon zu überzeugen. Das hätte wohl kaum Sinn; war ja selber keine Augenzeugin, und ohne Bilder, ohne Beweis ...«

»Na, ich will dich mal sehen, wenn solch ein Monster auf dich zu schwimmt, die letzte Beute noch im Maul!«

»Ist ja kein Vorwurf; sei nicht gleich angerührt! Aber ich nehme mal an, du willst deine Entdeckung nach wie vor nicht selbst öffentlich machen, gell?«

»Hey, wenn ich sage, das war ich, da im Wasser, dann greifen womöglich gleich mehrere irre Hundehalter nach ihren Knarren! Nein, das muss Daddy aufklären; jede Wette, er hat irgendwas damit zu tun!«

Conny ist skeptisch: »Willst *du* ihm diese Geschichte erklären?«

Darauf wird die Taucherin doch wieder unsicher: »Muss ich mir noch überlegen. Erst mal brauch ich was in den Magen; schwimmen macht hungrig ...«

»Ich zahle«, erwidert Konrad – und Connys Grinsen verrät, dass sie einen Augenblick später den gleichen Vorschlag gemacht hätte.

+++

»Antonia Adalberta Louise Viktoria!«

Obwohl ihr Vater noch im Zimmer nebenan ist, als er dies ruft, weiß Tony Finsterfels nur zu gut: Wenn er alle ihre vier Vornamen bemüht, so verheißt das nichts Gutes. Daher schließt sie rasch den Browser auf ihrem Notebook, lehnt sich in ihrem Schreibtischstuhl zurück und macht sich auf das Kommende gefasst. Viel Zeit bleibt ihr dafür freilich nicht; kaum ist der Mann am Ende ihres Namens angekommen, platzt er schon in Tonys Schlafzimmer: »Ah, du bist noch wach; sehr gut!«

Seine Tochter blickt demonstrativ auf die Uhr: »Erst kurz nach Zehn ... Solltest aber trotzdem ruhig Klopfen; könnte ja gerade aus dem Bad kommen!«

Ihr Vater ignoriert das; stattdessen stellt er sich – die Arme in die Seiten gestemmt – breitbeinig mitten in den Raum: »Könntest du mir mal ausdeuten, was du heute in der Alten Donau getrieben hast!?«

›Das ging ja schnell!‹, denkt sich Tony – um dann natürlich trotzdem die Unwissende zu spielen: »Wovon redest du?«

Darauf tritt ihr Vater hinter sie und deutet auf das Notebook, wo momentan nur das knallbunte Desktop-Bild zu sehen ist: »Geh doch mal ins Internet, auf die ORF-TVthek!«

»Meinetwegen ...«

Prompt öffnet Tony wieder ihren Standard-Browser, da sie selber ein gewisses Maß an Neugierde nicht unterdrücken kann. »Und was finde ich da?«

»Nur weiter, weiter: Auf die aktuelle ›Wien heute‹-Ausgabe ... genau da! Na, siehst du die Themen?«

Als Tony die Schlagzeilen liest, schwant ihr Übles: »›Schießerei an der Alten Donau‹. Meinst du das?«

»So ist es; spiel's ab!«

Tony tut es, schaltet auf Vollbild, und sogleich meldet sich die Nachrichtensprecherin: »... kam es heute an der Alten Donau zu einer filmreifen Szene: Nach Aussagen von Zeugen begann ein Mann zu schießen, als sein Hund am Kaiserwasser entführt und mutmaßlich getötet wurde; wir berichteten ja schon mehrfach über ähnliche Vorfälle in der Umgebung. Diesmal aber wurde der oder die Verdächtige zum ersten Mal gesichtet – und sogar gefilmt. Es gilt die Unschuldsvermutung.«

›Scheiße, diese Deppen mit ihren Smartphones!‹, denkt Tony, während der Mann hinter ihr unwillig schnauft: »»Oder die‹ ... Schau hin!«

Aber Tony muss dazu nicht mehr extra aufgefordert werden; mit einer Mischung aus Unglauben, Angst und Stolz starrt sie auf den Monitor.

Es ist nicht so, dass sich die Prinzessin noch nie im Fernsehen gesehen hätte; bei den ›Seitenblicken‹ des ORF etwa kam sie schon mehrmals vor – aber in dieser Form, aufgenommen mit mäßig geführten Wackel-Kameras, verrauschtem Ton und verrutschtem Fokus? So was würde Tony niemandem wünschen. Andererseits beruhigt sie die miese Qualität auch wieder: Zwar sieht man, dass da jemand mitten im Kaiserwasser auf- und wieder abtaucht, aber verräterische Details sind keine auszumachen. »Und? Wer oder was soll das sein?«

»Wart's ab!«

Tony wartet, und tatsächlich: Nach dem nächsten Schnitt ist der vermeintliche Hunde-Napper viel größer im Bild; man erkennt Details des Anzuges, der Brille, des Atemreglers, und man sieht sogar den triefenden roten Pferdeschwanz, den sich Tony beim Tauchen stets bindet. Offensichtlich wurde diese Szene vom Laberlsteg aus gefilmt. In der nächsten Szene ist der Taucher wieder weiter weg; dafür sieht man ihn nun zur Gänze, als er auf dem Gänsehäufel an Land kriecht. Offenbar kam sogar ein Handy-Tele zum Einsatz; so wird spätestens in dieser Szene klar, dass ›der‹ Taucher eine Taucher*in* ist.

»Willst du immer noch leugnen, dass du das bist?«, trumpft nun der Vater auf. »Die roten Streifen am blauen Anzug ... Das ist der gleiche Hersteller wie bei uns, und was meinst du, wie viele Taucherinnen in Wien unterwegs sind, die ihren Anzug in der Schweiz maßschneidern lassen – und zwar just in den gleichen Farben?«

›Hätte doch noch einen bei Amazon bestellen sollen!‹, denkt Tony, ehe sie die Strategie wechselt. »Okay, ja, das bin ich. Zufrieden? Hey, *ich* war da das Opfer; auf *mich* wurde geballert!«

»Was musst du da auch tauchen? Zudem noch allein!? Doch nur, weil ich dir explizit davon abgeraten habe, in die Alte Donau zu gehen! Und diese Sache mit dem Hund von dem Typ ... Was hast du damit zu tun? Hat der dich angegriffen?«

Das macht Tony nun wirklich wütend: »Blödsinn! Gar nichts habe ich damit zu tun – jedenfalls weniger als du!«

Der Fürst stutzt; diese Entgegnung nahm ihn zumindest ein, zwei Windstärken aus den Segeln: »Wie meinst du das?«

Nun steht Tony auf, um in die Offensive zu gehen; sie weiß genau, dass ihr Vater es nicht mag, wenn man sich allzu dicht vor ihn stellt: »Na, was glaubst du, wer wirklich für die verschwundenen Hunde verantwortlich ist? Ich hab's gesehen, mit eigenen Augen!«

»Wovon redest du bloß, Kind?«

»Von einem Hausen, einem Beluga. Einem riesigen Stör, fünf, sechs Meter lang, der in der Alten Donau sein Unwesen treibt. Der aus einem Unterwasser-Käfig auf dem Gelände des Sejong-Centers entkommen ist. Und du wusstest davon!«

Die Arme nun ebenfalls in die Seiten gestemmt, hat sich Tony weniger als eine Armlänge vor ihren Vater aufgebaut, um dessen Reaktion genau verfolgen zu können – und um Selbstbewusstsein zu demonstrieren; schließlich war ihre Behauptung zumindest teilweise ein Bluff. Die Wirkung ist aber ohnehin unübersehbar: Der Fürst erblasst; seine Arme sinken herab, und er stolpert rückwärts durch das Zimmer, bis er auf Tonys Bett niedersinkt. »*Die* verschwundenen Hunde‹? Du meinst ... Das war nicht der erste heute?«

»Was glaubst du, was die Sprecherin mit ›ähnlichen Vorfällen‹ meint? Das sind inzwischen Dutzende Köter, die auf diese Weise zu Fischfutter wurden – darunter der Mops von der Herno; da war ich am Montag selber dabei! Hast du davon nichts gehört?«

Der Mann schüttelt den Kopf, ohne zu seiner Tochter aufzublicken: »Nein ... Ich höre selten Nachrichten; schon gar nicht Lokalnachrichten, und in letzter Zeit ... Ich hatte anderes um die Ohren. Das heißt ... Aber im Bericht, da war ja gar keine Rede von dem Fisch?«

»Tja, sieht so aus, dass ich bisher die einzige war, die ihn *in flagranti* erwischt hat. Dafür verdächtigen einige den armen Koch aus dem Center.«

Darauf blickt ihr Vater verwundert auf: »Herrn Ahn? Wieso denn das?«

»Na, weil die Koreaner ab und an angeblich auch Hunde verspeisen.«

Wieder blickt Finsterfels zu Boden; wieder schüttelt er den Kopf: »Das konnte ja nicht gut gehen! Aber so etwas ... Und du bist sicher, dass der Fisch die Hunde frisst?«

Nun trumpft Tony auf: »Er hatte den letzten Fang ja noch im Maul, als er über mich weg schwamm – und der Köter lebte noch! Noch ... Du weißt also echt, wer oder was dieses Monster ist!?«

Ohne seine Tochter anzublicken, nickt der Vater müde: »Koloman ... Oder Kongji; so nennt ihn Ahn.«

Fast hätte Tony laut aufgelacht: »King Kongji, oder was!? Also weiß der Koch davon auch?«

Wieder nickt der Fürst: »So ist es ... *Er* hat ihn ja freigelassen. Davon wusste ich nichts; er sollte gefälligst in dem Verschlag bleiben. Ahn meinte ... Ach, das spielt nun auch keine Rolle mehr.«

Tony schüttelt fassungslos den Kopf: »Und wo kommt der so plötzlich her? So ein Ungeheuer, das lebt doch nicht unbemerkt für Jahre oder Jahrzehnte in der Alten Donau. Was tut der überhaupt hier?«

»Das ist eine lange Geschichte.«

Darauf klappt Tony demonstrativ ihr Notebook zu: »Also, ich habe heute nichts mehr vor!«

Der Fürst zögert noch eine Weile; dann beginnt er: »Du erinnerst dich doch an Graf Weißenthal und sein Palais am Rande des Wienerwaldes? Wenn ich mich recht entsinne, waren wir vor ein paar Jahren mal zusammen dort.«

Seine Tochter nickt zögerlich: »Dieser ... vorsichtig gesagt, leicht schrullige Typ? Ja, kann mich erinnern. Muss mindestens fünf Jahre her sein.«

»Schau, er ist in den letzten Jahren nicht gerade geselliger geworden – und, wenn möglich, sogar noch schrulliger. Ich war letzten Winter bei ihm zu Besuch; er hat erhebliche Schulden bei unserer Bank, musst du wissen. Erinnerst du dich auch an den großen Teich in seinem Park?«

»Ja, klar: Wir – also ein paar Mädchen aus seinem Clan und ich –, wir wären da seinerzeit gerne Baden gegangen; war ähnlich heiß wie heut. Da reagierte der Mann aber etwas ... sagen wir, ungehalten.«

»Und ich weiß jetzt auch, warum: Seine Frau schickte mich, als ich seinerzeit am Tor läutete, gleich in den Garten. Sie wirkte etwas verweint. Ich fragte nicht nach; das klärte sich eh gleich darauf: Ich fand den Graf am Teich, und er war gerade dabei, Hundewelpen ins Wasser zu werfen.«

»Was!?«

»Junge Deutsche Schäferhunderln; im Park und im Haus laufen ja immer wenigstens zehn bis zwölf von denen herum.«

»Ja, ich erinnere mich an die Köter. Allesamt übergroße Wadlbeißer, fand ich damals. Aber trotzdem, die Welpen dann einfach so-«

»Warte, das war ja erst der Anfang! Es waren zwei Welpen aus dem jüngsten Wurf einer der Schäferhündinnen, und alle kann und will Weißenthal halt nicht behalten. Ich wollte gerade vorschlagen, er könne sie doch verschenken oder verkaufen; waren ja reinrassige, gesunde Tiere. Dann sah ich, was mit dem einen Hündchen geschah, das gerade im Wasser zappelte: Plötzlich tauchte ein Riesen-Fisch auf, verschluckte das Viech in einem Stück und klatschte zurück aufs Wasser, so dass es bis zu uns rüber spritzte. Der Graf fütterte diesen Fisch mit den Welpen, wie andere Leute Enten mit Brotkrumen füttern!«

Der Fürst schweigt eine Weile, und auch seine Tochter braucht einige Sekunden, ehe sie Worte findet: »Das ist echt krank! Das heißt ... Daher also kommt dieser Fisch, dieser Hausen? Aber wie-«

»Bin ja schon dabei. Habe natürlich auch nachgefragt, und Weißenthal hatte kein Problem damit, mir zu berichten, woher dieses Biest kam: Ein Fischer, der seinerzeit der gräflichen Küche oft seinen Fang verkaufte, ging dieser Hausen ins Netz, und zwar just im Kaiserwasser. Das war kurz nach der Flussregulierung bei Wien. Wie du sicher weißt, bildete das Kaiserwasser vorher den Hauptstrom der Donau; auch der Hausen wanderte wohl einst da entlang zu seinem Laichplatz. Während der Donauregulierung geriet der Fisch offenbar in die Alte Donau, dann ins Kaiserwasser, wo er nun freilich in einer Sackgasse gelandet war. So konnte ihn der Fischer leicht aus dem Wasser holen, obwohl er damals schon über einen Meter maß. Nun gab es damals noch ein uraltes Privileg, wonach der Verzehr dieser Gattung dem Adel vorbehalten war. So brachte der Fischer das Tier lebendig zum Palais Weißenthal, und der damalige Graf fand, dass er zum Verspeisen eigentlich zu schade sei – oder eben für einen besonders festlichen Anlass geeignet. So setzte er ihn im Teich in seinem Park aus. Dort blieb er – bis vor einigen Wochen eben.«

»Die Donauregulierung ... Wann war das?«

»Zwischen 1870 und 1875. 1876 oder ’77 wurde der Fisch dann wohl gefangen, meinte Weißenthal. Seitdem wuchs und gedieh er für gut 140 Jahre! Damit, ihn mit überzähligen Welpen zu füttern, hat wohl schon der Urgroßvater des jetzigen Grafen begonnen. Während der Kriege kamen auch Straßenköter hinzu; die gab's damals ja reichlich. So entwickelte der Fisch offenbar ein Faible für Hund. Leichtsinnigerweise habe ich das später auch Ahn erzählt ...«

»Ach du Scheiße ... Das erklärt manches. Lass mich raten: Du hast Weißenthal den Fisch abgekauft? Für den Empfang morgen?«

»Nun, er schuldete uns ja ohnehin Geld. Gerne tat er's nicht; nach fünf Generationen war Koloman wohl so was wie ein Haus- oder sogar Wappentier geworden.«

»Koloman!?«

»So ist es; so nannte man ihn, weil er am Sankt-Koloman-Tag gefangen wurde; der Koch machte daraus Kongji. Wie auch immer: Letztendlich hat Weißenthal ihn mir überlassen. Vorerst ließ ich ihn aber dort; erst vor gut vier Wochen, nachdem ich alles mit Ahn besprochen hatte, ließ ich ihn dann mit einem Spezialtransporter abholen. War alles andere als einfach ...«

»Kann ich mir denken. Okay, die Details können wir uns vorerst sparen, und den Rest kann ich mir zum Gutteil denken: Ihr lasst den Käfig da am Bootshaus bauen, verfrachtet dann den Fisch dort rein – bei Nacht und Nebel, nehme ich an –, um ihn morgen spektakulär auf den Grill zu werfen. Stattdessen aber treibt er nun in der Alten Donau sein Unwesen, ernährt sich von seinen geliebten Hunde-Häppchen ... Ich nehme an, das war nicht so geplant?«

Der Fürst schüttelt nachdrücklich den Kopf: »Niemals!«

+++

Zur gleichen Zeit ist Conny derselben Frage auf der Spur: Trotz der späten Stunde ist sie zum Sejong-Center rausgefahren, wo sie am Tor bereits als eine Art Stammgast eingelassen wird. Im Großen Saal herrscht tatsächlich noch Betrieb: Ein halbes Dutzend Männer baut offenbar eine Ton- und Videoanlage auf, und überwacht wird dies von Center-Chefin Michaela Schweighofer.

»Wow; ihr seid ja schon fast fertig?«

Michi, die gerade einem am Mischpult werkelnden Techniker über die Schulter blickt, sieht sich erstaunt zu dem Mädchen um: »Nanu, Cornelia? Was machst du denn noch so spät hier?«

Ja, was will Conny hier? Sie versucht natürlich zu ergründen, ob Michi etwas über jenen mutmaßlichen Fisch-Käfig auf ihrem Gelände weiß; da die Frau aber gleichzeitig eine alte Bekannte sowie Freundin ihrer Mutter ist, mag Conny auch nicht allzu dreist danach fragen. So sieht sie sich etwas unschlüssig um: »Bin mir noch nicht sicher ...«

»Nicht sicher, ob du morgen kommen sollst? Tu das, Conny; es wird bestimmt nett!«

»Ja, genau. Ich meine ... Es wird also kein fades, steifes Society-Treffen? So was muss ich mir nicht antun.«

»Nein, nein; diesmal nicht«, versichert Michi, während die beiden die Treppe zur Galerie hochsteigen. »Ich hoffe nur, die Klimaanlage funktioniert morgen; die Techniker sind noch zugange ... Gott, ich brauche Frischluft!«

Gefolgt von Conny, verlässt sie den Saal und betritt einen wesentlich kleineren Raum, in dem sich Hunderte Stühle stapeln; dort öffnet sie die Tür zur Terrasse. Als man ins Freie tritt, erkennt Conny erfreut, dass man von dort oben das gesamte Außengelände des Centers überblicken kann. Die Managerin hat dafür momentan freilich keinen Blick; stattdessen holt sie eine Packung Zigaretten aus der Tasche ihres Blazers: »Stört dich doch nicht, oder? Ist sozusagen die Raucherzone hier oben ...«

»Nicht solange wir im Freien sind«, erwidert Conny – und schiebt der Frau auf dem Tisch, an dem man lehnt, den Aschenbecher rüber. Während Michi dann genussvoll raucht – und ein wenig hustet –, sieht sich Conny um: »Sieht ja echt vielversprechend aus. Aber ... Dahinten bei dem Bootshaus, was ist denn das? Liegen da die Boote *neben* dem Unterstand? Kann's im Dunkeln nicht so genau erkennen ...«

»Doch, stimmt schon«, antwortet Michi, während sie Asche in den Ascher rieseln lässt. »Ist nur vorübergehend – bis morgen, sagte man mir.«

»›Sagte man mir‹?«, echot Conny verwundert. »Du bist aber schon die Chefin hier, gell?«

»Bin ich; daher muss ich mich auch nicht um solche Details kümmern. Vor allem, was die Küche betrifft: Ich sage Chefkoch Ahn, was wir brauchen; er kümmert sich um den Rest und schickt dann die Rechnungen an unser Büro.«

»Äh ... Und was hat das mit dem Bootshaus zu tun?«

Michi zuckt mit den Schultern: »Irgendwann im Frühjahr – wir begannen gerade mit den Planungen für das Fest morgen – meinte Ahn, er bräuchte das Bootshaus, um dort eine ganz besondere kulinarische Überraschung vorzubereiten. Ich fragte bei Finsterfels nach, und er bestätigte das.«

»Der Fürst selbst?«

»Eben der. Da es morgen ja eben auch um seine Bank geht, ist er in die Planung eingebunden. Details sind auch ihm sonst gleichgültig, aber einen besonderen Clou hat er offenbar mit dem Koch vorbereitet, eben jene spezielle kulinarische Köstlichkeit. Gestern erst war ich mit Finsterfels zusammen in der Küche; da kam das zur Sprache. Worum es sich genau handelt, weiß ich auch nicht; soll schließlich eine Überraschung sein. Ein Fisch jedenfalls; wozu sonst der Unterwasser-Käfig? Vielleicht wollen sie *live* einen Thunfisch zubereiten oder so was; soll wohl in Korea sehr beliebt sein.«

›Das passt gewiss nicht zu dem, was Tony gesehen hat‹, denkt Conny; aber nicht nur deswegen hält sie das für unwahrscheinlich: »Thunfisch? Ich glaube, das sind Salzwasser-Fische.«

»Hm; stimmt eigentlich«, stutzt Michi – freilich ohne dies zu vertiefen. »Nun, wie gesagt: Die Details überlasse ich denen.

Hauptsache, es schmeckt – und sie räumen hinterher da am Bootshaus wieder auf! So, jetzt aber zurück an die Arbeit – und du solltest lieber heimfahren, Conny!«

»Mach ich«, verspricht das Mädchen, während man in den Saal zurückkehrt. Ehe sie aber geht, fällt ihr Blick auf jene riesige Tafel an einem Ende des Saales. »Wow; ist das *ein* Tisch?«

»Ja; das ist wohl auch Teil der kulinarischen Überraschung«, erklärt Michi mit einem erneuten Schulterzucken. »Ein fürstliches Geschenk ans Center – ein Danaer-Geschenk, fürchte ich.«

»Ein was?«

»Ein Danaer-Geschenk, wie Homers trojanisches Pferd. Eines, mit dem der Empfänger im Zweifelsfall nichts als Zores hat. Denn das Teil ist derart *heavy*, das kriegt man eigentlich nur mit einem Kran raus und rein. Na gut, warten wir mal ab ...«

Unterdessen sind die beiden an den Tisch herangetreten; so erkennt Conny, dass es zwar ein halbes Dutzend Tischdecken braucht, um diese Tafel zu decken, doch in der Mitte thront nur eine einzige Servierplatte: Gefertigt offenbar aus Zinn, über einen Meter breit, sechseinhalb Meter lang und sich somit fast über die gesamte Länge des Tisches erstreckend. »Ach du Scheiße ...«

Michi glaubt zu wissen, was sie meint: »Ja, etwas übertrieben, nicht? Keine Frage; der Koch versteht sein Handwerk; einige seiner Leckereien konnte ich schon kosten. Aber ich fürchte, hier drauf wird selbst sein Buffet etwas verloren wirken.«

›Es sei denn, dass die ›Leckerei‹ groß genug ist‹, denkt sich Conny. Bisher hat sie noch immer nicht so recht an Tonys Berichte glauben mögen, aber nun ... »Ist der Koch eigentlich auch noch im Haus? Am Montag konnten wir uns ja gerade mal die Hand schütteln. Würde mich mal interessieren, wie's in einer koreanischen Küche zugeht.«

Dieses spontan vorgebrachte Anliegen überrascht Michi: »Herr Ahn? Ja und Nein ... Seine Mitarbeiter sind wohl noch unten zugange; er selber aber wollte noch Zutaten für morgen besorgen: Die müssten frisch sein, meinte er.«

»Echt? Jetzt sind die Märkte doch garantiert alle zu.«

Zur Überraschung des Mädchens lächelt Michi amüsiert; außerdem kehrt sie nochmals ins Freie zurück. Dort späht sie eine Weile ins Dunkel; dann deutet sie aufs Wasser hinaus: »Das ist ihm wohl nicht frisch genug; er fischt sie selber aus dem Wasser! Ich glaube ja eher, dass das ein Vorwand ist und er einfach nur gern angelt und rudert. Wurscht; das ist seine Sache.«

Conny blickt in die gezeigte Richtung, und tatsächlich kann sie gut zweihundert Meter entfernt, mitten auf dem Kaiserwasser, ein kleines Ruderboot erspähen, in dem ein einzelner Mann sitzt. Details vermag sie keine auszumachen: »Was ... Wo hat er denn seine Angelrute? Was macht er da? Sieht aus, als würde er paddeln oder so was?«

Wieder zuckt Michi mit den Schultern, während sie sich eine weitere Zigarette anzündet: »Keine Ahnung; irgendeine exotische Angel-Methode, vermute ich. In China fischt man sogar mit zahmen Kormoranen, habe ich gehört.«

Conny nickt nur und stellt keine weiteren Fragen. Somit verabschiedet sie sich schließlich von der inzwischen recht schläfrig wirkenden Michi und verlässt das Center-Gelände. Anstatt dann aber direkt zur U-Bahn-Station ›Alte Donau‹ zu gehen, begibt sie sich erneut ans Kaiserwasser. Wieder überquert sie den Labelsteg und schleicht dann erst am östlichen, danach am südlichen Ufer entlang, stets jenen einsamen Ruderer im Blick behaltend. Wo der Donau-Sportplatz an die Liegewiese grenzt, ist sie von dem Mann nur noch gut fünfzig Meter entfernt. Ringsum herrscht großstädtisches Dunkel, also eher gepflegtes Zwielicht, weshalb sich das Mädchen lieber hinter einem Baum verbirgt, um den Angler unbemerkt auszuspähen zu können. Sie erkennt nun zumindest, dass es sich um einen Asiaten handelt; statt weißer Koch-Kleidung trägt er freilich dunkle Jeans und ein schwarzes Shirt; fast mutet es an, als wolle er sich tarnen. Mehrere Minuten beobachtet Conny den Mann; aus seinem Tun wird sie dennoch nicht klug: Es ist offenbar kein Paddel, mit dem er da hantiert; stattdessen schlägt er mit einem Objekt aufs Wasser, das wie ein deformierter Baseball-Schläger wirkt. Nach einigen dumpf platschenden Schlägen pausiert er, sieht sich nach allen Seiten hin um und scheint zu lauschen; dann beginnt er von neuem.

Dies währt eine gute Viertelstunde. Dann legt der ›Angler‹ sein Gerät ins Boot, murmelt etwas, was Conny natürlich nicht versteht, und greift zu den Riemen. Darauf rudert er überraschend flott in Richtung Labelsteg; Conny hat Mühe, ihm unauffällig zu folgen. Als er dann auf der Alten Donau in nördlicher Richtung schippert, verliert die Verfolgerin ihn wegen der Uferbebauung aus den Augen; somit sprintet sie bis zur ›Alten Kaisermühle‹. Nachdem sie sich davon überzeugt hat, dass niemand zu sehen ist, schleicht sie sich auf das Grundstück des Restaurants und weiter bis zu dessen Bootsanleger. Gedeckt von einem Busch, kann sie von dort aus verfolgen, wie der Koch mitten auf der Alten Donau mit seinem Tun fortfährt. »Was zum Teufel tut der Mann da? Wieso- Ach du Scheiße!«

Obwohl sie gut hundert Meter vom Boot entfernt ist, erkennt sie unschwer, was der ›Angler‹ dort nun hochhebt: Es ist der steife Körper eines Hundes, mutmaßlich eines Pudels. Nachdem Ahn sich erneut vorsichtig umgesehen hat, hält er das Tier am Halsband über die Bordwand, um es dann einige Male mit den Hinterpfoten durchs Wasser zu ziehen. Plötzlich lässt er los, und im gleichen Augenblick verschwindet der Pudel mit einem Ruck unter Wasser. Die bisher fast spiegelglatte Wasseroberfläche wird aufgewühlt; Gischt spritzt den Ruderer nass, und für einen Moment kann Conny erkennen, wie ein mehr als mannslanger Teil eines stromlinienförmigen Körpers aus dem Wasser auftaucht: offenbar der hintere Teil eines Fisches. Kraftvoll schlägt das Tier mit seiner spitz zulaufenden Schwanzflosse um sich, um ebenso plötzlich wieder abzutauchen; dabei bringt es das Boot fast zum Kentern, und nur mit Mühe bekommt der Koch es wieder unter Kontrolle. Erst als sich die Wellen wieder zu glätten beginnen, begreift die Späherin: Was sie eben sah, war das Ende jenes Fisches, den Tony gleich zweimal gesichtet hat – und jener Koch füttert das Untier, und zwar mit Hunden!

+++

Während der Koreaner vorher fast regungslos verfolgt hat, wie sich die Wasseroberfläche wieder glättet, so zuckt er doch merklich zusammen, als es aus seiner Jackentasche zu schellen beginnt. Eilig fischt er sein Handy hervor, klappt es auf, blickt auf die Anzeige und meldet sich flüsternd: »Hallo?«

Eine Weile lauscht er stumm, während er die Umgebung im Auge behält: Aber Conny hat sich hinter das Gebüsch geduckt;

ansonsten ist niemand an den umgebenden Ufern zu entdecken. Dennoch flüstert er weiter: »Kann nicht laut ... Ich bin wieder auf See, in Boot. Habe gefüttert Kongji.«

Wieder dauert es eine Weile, bis er fortfährt: »Natürlich; mit Hund. Er liebt Hund; mehr als Fisch. Ist unglaubliche Tier ... Nein; niemals! Kongji kennt mich, versteht mich ... Kein Problem; Wiederschauen!«

Damit legt er auf, steckt das Handy wieder ein und blickt auf die Uhr: »Bald Zeit für die Lieferung«, murmelt er dann auf Koreanisch. »Das wird eine lange Nacht ...«

Und nachdem er sich erneut umgesehen hat, rudert er davon.

+++

Conny hat Ahn nicht einen Moment aus dem Auge gelassen, und als der Koch gerade zu telefonieren begann, zückte auch sie ihr Handy. Sie wählt, muss dann aber einige Zeit warten: »Na komm schon ... Endlich! Hey Tony; du wirst nicht glauben, was ich gerade gesehen habe!«

»Conny? Was flüsterst du so; ich versteh dich kaum!«

»Weil ich gerade an der Alten Donau stehe, auf dem Gelände der ›Alten Kaisermühle‹.«

»Wo ihr dieses Facebook-Treffen hattet? Ist das Beisel denn noch auf?«

»Eben nicht! Aber von hier habe ich den besten Blick auf Ahn Jong Beom, den Koch: Der sitzt nämlich jetzt, eben jetzt gerade in einem Boot mitten auf der Alten Donau, hundert Meter entfernt.«

»Ich hoffe mal, er kann dich nicht sehen?«

»Hältst du mich für deppert? Aber dafür kann ich ihn umso besser sehen – und nicht nur ihn.«

»Was noch? Komm, mach's nicht so spannend!«

Aber Conny kann nicht anders: »Ich habe *ihn* gesehen!«

»Du meinst ... Den Hausen? Den Stör?«

»Genau. Na ja, das hintere Ende, aber das war schon riesig genug.«

»Sag ich doch! Aber ... Wieso waren die beide da draußen? Wie-«

148

»Warte, das Beste kommt ja noch: Der Koch füttert den Fisch – und zwar mit Hunden!«

»Mit- Ach du Scheiße! Lebende Hunde?«

»Sah nicht so aus; aber trotzdem ... Vielleicht will er ihn mästen? Aber mal abgesehen davon, dass er den Pudel bis morgen kaum verdauen wird: Ich wundere mich, wie Ahn den Fisch findet – und wie er ihn an Land bekommen will; das ist ja ein halber Wal! Gerade telefoniert er; kann natürlich nichts verstehen. Er- Nein, jetzt rudert er weg. Aber ich habe genug gesehen.«

»Konntest du ihn länger beobachten?«

»Eine ganze Weile; ich habe ihn vom Kaiserwasser bis hierher verfolgt. Seltsam ... Er hat unterwegs mehrfach mit einer Art verbogenem Baseball-Schläger aufs Wasser geklopft.«

»So ein krummes, langes Stück Holz?«

»Ja, genau. Woher weißt du das?«

»Habe vorhin, ehe mich mein Dad unterbrach, einiges im Netz recherchiert; wo war das gleich ... Ah ja, hier: Es gibt da eine Methode, damit lockt man eigentlich Welse an: Und zwar mit einem sogenannten Wallerholz, Clonkworker oder auch Kuttjogatás. Damit klopft man auf eine bestimmte Art aufs Wasser, und das soll den Fisch anlocken. Funktioniert vielleicht auch bei anderen Fischen.«

»Sieht so aus. Okay; der Koch kann also den Fisch finden – oder umgekehrt. Aber ... Wozu das Ganze? Was soll der Scheiß?«

»Tja, dazu kann *ich* wiederum einiges Neues berichten. Wie gesagt, ich war gerade am Surfen im Netz, als mein Dad hier reinplatzte ...«

Darauf erzählt Tony ihrer Freundin brühwarm, was ihr Vater ihr berichtet beziehungsweise gebeichtet hat. Währenddessen verlässt Conny das Gelände des Restaurants genauso unbemerkt, wie sie es betreten hat.

»Echt irre«, befindet sie abschließend, als sie sich auf dem Weg zur U-Bahn befindet. »Aber ... Was der Koch jetzt wirklich vorhat, das weiß dein Vater also auch nicht?«

»Scheint so. Hat vielleicht Mitleid bekommen mit dem Fischlein; füttert es lieber, anstatt es zu *ver*füttern.«

»Kann ich mir nicht vorstellen.«

»War ein Witz, du Blitzgneißer! Obwohl ... Was weiß denn ich?«

»Na, jedenfalls können wir jetzt zu 100 Pro davon ausgehen, dass dieses ›Fischlein‹ für die verschwundenen Hunde verantwortlich ist: Entweder holt es sich die Vierbeiner direkt – oder Ahn verfüttert sie! Echt irre; wie's aussieht, lagen Travnicek, Hegermann und Co. nicht so weit daneben, wie wir dachten ... Und was jetzt?«

»Gute Frage. Also, falls unser Köchlein sein Fischlein morgen *nicht* an Land zieht, dann muss sich jemand anders darum kümmern. Und da im Moment die einen nicht an die Existenz dieses Monsters glauben wollen, Dad und sein Leibkoch aber seine Existenz verheimlichen ...«

Conny ahnt, worauf das hinauslaufen soll – und es gefällt ihr ganz und gar nicht: »Du meinst, *wir* sollen das erledigen? Bin ich Käpt'n Ahab!?«

»Na, das wäre doch mal eine Rolle! Kann sein, dass ich sogar noch die passende Requisite dafür habe!«

»Was, ein Holzbein!?«

»Lass dich überraschen!«

»Ungern, aber okay ... Muss eh Schluss machen; die U-Bahn kommt. Na, dann bis morgen!«

»Servus, und gute Nacht!«

Nachdem sie ihr Handy beiseite gelegt hat, klappt Tony ihr Notebook wieder auf – um es nach kurzem Zögern auszuschalten: »Was soll's; jetzt muss ich erst mal auf andere Gedanken kommen.«

Somit begibt sie sich zu ihrem Lieblings-Leseplatz im Fensterrund des Dachfensters. Von dort aus wirft sie zuerst einen Blick zum ›Hotel Welt‹ rüber, aber hinter Connys Fenster ist es naturgemäß dunkel. Somit knipst Tony ihr Leselicht an, macht es sich gemütlich, schlägt ›Kaiserwasser‹ auf und beginnt zu lesen: ›Über mehrere, fast durchgehend sommerliche Wochen entwickelte sich die Liebe zwischen Diana und Álvar – und entwickelte sich auch wieder nicht; auch die hundertste Vereinigung war ebenso leidenschaftlich wie die erste. Darüber, was die Zukunft bringen mochte, machten sich weder Mann noch Frau Sorgen oder auch nur Gedanken; für sie hätte es ewig so weitergehen können. Fürs erste genoss man das Leben: Man besuchte die diversen Festivals in und um Wien, frequentierte auch die angenehm klimatisierten Museen, wanderte und radelte durch die schattigen Wälder von Prater und Lobau, aß und trank in Cafés und Restaurants ...

All dies sorgte für Abwechslung und Anregung. Andererseits entwickelten sich schon bald gewisse Routinen in dieser Zweisamkeit: Gewohnheiten, die aber eher die Vorfreude förderten, als dass sie für Langeweile gesorgt hätten. Vor allem waren da diverse sportliche Betätigungen; zuallererst die gemeinsamen Jogging-Runden durch Prater, Donaupark und Donauinsel. Dabei hatte man schon nach wenigen Tagen ein Tempo gefunden, das man gemeinsam eine gute Stunde halten konnte und das es auch noch gestattete, hinterher mit genügend Energie übereinander herzufallen – wobei man es manchmal kaum abwarten konnte, wieder daheim zu sein. Mehrmals schlug man sich auf der Donauinsel und in der Lobau kurzerhand in die Büsche, um dann im FKK-Bereich ins Wasser zu steigen.

Allerding wagte sich auch dort Álvar höchstens so weit hinaus, dass er noch sicher stehen konnte, und selbst wenn ihn die weiter hinaus schwimmende Diana neckte, so vermochte sie ihn nicht in tiefere Regionen zu locken. Er sei eben, meinte er, auch ein Núñez – und als solcher ein totaler Nichtschwimmer.

Somit schwamm Diana auch morgens stets allein im Kaiserwasser, zumal sie zumeist ein, zwei Stunden vor ihrem Liebhaber wach war. ›Er ist eben noch im Wachstum!‹, meinte sie dann schmunzelnd zu sich selbst. ›Hoffentlich nicht mehr allzu lang ...‹ Nach einer halben Stunde im Wasser reichte dann die Zeit auch zumeist noch für die eine oder andere Seite am Computer. Vorerst schrieb sie nur einzelne Szenen; wie diese zu verbinden wären, würde sich – so hoffte sie – noch ergeben.

Nach einigen Wochen fiel es Diana freilich schwer, sich zu konzentrieren: Einerseits wegen eines leichten Schwindelgefühls, das nach dem Schwimmen auftrat; andererseits wegen einer anderen Sache: Ihre Regel war seit Tagen überfällig. Als aus den Tagen eine Woche geworden war, besorgte sich Diana einen Schwangerschaftstest, der ihr eines Morgens Gewissheit verschaffte: Ja, sie war guter Hoffnung.

Nur eine Frage stellte sich jetzt der werdenden Mutter: Wann und wie sollte sie es dem Vater sagen? Was würde er davon halten? Denn dass sie das Kind und dass sie *sein* Kind wollte, das war ihr sofort klar. Aber was würde er davon halten?

Sie beschloss, noch ein paar Tage zu warten, den rechten Augenblick abzuwarten. Nur ein paar Tage ... Fürs erste kehrte sie zu Álvar ins Schlafzimmer zurück, um ihn diesmal ausnahmsweise aufzuwecken – worüber er alles andere denn ungehalten war, wie er umgehend bewies ...‹

›Tja, war ja klar, wenn man kaum aus dem Lotterbett raus kommt!‹, denkt Tony. ›Trotzdem ... Was daraus wohl wird? A-propos Bett; Zeit für mich! Morgen sehen wir weiter ...‹

Damit schlägt sie das Buch zu und knipst das Licht aus.

»Also, Margret: Danke fürs Kommen. Nicht nur für jetzt, trotz der frühen Stunde; auch schon mal für heute Abend. Es bleibt doch dabei?«

Während der Fürst abwartend seinem Gast anblickt, sieht dieser sich aufmerksam um: »Natürlich; wie versprochen. Freilich muss ich noch einen Babysitter für Hänschen besorgen. Sonst kann das Conny ja machen, aber da sie ebenfalls dabei sein-«

»Hans? Warum bringt du ihn nicht mit?«

Darauf blickt die Frau Finsterfels überrascht an: »Geht das denn?«

»Kein Problem; für Betreuung ist gesorgt«, erwidert der Fürst mit einer wegwerfenden Handbewegung. »Eine ausgebildete Kindergärtnerin ist im Center ja eh angestellt; außerdem wird Karla da sein; du weißt, sie liebt den Buben. Es werden ja auch andere Kinder kommen, der Sohn von Frau Herno natürlich ... Wie hieß er gleich?«

»Andreu; ist wohl katalanisch. Wunderbar; dann komme ich umso lieber.«

»In Ordnung; das freut mich«, erwidert der Mann mit einem etwas unsicheren Lächeln. »Dann sehe ich Hans auch mal wieder. Muss gut einen Monat her sein, seit er mit seiner Schwester zuletzt hier im Palais war.«

»Genauer gesagt, mit seinen Schwerstern«, präzisiert Margret. »Auch wenn Antonia davon natürlich nichts ahnt ... Umso mehr freut's mich, dass auch sie sich gern mal mit Hans beschäftigt; ist ja nicht selbstverständlich bei Teenagern. Erst vorgestern, da ging sie wirklich schon fast ebenso schwesterlich mit dem Kleinen um wie Conny.«

Ihr Schmunzeln macht den Fürsten neugierig: »So? Bei welcher Gelegenheit denn?«

»Ach, die drei waren draußen, auf unser kleinen Dachterrasse ... Frag nicht! Nicht dass ich dich da ausschließen will ...«

»Nein, nein; schon in Ordnung. Wir waren uns ja einig, dass es so fürs erste das Beste wäre.«

153

»Fürs erste ...«, wiederholt Margret. »Wie gesagt: Das ist zuallererst deine Entscheidung. Aber ich nehme an, du hast mich nicht deswegen in eure Privat-Räumlichkeiten geführt?«

»Du warst wahrlich noch nie hier?«

»Wann denn? Damals bei der Silvester-Party unten in den Prunkräumen ... Na, du weißt schon.«

»Offen gesagt, nur verschwommen.«

»Aber überraschend gemütlich hier. Fast ... Wie soll ich sagen? Geradezu bürgerlich! Großbürgerlich natürlich, aber stilvoll.«

»Meistens Erbstücke«, erklärt der Mann, wobei er gegen den Biedermeier-Sekretär klopft, an dem er lehnt. Margret mustert unterdessen die auf die Einrichtung abgestimmten Aquarelle von Rudolf Alt, die an den nichtschrägen Wänden hängen. »Wie gesagt; das Dachgeschoss hier haben wir erst vor einigen Jahren ausgebaut: Hauptsächlich für Tony; ihre Zimmer sind ja auf der anderen Seite. Bei der Gelegenheit haben wir auch diese anderen Räume eingerichtet. Hier wohne ich halt, wenn ich in Wien bin – und hier ist auch das untergebracht, was ich dir zeigen wollte.«

Er geht zu einer der drei Türen des Raumes rüber, öffnet sie und bedeutet der zögernden Margret, ihm zu folgen. So gelangt man in einen deutlich kleineren, fensterlosen Raum, bei dem die beiden nichtschrägen Seiten vollständig von maßgefertigten Mahagoni-Schranktüren eingenommen werden. Eine davon öffnet der Hausherr sogleich; so kann Margret erkennen, womit sie es hier zu tun hat: »Ein Ankleidezimmer mit begehbaren Schränken! Ha, so was habe ich mir schon immer gewünscht! Aber ... Das sind doch Frauensachen? Doch nicht von Tony?«

»Nein; sie hat ihre eigene Garderobe«, erklärt der Fürst, mit dem Daumen in die entsprechende Richtung weisend. »Dies sind ... Es sind Amalias Kleider.«

Das überrascht Margret: »Die Sachen deiner Frau? Du hast sie noch? Alle?«

»Das meiste«, meint der Fürst mit einem melancholischen Nicken.

Margret nimmt das fürs erste zur Kenntnis und sieht sich in dem begehbaren Schrank um: »Wirklich wunderschön! Versteh mich nicht falsch, aber ... Du musst sie sehr geliebt haben! Ich war nie ein großer Leser der *Yellow Press*, aber ich kann mich nicht entsinnen, dass es je aus Finsterfels ähnliche Stories zu berichten gab wie aus ... Sagen wir, wie aus Monaco oder London.«

»So ist es; Gott sei Dank! Ja, ich war Amalia fürwahr treu. Bis ... Nun ja!«

Margret nickt nur; erst nachdem sie einige Kleiderstoffe befühlt hat, antwortet sie: »Oh ja ... Also hast du sie nicht unbedingt für Antonia aufgehoben? Ich glaube, in ein, zwei Jahren könnten ihr einige der Sachen hier passen.«

»Ja; von der Größe her wohl schon«, meint Finsterfels mit einem halb traurigen, halb ironischen Lächeln. »Aber der Stil ist vielleicht weniger ihr Fall. Nun, du kennst ja ihren Geschmack! Aber ich dachte ... Nun ... Willst du dir nicht für heute Abend etwas aussuchen? Dir sollte vieles davon passen.«

Wieder zeigt sich Margret überrascht: »Ich!?«

»Schau, versteh auch du mich nicht falsch: Du hast wahrlich selbst genug Garderobe, und du hast selbstverständlich auch Geschmack und Stil; das ist keineswegs irgendwie ...«

»Gönnerhaft gemeint?«, ergänzt Margret, nun ihrerseits ironisch lächelnd.

»Äh, ja, so ist es. Aber ... Ich dachte, vielleicht macht es dir Freude, hier etwas auszuwählen. *Mir* würde es jedenfalls Freude machen, wenn du etwas findest.«

Margret überlegt eine Weile, dann nickt sie ernst: »Nun gut ... Wer könnte bei solch einer Auswahl auch widerstehen?«

Der Fürst lächelt erleichtert: »Das freut mich! Es wäre ja auch wahrlich schade drum ...«

»Na dann ... Willst du draußen warten?«

»Geht in Ordnung!«

»Könnte länger dauern ...«

Der Fürst reagiert wieder mit einer wegwerfenden Geste, ehe er die Tür hinter sich schließt: »Hey, ich war schon mit meiner Mutter einkaufen, mit meinen Cousinen, später mit Amalia, mit Tony ... Lass dir Zeit!«

+++

Als Michi Schweighofer zur gleichen frühen Stunde das Gelände des Sejong-Centers erreicht, erwartet sie eine Überraschung:

Bereits an der Pforte empfängt sie ein zwar nicht penetrantes, aber dennoch unüberriechbares Fisch-Aroma.

»Was duftet denn hier so fischig?«, fragt sie den Pförtner, der ihr die Eingangstür am Hauptgebäude aufhält. »Kommt das aus der Küche?«

»Eher aus dem Garten«, erwidert der Mitarbeiter, in die entsprechende Richtung daumendeutend. »Der Ofen kam ja diese Nacht an, und Herr Ahn hat ihn gleich in Gang gesetzt, meinte der Nachtportier.«

Das kommt überraschend für die Chefin des Hauses: »Der Ofen? Welcher Ofen?«

»Nun, für das Buffet heute Abend. Es hieß, sie wüssten Bescheid?«

»Das hat der Ahn vermutlich wieder direkt mit Finsterfels abgesprochen«, murmelt Michi, während sie das Gebäude durchquert. »Na, mal sehen ...«

Als sie wieder ins Freie tritt, bleibt der Pförtner im Inneren zurück; Michi sieht aber auch so sofort, worauf er sich bezog: Entlang der Rückseite des Hauptgebäudes, gut drei Meter vor den Fenstern, steht ein Gebilde, das der Frau auf den ersten Blick höchst deplatziert vorkommt: scheint da doch eine kleine Dampflok zu schnaufen. Erst als sie dichter an das Objekt heran tritt, realisiert Michi: Es handelt sich hier um das, was der Ami als *drum smoker* bezeichnet, also um einen Grill, der in eine metallene, liegende Trommel eingebaut wurde. An letztere wurden in diesem Falle außerdem zwei Schornsteine, ein kleines Führerhaus sowie weitere Einzelteile angelötet, die das Ganze eben wie eine überdimensionierte Spielzeug-Lok aussehen lassen: Überdimensioniert, weil die zentrale Trommel immerhin gut sieben Meter lang ist und über einen Meter stark; daher ruht sie auch auf sechs Gummirädern und einem stählernen Anhänger-Gestell. Auch letzteres ist in Schwarz gestrichen; nur die Anhänger-Kupplung an der Rückseite der ›Lok‹ verrät die Basis der Konstruktion. Ebenfalls ins Bild passt der Rauch, der aus einem der ›Kamine‹ der Lok aufsteigt – kaum aber das piskise Aroma des Rauches.

»Guten Morgen, Frau Schweighofer«, spricht jemand Michi an, während diese noch jenes ›Gefährt‹ beäugt. »Überrascht?«

»Allerdings«, erwidert die Frau, die sich daraufhin zu dem Koch umdreht. »Wo kommt denn dieses Teil her?«

»Fürst Finsterfels hat organisiert«, erklärt Ahn, während er an das Objekt heran tritt. »So wie Tisch. Hat er informiert nicht auch Sie?«

»Äh ... Ich glaube, er sprach irgendwann mal von einem ›speziellen Gartengrill‹ für heute Abend. *So* etwas habe ich freilich nicht erwartet. Warum ist der so ... riesig?«

Der Koch fasst vorsichtig an die Trommel – sehr vorsichtig, um sich erstens nicht zu verbrennen, zweitens seine makellos weiße Arbeitskleidung nicht mit Ruß oder Fett zu bekleckern. »Weil Fisch sehr groß, Fisch für Buffet heute Abend.«

Darauf tritt Michi zwei Schritt zurück und nimmt das gesamte Objekt in Augenschein: »Sie meinen ... Da soll *ein* Fisch rein? *Der* Fisch, den Sie und der Fürst vorgestern erwähnten?«

»Da *ist* ein Fisch rein«, erwidert der Koch schmunzelnd. »Ja, genau *der* Fisch. Große Fisch für große Gelegenheit, wie Fürst sagt. Muss aber lange räuchern für großen Körper; Sie verstehen? Haben begonnen diese Nacht; wird fertig sein heute Abend; dann kommt auf Tafel.«

Er deutet in Richtung des Saales, und nun dämmert es Michi: »Ach ja, Sie sprachen das ja vorgestern an. Die riesige Tafel ... Also ist das nicht nur ein Gag?«

»Aber nein«, erwidert der Koch fast schockiert. »War Idee von Fürst; extra für diese Abend.«

Michi zögert, weiter zu fragen: »Und ... Was für ein Fisch ist da drin, wenn man fragen darf?«

»Eine Stör. Heißt Hausen auf Deutsch, Beluga auf Englisch. Gleiche Fisch, den ich auch benutzte für *Jeon* letzte Montag. Heute auch die Eier in Menü, Kaviar; natürlich auch köstlich. Rest von Fisch werde ich servieren und tranchieren persönlich!«

Michi nickt zögerlich; sie ist sich alles andere als sicher, was sie davon halten soll: »Aber ... Das ist nicht *derselbe* Hausen wie vom Montag?«

Allein schon der Gedanke befremdet Ahn merklich: »Nein; ist frische Fisch; ganz frisch!«

»Und wenn der andere schon einen Meter groß war und heut viel mehr Leute davon satt werden sollen ... Wie groß ist denn *dieser* Hausen?«

Der Koch lächelt vielsagend: »Wie sagt man in Deutsch: Lassen Sie sich überraschen!«

+++

»Conny? Hier Tony! Hast du's schon gehört?«

»Na klar.«

Für einen Moment starrt die Prinzessin ihre Skype-Gesprächspartnerin auf dem Monitor ungläubig an: »Woher denn? Ich hab's doch auch gerade erst-«

»Hey, ich will dich nur pflanzen! Kann ich riechen, was du meinst? Also, was ist los? Was gibt's so früh am Tag?«

»Na ja, vorhin beim Frühstück meinte mein Dad, dass wir unsere ... Na, er nannte es ›Diskussion‹, also, dass wir unseren Streit von gestern getrost vergessen könnten: Das Problem sei erledigt; der Hausen ist gefangen und werde schon geräuchert.«

Conny braucht einige Momente, ehe sie antworten kann: »Du meinst ... Kongji ist nicht mehr? Dieser Riesen-Fisch, und das so plötzlich? Wie denn das?«

»Keine Ahnung; Dad weiß es wohl selber nicht: Vorhin habe ihn die Frau Schweighofer vom Sejong-Center angerufen; die wollte wissen, ob es seine Richtigkeit hat, dass dort ein riesiger Stör in der Räucherröhre steckt. Das hat er prompt bejaht.«

»Also, wenn das stimmt ... Aber wie hat er das Riesenviech gefangen und in den Ofen verfrachtet? Der wiegt doch garantiert 'ne Tonne.«

»Was weiß denn ich? Betreiben die Koreaner nicht auch Walfang? Das können wir ihn bestimmt heute Abend selber fragen. Wie auch immer: Falls es stimmt, sind Wiens Hunde wieder sicher.«

»Na, das dauert garantiert noch eine Weile, bis sich das herumspricht. Ich habe vorhin bei der Facebook-Hunde-Gruppe nachgeschaut: Die planen heute Abend eine Demo vor dem Center.«

»Ach du Scheiße!«

»Das kannst du laut sagen! Und die Travniceks haben mich über PN ebenfalls eingeladen ... Glücklicherweise soll die erst um halb Acht steigen, nach der Eröffnung um Sieben. Was würden die sonst sagen, wenn sie mich sehen, wie ich da als Gast aufkreuze?«

Aber Tony winkt grinsend ab: »Wenn du nachher rüber kommst, da werden wir dich derart aufbrezeln, dass dich deine eigene Mama nicht mehr erkennt! Der Friseur kommt gegen Eins.«

»Hausbesuch vom Coiffeur? Nicht schlecht ... Okay; werde da sein!«

»Dann bis nachher; ich muss jetzt erst mal wieder in ›Kaiserwasser‹ abtauchen.«

Man verabschiedet sich; Tony klappt ihren Laptop zu, und dann begibt sie sich tatsächlich schnurstracks in ihre Leseecke. Dort streckt sie sich der Länge nach aus, schlägt besagtes Buch auf und setzt ihre Lektüre fort: ›In den ersten Tagen nach dem Schwangerschaftstest fand die werdende Mutter keine Gelegenheit, bei der es sich anbot, dem Vater *in spe* die freudige Nachricht mitzuteilen. Dafür kam ihr Roman-Projekt voran: Nicht nur, dass sie noch früher aufstand als ohnehin schon; auch die Inspiration floss derart munter, dass Diana mit dem Tippen kaum nachkam: ›Mehrere Tage ließ Eva den Befund des Labors in der Schublade liegen, Tage, in denen sie mit sich kämpfte: Wollte sie Gewissheit haben – oder fürchtete sie sie?

Als sie eines Morgens aber erwachte, da meldete sich ihr Gewissen: Hatte sie ein Recht auf all das Glück, auf diesen wunderbaren, ekstatischen Sex, mehrmals in jeder Nacht und oft auch tagsüber? Auf diesen jungen, ebenso vitalen wie virilen Geliebten? Warum nicht! sagte sich Eva. Was könnte dagegen sprechen? Außer ...

Kurzentschlossen riss sie den Brief auf, und das Ergebnis des Gentests brachte Gewissheit: Adán, ihr geliebter Adán war niemand anders als Adam, ihr Sohn.

Wie war dies möglich? Hatte nicht eine wohlhabende Familie am anderen Ende Europas Adam adoptiert? Dies war das letzte, was sie über sein Schicksal erfahren hatte; selbst das Land nannte man ihr nicht, und damals war ihr das durchaus recht.

Es war die schwerste Entscheidung in Evas Leben gewesen, als sie Adam zur Adoption freigab, aber sie wusste: Sie konnte sich unmöglich um zwei Kinder kümmern. Schon mit Adams Zwillingsschwester Lilith allein würde es schwierig werden. Doch sollte sie sich von beiden trennen? Nein, das ging über ihre Kräfte, und im Nachhinein sagte sie sich stets: Es war gut so. Sie war stolz auf ihre Lilith, und sie sagte sich, dass es auch ihrem Adam gut gehen würde.

Und nun wusste sie, dass aus ihm ein wunderbarer, junger Mann geworden war – ein in jeder Hinsicht wohlgeratener junger Mann, wie Eva nur zu gut bezeugen konnte. War es Zufall, dass man zusammen fand? Schicksal? Eva wusste nicht, was sie denken sollte; eines aber wusste sie: Der Vorhang musste nun fallen, noch ehe klar war, ob aus dem Stück eine Tragödie werden würde, eine Farce oder eine Komödie. Nie wieder durfte sie in seinen, nie wieder er in ihren Armen liegen – und er durfte nichts von ihrer Verwandtschaft wissen! Denn *dass* er es womöglich wusste, dass er sie bewusst gesucht hatte, dies erschien Eva undenkbar.

Zwei Tage lang täuschte Eva Unwohlsein vor, und es fiel ihr nicht schwer, dies glaubhaft zu zeigen. Dann fand sie den Mut, Adán zu sagen: Es muss Schluss sein; diese Sache zwischen ihm und ihr, die hat keine Zukunft – sie darf keine Zukunft haben.

Mühsam die Fassung bewahrend, blickte die Frau ihrem Gegenüber in die Augen. Was sie sah, was sie zu sehen meinte, das war jedoch nicht der Blick eines Sohnes auf seine Mutter, sondern der eines ebenso verwirrten wie verliebten jungen Mannes: »Warum? Warum, Eva? Weil ich erst 16 bin und du 32? Wen kümmert das? Hatten wir nicht eine wunderbare Zeit?«

Aber Eva war nicht gewillt, darüber zu diskutieren. Einen Vorwand zumindest hatte sie gefunden: »Ich sagte es doch schon mal: Morgen kommt Lilith für ihre Sommerferien aus dem Internat zurück. Was soll sie denken, wenn ihre Mutter mit einem ... mit einem Jungen schläft, der so alt ist wie sie selber?«

›Zwanzig Minuten jünger, um präzise zu sein‹, dachte Eva – doch das verschwieg sie selbstverständlich. Zuerst war es ihr Plan gewesen, Adán fort zu schicken, ehe Lilith eintreffen würde. Keine Frage, dies wäre das Sicherste, das Einfachste gewesen – aber auch das Schmerzhafteste für die Mutter. Nein, einmal noch wollte sie

Bruder und Schwester Seite an Seite sehen, Zwilling bei Zwilling, zum ersten Mal zusammen nach all den Jahren, da sie schon wenige Tage nach der Geburt getrennt worden waren.

Auch wenn es ihr schwer fiel: Eva blieb hart, blieb unzugänglich für Adáns Schimpfen, Flehen und Schmeicheln. Schließlich schien er zu resignieren, und man verabredete, gegenüber Lilith die gleiche Ausrede zu gebrauchen wie sonst: Adán sei ein entfernter Verwandter, der halt ein paar Tage zu Besuch gewesen sei.

So kam am nächsten Abend Lilith an, und gleich nach der Umarmung mit ihrer Mutter stellte diese der Tochter ihren ›Verwandten‹ vor.

Die Wiedersehensfreude ließ Evas Rührung natürlich und verständlich erscheinen. Ja, sie war gerührt, doch nicht nur wegen ihrer Tochter: Ihre beiden Kinder, Bruder und Schwester, nebeneinander zu sehen, das war zugleich bewegend, erhebend und erschreckend: Erschreckend, weil nun – so sah es jedenfalls die Mutter – kaum noch zu übersehen war, wie ähnlich sie einander waren. Konnte es sein, dass den beiden dies entging? Die Begrüßung wirkte jedenfalls eher schüchtern – schüchtern und zögerlich von beiden Seiten her.

Den Rest des Tages über und am folgenden Morgen hatte Eva Mühe, ihre Emotionen zu verbergen; allzu sehr bewegte es sie, ihre kleine Familie beisammen zu haben. Dass ihre Kinder eher befangen wirkten, verwunderte sie nicht. Sie wunderte sich auch nicht, als Adán erklärte, erst am folgenden Tag abreisen zu können; er habe keine frühere Reservierungen bekommen. Es war ein herrlicher Spätsommertag; so ging man zu dritt Essen, genoss die Natur und freute sich des Lebens.

Erst am Abend kehrte man heim. Eva begab sich bald zur Ruhe. Zwar wirbelten allerlei wirre Gedanken durch ihren Kopf; nicht zuletzt dank zweier Gläser Wein schlief sie jedoch rasch ein.

Als sie irgendwann im Dunkeln erwachte, stand sie nach kurzem Strecken auf, um ihren Durst zu stillen. Wie sie vor dem Kühlschrank stand, vernahm sie allerdings Geräusche, die sie befremdeten. Sie folgte ihnen, und dies führte sie vor die Tür des Gästezimmers, in dem Adán schlief – oder schlafen sollte. Leise öffnete Eva die Tür. Auf dem Tisch brannte eine einzelne Kerze, und in deren Licht erblickte Eva etwas, was sie auf Anhieb verstand, aber dennoch nicht fassen konnte und wollte: Nur bis zur Hüfte zugedeckt, lagen Adán und Lilith im Bett, nackt, sie auf ihm und einander eng umschlingend. Das Eindringen der Mutter ward überhört und übersehen, denn hörbar und sichtbar näherte sich das Pärchen dem Orgasmus. Starr stand Eva in der Tür, als Bruder und Schwester ekstatisch aufstöhnten. Endlich erschlafften die schweißglänzenden Körper; schwer atmend, rollte Lilith zur Seite; Adán blickte lächelnd zu ihr rüber – und erblickte die Frau in der Tür. »Eva ...«

»Raus!«, brüllte darauf die Frau. Wieder kamen ihr die Tränen, doch nun aus anderem Grund. »Raus!«, wiederholte sie, ohne recht zu wissen, wen sie meinte. Da sie es war, die sich nicht in ihrem Zimmer befand, stand Lilith prompt auf: »Mama, bitte: Wir sind keine Kinder mehr!«

»Mein Gott; ihr ...«, begann Eva schluchzend, geriet ins Stocken und wiederholte sich schließlich nur: »Raus!«

Sie trat zur Seite. So raffte ihre Tochter das Nachthemd an sich und hielt es sich notdürftig vor den Körper. Als sie wortlos an ihrer Mutter vorbei zurück in ihr Zimmer marschierte, da konnte Eva nicht umhin, zu erkennen: Ihre Tochter war fürwahr kein Kind mehr. Als Lilith ihre Tür hinter sich zugeknallt hatte, wandte sich Eva an Adán: »Wie konntest du nur?«

Ihr Sohn, der sich im Bett aufgesetzt hatte, reagierte mit einer unwilligen Geste: »*Dich* soll ich nicht mehr haben, *sie* darf ich aber auch nicht haben? Und doch seid ihr beide zu mir gekommen! Was ist das für eine Familie?«

Die Frau antwortete mit einem unterdrückten Schrei: »Du hast ja keine Ahnung!«

Darauf zog sie den Schlüssel aus der Innenseite der Tür, knallte die Tür zu und schloss sie von außen ab.


Wenig wurde gesprochen am nächsten Morgen; knapp und scheinbar kühl fielen die Abschiede aus zwischen Adán und den Frauen, während draußen das Taxi wartete. Auch für den Rest des Tages schwiegen sich Mutter und Tochter an; nur die nötigsten Worte wurden gewechselt. Lange lag Eva wach in der folgenden Nacht; erst nachdem sie sich fest vorgenommen hatte, ein ernstes Gespräch mit ihrer Tochter zu führen, fand sie Schlaf.

Als sie am nächsten Morgen aufwachte, rührte sich im Zimmer ihrer Tochter noch nichts. So rekapitulierte Eva nochmals, was sie sich vorgenommen hatte: Sie wollte Lilith ermahnen, dass sie unmöglich mit jemandem schlafen könne, den sie erst am Tag zuvor kennengelernt hat; auch wenn die Versuchung groß sein mag, so brauche dies Zeit. Eva lächelte traurig bei dem Gedanken, dass sie und Adán selbst sich nicht daran gehalten hatten. Beim Vater ihrer Zwillinge hatte man dagegen mit dem ersten Sex gut ein Jahr gewartet, doch auch dies hatte nicht verhindert, dass er dann noch vor der Geburt das Weite gesucht hatte.

Und dennoch: Die Frau sah keinen anderen Weg.

Als sich am späten Vormittag noch nichts rührte bei Lilith, machte sich Eva allmählich Sorgen. Sie klopfte – ohne Ergebnis. Sie rief – ohne Antwort. Sie rüttelte an der Türklinke – vergeblich; die Tür war von Innen abgeschlossen. Dies machte der Mutter erst recht Sorgen; so holte sie ihren massivsten Schraubenschlüssel hervor und brach das Schloss auf.

Zwei Dinge fielen der Frau dann sofort ins Auge: Das leere Bett und das offene Fenster. Als nächstes sah sie den Brief auf dem ausnahmsweise aufgeräumten Schreibtisch ihrer Tochter. Das Schlimmste ahnend, las sie das Schreiben: ›Liebe Mama, wenn du dies liest, bin ich bereits mit Adán auf dem Weg ins Ausland. Ich weiß, du hättest alles getan, um uns zu stoppen, und ich bin sicher, du meinst es nur gut mit uns. Ja, du hattest recht, letztes Jahr, bei der Sache im Urlaub, da war ich zu jung für Sex, so wie du damals in meinem Alter. Es war ein Fehler. Aber selbst damals haben wir verhütet. Damit will ich nicht sagen, dass es ein Fehler war, dass du und mein Vater damals kein Kondom benutzt habt; andernfalls wäre ich ja nie geboren worden! Ich will nur sagen: Ich glaube, ich verstehe sehr gut, wie es dir damals mit 15, 16 Jahren erging, aber bitte, versuch auch uns zu verstehen: Adán und ich, wir lieben uns; es war Liebe auf den ersten Blick! Das musst doch gerade du verstehen? Denn er hat mir gestanden, was zwischen ihm und dir war: Dass ihr euch geliebt habt, dass ihr miteinander geschlafen habt, leidenschaftlich, innig und zärtlich. Mach ihm bitte keinen Vorwurf aus diesem Geständnis; mir liegt es fern, dir oder ihm dies vorzuhalten. Wäret ihr weiter glücklich miteinander gewesen, nun, so hätte auch ich mich für euch gefreut. Ich hoffe, du hast dich nicht wegen mir von ihm getrennt? Oder wegen des Altersunterschiedes? In dem Fall solltest du glücklich sein, dass Adán und ich uns gefunden haben: Stell dir vor, wir sind sogar am gleichen Tag geboren! Er und ich, wir hatten beide auf Anhieb das Gefühl, dass wir einfach zusammen gehören, dass wir, wie man so schön sagt, ein Fleisch sein sollen – und, wie du ja selber sahst, wurden wir das auch, und das auf eine so wunderbare Weise, wie ich mir das bisher noch nicht einmal habe vorstellen können. Bitte versuch uns zu verstehen!

Leb wohl, Lilith‹

Geraume Zeit stand Eva regungs- und fassungslos im Zimmer, den Zettel in den zitternden Händen. Dann sank sie schreiend und schluchzend in die Knie.‹

Nachdem sie das letzte Blatt beiseite gelegt hat, schwieg die Agentin geraume Zeit, und auch die Autorin stellte keine Fragen. Schließlich fand erstere Worte: »Wow, das ist ein starkes Ende! Dieser doppelte Inzest ... Also, das ist ein Geniestreich. Ich bin stolz auf dich, Diana! Und, mal ehrlich: Das dient nicht nur dazu, für ordentlich Publicity zu sorgen?«

Die Autorin machte eine unschlüssige Geste: »Sagen wir mal so: Ich hatte den Effekt durchaus im Hinterkopf; schließlich hast du mich auf den Gedanken gebracht. Aber das war nicht der Hauptgrund. Es ist konsequent, meine ich.«

»Und recht hast du«, bestätigte dies Barbara Mühl. »Aber ... Hm, ehrlich gesagt, hätte ich nicht erwartet, dass du das Buch so tragisch enden lässt.«

Diana zog überrascht die Augenbrauen hoch, während sie nach dem Wasserglas griff, das auf dem Gartentisch bereit stand: »Findest du das tragisch? Es gab keinerlei Blutvergießen, keine Toten ...«

»Gut, vielleicht nicht im strengen Sinn tragisch. Aber immerhin endet es mit einer inzestuösen Liebesgeschichte zwischen Zwillingsbruder und -schwester – ohne dass die beiden es ahnen. Hm ... Unkonventionell! Aber jedenfalls sollte ich wenig Mühe haben, dies beim Verlag unterzubringen.«

»Das sollte mich freuen. Wie gesagt, bisher habe ich höchstens ein Drittel niedergeschrieben; dann muss ich alles noch überarbeiten; es ist halt nur eine erste Rohfassung einiger Kapitel. Aber wenn du meinst, dass es sich lohnt, damit weiter zu machen ...«

»Auf jeden Fall.«

Die Agentin zögerte etwas, bevor sie fortfuhr: »Nun, bis zur Publikation dauert's also eh noch einige Zeit. Aber ... Wie soll ich sagen? Willst du damit warten, bis ...«

Diana wusste, worauf sie hinaus wollte: »Bis Álvar und ich kein Pärchen mehr sind? Weil es ihn eventuell irritieren könnte, wenn ich so etwas auf den Markt bringe? Meinst du das?«

»Äh, ja, genau.«

Diana lächelte melancholisch, während sie sich in ihrem Gartenstuhl zurücklehnte. Sie blickte eine Weile zur Gartenpforte hinüber, aber noch war nichts davon zu hören, dass sich ihr joggender Liebhaber nähern würde. »Ich lasse es darauf ankommen! Und, wie du letztes Mal sagtest: Bis dahin fließt noch viel Wasser die Donau runter.«‹

»Antonia? Der Friseur ist da!«

Es dauert etwas, bis Tony aus ›Kaiserwasser‹ sozusagen wieder auftauchen und Karla antworten kann: »Äh, danke; komme sofort!«

Damit platziert die das Lesezeichen zwischen den Seiten, schlägt das Buch zu und legt es beiseite. Einen Augenblick zögert sie noch; dann greift sie nach dem Handy, um Conny Bescheid zu sagen, und springt von ihrer Leseecke auf.

+++

Instinktiv fasst der Koch sein Wallerholz fester, während er telefoniert: »Nur keine Sorge: Alles wie Plan; alles gut! Fisch ist gut – oder *wird* gut. Machen keine Sorge!«

Während Ahn dann der Antwort lauscht, sieht er sich um: Es ist ein lauschiger, vielversprechender Abend. Noch immer dürften es über 30 Grad sein, doch entlang der Alten Donau weht nun eine angenehme Brise; so wären auch an einem normalen Wochentag gewiss Dutzende Ruder-, Tret-, Paddel- und Motorboote unterwegs. Da aber mit Einbruch der Dunkelheit das Lichterfest beginnen soll, tummeln sich bereits über hundert Wasserfahrzeuge ringsum, und minütlich werden es mehr. Auf den Koch in seinem Bötchen achtet man höchstens, wenn es gilt, Kollisionen zu vermeiden. Dass er seitlich des Bootes ab und an mit seinem Holz ins Wasser schlägt, fällt niemandem auf.

»Okay; dann bis später. Wir- Oh, Frau Schweighofer ruft an. Muss Schluss machen. Wiederschauen ... Hallo? Chefin! Was gibt es?«

»Was es gibt?«, antwortet eine hörbar gestresste Stimme. »Der Empfang beginnt in einer halben Stunde; die Gäste trudeln ein, und wer ist nicht da? Der Küchenchef! Ihre Mitarbeiter sagten mir, dass sie wieder auf dem Wasser sind. Wo denn? Ich sehe Sie nicht!«

Der Koch kann somit sicher sein, dass die Anruferin sein Schmunzeln nicht sieht: »Bin nur bei ... Wie heißt das? Gänse-Haufen?«

»Beim Gänsehäufel? Was machen Sie da, um Himmels willen? Sind Sie etwa schwimmen?«

»Nicht aufregen, Frau Schweighofer! Bin wieder in Boot; brauche noch wenig Zutat; muss frisch sein! Machen keine Sorge: Bin bald da; Kollegen aus Küche gut in Job! Riecht Fisch gut?«

Die Anruferin braucht einen Moment, bis sie schaltet: »Riecht- Ach so, der Fisch in dieser ... hm, Tonne. Also, den müssten Sie eigentlich selbst da draußen noch wittern können!«

»Dann ist gut. Wird fertig in Zeit.«

»Wenn Sie- Oh, da klopft jemand an auf meinem Handy. Sie kommen also; versprochen, Herr Ahn?«

»Versprochen, Frau Schweighofer.«

»Gut; danke; dann bis später! So, wer ist denn ... Die Nummer der Herno? Was will denn die jetzt ... Hallo, Frau Herno? Schönen guten Abend!«

»Guten Abend, Frau Schweighofer«, antwortet die Autorin. »Ich bin sicher, Sie haben jetzt so einiges um die Ohren, nicht wahr?«

Michi liegt eine sarkastische Antwort auf den Lippen, die sie sich jedoch verkneift: »Nun, das eine oder andere schon; ja. Warten Sie; ich gehe mal gerade auf die Terrasse; hier drin klappern die derart mit den Stühlen ... So! Kann ich Ihnen irgendwie behilflich sein?«

Am Geländer der Terrasse lehnend, wo sie auch zusammen mit Conny stand, klemmt sich Michi das Handy zwischen Schulter und Kinn, fischt die Zigarettenschachtel aus der Blazer-Tasche und nimmt sich wieder einmal vor, ein Headset zu kaufen, während sie Cassiana Herno ihr linkes Ohr leiht: »Es geht um meine Lesung beim Empfang. Novak – der Redakteur vom ORF; sie kennen ihn ja – hat vorgeschlagen, auch heute Abend im Center einige Aufnahmen zu machen: Einerseits wohl für ›Wien heute‹, andererseits eben auch für den ›Kulturmontag‹; halt zwei, drei Fliegen mit einer Klappe. Finsterfels habe ich schon gefragt; er wäre über nette Publicity für die Banken-Kooperation und das Event an sich natürlich glücklich. Nun wollte ich noch Sie fragen, ob Sie ein Problem damit hätten. Oder würde das Chaos tatsächlich total, falls nachher auch noch ein Kamera-Team aufkreuzt?«

›Was heißt denn hier Chaos?‹, wundert sich Michi, doch auch dies verkneift sie sich: »Nun gut, mir ist es eh wurscht, und wenn das sowieso schon abgesegnet ist ... Darauf kommt's nun auch nicht mehr an. Ich bin mir nur nicht sicher, ob alle Gäste so glücklich darüber sind, wenn hier gedreht wird.«

»Oh, man wird sicher eventuelle Vorbehalte berücksichtigen. Aber, wie der Redakteur meinte: Das ist im Allgemeinen kein Problem, speziell bei solchen Events; eher drängeln sich die Leute vor die Kamera, nicht wahr?«

»Verstehe. Nun gut; wie Sie meinen. Mein Placet haben Sie – falls es das noch braucht. Benötigen Sie dafür irgendetwas; Strom, Licht, Kabel ...«

»Nein, nein; keine Sorge, das bringt der ORF alles mit – nur ein Parkplatz am Haus wäre hilfreich.«

»Geht klar; ich kümmere mich darum.«

»Wunderbar; vielen Dank, Frau Schweighofer.«

»Gern geschehen. Dann auf Wiedersehen. Sie sind doch bald da?«

»Ja, ich komme mit Margret; spätestens in einer halben Stunde. Auf Wiedersehen!«

Anstatt aufzulegen, kreist die Rechte der Autorin einige Momente über der Telefon-Tastatur; dann findet sie die Trenntaste.

»Ich wette, in ein paar Jahren wird kaum noch wer mit solch klassischen Telefonen umgehen können.«

»Tja, aber in Hotels wird's sie wohl weiter geben«, erwidert Margret. Während Cassiana auf der einen Seite des Doppelbettes neben dem Nachtkästchen sitzt, legt ihre Gastgeberin auf der anderen Seite ihre Abendgarderobe zurecht. »Muss aber unsere Telefonanlage nächstes Jahr wirklich mal modernisieren lassen; ist immerhin schon gut zehn Jahre- Was denn jetzt?«

Margret hat bemerkt, dass ihr Gast den Telefonhörer gleich in der Hand behält und eine weitere Nummer eintippt: »Will noch rasch dem Redakteur Bescheid sagen.«

»Du weißt schon, dass der Finsterfels'sche Wagen in einer Viertelstunde kommen soll? Soll ich dein Kleid schon mal aus dem Koffer holen?«

»Keine Sorge; das geht schnell«, verspricht die Autorin. »Außerdem wird Finsterfels es gewohnt sein, dass er warten- Hallo? Guten Abend, Herr Novak; Herno hier! Ich sprach gerade mit Michaela Schweighofer vom Sejong-Center: Es sollte alles klar gehen mit Ihrem Dreh.«

»Ich verstehe; vielen Dank, Frau Herno. Dann kämen wir also mit einem Wagen vorbei.«

»Kein riesiger Ü-Wagen, hoffe ich? Die gute Frau Schweighofer wirkte ohnehin schon etwas enerviert.«

Die Anruferin blickt schmunzelnd Margret an, die ebenfalls wissend lächelt. Der Redakteur kann sie jedoch beruhigen: »Nein, nein; nur ein kleines Team: Kameramann, Techniker – und Frau Schimek als Reporterin.«

Letzteres überrascht die Anruferin: »Elisabeth Schimek? Unsere Regisseurin?«

»Eben dieselbe. Das ist eigentlich nicht ihr Job, aber sie meinte, dass sie sich das Event nicht entgehen lassen will.«

»Nun, freut mich! Wann können Ihre Kollegen dort sein?«

»So gegen Sieben, wenn's recht wär?«

»Wird schon passen. Für einen Parkplatz sollte gesorgt sein. Dann bis später!«

»Wiederschauen, Frau Herno! So ... Sollte alles klar sein, Liz.«

Nachdem er aufgelegt hat, dreht sich der Redakteur zu besagter Regisseurin um, die das Gespräch verfolgt hat; diese nickt zufrieden: »In Ordnung. Ich weiß nicht warum, aber ich habe das Gefühl, als würden wir heute Abend mehr vor die Linse kriegen als das übliche ›Seitenblicke‹-Material. Ich packe lieber noch eine Extra-Kamera ein.«

Der Redakteur weiß nicht so recht, was er davon halten soll: »Was wäre das zum Beispiel für Material?«

»Tja, wenn ich das wüsste,« erwidert die Regisseurin, während sie ihr Handy aus der Handtasche hervorkramt. »Aber ich habe die gute Frau Herno in Verdacht, dass sie irgendeinen Publicity Stunt plant. Nun gut; soll mir recht sein! Ich sage noch rasch noch bei Familie Finsterfels Bescheid. So, wo ist die Nummer ... Ah, da! Nun gut; mal sehen, ob ich noch wen erwische.«

Aber kaum hat sie das Gerät ans Ohr gehoben, meldet sich schon jemand: »Palais Finsterfels; Karla Berger am Apparat.«

»Guten Abend; hier Elisabeth Schimek vom ORF, Kultur-Redaktion. Ich wollte nur rasch Fürst Finsterfels davon unterrichten, dass von unserer Seite wie auch von Seiten Frau Schweighofers her alles klar ist wegen des Termins heute Abend. Wir würden dann also gegen Sieben ein Team ins Sejong-Center schicken.«

»Ich verstehe. Der Fürst ist praktisch schon auf dem Sprung; ich bin die Haushälterin und halte hier gerade die Stellung. Es sei denn ... Warten Sie bitte einen Moment?«

»Kein Problem.«

Damit schaltet Karla Berger das schnurlose Telefon auf Stumm, um dann zwei Stiegen hochzueilen. Noch etwas atemlos, klopft sie oben bei Tony an: »Antonia? Darf ich reinkommen?«

»Karla?«, antwortet es von drinnen. »Klar; du kommst gerade recht.«

Als die Haushälterin eintritt, sieht sie, wie Tony auf dem Teppich Andreu dabei behilflich ist, ein Puzzle zusammenzusetzen; gleich daneben liegt Hans auf dem Bauch und schaut fasziniert und leicht glucksend zu. Eigentlich eine alltägliche Szene, denkt die Frau – abgesehen von den Klamotten: Denn der Jüngste des Trios trägt einen blütenweißen Strampelanzug, Andreu einen ebenso fleckenlosen Mini-Dreiteiler, während die Prinzessin bereits ihr Kleines Schwarzes für den Abend angelegt hat; nur die Schuhe fehlen noch. Diese dürften, mutmaßt Karla, irgendwo unter einem der Kleiderstapel verborgen sein, die über Sofa, Boden und Stühlen verteilt liegen.

»Wie's aussieht, seid ihr bereit für heute Abend?«, konstatiert die Frau schmunzelnd. »Und Cornelia?«

»Nebenan; sie zieht sich noch um«, antwortet Tony, während sie sich vorsichtig erhebt; schließlich sitzt ihr Kleid recht eng.

»Verstehe. Weswegen ich komme: Da ruft gerade jemand vom ORF an; die wollen Bescheid sagen, dass heute Abend ein Kamera-Team beim Empfang dabei sein wird. Ich möchte deinen Vater jetzt ungern sekkieren; er hat schon genug um die Ohren. Weißt du da Bescheid?«

Nachdem sie die Spaghettiträger ihres Kleides zurecht gerückt hat, zuckt Tony mit den Schultern: »Kann sein; er erwähnte was in der Richtung. Sicher bin ich nicht; sollte aber eh kein Problem sein: Solche Publicity ist Dad bestimmt recht. Notfalls sage ich's ihm nachher.«

»Alles klar; vielen Dank«, erwidert die Frau, worauf sie wieder das Telefon ans Ohr hebt: »Hallo? Sind Sie noch dran?«

»Ja, hier Schimek.«

»Bitte um Verzeihung fürs Warten! Aber Sie können Ihr Kamerateam gerne losschicken; Fürst von Finsterfels weiß die wohlwollende Berichterstattung des ORF stets zu schätzen.«

»Danke schön, Frau Berger: Wir sind schon unterwegs! Auf Wiederhören!«

»Gerne; auf Wiederhören!«

Während die Frau telefonierte, warf Tony noch einen Blick in den Spiegel und zupfte den Saum zurecht, so dass gerade noch die Knie zu sehen sind. Nachdem Karla das Telefon eingesteckt hat, stellt sich die Prinzessin in Positur: »Und? Was meinst du? Ganz ehrlich!«

Andreu kommt der Haushälterin mit seinem Kommentar zuvor: »Meine Mama hat auch so ein Nachthemd!«

Karla prustet spontan los, und im ersten Moment blickt die Prinzessin drein, als hätte man ihr eine Erbse gegen die Stirn geschleudert. Dann aber nimmt sie es von der heiteren Seite: »Na, was Mode betrifft, musst du noch viel lernen, Andi: Das ist von Valentino! Reine Seide ... Und?«

Karla zögert etwas: »Nun, es wird ja wohl wieder eine Tropennacht werden; da passt der schulterfreie Stil allemal. Sehr elegant jedenfalls; dein Vater wird stolz sein!«

»Na, das will ich doch stark hoffen. Aber, ehe ich's vergesse: Ich fürchte, Hänschen hier müsste noch mal ... Na, wie soll ich sagen? Er brunzelt ein wenig.«

Darauf tritt die Haushälterin – vorsichtig die Kleiderstapel umkreisend – ins Zimmer und beugt sich über den Jungen: »Oh ja ... Ich wickel ihn rasch!«

»Danke; das wäre nett. Mir fehlt da die Übung, und Conny ... Ich schaue mal nach ihr. Bleibst du hier bei Tante Karla, Andi?«

Der zweite Junge wendet sich darauf sofort der Frau zu: »Hilfst du mir beim Puttel ... beim Pasel?«

Einen Moment verfolgt Tony grinsend, wie die Frau umgehend von den zwei Buben in Beschlag genommen wird: »Echt, Karla: Wann legst du dir endlich selbst eine Familie zu?«

Die Haushälterin erwidert das Lächeln, während sie Hänschen in die Höhe hält – allerdings mit einigen Handbreit Abstand von ihrem eigenen, fliederfarbenen Kleid: »Sobald ich euch großgezogen habe!«

»Autsch; das saß!«, erwidert Tony lachend, ehe sie nach der bereitliegenden Handtasche greift und ins Schlafzimmer wechselt. »Bis gleich ... Also, Conny; wie sieht's aus? Noch immer nicht fertig?«

Diese Vermutung liegt nahe, da auch im Schlafzimmer allerlei Kleidungsstücke auf Bett und Boden herum liegen; zudem ist das zweite Mädchen nicht zu sehen, doch steht die Tür zur Garderobe offen. Als Tony diese betritt, entdeckt sie ihre Freundin: »Was, noch immer im Bikini?«

»Hey, das ist nicht so einfach«, rechtfertigt sich Conny, dieweil sie sich ein blaues Chiffon-Kleid vor den Körper hält. »Ohne deine fixe Idee, dass wir unbedingt diese Bikinis unterm Kleid tragen sollen ... Erstens fühlt sich dieses Neopren echt ätzend an; zweitens sieht man das garantiert überall durch.«

Die Prinzessin grinst amüsiert, da man tatsächlich Connys knallrote Badekleidung durch beide Stoffschichten des Chiffons erspähen kann: »Hey, ich habe halt nur zwei trägerlose Bikinis, die dafür in Frage kommen: Eben diese zwei Bandeaus; einer in

Schwarz, einer in Rot«, erklärt sie, wobei sie sich mit der Rechten die Hüfte tätschelt. »Und zumindest *wir* sollten heute auf alles vorbereitet sein: Ich habe das Gefühl, dass diese Fisch-Geschichte noch nicht gegessen ist – und zwar nicht nur wortwörtlich! Kann also gut sein, dass wir doch noch Mal im Wasser landen; dann will ich wenigstens nicht mein sauteures G'wand ruinieren. Also such am besten auch was aus, wo du rasch rausschlüpfen kannst!«

Während beide Mädchen die Garderobe durchstöbern, hakt Conny nach: »Hat dich die Lektüre von ›Kaiserwasser‹ auf die Idee gebracht? Du meintest, dir fallen da immer mehr Parallelen zur Realität auf ...«

»Ja, das ist echt schräg. Der *Showdown* soll offenbar auch beim Lichterfest an der Alten Donau stattfinden. So weit bin ich aber noch nicht. Aus dem Teil liest bestimmt die Herno heute Abend; da wollte ich mir die Überraschung nicht verderben lassen.«

Damit nimmt die Prinzessin ein anderes Kleid von der Stange: »Was ist denn mit dem? Erstens Rot; zweitens garantiert nicht transparent. Gehalten nur an einer Schulter ... Steht dir bestimmt!«

Ordnungsliebend wie sie ist, hängt Conny zuerst das blaue Kleid zurück, ehe sie von ihrer Freundin besagtes rotes Gewand entgegen nimmt und sich vor den Körper hält: »Echt? Ehrlich gesagt, hatte ich das schon mal in der Hand; erschien mir aber etwas zu ... Sagen wir, zu aufdringlich.«

»Blödsinn«, erwidert Tony, während sie bereits den Reisverschluss an der Robe öffnet. »Klar, es ist auch von Valentino. Anne Hathaway trug mal das gleiche Modell, und die hat auch nicht mehr auf den Rippen als du!«

»Au!«, quiekt Conny, da ihr Tony neckend in die unbekleidete Seite piekt. »Okay, okay: Wenn's dich nicht stört, dass ich dich heut Abend aussteche ...«

»Ha! Nur kein Genierer: Dafür zeige ich mehr Bein! So, dann sage ich schon mal Bescheid, dass wir gleich los können.«

Damit kramt sie ihr Handy aus der Handtasche hervor und wählt: »Hallo, Paul; ich bin's. Wie sieht's aus; ist unsere ... Hm, ist die ›Spezialausrüstung‹ verstaut?«

»Gerade eben«, antwortet der Chauffeur, während er auf den Kofferraum des Daimlers klopft.

»Du bist der Beste!«, erwidert Tony grinsend. »Bestimmt werden wir's eh nicht brauchen. Aber man weiß ja nie ...«

»Es liegt jedenfalls griffbereit. Wie sieht's mit euch aus?«

»Sind in fünf Minuten fertig«, verspricht Tony mit einem Seitenblick auf Conny, die gerade in Scharlachrot versinkt. »Wartet Daddy schon?«

»Noch nicht. Auch Frau Herno und Frau Mondo haben sich noch nicht gemeldet.«

»Passt; ich hasse es, die letzte zu sein – oder die erste! Dann bis gleich. Also; fertig? Hey; nicht übel!«

Tatsächlich zupft Conny gerade das Kleid zurecht: »Ist aber auch nicht länger als deines.«

»Tatsache; tja, wir sind wohl beide wieder ein wenig gewachsen. Trotzdem: Als wär's für dich gemacht.«

Conny zögert noch, während sie sich im Spiegel beschaut: »Und man sieht auch nichts vom Bikini; sieht echt aus, als habe ich nix drunter ... Aber das passt garantiert auch prima zu dir.«

»Blödsinn; kombiniere niemals zwei Rottöne!«, erwidert Tony, wobei sie grinsend die frisch ondulierten Wellen ihres Rotschopfes durch die Finger gleiten lässt. »Haben eh keine Zeit mehr; ab in die Treter, und los geht's!«

Aus dem gleichen Grund, wegen dem man die Bikinis als Unterwäsche zweckentfremdet, hat man vorher schon zwei Paar flache, schwarze Dior-Schuhe ausgesucht; in diese schlüpft man nun, um dann ins Wohnzimmer zurückzukehren.

Dort ist Karla längst damit fertig, Hans' Windeln zu wechseln; tatsächlich sitzt er schon fix und fertig in seinem Auto-Kindersitz. Nachdem sie den Jungen vorher mit einer Rassel unterhalten hat, wendet sie sich nun den Teenagern zu: »Fertig? Holla; sehr schick, ihr zwei!«

»Hey, wir können uns ja schlecht von zwei Kleinkindern und unserem Personal ausstechen lassen!«, erwidert Tony grinsend.

Conny dagegen ist sich noch nicht sicher: »Finden Sie's echt nicht übertrieben?«

»Keineswegs, Cornelia: Ihr seid beide sehr elegant und stilvoll! Dann können wir also? Na komm, Andreu! Nehmt ihr den Kleinen?«

Während dann der ältere Bub, der in einem Bilderbuch geblättert hat, zur Haushälterin eilt, nehmen die Mädchen neben dem Kindersitz Aufstellung. »Also gut; du links, ich rechts? Jeder eben ein Halb-Brüderchen ...«

In Hörweite von Karla vertieft Conny dieses Thema lieber nicht: »Passen wir überhaupt alle in ein Auto?«

»Keine Panik; Daddy hat sich von Mercedes ja die R-Klasse aufschwatzen lassen, den Sieben-Sitzer«, erwidert die Prinzessin, während beide den Kindersitz anheben und Karla Andreu auf den Arm nimmt. »Natürlich die *Grand Edition* ... Da wird dieser überdimensionierte Leichenwagen endlich mal voll.«

»Aber allein wir sind schon zu fünft«, kontert Conny, während man bereits das Treppenhaus herunter balanciert – nicht ganz einfach speziell für die Haushälterin, die als einzige Stöckelschuhe trägt und somit die unbeschuht etwa gleichgroßen Mädchen deutlich überragt: »Nun, nötigenfalls kommen wir mit dem Peugeot nach.«

Dies Problem erledigt sich rasch, als man zum Parkplatz runter kommt: Dort wartet Paul bereits neben dem Mercedes, während der Hausherr einige Schritt weiter telefoniert. Conny sticht sogleich ins Auge, dass der Chauffeur seine Livree trägt und auch der Fürst sozusagen in Gala ist. »Schick, dein Vater!«

»Ja; bei solchen Gelegenheiten wirft sich Dad gern in Schale«, bestätigt Tony. »Beziehungsweise in den Savile-Row-Smoking; der kaschiert glatt 50 Pfund ... Hallo Paul; sind wir aber fesch heute!«

Der Chauffeur nickt, während er sich den Schweiß aus dem Nacken wischt. »Danke; das Kompliment kann ich nur zurückgeben. Du auch, Karla ... Wunderschön!«

Indem sie Andreu absetzt, kann die Haushälterin ihr Erröten zumindest partiell verbergen: »Danke. Der Kindersitz für den Bub ist schon drin?«

»Alles startbereit; Seine Durchlaucht fragt gerade noch nebenan nach.«

Da beendet der Fürst auch schon sein Telefonat: »Sicher, dann sehen wir uns dort. Bis bald!«

»Gibt's Verzögerungen?« fragt Tony nach, als ihr Vater sein Handy einsteckt.

»Bei den beiden Damen dauert's noch etwas; sie wollen im Taxi nachkommen«, erklärt Finsterfels, während er sich den Neuankömmlingen zuwendet. »Wer hätte gedacht, dass dagegen meine Tochter mal pünktlich sein kann – pünktlich, und doch fürwahr perfekt gestylt! Beide in Valentino? Hallo, Cornelia; ich bin sicher, deine Mutter wird stolz sein! Und auch unsere beiden Kleinen ... Passen Sie gut auf sie auf, Frau Berger!«

»Das werde ich!«, verspricht Karla. Unterdessen geht der Fürst neben Hans' Kindersitz in die Hocke – was sich etwas mühsam gestaltet aufgrund seines Körperumfanges und des Smokings. Das ist freilich nicht der Grund, weswegen sich Karla und Paul leicht verwundert anblicken, während dann Finsterfels mit dem Knaben schäkert. Auch Tony und Conny wechseln vielsagende, in ihrem Fall allerdings wissende Blicke. »Ganz der stolze Vater!«, haucht Conny, und obwohl nur ihre Freundin sie verstehen konnte, erntet sie prompt einen Rippenstoß.

»Jedenfalls haben wir so kein Platzproblem mehr«, folgert Paul, der betont zackig an den Schlag tritt und die Beifahrertür öffnet, sobald sich Finsterfels wieder aufrichtet. »Ich nehme an, Sie wollen vorne sitzen, Eure Durchlaucht?«

Seine Durchlaucht wollen. Somit hilft Paul den Mädchen dabei, Hans' Kindersitz auf der hinteren Bank festzuschnallen; Andreu wird von Karla auf seinen bereits wartenden Sitz platziert, worauf sie zwischen den Buben Platz nimmt und sich die Freundinnen auf die mittlere Bank setzen; so kann Paul starten, nachdem auch er eingestiegen ist.

Kaum hat sich das Parktor hinter der Limousine geschlossen, meldet sich das Handy in Connys Handtasche, die sie sich gleich passend zum Kleid geborgt hat. Die Nachricht, die sie dann abließt, bereitet ihr erkennbar wenig Freude: »Ach, Scheiße; das darf doch nicht wahr sein.«

»Was ist denn?«, flüstert Tony vorsichtshalber – obwohl hinter ihr die beiden Buben genug Krawall machen, um die wispernden Mädchen zu übertönen.

»Eine Erinnerung von der Facebook-Gruppe wegen der Demo«, antwortet Conny. »Die ersten sind schon vor Ort – direkt vor dem Center; offenbar haben die spitz gekriegt, wann's dort wirklich los geht. Meinst du, die erkennen mich?«

»In dem Fummel? Mit der Frisur? Hey; nicht jeder kann sich Gesichter und Namen so gut merken wie du!«

»Darauf mag ich mich echt nicht verlassen. Vielleicht sollten wir auch deinem Vater Bescheid sagen?«

Tony überlegt kurz; dann nickt sie: »Ja, ist wohl besser: Er wird's sonst ja eh merken.«

Darauf beugt sie sich in Richtung Beifahrersitz vor: »Äh, Dad? Conny hat gerade was erfahren wegen heute Abend.«

Der Fürst versucht, sich nach hinten umzudrehen: »Irgendwas Wichtiges?«

»Glaube schon«, erklärt Conny. »Da soll vor dem Center heute eine Demo steigen.«

»Du weißt schon; wegen der Sache mit den vermissten, verschwundenen Hunden, über die wir sprachen«, ergänzt dies Tony.

Finsterfels ächzt gequält auf: »Ach Gott; nicht das auch noch! Die Leute sollten gefälligst dankbar sein, dass einige Tretminenwerfer weniger die Straßen unsicher machen!«

»Sehen bestimmt nicht alle so ...«

»Na, mal schauen!«

Damit greift der Beifahrer nach dem Autotelefon: »Frau Schweighofer? Finsterfels hier! Wir sind auf dem Weg, aber ich hörte gerade, da finde eine Demo vor dem Center statt? Ist dem so? Wissen Sie davon?«

Die Frau zögert hörbar, ehe sie antwortet: »Äh, ja, schon. Aber das sind höchstens zwei, drei Dutzend Leute.«

»Und wo stehen die?«

»Direkt vor dem Tor, fürchte ich.«

»Das hat man davon, wenn man sich im Revier der FPÖ betätigt«, ächzt Finsterfels. »Was sollen denn unsere koreanischen Gäste denken, wenn irgendwelche Deppen sie mit Gebrüll und idiotischen Parolen begrüßen!? Die müssen da weg!«

»Ich habe schon bei der Polizei nachgefragt: Offenbar ist die Kundgebung genehmigt. Und da sie sich nicht auf dem Gelände des Centers selbst befinden, haben wir da keine rechtliche Handhabe.«

Wieder ächzt der Fürst gequält auf, während er nachdenkt. Schließlich kommt ihm ein Gedanke: »Schauen's, wir haben doch heute auch einige Lokalpolitiker geladen, nicht wahr? Wer von denen ist denn schon greifbar?«

»Äh ... Der Bezirksvorsteher ist gerade eingetroffen.«

»Was? Der von der SPÖ? Wenn wir den auf solche Sekkierer loslassen, wird's sicher noch schlimmer, so kurz vor den National-rats-Wahlen! Ist keiner von der FPÖ da?«

»Doch, schon: Der Vizebürgermeister.«

Das ist auch nicht gerade geeignet, die Laune des Fürsten zu heben: »Was!? Wieso ist denn der Fetzenschädel geladen?«

»Also, das war doch Ihr Vorschlag, als wir die Liste mit den Einladungen besprachen«, erklärt Schweighofer. »Sie meinten, seinesgleichen würde mit Freuden den Kopf in jeden Trog ste-cken, der in Reichweite kommt. Bitte um Verzeihung; das waren Ihre Worte! Meinten Sie nicht auch, dass Sie irgendwie verwandt sind?«

Jetzt erinnert sich der Fürst: »Ach ja; um sieben Ecken ... In Ordnung; wenn der Depp noch nüchtern ist, dann sagen Sie ihm bitte, er soll die Demonstranten vor dem Tor davonkomplimen-tieren; dürfte doch seine Klientel sein. Ich wäre ihm jedenfalls sehr verbunden!«

»Vielleicht kann er sie zumindest zu einem Standortwechsel überreden«, schlägt Conny vor. »Etwa in den Fischerweg.«

»Wieso; was ist da?«

»Das Restaurant ›Zur alten Kaisermühle.‹ Das, äh, ich nehme an, das werden die kennen.«

»Guter Gedanke; näher ran an die Quelle!«, konstatiert Fins-terfels, worauf er wieder in den Hörer spricht: »Haben Sie das gehört? Sagen Sie dem Herrn Vize, er soll den Trupp in die ›Alte Kaisermühle‹ lotsen – oder am besten gleich mitgehen! Dann vermeiden wir eventuelle Blamagen ... Und sagen Sie ihm, dass Sie in meinem Auftrag kommen; so was zieht immer bei der Ba-gage.«

»Gut; ich werd's versuchen.«

»In Ordnung. Wir sind in spätestens 30 Minuten da; wäre wahrlich schön, wenn die bis dahin weg sind! Wiederschauen!«

»Auf Wiederschauen!«

Nachdem der Fürst das Gespräch beendet hat, starrt Michi Schweighofer noch einige Momente auf das Handy in ihrer Hand.

Dann blickt sie seufzend aus dem Fenster im zweiten Stock auf das Areal vor dem Center, wo sie besagte Demonstranten nicht nur sehen, sondern sogar hören kann. »Eh wurscht; versuchen wir's!«

Damit begibt sich Michi zurück in den Großen Saal, wo sich bereits einige Dutzend Gäste tummeln, plaudern und sich Getränke reichen lassen. An einem Bistro-Tisch mit drei Bierkrügerln erspäht sie drei Männer, darunter den Vizebürgermeister. Die Stimmung ist bestens, und schon im Näherkommen kann man der Unterredung entnehmen, dass es sich um Parteifreunde handelt, die bereits das Fell des Bären verteilen, den sie bei der Wahl im Oktober zu erlegen gedenken. Michi bleibt etwas abseits stehen, und nachdem sie sich geräuspert hat, wird der Vize auf sie aufmerksam: »Oh, Frau ... Frau Hofer? Kann ich etwas für Sie tun?«

Michi ignoriert die Verstümmelung ihres Namens mit einem etwas bemühten Lächeln: »Kann ich Sie für einen Moment entführen? Seine Durchlaucht hätte eine persönliche Bitte an Sie.«

Der Vize macht große Augen: »Fürst Adolf von Finsterfels? Ist mir eine Ehre!«

Er lässt seine Genossen stehen und folgt der Frau ins Freie. Als sie ihm unterwegs erklärt, was von ihm erwartet wird, wirkt der Mann doch etwas irritiert; er ist aber offenbar nicht gewillt, nun noch einen Rückzieher zu machen.

Als die Demonstranten in Sichtweite kommen, wirkt aber auch der Vize etwas verunsichert: Zwar ist die Zahl mit gut drei Dutzend Personen noch überschaubar, doch dafür macht man umso mehr Krawall; man ruft Parolen, deren Botschaft auch von einigen Schildern und Bannern unterstrichen wird:

»Hundefresser raus aus Wien!«

»Keine koreanischen Hunde-Kannibalen!«

»Lieber Fleisch im Hundenäpfchen als gut gegrillte Hunde-Häppchen!«, oder auch: »Wer mein Hunderl fressen will, landet selber auf dem Grill!«

Als die Demonstranten den Vize nahen sehen und offenbar auch erkennen, verstummen die Rufe vorerst; einige applaudieren oder grölen sogar, darunter Herrmann Hegermann; die ebenfalls anwesenden Travniceks verhalten sich abwartend. Davon ermutigt, begrüßt der Neuankömmling Hegermann mit Handschlag: »Schönen Abend, meine lieben Wiener! Was bringt euch hierher?«

Michi verfolgt aus einigen Schritt Abstand, wie zuerst fünf, sechs Demonstranten durcheinander reden. Schließlich einigt man sich wieder auf Gerhard Travnicek als Sprecher, und der legt dem FPÖ-Mann in knappen Worten dar, welchen Verdacht man aus welchen Gründen hege. Der Vizebürgermeister zeigt sich höchst betroffen: »Schrecklich, schrecklich; ich habe schließlich selber einen Schäferhund daheim! Bitte, so was ist natürlich untragbar; die Hundebesitzer Wiens werden durch Abgaben, Vorschriften und Steuern ohnehin schon genug kujoniert! Haben Sie in dieser Sache schon Anzeige erstattet?«

Von der Idee hält Hegermann rein gar nichts: »Die Kieberer, die sind doch Rot unterwandert. Klar, viele von denen sympathisieren mit uns, aber die genieren sich, das zu zeigen.«

Der Politiker zeigt sich verständnisvoll: »Wie recht Sie doch haben, meine lieben Freunde! Aber ... Äh, könnten wir das eventuell woanders diskutieren, nicht hier auf der Gasse? Dann könnte ich Ihnen eventuell auch ein paar Hinweise geben, die ... sagen wir, die besser unter uns bleiben sollten. Hier gibt es doch ein gutes Restaurant gleich um die Ecke, oder?«

»Die ›Alte Kaisermühle‹?«, fragt Cordula Travnicek.

»Eben die! Wie steht's; die erste Runde geht auf mich!«

Das lässt sich Hegermann nicht zweimal sagen, und auch die Travniceks sind einverstanden. Nicht alle Demonstranten wirken glücklich ob dieses Vorschlages; man schließt sich aber den Sprechern an, schultert die Schilder und marschiert ab. Michi beobachtet die Gruppe noch, bis sie im Fischerweg verschwindet, und während sie sich dann noch den Schweiß von der Stirn wischt und gerade ins Center zurückkehren will, sieht sie, wie sich aus der anderen Richtung zwei dunkelblaue Hyundai-Limousinen nähern. »Die Koreaner! Sehr gut; perfektes Timing ...«

Sofort signalisiert Michi dem Portier, das Eingangsgitter zu öffnen, worauf sie daneben Aufstellung nimmt. Als die erste Limousine neben ihr stoppt und zwei Koreaner aussteigen, begrüßt sie die Neuankömmlinge mit einer ehrerbietigen Verneigung: »Anyoung hashimnikka! Herzlich willkommen im Sejong-Center, meine Herren!«

Die zwei Männer erwidern die Verneigung lächelnd; dann antwortet der Ältere der beiden in fließendem, fast akzentfreiem Deutsch: »Vielen Dank! Ich hoffe, Sie haben hier nicht extra auf uns gewartet?«

»Das war keine Mühe!«, beteuert Michi lächelnd.

Nachdem der zweiten Limousine zwei weitere Manager entstiegen sind, erfolgt die formelle Vorstellung samt Austausch von Visitenkarten. Michi sieht sich in der Vermutung bestätigt, dass es sich bei dem graumelierten, distinguiert wirkenden Brillenträger um Doktor Paek Han Seung handelt, den örtlichen Vizepräsidenten der Sejong-Bank; seine drei Begleiter sind weitere leitende Mitarbeiter. Während Michi dann die Gäste ins Center führt, erklärt sie, dass der Fürst um Entschuldigung bitte, dass er sie nicht persönlich begrüßen kann; er sei aber unterwegs und werde in Kürze eintreffen. Im Saal warten bereits die beiden weiblichen Mitarbeiter des Koches am Buffet, so dass die Neuankömmlinge schon einmal ihren Durst stillen können.

Während die Manager sowie das Küchenpersonal noch in ihrer Muttersprache parlieren, kommt eine von Michis Mitarbeitern in den Saal geeilt: Der Wagen des Fürsten treffe gerade ein. Die Frau unterrichtet sogleich die Koreaner, und als man wieder ins Freie tritt, steigen die Finsterfelse samt Begleitung gerade aus dem Mercedes. So begrüßt man einander noch vor der Tür – wobei sich diesmal beide Seiten tief verneigen, ehe man auch westliche Handschläge austauscht. Dabei werden auch die übrigen Neuankömmlinge vom Fürst vorgestellt: »Wenn ich Sie miteinander bekanntmachen darf: Dies ist meine Tochter Antonia, Erbprinzessin von Finsterfels; ihre Freundin Cornelia Mondo und Frau Karla Berger, die unser Palais managt. Die beiden Buben sind Hans Mondo sowie Andreu Herno, der Sohn der Autorin, die heute Abend die Lesung halten wird. Frau Berger wird die beiden unter ihre Fittiche nehmen; sie wissen ja, dass das Sejong-Center für die gesamten Familien der Mitarbeiter unserer Bankhäuser konzipiert und ausgestattet ist.«

Doktor Paek nimmt das mit einem anerkennenden Nicken zur Kenntnis, während seine Begleiter noch am Händeschütteln sind und Paul neben dem Wagen abwartet: »Es freut mich sehr, das zu hören. Sie wissen, unser Unternehmen legt großen Wert auf die

Zufriedenheit und das Wohl seiner Mitarbeiter sowie auf ein familienfreundliches Arbeitsumfeld. Und wenn auch Ihre eigene Familie an unserem Unternehmen interessiert ist, so sehe ich der Zukunft unserer Kooperation zuversichtlich entgegen.«

Dabei verneigt er sich speziell vor der Prinzessin. Tony wirkt zwar etwas irritiert, reagiert aber spontan mit einem Knicks.

»Du interessierst dich also fürs Bankgeschäft?«, raunt Conny ihrer Freundin grinsend zu, während man dann gemeinsam in das Gebäude zurückkehrt. »Wie sieht denn die Bilanz eures Ladens aus?«

»Hey, warum soll ich hier nicht mitspielen?«, entgegnet Tony halblaut. »Fürs erste zumindest ...«

Die beiden Mädchen kommen nicht dazu, dieses Thema zu vertiefen, denn während die Koreaner dann im Saal andere Gäste begrüßen, wendet sich der Fürst leise an Conny: »Cornelia, könntest du rasch bei deiner Mutter nachfragen, wann sie und Frau Herno kommen? Ich würde ungern ohne sie anfangen.«

»Klar; mache ich.«

Somit holt sie ihr Smartphone aus der Handtasche und kehrt – sich rasch bei ihrer Freundin entschuldigend – in den leiseren Eingangsbereich zurück: »Hallo, Mama? Wir sind gerade im Center eingetroffen. Finsterfels lässt fragen, wann ihr ankommt.«

»Wir sind auch schon unterwegs«, antwortet Margret. »Höchstens noch fünf Minuten; hatten diesmal Glück mit dem Taxifahrer. Alles klar bei euch? Ist Hans brav?«

»Dem geht's prima; Karla bringt ihn und Andreu gerade in die Krabbelstube. Mal sehen, wie lang er wach bleibt ... Cassiana ist auch bei dir?«

»Natürlich. Und, haben die jungen Damen sich diesmal angemessene Sachen ausgesucht?«

»Wenn du damit Tony und mich meinst: Denke schon! Und ihr?«

Darauf lacht ihre Mutter vieldeutig auf: »Wirst du schon sehen ... Dann bis gleich!«

»Man sieht sich!«

Conny kommt nicht dazu, sich zu fragen, was ihre Mutter wohl mit jener Andeutung meinen könnte: Denn als sie darauf vor die Tür tritt, sieht sie, wie gerade ein Kleinbus mit dem ORF-

Logo einparkt. Zu ihrer Überraschung steigt als erste die ihr bereits bekannte Regisseurin aus – die ihrerseits sogleich Conny erkennt und ihr zuwinkt: »Cornelia? Cornelia Mondo, nicht wahr?«

›Die hat garantiert auch ein gutes Personengedächtnis‹, denkt sich Conny, während sie auf den Bus zugeht, nicht wissend, dass die Frau sie auch im Fernsehen sah. ›Wir haben uns doch höchstens fünf Minuten gesehen, und das vor fünf Tagen. Aber das kann ich auch!‹ »Frau Schimek; Sie hier? Planen Sie einen Bericht über dieses Event?«

»Tja, geladener Gast bin ich leider nicht«, antwortet die Regisseurin schmunzelnd, während man Hände schüttelt. »Ist eigentlich auch nicht mein Ressort, aber wo ich eh viele Beteiligte kenne ... Fesch haben wir uns gemacht, Fräulein; Kompliment!«

»Danke; Sie aber auch«, erwidert Conny mit einem leicht amüsierten Blick auf den Hosenanzug Marke Merkel ihres Gegenübers. »Und Sie rücken gleich zu viert an?«

»Ja; wir haben noch eine zweite Kamera dabei«, erklärt die Frau, während die besagten drei Begleiter ihre Ausrüstung ausladen. »Man weiß ja nie ... Sind die Finsterfelse schon da?«

»Beide schon drinnen«, erklärt Conny, indem sie auf das Hauptgebäude daumendeutet. »Zusammen mit den Herren von der Sejong-Bank.«

»Wie praktisch; dann können wir die Aufnahmen vielleicht auch nach Korea verkaufen«, freut sich die Regisseurin. »Also dann: Begleitest du uns?«

»Gerne, ich-«, beginnt Conny, ehe sie sieht, wie nun ein Taxi vor dem Tor stoppt. »Hoppla, das geht jetzt echt Schlag auf Schlag: Ich glaube, da kommt meine Mutter – mit Frau Herno.«

Die Journalistin schaltet schnell: »Die Autorin? Los, Johann: Halt gleich drauf!«

Einer der Kameramänner schultert prompt sein Arbeitsgerät, und so kann er bereits filmen, wie die zwei besagten Frauen das Gelände betreten – sehr zur Befriedigung der Aufnahmeleiterin: »Sehr gut! Alle Achtung; das hat Stil!«

Auch Conny macht große Augen: Weniger wegen des goldglänzenden Paillettenkleides der Autorin, obwohl auch dieses ein Hingucker ist; ein angemessenes Dekolleté sowie ein kühner Seitenschlitz tun ein Übriges, um die Wirkung zu erhöhen. Das Mädchen freilich registriert zuallererst die Gewandung ihrer Mutter: »Mama, was ... Wo hast du denn den her?«

Die Autorin lächelt souverän, die Hôtelière eher etwas unsicher, als sie Conny – und vor allem das Kamerateam – bemerken: »Hallo, Conny! Du meinst den Smoking? Den hat mir- Äh, der ist nur geliehen.«

Conny ahnt, wer der Verleiher ist; so tritt sie ein, zwei Schritt zurück und besieht sich ihre Mutter von oben bis unten: »Ach ja; du bist ja Dietrich-Fan ... Fesch! Steht dir jedenfalls besser als Madonna.«

Die Mutter lacht erleichtert auf: »Das nehme ich mal als Kompliment! Den Zylinder habe ich lieber weggelassen ... Du bist aber auch wirklich schick; wow ... *With compliments from Tony?*«

Während die Autorin zielsicher auf die ORF-Crew zugegangen ist, stehen Mutter und Tochter einige Schritt abseits; so können sie sich unbelauscht unterhalten: »*Have a guess!* Du würdest dich garantiert dran erinnern, wenn *du* dafür hättest blechen müssen.«

»Das glaube ich gern!«, schmunzelt Margret. »Tja, manchmal hat diese Nachbarschaft wirklich sein Gutes!«

Unterdessen ist die Kamera nach wie vor auf die Autorin gerichtet, und sobald sie ihr Mikro zur Hand hat, wird die Regisseurin zur Reporterin: »Frau Herno, lassen Sie mich sagen, dass Sie schlichtweg glänzend aussehen!«

»Danke. Sollte zu einem Abend passen, wo Bankgeschäfte im Vordergrund stehen, dachte ich.«

»Passt wohl zu jedem Abend. Nun, Frau Herno; womöglich verwenden wir einige Aufnahmen von heute auch für die ZIB oder die ›Seitenblicke‹, nicht nur für den ›Kulturmontag‹ – wenn Ihnen das recht ist, heißt das?«

Die Autorin lächelt souverän: »Solange sie auf meine Neuerscheinung verweisen, werden mein Manager wie meine Verlegerin glücklich sein – und damit auch ich.«

»Daran soll's nicht scheitern! Aber, nun ja: Herr Novak hat mir aufgetragen, zu fragen, ob der Abschnitt, den sie heute lesen werden, zum Anlass passen wird – oder eher zur Uhrzeit?«

Wieder erwidert die Autorin das Lächeln der Interviewerin: »Sie meinen, ob der Text eher verfänglich oder unverfänglich ist? Nun, sagen wir's so: Er sollte tatsächlich *auch* zum Anlass passen.«

»Danke! Dann dürfen wir also gespannt sein.«

»Ich hoffe, ich werde die Erwartungen nicht enttäuschen – und auch nicht einfach erfüllen. Aber bis dahin ist ja noch etwas Zeit; ich bin auch gespannt, wen ich heute Abend so treffen werde; als Schriftstellerin sucht man schließlich immer nach interessanten Charakteren«, entgegnet die Autorin, um sich dann Conny zuzuwenden: »Hallo, Cornelia! Schön, dass du auch da bist – und ganz Dame; Kompliment!«

»Danke; Sie sind aber auch sehr elegant!«, erwidert das Mädchen leicht errötend, obwohl der Kameramann auf einen Wink seiner Chefin hin sein Arbeitsgerät bereits wieder abschaltet hat.

»Ich hoffe, Andreu und dein Brüderchen waren brav?«

»Kein Problem; Frau Berger kümmert sich gerade um sie; sie sind drinnen.«

»Na, dann wollen wir mal, nicht wahr?«, schlägt Margret vor. »Drinnen läuft die Klimaanlage; richtig?«

»Richtig«, bestätigt das Conny.

Weitere Motivation braucht es nicht; so begibt sich das Grüppchen in das Hauptgebäude.

Als man in den Großen Saal eintritt, erfolgt der Auftritt der sieben Neuankömmlinge zuerst fast unbemerkt: Conny erspäht zwar gleich Vater und Tochter Finsterfels, Michi Schweighofer sowie die Koreaner, die unweit des Buffets beieinander stehen, doch nur von hinten: Denn von der anderen Seite her nähert sich gleichzeitig Ahn Jong Beom. Während der Koch von seinen Landsleuten begrüßt wird, erblickt er seinerseits die Neuankömmlinge. Darauf wechselt er vom Koreanischen wieder ins Deutsche: »Ah, Frau Herno! Und das- Die Damen Mondo? Ich komme gerade in Zeit, denke ich?«

Daraufhin wenden sich auch seine Landsleute sowie Vater und Tochter den Dreien zu, denen in einigen Schritt Abstand die Journalisten folgen. Während sich die Männer von dem wortwörtlich glänzenden Auftritt speziell der Autorin beeindruckt zeigen, erstarrt die Prinzessin – was vorerst nur Conny bemerkt.

»Willkommen, willkommen, meine Damen!«, begrüßt der Fürst die Neuankömmlinge. »Und Sie haben den ORF gleich mitgebracht? Wie passend! Aber wer wird heute noch irgendetwas außer Ihnen filmen wollen?«

Darauf begrüßt er nicht nur die Autorin, sondern auch die beiden Mondos per Handkuss – was Mutter wie Tochter teils irritiert, teils amüsiert. Alles andere als amüsiert zeigt sich jedoch Antonia Finsterfels, die nun zeigefingernd auf Margret Mondo und ihren Vater zutritt: »Wo haben Sie *das* her?«

»Was, den Smoking?«, fragt die Frau, der Tonys aggressiver Ton nicht entgehen konnte. »Den, äh, den hat dein Vater mir zur Verfügung gestellt. Wieso?«

Anstatt zu antworten, wendet sich die Prinzessin im gleichen Ton an ihren Vater: »Du hast ihr Mamas Yves-Saint-Laurent-Smoking gegeben!? Wie konntest du!«

»Nur leihweise!«, ruft ihr Margret nach – denn ehe irgendwer reagieren kann, rennt Tony aus dem Saal. »Ich glaube, sie weint!? Habe ich was falsch gemacht?«

Der Fürst schaltet jetzt: »Nein«, meint er zerknirscht. »Ich war der Idiot! Diesen Smoking trug Amalia, als Antonia sie das letzte Mal sah. Dass ich daran nicht gedacht habe ...«

Michi, die Koreaner sowie das ORF-Team stehen etwas betreten einige Schritt abseits; die Autorin aber wendet sich nun an Finsterfels: »Das ist normalerweise die Stelle, wo der besorgte Vater seinem Kinde nacheilt.«

Der Fürst blickt die Frau an, doch auch sie wirkt nun ernst. Einen Moment zögert er; dann wendet er sich an die Mondos: »Tut mir leid, das ... Könntet ihr euch darum kümmern? Ihr sagen, dass ... Nun, dass es mir leid tut, wahrlich leid? Ich kann hier jetzt schlecht weg.«

»Wirklich gerne – aber dazu müsste wohl *ich* mich erst einmal umziehen«, antwortet Margret, worauf sie ihre Tochter auffordernd anblickt. Die nickt schließlich seufzend: »Schon gut; mal sehen, was sich machen lässt – falls ich sie denn finde.«

Damit eilt sie ihrer Freundin nach. Als die anderen sich darauf wieder den Koreanern zuwenden, lächelt Paek etwas verlegen und zuckt mit den Schultern: »Sie brauchen nichts sagen: Ich habe selber zwei Teenager-Töchter! Was man macht, ist falsch.«

»Ist wohl so; vielen Dank für Ihr Verständnis«, antwortet Finsterfels mit einem etwas bemühten Lächeln. »Ach, sie wird sich bald beruhigen! Aber zur Sache: Da Herr Ahn, unser Meisterkoch, nun auch da ist, nehme ich an, dass unser Festmahl ganz nach Plan verlaufen wird?«

»Natürlich!«, versichert der Koch mit ironischer Entrüstung. »Sie hatten Zweifel?«

»Nun ja; ihr Vorgehen erschien mir manchmal etwas ... sagen wir, unorthodox.«

»Wie sagt man bei Ihnen: Andere Land, andere Sitte«, meint der Koch lachend. »Aber ich erklärte schon Doktor Paek: Habe bereitet Essen aus *diese* Land in Art von *meine* Land: Passt, hoffe ich, zu Kooperation von Banken.«

»So ist es; das ist der Sager des Tages; darauf wollen wir anstoßen!«, befindet der Fürst mit einem zufriedenen und wohl auch erleichterten Nicken. »Frau Schweighofer, kümmern Sie sich um den Champagner? Wenn Sie einverstanden sind, meine Herren?«

Paek berät sich kurz auf Koreanisch mit seinen Kollegen; darauf nickt auch er lächelnd. »Wer könnte dazu nein sagen?«

Michi macht bereits ein, zwei Schritt in Richtung Keller, hakt aber doch noch mal nach: »Bin schon unterwegs! Wie viele Gläser?«

Der Fürst zählt rasch durch: »Nun, Sie, Doktor Paek, und Ihre Kollegen, Frau Herno und Frau Mondo, nehme ich an (beide nicken), Sie selber und meine Wenigkeit ... Wie steht's mit Ihnen, Herr Ahn?«

»Es ist mir eine Ehre.«

»Neun Gläser also«, folgert Michi.

»Ach, machen Sie zehn draus: Wie steht's, Frau Schimek? Auf dass der Bericht auch fürwahr wohlwollend ausfällt!«

Die Regisseurin tritt darauf an die anderen heran: »Nun, das könnte man als versuchte Beeinflussung der Presse deuten, aber was soll's: Ein Glas kann nicht schaden! Achtet aber darauf, dass ich nicht mit im Bild bin, ja?«

Letzteres richtet sich schon an ihre Kollegen, die nun die zwei Kameras schultern. Unterdessen hat Michi bereits den Saal verlassen, um den in der Küche wartenden und wohlgekühlten Champagner zu holen. Auf der Stiege kommt ihr zu ihrer Überraschung Conny entgegen: »Nanu; suchst du noch Antonia?«

»Ja. Oder ist sie schon wieder im Saal?«

»Nein. Neulich, da war sie doch einige Zeit in der Bibliothek oben, Musik hören und so. Warst du da schon?«

»War als nächstes auf der Liste; danke.«

Somit trippelt Michi weiter treppab, während Conny die nächste Stiege in den ersten Stock hinauf eilt. In der besagten Bibliothek findet sie ihre Freundin freilich genauso wenig wie in den benachbarten Räumlichkeiten – soweit die nicht ohnehin verschlossen sind. »Teufel auch; wo kann die so rasch hin sein?«

Sie tritt auf die Terrasse, wo sie erst am Vorabend mit Michi stand, und blickt auf das Außengelände hinab. Da dieses schon teilweise im Schatten liegt, halten sich bereits gut zwanzig Leute im Freien auf – die meisten erwartungsvoll in Reich- und Riechweite des Grills. Das Ruderboot, welches momentan als einziges Wasserfahrzeug am verhängten Boots-Unterstand vertäut ist, fällt ihr zunächst nicht weiter auf – bis sie realisiert, dass es sich um eben jenes Gefährt handelt, in dem sie den Koch hatte ›fischen‹ sehen.

Tony kann sie freilich nirgends entdecken. Somit fischt sie erneut ihr Telefon aus der Handtasche, wählt die ihr wohlbekannte Nummer ihrer Freundin und lässt es läuten. Erst nach über einer Minute gibt sie es auf. »Handy-Verweigerung? Dann ist es echt ernst.«

Somit steigt sie wieder ins Erdgeschoss hinab; dabei fällt ihr ein, wo sie noch nicht nachgeschaut hat: in der Krabbelstube. Dort trifft sie Karla Berger an sowie zwei Angestellte des Centers, die sich um ein gutes Dutzend Kinder zwischen 0 und 10 kümmern. Zu Connys Überraschung beteiligt sich auch Paul an der Betreuung. Tony jedoch ist nicht zu sehen, ebenso wenig wie Hans oder Andreu.

»Nanu, Cornelia?«, begrüßt Karla das Mädchen. »Habt ihr es euch anders überlegt?«

Conny begreift nicht: »Was anders?«

Das beantwortet Paul, der gerade mit zwei älteren Knaben ein Brettspiel spielt: »Wollten Antonia und du nicht zusammen mit Hans und Andreu ein Stück mit dem Boot raus fahren? Meinte ja auch, dass das etwas riskant sei, jetzt, im Dunkeln und mit all den anderen Booten auf der Alten Donau und so. Aber, na ja, du kennst ja Antonia: Wenn sie sich mal was in den Kopf gesetzt hat ...«

Manchmal fragt sich Conny, wie gut sie ihre Freundin wirklich kennt: »Sie will ... Was? Davon weiß ich nichts!«

Darauf blickt auch Karla besorgt auf: »Ist was passiert?«

Conny erklärt den beiden in geraffter Form, was kurz vorher im Saal vorgefallen ist. Karla begreift sofort: »Meine Güte! Ich fürchte, diese Wunde hat sich noch immer nicht geschlossen. Antonia und ihre Mutter standen sich sehr nahe, weißt du.«

»Eigentlich nicht. Sie spricht selten über sie, und da frage ich natürlich auch nicht viel nach. Was ... Wie könnte sich das denn äußern?«

»Nun, vor vier, fünf Jahren hat sie ihrem Vater mehrfach angedroht, wegzulaufen, auszureißen; du weißt schon. Eines Morgens war sie dann tatsächlich weg. Sie wollte wohl daheim nach Finsterfels; gekommen ist sie immerhin bis nach Salzburg.«

»Davon wusste ich bisher auch noch nichts.«

»Nun ja; niemand hat es hinterher an die große Glocke gehängt. Aber dass Antonia keine leeren Versprechungen zu machen pflegt, das hast du sicher schon gemerkt.«

»Allerdings!«

»Sie ist vermutlich tatsächlich auf die Alte Donau rausgefahren. Hoffen wir, dass sie sich dabei beruhigt.«

Paul ist sich da nicht so sicher: »Sollten wir nicht doch die Polizei anrufen? Immerhin, es geht hier um die Prinzessin von Finsterfels!«

Conny überlegt einen Moment, ehe sie den Kopf schüttelt: »Das können wir immer noch machen. Ich schau erst mal, ob ich sie finde.«

»Halt uns auf den Laufenden, Cornelia!«, ruft Karla Conny nach.

»Mach ich!«, entgegnet die; dann rennt sie schon wieder zum Großen Saal zurück. Diesen durchquert sie zügig, doch nicht im Laufschritt, um unnötiges Aufsehen zu vermeiden. Momentan ist aber ohnehin fast nur noch Personal im Saal anzutreffen, und den Grund erkennt Conny, als sie das Freigelände betritt: Dort umsteht inzwischen ein Großteil der Gäste – einschließlich des Fürsten, der Koreaner und der Journalisten – den Mammut-Grill, der offenbar gerade geöffnet wird.

›Das würde garantiert auch Tony interessieren‹, denkt sich Conny. Somit hält sie kurz inne, gesellt sie sich zu der Schar und stellt sich auf die Zehenspitzen, um erkennen zu können, was da vor sich geht. Letzteres erweist sich sogleich als unnötig: Denn gerade hebt der Koch mit seinen beiden Mitarbeiterinnen eine gut zwei Meter lange Servierplatte bis auf Kopfhöhe, so dass jeder in der Runde sie sehen sowie knipsen kann – und vor allem das, was auf ihr ruht: Ein Stör, ein Hausen, wie Conny sofort erkennt, knusprig braun geräuchert, aber noch nicht tranchiert, so dass er die gesamte Länge der Platte einnimmt; seine charakteristische Schnauze hängt vorne, seine Schwanzflosse hinten ein Stück über die Platte hinaus. Während also Koch und Köchinnen – mit leicht zitternden Armen – die Platte hochstemmen, applaudiert das beeindruckte Publikum, und auch Conny klatscht spontan mit. Gleichzeitig aber begreift sie: Dieser Fisch mag ein Hausen sein; er ist sicher auch ein, zwei Nummer größer als jenes Exemplar, das sie einst im Tiergarten Schönbrunn sah, doch ebenso sicher zwei, drei Nummern kleiner als das Tier, das sie selbst von weitem und Tony von nahem gesichtet hat. Als Conny darauf zu Finsterfels rüber blickt, erkennt sie: Ihm geht momentan genau das gleiche durch den Kopf; er erbleicht sichtlich, klatscht nur automatisch und starrt mit mühsam beherrschter Miene auf den großen und gleichzeitig doch kleinen Fisch.

Dann spricht jemand das Mädchen von hinten an: »So was sieht man wirklich nicht alle Tage! Und; hast du Antonia gefunden?«

Als Conny sich zu ihrer Mutter umdreht, bemerkt sie einen Steinwurf weiter auch die Autorin; diese sitzt allein an dem Tisch, wo man sich fünf Tage zuvor nach dem Dreh versammelt hat, blättert in einem dünnen Bündel DIN-A4-Blätter und scheint die einzige zu sein, die sich nicht für jene Mahlzeit interessiert. Zwei Champagner-Gläser stehen neben ihr; offenbar hat Margret ihr bis eben Gesellschaft geleistet. »Nein, noch nicht. Vermutlich ist sie irgendwo da draußen auf dem Wasser.«

Der Frau ist das höchst unangenehm: »Ich würde ja den Smoking ausziehen und mitsuchen – wenn ich was zum Wechseln dabei hätte.«

»Das bringt jetzt garantiert auch nichts mehr. Mach dir keinen Kopf; ich finde sie.«

Mutter und Tochter nicken einander zu; dann eilt Conny zum Ufer des Kaiserwassers. Auf dem Weg dreht sie sich nochmals kurz um; dabei sieht sie, wie die Köche den Fisch auf einen Servierwagen absetzen, während sich ihre Mutter wieder zu der Autorin gesellt. ›Ist besser, dass ich ihr nichts von Hans und Andreu gesagt habe‹, denkt Conny. ›Warum sollen sie sich unnötig Sorgen machen ... Falls es denn unnötig ist!‹

Am Ufer fällt ihr zunächst nichts auf. Erst auf den zweiten Blick erkennt sie: Das Ruderboot des Kochs, welches sie vorhin noch von der Terrasse aus gesehen hat, ist weg. »Na prima!«

Auf welchem Weg Tony unbemerkt die beiden Buben zu dem Boot gebracht und dann abgelegt haben könnte, ist Conny ein Rätsel; klar ist, dass sie ihre Freundin zurückholen muss – und die Buben sowieso. Somit versucht sie erneut, Tony anzurufen – erneut ohne Erfolg. Daher tippt sie schließlich mit flinken Fingern eine WhatsApp-Nachricht in ihr Gerät: ›Was tust du da draußen? Hier kam gerade der Hausen aus dem Grill: Ist keine 6 Meter lang; nicht mal 3! Muss anderer Fisch sein, d.h. Kongji ist noch da draußen. Komm zurück! Conny‹

Während das Mädchen auf eine Antwort wartet, geht sie am Ufer entlang und schließlich zum Bootsschuppen rüber: Sie könnte ja selber rausrudern – wenn noch irgendein Boot übrig wäre. »War ja klar; alles was schwimmt, ist auf der Alten Donau unterwegs! Hey, warte mal ...«

Ihr kommt eine Idee; wieder zückt sie ihr Telefon und sucht eine Nummer raus, die sie erst neulich angerufen hat: »Hallo, Konrad? Ich bin's, Conny!«

»Conny?«, antwortet es am anderen Ende der Funkstrecke. »Na, das ist eine Überraschung. Was gibt's?«

»Du bist momentan garantiert mit deinem Ruderclub auf der Alten Donau unterwegs, gell?«

»Logisch. Drei Kollegen und ich haben heuer extra eine überdimensionale Gondel gebaut.«

»Eine Gondel? Cool!«

»Na ja, nicht streng nach venezianischem Muster, aber so im Dunkeln ... Ist recht gelungen, denk ich.«

»Gut zu wissen. Äh ... Ist auf der Gondel vielleicht noch Platz für einen Passagier?«

»Für dich, meinst du? Bist du in der Nähe?«

»Ich stehe gerade am Kaiserwasser.«

»Nicht allzu weit weg ... Da ist doch heute dieser Banker-Empfang, oder? Ich nehme mal an, dir ist nicht nur einfach fad?«

»Nein. Ist sozusagen ein Notfall. Du kennst ja Tony ...«

»Antonia? Unsere Freizeit-Taucherin und -Fischerin?«

»Eben die. Die hat ... Na, sagen wir, sie hatte einen Auszucker. Jetzt ist sie mit meinem Brüderchen und noch einem Buben allein in einem Ruderboot unterwegs, irgendwo da draußen, auf der Alten Donau.«

»Versteht sie sich denn aufs Rudern?«

»Eher nicht, soweit ich weiß.«

»Dann ist das recht leichtsinnig, bei dem Verkehr und im Halbdunkel. Hm ...«

»Ich wünschte, das wäre unser einziges Problem.«

»Was denn noch?«

»Lange Geschichte ... Könntet ihr mich bittebitte abholen? Sagen wir, am Anleger von der ›Alten Kaisermühle‹? Das wäre ursuper; ich muss nur noch was holen.«

»Den Anleger kann ich von hier aus fast sehen. Okay; werde sehen, was sich machen lässt. Ich melde mich!«

»Prima; vielen Dank: Ich schulde dir was!«

»Schon gut; bis gleich!«

Damit steckt Konrad sein Handy wieder vorsichtig in die Tasche seiner weiten, schwarzen Hose – vorsichtig, weil er mit der Linken gleichzeitig einen Riemen hält, mit dem er sein Boot ausbalanciert. Unterstützt wird er von den drei Männern hinter ihm, die ebenfalls im Stehen jeweils ein Ruder bedienen; somit wird die stilecht ganz in Schwarz gehaltene Gondel von je zwei Riemen links und recht angetrieben. Momentan dümpelt sie allerdings mitten auf der Alten Donau vor sich hin, da alle Konrads Gespräch belauscht haben.

»Wie war das?«, fragt als erster der auf dem Heckschnabel stehende Steuermann. »Du willst wen abholen?«

»Was glaubst du, was das hier ist?«, unterstreicht das der dritte Ruderer, bei dem sich das blau-weiß gestreifte Gondoliere-Leiberl über einem ausgeprägten Embonpoint spannt. »Ein Taxi?«

»Na klar; ein Wassertaxi eben«, erwidert Konrad grinsend. »Oder was glaubt ihr, wozu Gondeln da waren!? Außerdem ist ja schon Rudi mit an Bord.«

Damit deutet er auf den höchstens halbjährigen Schäferhund, der in der Mitte des Bootes auf einem Querbrett sitzt und seinen Vordermann wedelnd anblickt. Dieser, der Mann am zweiten Riemen und der Älteste des Quartettes, dreht sich darauf zu seinem Hund um: »Da ist was dran. Außerdem passt eine Dame als Passagier doch wunderbar ins Bild.«

»Na ja ...«, überlegt der Steuermann am vierten Riemen. »Conny ... Eine Kommilitonin? Ist das die, mit der du für die *Defensio* übst?«

»Äh, nicht ganz«, erwidert Konrad. »Ich habe doch lange in einem Hotel gejobbt. Cornelia Mondo ist die Tochter der Inhaberin.«

Das amüsiert wiederum den dritten Mann: »Was, so eine Art Wiener Paris Hilton? Na, dann nichts wie los!«

Konrad überlegt einen Moment, ob er diese Einschätzung korrigieren soll. Dann entscheidet er sich dagegen, und somit macht man sich auf den Weg. Weit hat man es tatsächlich nicht zu besagtem Anleger. Da aber das Quartett in seinem Zusammenspiel noch längst nicht so weit ist, dass man an der *regata storica di Venezia* teilnehmen könnte, kommt man eher gemächlich voran. Zudem muss man öfters von der kürzesten Luft- oder eben Wasserlinie abweichen, da starker Verkehr herrscht auf der Alten Donau: Allerlei Ruder-, Tret- und Sportbooten muss man ausweichen, außerdem einigen Motorbooten, einem größeren Party-Schiff sowie manch anderem Wasserfahrzeug aus Holz, Gummi oder gar Schilf. »Wahnsinn, was heute wieder los ist!«

Keiner der drei Vordermänner kommentiert diese Bemerkung des Steuermannes; man ist vollauf damit beschäftigt, die Balance zu halten und Kollisionen zu vermeiden. So dauert es eine gute Viertelstunde, bis man den Anleger des Restaurants erreicht. Auch dort sitzen und stehen schon zwei Dutzend Wiener, die auf das Feuerwerk warten oder einfach nur die Szenerie genießen.

»Dürfen wir da überhaupt anlegen?«, fragt angesichtsdessen der Hundehalter. »Was sagt der Jus-Student dazu?«

»Falls es in der Tat ein Notfall ist-«, beginnt Konrad. Dann aber sieht er, wie sich jemand in scharlachroter Robe und mit einem länglichen Paket unterm Arm durch die Zuschauermenge schlängelt. »Ist das ... Conny?«

»Wow«, bemerkt dazu der Steuermann. »Fesch ... Aber ein bisserl jung, selbst für dich, oder?«

»Hey, nur kein Neid!«, erwidert Konrad grinsend. »Aber Vorsicht jetzt!«

Die Mahnung kommt gerade noch rechtzeitig: Man erreicht just den Anleger, und indem Konrad sowie der dritte Ruderer sich mit ihren Riemen gegen den Steg stemmen, dämpfen sie den Anprall. Conny hüpft aber ohnehin bereits in die Mitte des Bootes, noch ehe dieses am Steg anklopft: »Danke fürs Abholen! Hey, Konrad; schönen guten Abend, die Herren!«

Letzteres richtet sich an die drei hinteren Ruderer; stellvertretend für diese antwortet der Mann am zweiten Riemen: »Schönen guten Abend, junge Dame! Wohin dürfen wir Sie bringen? Sei brav, Rudi!«

Zwar hat das Hunderl zweimal kurz gekläfft, als Conny ins Boot stieg; es beruhigt sich aber sofort, sobald sich das Mädchen neben das Tier setzt und es beiläufig krault: »Tja, wenn ich das so genau wüsste ... Erst einmal wieder raus aufs Wasser; da drüben im Restaurant sitzen ein paar Typen, die müssen mich nicht unbedingt sehen.«

»Würden die dich denn erkennen?«, wundert sich Konrad, während alle vier Ruderer sich vom Steg abstoßen. »Meine Güte; *ich* hätte dich kaum erkannt. Margrets Geschäfte müssen echt gut gehen in letzter Zeit.«

»Die Auslastung des Hauses ist ganz okay, aber der Fummel ist nur geborgt«, erklärt Conny, während sie das gut meterlange Packerl auf den Bootsboden legt. »Von der Prinzessin natürlich.«

Conny tituliert ihre Freundin und Nachbarin nur, wenn es ihr angemessen oder hilfreich dünkt. Tatsächlich zeigt es prompt Wirkung: Während Konrad gequält aufstöhnt, ist ihr die Aufmerksamkeit der anderen drei Männer sicher: »Eine Prinzessin? Wirklich?«

»Welche denn?«

»Antonia von und zu Finsterfels«, erklärt Conny. »Die Tochter des Fürsten von Finsterfels.«

»Das ›von und zu‹ ist in Österreich auf und davon – seit 1919!«, knurrt der Jus-Student, doch auch der Steuermann zeigt sich nun interessiert: »Stimmt das, Konrad? Nicht böse sein, Liebes, aber ... Nun, so vielen Prinzessinnen läuft man hierzulande nicht übern Weg.«

Wieder stöhnt Konrad auf, doch muss er gleich darauf auch lachen: »Ja, ja, stimmt schon: Wir haben sie vor gut zwei Jahren im ›Hotel Welt‹ kennen gelernt. Sie war übrigens erst gestern früh auch an unserem Club-Steg.«

»Du willst uns pflanzen!«

Wie der Steuermann, macht auch der Ruderer vor ihm große Augen: »Warum wissen wir davon nichts?«

»Schräge Geschichte; später mal«, erwidert Konrad grinsend. »Besser, wie machen uns erst einmal auf die Suche, ja? Ich habe keine Lust, das Feuerwerk zu verpassen!«

Nicht zuletzt, weil man bereits wieder fünfzig Meter vom Ufer entfernt ist, stimmt auch der Steuermann zu: »Eh klar; retten wir die edle Maid! Also; wo lang?«

›Gute Frage!‹, denkt sich Conny und sieht sich etwas ratlos um. »So weit wird sie kaum gepaddelt sein. Ich vermute, sie ist noch irgendwo westlich vom Gänsehäufel.«

»Also im Kanal zwischen Gänsehäufel und Kaisermühlen«, präzisiert Konrad. »Klingt logisch. Nun gut, Leute: Wollen wir?«

Auch die anderen drei lassen sich nicht lange bitten. So rudert man los, das Gänsehäufel zur Linken und Kaisermühlen zur Rechten. Man passiert gerade den Laberlsteg am Ausgang des Kaiserwassers, als Connys Handy sich meldet: »Tony; na endlich! Hallo? Wo bist du?«

»Ich bin ein Stück rausgefahren«, meldet sich die finsterfels'sche Stimme. »Brauchte etwas Abstand, etwas Ruhe ...«

»Hey, ist ja okay: Aber du könntest echt mal Bescheid sagen! Wir machen uns Sorgen – wegen dir, und wegen Hans und

Andreu. Kann ja verstehen, dass meine Mutter da in ein Fettnäpf-chen gestapft ist, aber sie hatte ja keine Ahnung-«

Das ist hörbar nicht geeignet, die Prinzessin zu kalmieren: »*Ihr* habt ja alle keine Ahnung! Der Smoking, das war das letzte-«

»Ich weiß!«, unterbricht Conny ihre Freundin. »Dein Vater hat's uns erzählt. Hör mal ... Tut mir leid, aber können wir das später diskutieren? Auch wegen der Buben? Was sollte das mit den beiden überhaupt!?«

»Ach, ich weiß nicht ... Hänschen, er gehört ja irgendwie auch zur Familie, und er ... Er hat mich noch nie verletzt! Er ist ... So unschuldig, so lieb!«

»Hey, du hast ihn noch nie erlebt, wenn er schlecht drauf ist! Sollten wir demnächst mal nachholen ... Aber okay! Und wieso Andreu?«

»Ach, der wollte einfach nur mit. Wie konnte ich da nein sa-gen? Aber, was wollte ich ... Ach ja: Ich habe gerade deine Nach-richt gelesen. Das wäre ja ... Echt irre! Bist du sicher?«

»Hey, mein Augenmaß mag nicht das Beste sein, aber ob drei Meter oder sechs, den Unterschied erkenne ich garantiert!«

»Aber ... Also, ein verkappter Veganer oder heimlicher Tier-schützer ist der Koch demnach nicht. Aber was soll der ganze Zirkus dann?«

»Was weiß ich? Eins dürfte aber klar sein: Der andere Fisch ist noch hier draußen. Was glaubst du, weswegen wir euch suchen?«

»Wer ist wir?«

»Nun, Konrad, seine Vereinskameraden und ich in deren Ge-fährt; schließlich hast du das letzte Boot vom Center gefladert. Also, wo seid ihr?«

»Äh ... Kurz vor der Brücke aufs Gänsehäufel. Da war gerade wenig los.«

»Alles klar. Wir kommen; bis gleich!«

»Okay; bis dann.«

Damit steckt Tony ihr Handy wieder ein, was etwas mühsam ist, da sie gleichzeitig ihr Halbbrüderchen mit der Linken auf ihrem Schoß festhält. Andreu hat unterdessen auf dem Boden des Bootes etwas entdeckt, das er nun dem Mädchen entgegen streckt: »Tante Tony, was ist das?«

»Nenn mich bloß nicht ›Tante‹«, knurrt die derart Titulierte. Dennoch muss sie unwillkürlich lächeln – bis sie sieht, was der Junge da hält. »Zeig mal her das Teil!«

Prompt umklammert Andreu das Objekt wieder mit beiden Händen und zieht es an sich: »*Ich* hab's gefunden!«

»Okay, okay, und du darfst es behalten! Kannst du denn auch was damit anfangen?«

Der Bub blickt mit unübersehbarer Ratlosigkeit auf seinen Fund: »Weiß nicht …«

»Das ist ein Wallerholz – auch Clonkworker genannt. Scheiße, das muss der Kahn vom Koch sein, in dem Conny ihn gestern gesehen hat.«

Das Stichwort ›Conny‹ scheint auch Hans verstanden zu haben: Fielen ihm vorher fast die Augen zu, so blickt er nun suchend um sich und beginnt eifrig zu brabbeln.

»Schon gut; dein Schwesterchen ist gleich da«, versichert ihm Tony, den Buben sanft wippend und wiegend. »Will sagen, dein anderes Schwesterchen! Bis dahin … Komm, Andi: Ich zeige dir, wie das geht!«

Der Junge zögert noch einen Moment; dann streckt er dem Mädchen das Holz entgegen: »Da!«

»Danke! Hältst du mal Hans; dann zeig ich's dir!«

Immer noch etwas misstrauisch, umfasst Andreu den Kleinen, als Tony Hans neben ihm absetzt; dann verfolgt er aufmerksam, wie das Mädchen das Holz mit beiden Händen umfasst. »Ich hab's zwar noch nicht gemacht, aber ein Video auf YouTube gesehen; mal sehen … Nein, so wohl nicht!«

Für den ersten Versuch hielt sie das Holz über die rechte Bordwand und schlug kraftvoll auf das Wasser ein. Das führte jedoch nur zu einem arg alltäglichen Klatschen, wie wenn jemand einen Kiesel ins Wasser wirft. Nach und nach ändert Tony aber Winkel, Kraft und Holzhaltung, bis sie schließlich ein charakteristisches, tiefes, glucksendes Geräusch hervorzubringen vermag. »Ja, so soll's wohl sein.«

Andreu wirkt enttäuscht: »Das ist alles?«

»Tja, was hast du erwartet?«

»Und was soll das?«

»Damit sollen Fische angelockt werden. Richtig große Fische ...«

Das wiederum interessiert den Jungen sehr; aufmerksam blickt er ins Wasser, und selbst Hans scheint Ausschau zu halten. »Ich sehe keine.«

»Na ja, ist ja auch für Waller da, wie der Name sagt – Welse halt. Soll angeblich auch bei Stören funktionieren – wenn man's kann, heißt das. Mache das ja auch zum ersten Mal.«

»Lass mich mal!«

Tony zögert kurz; dann streckt sie dem Jungen das Holz grinsend entgegen: »Also, wenn's stimmt, was Conny sagt, ist es ziemlich dämlich, was wir hier machen – wenn wir's denn könnten. Bestimmt hat der Ahn dafür ewig geübt ... Nur zu!«

Damit tauschen die beiden erneut Kleinkind und Kleinholz, und kaum sitzt Hans wieder auf Tonys Schoß, versucht sich Andreu mit dem Wallerholz. »So?«

Da das Glucksen genau wie in jenem Video klingt, macht Tony große Augen: »Hey, du bist ein Naturtalent!«

Der Junge lächelt zufrieden, pausiert kurz und holzt dann auf der anderen Bootsseite weiter.

»Okay, Andi; das reicht. Wir sollten-«

»Aber das macht Spaß!«

Der Junge steigert noch ein wenig Frequenz und Lautstärke seiner Signale, doch Tony hat kein gutes Gefühl dabei: »Ist ja gut; wir- Hoppla!«

Während sie mit der Rechten Hänschen hält, klammert sie sich nun rasch mit der Linken an der Bordwand fest: Denn plötzlich war ein leichter Stoß durch das Boot gegangen – dem wenige Sekunden später ein zweiter, deutlich stärkerer Ruck folgt: »Scheiße; was ist das?«

Das Wallerholz noch immer ins Wasser haltend, beugt sich Andreu über die linke Bordwand: »Da ist was im Wasser. Ist das ein ... Wals?«

Schlagartig wird Tony blass, und sie umklammert Hans derart heftig, dass der zu quengeln beginnt. Sie vermag nicht zu antworten; dafür meldet sich nun jemand anders lautstark zu Wort: »Verfluchte Scheiße; was macht ihr da!?«

Als sie sich umdreht, sieht Tony in gut zwanzig Meter Entfernung ihre Freundin auf dem Bug des Gondel-Nachbaus stehen: »Conny, er ist hier!«

»Was; etwa Kongji?«

»Ja!«

»Was musstet ihr ihn auch anlocken! Verflucht, ich hörte euch plantschen, ehe ich euch sah! Ist er noch da?«

Während der Gondel-Nachbau parallel zu Tonys Boot stoppt, sieht diese sich suchend – und lauschend – um: »Ich glaube nicht. Kann sein, ihr habt ihn verscheucht.«

»Ich habe ihn gesehen!«, beharrt Andreu.

»Glauben wir dir ja, Andi«, erwidert Conny. »Aber nun kommt mal lieber rüber. Sag, wusstest du etwa, dass dies Ahns Boot ist!?«

»Das merkte ich erst vorhin«, antwortet Tony. Dabei nickt sie mit dem Kopf zu Andreu rüber, da sie gerade Klein-Hans zu Konrad rüber reicht. »Als wir das Wallerholz fanden.«

»Und ihr musstet's natürlich gleich ausprobieren!«

»Wer ahnt denn, dass das so gut klappt?«

»Ich sagte doch: Der Mann hat den Fisch geradezu dressiert.«

Während Konrad Hans entgegen nimmt und hinter sich im Boot absetzt, haben seine drei Mitruderer diesem Dialog bisher erstaunt zugehört. Als erstes schaltet sich nun der Steuermann ein: »Wen oder was haben wir verscheucht? Einen Fisch?«

»Wart ihr am Angeln?«, ergänzt das der zweite Ruderer.

Conny fehlt gerade die Geduld, um lange um den heißen Brei herum zu reden: »Sozusagen. Unsere Experten hier haben einen fünf, sechs Meter langen Hausen angelockt, der in der Alten Donau sein Unwesen treibt.«

»Einen was?«, fragt der Steuermann nach.

»Einen Hausen. Eine Stör-Art.«

Aber auch der dritte Ruderer ist skeptisch: »Fünf, sechs Meter!? Kleines, übertreibst du nicht etwas?«

Tony lacht etwas gepresst auf, da sie gerade Andreu – samt Wallerholz – zu Konrad rüber hebt; auch sie weiß, dass ihre Freundin es gar nicht leiden kann, als ›Kleine‹ tituliert zu werden. Ehe sie aber besänftigend eingreifen kann, kehrt Conny – vorsichtig, aber doch energisch – vom Bug in die Bootsmitte zurück: »Ihr glaubt mir nicht?«

»Fünf Meter!?«, wiederholt darauf der Steuermann lachend. »Liebes, so groß war ja kaum das Teil im ›Weißen Hai‹.«

Der Hundehalter bemüht sich zumindest, Verständnis zu zeigen: »Vielleicht ... Wie groß wird ein Hausen denn so? Ich glaube, ich sah mal einen in Schönbrunn, im Zoo; der war aber höchstens zwei Meter-«

»Fünf Meter; eher mehr!«, beharrt Conny, während Konrad wohlweißlich schweigt und erst einmal die Buben beruhigt. »Okay, ich habe ihn nur von weitem gesehen, aber Antonia hier war nah dran – sehr nah. Stimmt's?«

»Allerdings«, bestätigt das Tony, wenn auch zögerlich.

Aber das überzeugt den Steuermann auch nicht: »Gut, sagen wir zwei oder drei Meter. Aber-«

»Darf ich mal?«, unterbricht ihn Conny, indem sie auf den munter schwanzwedelnden Hund deutet. Die vier Männer verwirrt das noch mehr; nur Tony ahnt etwas: »Conny, nicht!«

»Was denn? Stellen wir doch erst einmal sicher, ob Kongji wirklich da unten ist!«

»Kong- Was?«, wiederholt der Steuermann grinsend, doch keiner geht darauf ein: Denn nun hebt Conny das Schäferhundchen vorsichtig an und erst einmal hoch zu sich – worauf dieser sogleich versucht, ihr Gesicht abzuschlecken: »Na, du bist ja ein Lieber, was? Keine Sorge; dir passiert nichts!«

»Was hast du mit Rudi vor?«, fragt der Hundehalter verwundert und wohl auch schon etwas besorgt, als Conny darauf das Hündchen über die Bordwand hebt.

»Ich lasse ihn nur etwas plantschen«, erklärt Conny leicht ächzend: Zwar ist der Hund recht leicht, doch ist ihr Kleid kaum dazu geeignet, sich weit über die Bordwand hinaus zu beugen. Sobald aber der Hund mit dem Hinterteil im Wasser hängt, beginnt er sogleich munter zu strampeln und zu kläffen.

»Ja, Rudi geht gern ins Wasser«, erklärt das Herrl mit einem etwas unsicherem Lächeln. »Nur ob das jetzt-«

»Da ist er!«, schreit nun Andreu, der bereits wieder ins Wasser lugt. Einen Wimpernschlag später sieht auch Conny, wie sich direkt unter ihr im Schwarzgrau der Alten Donau ein dunkelschwarzer Schemen rasch breit macht – derart breit, dass er trotz des schwachen Kontrastes unübersehbar ist; derart rasch, dass Conny für eine Schrecksekunde erstarrt – oder zumindest für ein paar Schreckzehntelsekunden; dann reißt sie den Hund aus dem Wasser und zur Seite. So verfehlt ihn der senkrecht aus der Tiefe heraufstoßende Fisch nur um eine Handbreit; das weit aufgerissene Maul unterhalb der nasenartigen Schnauze, allemal groß genug für den Schäferhund, schnappt ins Leere; der Körper schießt in die Höhe, hoch hinaus aus dem Wasser, bis er die Ruderer überragt. »Bist du deppert! Was-«

Weiter kommt der Steuermann nicht; dann verliert er das Gleichgewicht. Nahezu synchron kippen dann er sowie der fast senkrecht aufgerichtete Hausen nach hinten weg – zuerst wie in Zeitlupe, dann ungebremst wie ein gefällter Baumstamm. Doch während der Steuermann vom Bug runter nach hinten ins Wasser klatscht, stürzt der mehr als mannsstarke, schwarze, massige Körper des Fisches direkt auf Tonys Nachen zu. »Nein!«

Das Mädchen kann gerade noch die Füße anziehen; dann landet der Fisch direkt vor ihr auf dem Boot. Es folgt ein kurzes, hässliches Krachen, wie wenn ein Rammbock durch ein Burgtor bricht; dann verschwindet die vordere Hälfte des Kahns zusammen mit dem Hausen in einer Wolke aus Gischt und Splittern in der Tiefe; die hintere Bootshälfte samt Passagierin folgt gleich darauf. »Tony!«

Conny liegt der Länge nach auf der Gondel; den Hund hält sie noch am Geschirrgriff; andernfalls wäre sie sofort ihrer Freundin nachgesprungen. Die aber taucht rasch wieder auf: »Zieht mich raus, verdammt!«, prustet sie, noch ehe sie wieder etwas sehen kann. »Zieht mich raus!«

»Dass ich mal eine Prinzessin retten würde ...«, murmelt Konrad, der sich ihr darauf entgegen streckt. »Hierher, Eure Durchlaucht!«

Tony spuckt, strampelt und hustet; nur das dürfte sie daran hindern, ihrem Retter *in spe* die Meinung zu sagen. Während dann Conny den Hund wieder an Bord zieht, hieven Konrad und der Hundehalter die Prinzessin aus dem Wasser. »Was ist mit Ehrhardt?«

Letzteres ruft Konrad dem dritten Ruderer zu; der hängt gleichzeitig über dem Heck, wo er offenbar dem Steuermann hilft: »Dem geht's gut!«

Einige Flüche von achtern her bestätigen dies.

Nach zwei, drei Minuten ist alles wieder an Bord, und die Wellen haben sich verlaufen. Das fröhlich kläffende Schäferhündchen hat alles wohl am wenigsten begriffen; Steuermann und Prinzessin freilich sind klatschnass, geschockt und alles andere denn gut gelaunt: »Conny!«, faucht Tony. »Was sollte denn *der* Blödsinn!?«

Conny ist sich durchaus bewusst, dass das mit dem Hunde-Fischen keine ihrer besten Ideen war, doch ist sie nicht gewillt, dies einzugestehen: »Wer soll denn ahnen, dass der derart uncool reagiert?«

»Scheiße; hast du nicht selbst gesehen, wie der Koch den Fisch geradezu abrichtet!?«

»Reg dich ab, ja?«, blafft Conny zurück. »Jetzt wissen wir zumindest, woran wir sind.«

»Allerdings«, murmelt Konrad tonlos. »Wenn ich's nicht selber gesehen hätte ... Ganz ruhig; er ist ja weg!«

Letzteres richtet sich an Hans, der zu weinen begonnen hat; auch Andreu hat sich rasch in die Mitte der Gondel zurückgezogen, wo er nun das Wallerholz mit beiden Händen umklammert. Von den anderen Ruderern findet der dritte als erster wieder Worte: »Nicht zu fassen ... Ist er weg?«

Darauf sehen sich alle nochmals nach allen Seiten hin um: Zur Linken treiben die Trümmer des Nachen auf dem Wasser; ansonsten sind keine Spuren der Attacke mehr zu sehen.

»Sieht so aus«, befindet somit der Hundehalter, der sich darauf neben sein Haustier setzt und dieses geistesabwesend krault. »Wirklich unglaublich!«

»Aber wahr!«, schimpft der Steuermann, der sich nun vom ersten Schrecken zu erholen beginnt. »Und ... Ihr wusstet davon!? Was ist das für ein Monster? Was tut das hier in der Alten Donau?«

Inzwischen hat sich Tony wieder halbwegs unter Kontrolle; ihre Wut ist aber längst noch nicht verdampft: »Könnten wir das später klären, ja? Verdammt, das wird dieser aufgeblasenen Sardelle noch leid tun!«

»Was, wegen dem Schreck?«

»Und wegen dem Kleid!«, schimpft Tony, indem sie sich allerlei Grünzeug aus dem Kleinen Schwarzen zupft, das nun noch etwas kleiner, doch nicht mehr rein Schwarz ist. »Das kann ich in die Tonne treten! Na warte ... Scheiße; die Schuhe sind auch futsch; Handtasche samt Handy ist ebenfalls da unten! Na, selbst wenn ich jetzt Paul anrufen würde: Bis der die Sachen bringen kann ...«

Conny grinst wissend; sie weiß genau, was ihre Freundin meint: »Oh, Paul habe ich vorhin noch Bescheid gesagt; der sollte startbereit sein. Und die ›Sachen‹, die habe ich hier.«

Damit deutet sie auf das Paket, das auf dem Bootsboden bereit liegt und das Konrad auf den ersten Blick für einen Geigenkasten gehalten hat. »Ja, genau. Was ist das eigentlich?«

»Sehr gut! *You'll see!*«, erwidert Tony. »Zuerst aber ... Machst du schon mal die Tasche auf, Conny?«

Darauf setzt sich das Mädchen in Rot neben den Hund, nimmt das Paket auf den Schoß und öffnet den Reisverschluss. Gleichzeitig öffnet auch Tony einen Reisverschluss, und zwar den an ihrem Kleid. »Ein Jammer! Nun, so habe ich immerhin mehr Bewegungsfreiheit, und falls wir nochmals im Wasser landen ...«

Konrad zieht grinsend die Augenbrauen hoch; der zweite Ruderer tut so, als bemerke er nichts, doch die anderen beiden Männer machen große Augen, als Tony sich aus ihrem klatschnassen Kleid schält. Sobald sie in ihrem schwarzen Neopren-Bikini im Boot steht, stemmt sie den rechten Fuß gegen die Bordwand, ehe sie sich grinsend Konrad zuwendet: »Enttäuscht?«

»Keineswegs!«, erwidert der Jus-Student. »Wusste ja immer schon, dass der einstige Uradel nicht alle wappengeschmückten Tassen im Schrank hat.«

»*You have no idea!*«, erwidert Conny, die nun die Tasche aufklappt. Damit kommt eine Kollektion von Röhren, Schnüren und Haken zum Vorscheint, mit der Konrad nicht gleich was anfangen kann: »Und was ist das?«

Als dann Conny Tony die Einzelteile reicht und letztere beginnt, sie zu montieren, kommt ihm eine Ahnung; die Taucherin erklärt es trotzdem: »Das ist meine *Scuba Gun*, die wir seinerzeit am Roten Meer benutzt haben: Pressluftgetrieben, mit Seilzug und Spezial-Haken, in zwei Größen verwendbar. Eigentlich für Hammerhaie gedacht, aber gut ...«

»Meine Güte ... Ist so was überhaupt legal?«

Während Konrad das Grinsen vergeht, hat es bei Tony nun etwas unverkennbar Boshaftes: »In Finsterfels schon! Daddy hat's mit dem Diplomatengepäck nach Wien gebracht ...«

Nun findet auch der Steuermann wieder Worte: »Wollt ihr dieses Ungetüm etwa jagen?«

»Ist es Ihnen lieber, wenn der weiter hier sein Unwesen treibt?«, entgegnet Tony. »Und täglich ein, zwei Hunde verzwickt?«

Jetzt begreift der Hundehalter in der Runde: »Ihr meint ... Dieses Biest da unten ist für die verschwundenen Hunderln verantwortlich? Und nicht ...«

»Und nicht der koreanische Koch im Sejong-Center«, beendet Conny den Satz. »Genau. Erst gestern sah ich selbst, wie dieser Hausen einen Hund gefressen hat.«

Dass es andererseits eben jener Koch war, der den Hund verfüttert hat, lässt sie lieber unerwähnt; es hakt auch keiner nach. Konrad freilich hat aus anderen Gründen Bedenken: »Haltet ihr das für eine gute Idee, solch eine Jagd gerade hier zu veranstalten? Sollte man das nicht lieber wo machen, wo weniger los ist?«

Darauf sehen sich – außer den beiden Buben – alle um: Zwar herrscht in diesem Abschnitt der Alten Donau weniger Verkehr als dort, wo Konrad und seine Kameraden herkamen; es sind aber dennoch mindestens zehn weitere Boote in Sicht. Zwei von denen befinden sich nur gut fünfzig Meter entfernt, und dort ist man ohnehin schon auf das Geschehen rund um die Gondel aufmerksam geworden.

Der dritte Ruderer nickt, zuckt aber gleich darauf mit den Schultern. »Na eh. Aber wo?«

Conny kommt ein Gedanke: »Was ist mit dem Kaiserwasser? Erstens dürfte dort nichts los sein; zweitens kann der Fisch dann kaum ausweichen; drittens scheint er sich eh gern da herum zu treiben.«

Tony findet sogleich Gefallen an der Idee: »Yeah! Dort treiben wir ihn in die Enge!«

Prompt zückt Conny ihr Handy: »Ich frage mal meine Mutter, ob da freie Bahn ist; die sollte das sehen können ... Hallo, Mama? Wo bist du?«

»Wo *ich* bin?«, antwortet es aus dem Smartphone. »Wo seid ihr? Wo ist Hans?«

»Keine Sorge; Hans ist bei uns; ihm geht's echt prima. Andreu auch.«

»Bei uns? Bei wem?«

»Bei Tony, Konrad, mir und noch einigen anderen. Wir sind auf einem Boot, auf der Alten Donau.«

»Ach, wegen des Feuerwerks? Kind, sag doch Bescheid, wenn wieder alles passt!«

»Sorry; es war etwas hektisch ... Ich erklär's dir später! Weswegen ich anrufe ... Sind denn auch Boote auf dem Kaiserwasser unterwegs? Du solltest das vom Außengelände des Centers aus doch sehen können.«

»Richtig. Hm ... Nein, da ist kein Boot. Warum auch; von hier aus dürfte die Aussicht auf das Feuerwerk nachher nicht so toll sein. Wieso?«

»Ach, nur aus Neugierde ... Wie weit ist denn der Empfang im Center?«

»Oh, Cassies Lesung beginnt gleich. Schade, dass Antonia das verpasst. Ihr geht's also gut?«

Conny wirft einen skeptischen Blick auf ihre Freundin, die gerade mit grimmiger Miene die Laufleine an der Harpune verknotet: »Denke schon.«

»Na gut; dann werde ich das ihrem Vater ausrichten. Ist ja nicht so, dass der sich keine Sorgen machen würde ... Kommt ihr nachher wieder hier vorbei?«

»Eher früher denn später.«

»Gut, bis dann. Fallt nicht ins Wasser!«

Damit beendet Margret Mondo das Gespräch. Von ihrem Standpunkt an dem Tisch gleich neben dem Hauptgebäude kann sie nicht nur das Kaiserwasser überblicken, sondern auch den Großteil des Außengeländes: Während zu ihrer Linken das Personal bereits Teller, Gläser und Besteck von den Bistrotischen räumt, versammeln sich gerade die meisten Gäste am Ufer rund um den Steg: Denn dort – an der gleichen Stelle wie am Montag – steht wieder der Tisch, von wo aus die Lesung erfolgen soll; an diesem lässt sich nun Cassiana Herno nieder, während die ORF-Mitarbeiter ihre Kameras aufbauen; auch die Koreaner sowie die Regisseurin stehen in der Nähe.

Finsterfels entdeckt die Frau dagegen erst nach einigem Suchen: Er steht zusammen mit dem Koch am Grill, genauer gesagt, fast dahinter versteckt. Somit geht sie zu den beiden hinüber, wobei sie bewusst einen weiten Bogen macht: Denn der teilskelettierte Überrest des Störs, welcher wieder im offenen Grill liegt, wirkt auf sie doch arg makaber.

Beim Näherkommen hört Margret, dass sich Fürst und Koch erregt unterhalten; sie verstummen jedoch fast gleichzeitig, als sie die Frau bemerken.

»Nanu, Margret?«, begrüßt Finsterfels dann mit gezwungen wirkender Fröhlichkeit die Frau. »Willst du dir nicht die Lesung anhören?«

»Ich gehe gleich rüber. Und du?«

»Ich auch; ich auch. Wir haben gerade nur noch, äh ...«

»Rezepte austauschen«, erklärt der Koch lächelnd. »Ich suche immer neue, gute Rezepte, vielleicht auch aus Fürstentum Finsterfels. Wie schmeckt Fisch Ihnen, Frau Mondo?«

»Oh, sehr gut, wirklich exzellent«, beteuert Margret ehrlich. »Ich hätte nicht gedacht, dass ein so großer Fisch derart zart munden kann. Zerfiel fast auf der Zunge ...«

»Danke; freut mich!«

»Aber weswegen ich eigentlich komme: Conny hat mich eben angerufen; offenbar ist sie zusammen mit Tony auf einem Boot auf der Alten Donau. Die Buben sind auch bei ihnen.«

Zu Margrets Überraschung scheint dies den Fürsten eher zu verwirren denn zu beruhigen: »Auf einem Boot? Was ... Wieso?«

»Na, wohl wegen des Feuerwerks.«

»Ach ja, das Feuerwerk; natürlich ...«, murmelt der arg geistesabwesend wirkende Mann. »Nun ja; äh ...«

Da ihm dazu nichts weiter einfällt, meldet sich wieder der Koch zu Wort: »Wenn keine Frage mehr, dann ich gehe in Küche. Das Dessert; Sie verstehen ...«

Ohne eine Antwort abzuwarten, geht er. Der Fürst scheint ihm noch etwas nachrufen zu wollen; dann überlegt er es sich anders. »Nun gut. Wollen wir?«

»Gerne!«

Margret nimmt an, dass er sich auf die Lesung bezieht, und tatsächlich gesellen sich die beiden darauf zur Mehrheit der Gäste. Dort nickt Finsterfels unter anderem Doktor Paek zu, und Margret entgeht nicht, dass sich der Fürst zusammennehmen muss, um nicht allzu abwesend zu wirken. Dann aber widmet sie ihre Aufmerksamkeit der Autorin: Gerade hat ein Haustechniker ein letztes Mal das Mikro und die beiden Lautsprecher am Ufer getestet; so kann Cassiana Herno nun das Papierbündel zur Hand nehmen, um ihre Lesung zu beginnen.

Zuerst aber erklärt die Autorin, dass sie eines der letzten Kapitel des Buches lesen wird; daher fasst sie erstens den Plot sehr knapp zusammen; zweitens bittet sie darum, keine Details an zukünftige Leser weiterzugeben – falls es solche geben wird, wie sie scherzhaft ergänzt.

Die Autorin hat ihrer Freundin Margret auch ein Vorausexemplar geschenkt; allerdings ist die bisher in der Lektüre nicht über das erste Drittel hinaus gekommen. Daher erwägt sie für einige Momente, ob sie sich die Lesung anhören und damit eventuelle *Spoiler* riskieren soll. Schließlich siegt aber die Neugierde, und so lauscht auch sie der Lesung ihrer Freundin:

»Von Tag zu Tag schob Diana ihr Geständnis auf – falls denn Álvar die Nachricht von ihrer Schwangerschaft als Geständnis auffassen würde. Es könnte ja sein, sagte sie sich, dass er sich ehrlich freut. Es könnte natürlich auch sein, dass dies das Ende für ihre Beziehung bedeutet. Zwar sagte sich Diana täglich, ja manchmal stündlich: Das wird er nicht tun; er wäre ein wunderbarer Vater! Aber wenn sie ehrlich zu sich selber war, so war sie sich dessen keinesfalls sicher.

Als sich schließlich eine erste Rundung auf Dianas bisher so schlankem Unterleib abzuzeichnete, nahm sie sich vor: Nächste Woche, auf dem Lichterfest an der Alten Donau, da werde ich es ihm sagen. Um sich selber darauf festzunageln, reservierte sie gleich nach diesem Entschluss eines der letzten freien Boote, das sie bei einem der Bootsverleiher entlang der Alten Donau ergattern konnte.

Natürlich entzog sich Diana auch weiterhin ihrem Liebhaber nicht. Doch ohne dass sie sich dies bewusst vorgenommen hätte, gestaltete sich das Liebesspiel zwischen ihr und Álvar nun weniger intensiv, weniger stürmisch, dafür aber zärtlicher und inniger. Ihm, so schien es der Frau, war das durchaus recht. Ansonsten änderte sich vorerst eigentlich nur eines: Diana trug nun meistens ein langes Shirt; die geringfügig gesunkene Temperatur lieferte den willkommenen Vorwand. Da die Tage bereits wieder kürzer wurden, war es auch im Schlafzimmer nun zumeist deutlich dunkler, wenn sich Diana und Álvar liebten; somit schien der Mann nichts zu bemerken.

Als fürchte sie, dass sich mit dem folgenden Tag alles ändern würde, mochte Diana am Freitag vor dem Lichterfest kaum ihre Finger von ihrem Liebsten lassen – was der sich gerne gefallen ließ. Draußen dämmerte bereits der Morgen, als man endlich erschöpft in die Kissen sank und Schlaf fand.

Am Samstagnachmittag machte man sich auf zum Bootsverleih. Dort herrschte emsiger Betrieb, denn selbstverständlich war für diesen Tag alles vermietet worden, was irgendwie schwamm. Während man in der Schlange wartete, studierte Diana die Szenerie: Familien mit Kindern waren unterwegs, Cliquen in jedem Alter, vor allem aber jede Menge Pärchen, die meisten mit Kühltaschen oder Körben für Speis und Trank. Was, so fragte sich Diana, denken die anderen wohl über sie – über sie selbst und Álvar? Fürs erste waren beide in Shorts und Tank Tops unterwegs; Álvar trug ein Decken-Bündel, Diana eine Kühltasche, in der sie unter anderem zwei Champagner-Pikkolos versteckt hatte. In ihrer Aufmachung passten sie gut zu all den anderen Süßwassermatrosen, die gerade dabei waren, in See zu stechen. Aber würde man sie für ein weiteres Pärchen halten? Für Freunde? Oder gar für Mutter und Sohn?

Tatsächlich schien in all der Hektik niemand das Duo näher in Augenschein zu nehmen – auch nicht die Mitarbeiterin des Bootsverleihs, die schließlich die zwei zu ihrem Fahrzeug geleitete.

Auf dem Steg herrschte erst recht emsiges Gedrängel; daher war Diana froh, dass sie sich mit Álvar auf Spanisch unterhalten konnte: »Du bist sicher, dass du damit kein Problem hast? Als Nichtschwimmer, meine ich?«

Aber Álvar lächelte tapfer: »Meinetwegen sollst du nicht darauf verzichten müssen! Was soll schon passieren?«

»*That's the spirit!*«, erwiderte Diana mit einer Munterkeit, von der sie hoffte, dass sie nicht allzu aufgesetzt wirkte. »Und notfalls ziehe ich dich aus dem Wasser!«

Dann blieb die Bootsverleiherin fast am Ende des Steges stehen: »So, hier wären wir: Ein Boot für zwei Personen.«

Diana hatte das Boot telefonisch bestellt; daher überraschte sie letztendlich doch die Größe des Bootes – beziehungsweise die Kleinheit: Es handelte sich um ein kaum drei Meter kurzes Kunststoffboot mit flachem Boden und nur einem Sitzbrett für den Ruderer; neben zwei Erwachsenen hätte höchstens noch ein Kind Platz gefunden.

Diana blickte Álvar an, und tatsächlich verging dem das Lächeln. Auch die Angestellte schien zu erraten, was in seinem Kopf vorging: »Durch die Trimaran-Form und die zweischalige Bauweise sind diese Boote sehr kippstabil, praktisch unsinkbar. Es kann eigentlich nichts schiefgehen. Äh ... *Everything okay, Sir?*«

Letzteres richtete sich an Álvar; offenbar hatte sie mitbekommen, dass er kein Deutsch sprach. Der Mann zeigte daraufhin ein tapferes Lächeln: »*Yes, yes; it's wonderful! So ... cute! Thank you very much!*«

Die Angestellte lächelte dankbar: »*You are welcome!* Also, ein schönes Lichterfest euch beiden!«

Damit eilte sie zu den nächsten Kunden. Álvar zögerte noch; so stieg Diana als erste ins Boot, stellte die Kühltasche im Bug ab und blickte dann mit einem provozierenden Grinsen zu ihrem Begleiter hoch: »Nun? Keine Sorge; dies ist nur die Alte Donau, nicht die Biskaya!«

Álvar nickte wortlos, reichte der Frau das Deckenbündel, setzte sich auf den Steg und ließ sich dann – sehr langsam und sehr vorsichtig – in das Boot hinab gleiten. Auch als er mit beiden Beinen in dem Gefährt stand, hielt er sich noch mit einer Hand am Steg fest, bis das Boot wieder halbwegs ruhig im Wasser lag. Schließlich ließ er los, und in der Manier eines Seiltänzers setzte er sich auf das Brett in der Mitte des Bootes, gegenüber von Diana, die neben der Tasche im Bug des Bootes saß. Die grinste immer noch amüsiert: »Du willst also rudern? Dann musst du dich allerdings andersrum hinsetzen, fürchte ich!«

Als Álvar dies begriff, musste auch er grinsen: »Besser, du zeigst mir erst einmal, wie das geht.«

Somit setzte er sich – wieder sehr vorsichtig – auf die schmale Bank im Bootsheck, und Diana übernahm den Platz an den Riemen. Mit dem einen Ruder stieß sie sich vom Steg ab; dann legte sie die Ruder in die Dollen ein, und mit wenigen, vorerst noch vorsichtigen Ruderschlägen ließ man das Gedrängel rund um den Steg hinter sich.

Diana beobachtete ihr Gegenüber aufmerksam, während man weiter auf die Alte Donau hinaus fuhr: »Wir hätten natürlich auch eine Schwimmweste mitnehmen können. Fragt sich nur, wo man so was auf die Schnelle her bekommt.«

Álvar lächelte etwas unsicher. »Ich vertraue dir! Du hast Übung in so was, scheint mir?«

»Ich war mal in einem Ruderverein. Ist ein paar Jahre her, aber gelernt ist gelernt«, erklärte Diana, um dann lieber das Thema zu wechseln. »Also, den besten Blick aufs Feuerwerk hätten wir wohl eh von diesem Bereich hier. Hm; aber wir haben ja noch jede Menge Zeit ... Wie wär's, umrunden wir bis dahin mal das Gänsehäufel?«

Diana versuchte, dies wie eine spontane Idee klingen zu lassen; tatsächlich aber hatte sie sich dies gut und lang überlegt: Zwar waren die nächsten Boote noch gut zwanzig, dreißig Meter entfernt; es war aber absehbar, dass es rasch voller werden würde. Diana dagegen suchte für ihr Geständnis ein möglichst abgeschiedenes, einsames Areal; sie hoffte, dies am ehesten entlang der unteren Alten Donau zu finden.

Álvar hatte jedenfalls keine Einwände: »Wie du meinst! Ich wünschte wirklich, ich könnte mal eben ins Wasser springen. Es ist wieder so heiß ...«

Damit streifte er sein Shirt ab und legte es zu den anderen Sachen. Spontan stellte sich Diana die Frage, ob dieses Boot wohl dazu taugt, sich darin zu lieben, doch sie verscheuchte den Gedanken rasch. Seinem Lächeln nach zu urteilen, schienen Álvar aber ähnliche Gedanken durch den Kopf zu gehen: »Und du?

Kommst du nicht ins Schwitzen? Ich sehe so gern das Spiel deiner Muskeln ... Du hast doch den Bikini drunter?«

»Ich fürchte, diese Haltung ist eher unvorteilhaft«, kokettierte Diana. Ihr ist aber nicht entgangen, dass ringsum viele Leute ebenfalls in Badesachen unterwegs waren, und in der Sonne geriet auch sie rasch ins Schwitzen. So zog sie ebenfalls ihr Shirt aus und warf es auf den Stapel.

Einige Minuten beobachtete Álvar die Frau beim Rudern, ehe ihm ein Gedanke kam: »Ist es möglich, dass wir heute noch keinen Sex hatten!?«

Diana lachte ironisch auf: »Das wird dir erst jetzt klar!? Beherrsch dich; dunkel wird's erst in ein paar Stunden!«

Aber Álvar schüttelte lächelnd den Kopf: »Das fällt mir schwer: Ich kann mich an dir einfach nicht satt sehen! Wobei ... Versteh mich nicht falsch, Diana! Aber seit einigen Tagen habe ich den Eindruck, als würdest du ... Wie soll ich sagen?«

Diana wusste genau, was er meinte, und sie bemühte sich, weiter locker zu wirken: »Als würde ich rundlicher. Meinst du das?«

»Ja. Natürlich nicht ... nicht dick, Gott bewahre, aber eben rundlicher. Der Busen, der Bauch ... Ich halte dich hoffentlich nicht vom Training ab?«

Inzwischen hatte man das Gänsehäufel erreicht. Im Schatten einiger Bäume, nahe am Schilf, stoppte Diana schließlich das Boot: »Das ist es nicht. Álvar ... Sag, ahnst du es nicht? Wir sind seit Wochen zusammen, haben täglich mehrfach Geschlechtsverkehr, ohne Kondom und Pille ...«

Jetzt dämmerte es dem Mann: »Diana ... Du bist schwanger!?«

Diana lächelte teils erleichtert, teils unsicher: »Ja. Wohl seit zwei, drei Wochen.«

Der Vater *in spe* machte große Augen; dies kam offensichtlich unerwartet: »Ein Baby ... Das heißt ... Und du willst das Kind?«

Die Frau nickte nachdrücklich: »Ja. Ja, ich will es.«

Darauf lächelte auch der Mann wieder: »Oh, Diana ...«

Er stand auf, sprang fast schon auf, so dass das Boot arg ins Schaukeln geriet. Mit Müh und Not balancierten die beiden es wieder aus. Dann setzte sich der Mann neben die Frau, und selbst falls das Sitzbrett viele Meter breit gewesen wäre, so hätten sich die beiden trotzdem eng aneinander geschmiegt.

»Das heißt ... Du freust dich?«, fragte schließlich Diana, obwohl Álvars enge, zärtliche Umarmung eigentlich für sich sprach.

»Mich freuen!? Ich bin überglücklich! Diana ...«

Die nächsten Minuten verstrichen sprachlos, ja atemlos. Während sich Mann und Frau küssten und liebkosten, vergaßen sie alles um sich herum – bis das Boot wieder ins Wanken geriet.

»Hoppla!«, meinte Álvar lachend, nachdem das Gefährt wieder unter Kontrolle war. »Wir müssen vorsichtiger sein, jetzt, wo wir praktisch zu dritt sind ... Seit zwei Wochen, meinst du?«

»In etwa«, bestätigte das Diana, während sie die Ruder ins Boot legt.

»Das heißt ... Im nächsten Frühjahr ist es soweit? Nun, dann bin ich immerhin schon volljährig!«

Die Frau schmunzelte amüsiert, nachdem sie ihrem Liebhaber einen Kuss auf die Stirn gedrückt hat: »Für mich warst du immer erwachsen genug!«

»Ich weiß, aber das meine ich nicht. Diana ... Nichts soll uns je voneinander trennen – jetzt erst recht nicht mehr! Und wenn ich volljährig bin, dann bin ich auch ... Wie nennt sich das? Ehemündig!«

Das kam nun für die Frau unerwartet: »Du willst ... heiraten?«

Nun wurde der Mann ernst: »Ja! Wenn du es willst, heißt das. Wenn du *mich* willst? Willst du?«

Wieder umarmte Diana ihren Geliebten so heftig, dass das Boot zu schwanken begann: »Wie kannst du fragen! Aber ... Was werden deine Eltern sagen?«

Álvar mochte darin kein Problem sehen: »Sie sollen sich freuen, dass sie einen Enkel bekommen – oder eine Enkelin! Äh ... Genaueres weißt du noch nicht?«

Diana schüttelte lächelnd den Kopf, während sie sich eine Freudenträne aus dem Auge wischte: »Nein. Aber gleich nächste Woche gehe ich zum Arzt.«

Der Mann nickte ernst: »Tu das! Hm ... Tut mir leid, wenn ich dumme Fragen stelle, aber ... Wie sieht es dann mit Sex aus in den nächsten Monaten?«

Darauf schmiegte sich Diana noch enger an ihren Geliebten an: »Ich weiß noch genau, wie es damals war, als ich mit Enric schwanger war. Oh Gott, wie sehr hat mir Alexandre gefehlt: Als

Mensch, als Freund – und als Mann! Meine Güte, sieh mich an: Da heule ich schon wieder und weiß kaum warum! Ob das bereits die Hormone sind?«

Tatsächlich wusste auch Álvar kaum zu sagen, ob die werdende Mutter nun schluchzte oder lachte; mutmaßlich beides zugleich. So erwiderte er ihre Umarmung: »Ich werde jedenfalls immer an deiner Seite sein, wenn du mich brauchst – oder auch unter dir ...«

Jetzt war es eindeutig ein Lachen, das Álvar antwortete – wenn auch weiter ein fast tränenersticktes Lachen: »Nun, die eine oder andere Stellung sollten wir trotzdem vorerst streichen. Aber sonst ... *You'll just get more of me!*«

»Von dir kann ich nie genug bekommen!«

Die nächsten Minuten verliefen wieder sprach- und atemlos; viel fehlte nicht, und das Paar hätte gleich an Ort und Stelle neue Stellungen erprobt. Das schwankende, unsichere Fahrzeug ließ dies freilich nicht zu; so riss sich schließlich der Mann von der Frau los und setzte sich wieder auf seinen vorigen Platz. »Was für ein Tag ... Und trotzdem: Ich wollt, es wär schon Nacht!«

Diana verstand ihn voll und ganz: »Man sagt zwar auf Deutsch, Vorfreude sei die beste Freude, aber ... Meine Güte; ich nehme lieber die Ruder zur Hand; sonst reiße ich uns doch noch hier und jetzt die letzten Sachen vom Leib.«

Gesagt, getan. Die nächste gute Stunde paddelten die beiden weitgehend wortlos weiter die Alte Donau runter – beide wunschlos glücklich und doch erwartungsvoll.

Als die Sonne tiefer sank und sich nach und nach Schatten über die Alte Donau senkten, machte sich das Pärchen wieder auf zur Nordspitze des Gänsehäufels, von wo aus man das Feuerwerk verfolgen wollte. Dort angekommen, zog man die Shirts wieder über, da die Tageshitze allmählich ihren Griff lockerte. Als man einen guten Liegeplatz gefunden hatte, nahm Diana die Kühltasche auf den Schoß und öffnete sie: »Ich war mir nicht sicher, ob ich diese heute öffnen würde ... Aber nun soll es mein letzter Alkohol für die nächsten Monate sein!«

Damit holte sie die Pikkolo-Flaschen hervor sowie zwei kleine Champagner-Flöten. Álvar nahm dies grinsend zur Kenntnis: »So ist es recht!«

Während Diana die Tasche auf dem Boden abstellte, öffnete Álvar das erste Fläschchen, um der Frau und sich selber ein Gläschen einzuschenken: »Auf uns: Auf dich, Diana, auf mich, und auf ...«

Er stutzte einen Moment, aber Diana erriet seine Gedanken: »Auf Alexandra – oder Alexandre. Was hältst du davon?«

Álvar staunte; dann aber nickte er eifrig: »Sehr gut! Also, auf uns drei. *Salut!*«

Darauf leerten die beiden vorsichtig ihre Gläser – vorsichtig, weil man inzwischen den Bootsverkehr stets im Blick behalten musste. Dies tat das Paar auch, als es danach einen Imbiss aus der Kühltasche einnahm – unter anderem mit Gurken-Sandwichs, wie Álvar amüsiert erkannte. Eine gelungene Überraschung war die *Crema Catalana,* die Diana ebenfalls aus der Kühltasche hervorzauberte.

Nach der Mahlzeit griff Diana bald wieder nach den Rudern: Inzwischen herrschte so viel Betrieb auf dem Wasser, dass man verschiedentlich anderen Booten ausweichen musste; manche davon schienen das kleine Gefährt des Pärchens schlichtweg zu übersehen, andere ignorierten es eher. Dies empörte zumindest Álvar, der sich mehrfach beidhändig an der Bordwand festklammerte: »So was Rücksichtsloses!«

Diana lächelte darob, hatte freilich auch Verständnis; schließlich war Álvar Nichtschwimmer. Der Verkehr kam aber weitgehend zum Erliegen, sobald die Musik einsetzte; diese erscholl von einer künstlichen Insel aus, mit der ein lokaler Radiosender für sich Werbung machte. Die Party-Stimmung ringsum kam dadurch erst richtig in Fahrt, und auch Diana und Álvar leerten nun ihr zweites Champagner-Fläschchen. Kurz darauf wurde drüben auf dem Gänsehäufel das Feuerwerk gezündet.

Diana verfolgte dieses Spektakel fast jedes Jahr, manchmal vom Land aus, manchmal auch per Boot, und auch für Álvar dürfte es kaum das erste Feuerwerk gewesen sein. Dennoch genossen sie die pyrotechnische Darbietung – wie wohl die meisten Zuschauer. Auf einem nahen Tretboot, in dem ein Paar mit vier kleinen Kindern unterwegs war, zeigte man sich aber geradezu euphorisch. Die jüngsten Kinder – wohl zwei oder drei Jahre – quietschten vor Begeisterung; die älteren – vielleicht Fünf und

Sieben – klatschten im Takt der Musik mit zwei Paddeln auf das Wasser.

»Sieh dir die an, Diana!«, meinte Álvar in der Pause zwischen zwei Raketen. »Ob wir wohl auch mal so unterwegs sein werden?«

Die Idee überraschte Diana: »Mit vier Kindern, meinst du?«

»Nun, es müssen nicht unbedingt vier sein. Es muss aber auch nicht bei einem bleiben. Schließlich bist du erst 34.«

»Und du erst 17«, erwiderte die Frau lächelnd. »Wenn- Sahst du das da eben auch?«

Beide blickten noch in Richtung des Tretbootes. »Du meinst, da im Wasser? Ja; irgendein Schatten. Wir-«

Hier wurde er unterbrochen, doch nicht durch den Funkenregen, der nun auf dem Gänsehäufel entzündet wurde: Vielmehr sah auch Álvar, dass gleichzeitig ein heftiger Stoß das Tretboot erschütterte. Der älteste Junge, der auf dem Bootsrand saß, wäre fast über Bord gegangen; so aber drehte er sich zum Wasser hin, wobei er abwehrend sein Plastikpaddel erhob.

Das Paar im Ruderboot verfolgte, wie sich dann die Eltern in den vorderen Sitzen zu dem Jungen umdrehten; obwohl man nur gut fünfzig Meter entfernt war, konnte man nichts verstehen. Sie wurden ohnehin gleich darauf wieder unterbrochen: Ein zweiter Stoß ging durch das Tretboot.

»Da ist was!«, schrie darauf der Junge, so dass es auch Diana und Álvar trotz des knatternden Feuerwerkes und der dröhnenden Musik verstanden. Dann begann er wieder, mit seinem Paddel auf das Wasser einzuschlagen.

Was darauf geschah, ließ Álvar und Diana erstarren – und ebenso alle anderen Augenzeugen: Ein Körper durchbrach die Wasseroberfläche, mächtig und breit wie ein Baumstamm und mit der Energie eines Rammbocks. Für eine Sekunde nahm die aufsteigende Gischt dem Pärchen die Sicht; dann sah man gerade noch, wie der Körper wieder unter Wasser verschwand, während über ihm das Tretboot um 45 Grad zur Seite gekippt war. Fast schien es umzukippen; dann aber klatschte es zurück ins Wasser. Wieder nahm die Gischt für einen Moment allen die Sicht; dann erkannte man, dass niemand mehr im Boot saß; alle waren über Bord gegangen und schwammen mutmaßlich hinter dem Tretboot im Wasser – oder schon unter Wasser.

»Was war das?«, fragte Álvar entsetzt.

»Egal!«, erwiderte Diana, die bereits ihre Schuhe abgestreift hatte und nun wieder ihr Shirt auszog. »Die brauchen Hilfe!«

Ohne zu zögern, sprang sie ins Wasser und begann, zu dem Tretboot rüber zu kraulen. Sie schwamm, so schnell sie konnte; schließlich sah sie, dass zwar noch andere potentielle Helfer in Sichtweite waren; sie aber war als erste ins Wasser gesprungen. Erst als sie das Boot fast erreicht hatte, hörte sie in rascher Folge drei weitere Klatscher: Zwei zu ihrer Rechten, wohl von dem nächstliegenden Party-Boot, und einen hinter sich.

Als Diana das Tretboot umrundet hatte, sah sie die Bescherung: Der Mann strampelte hektisch im Wasser; er versuchte, gleichzeitig seine Frau und das jüngste Kind über Wasser zu halten. Der älteste Junge schwamm daneben und schien nicht in Gefahr zu sein; sein jüngerer Bruder dagegen kämpfte gegen das Versinken. Vom zweitjüngsten Kind war nichts zu sehen.

»Bleiben Sie ruhig!«, schrie Diana dem Mann zu, der in Panik zu geraten drohte. »Hilfe kommt! Wo ist das Kleine?«

»Ich weiß nicht!«, brachte der Mann hustend und spuckend hervor. »Sie war eben noch da ...«

Die Schwimmerin wollte gerade abtauchen, da kam auf der anderen Seite des Tretbootes ein weiterer Helfer in Sicht. Diana traute ihren Augen nicht: »Álvar? Was-«

»*Buscar el niño!*«, unterbrach sie der Schwimmer, um sich dann an den strampelnden Vater zu wenden: »*Stay calm!*«

Eher vom Instinkt gesteuert denn vom Verstand, tauchte Diana ab.

Jene Sekunden unter Wasser wird sie nie vergessen: Ihre Augen versuchten sich an das Wasser zu adaptieren, an die Finsternis, die für kurze Momente immer wieder blitzartig vom Widerschein des Feuerwerks zerrissen ward. Zwei-, dreimal drehte sich Diana um sich selbst, stieß das Grünzeug zur Seite, fand aber nichts. Dann erblickte sie direkt unter dem Boot einen Schemen, der sich schnell näherte, schnell größer wurde, und als für eine Sekunde ein Feuerwerks-Blitz die Tiefe erhellte, begriff Diana: Es war ein Fisch, der sich da näherte, ein riesiger Fisch, breiter als ihr eigener Körper, länger als das Tretboot, und direkt unter ihm versank ein kleiner, zierlicher, menschlicher Körper.

Mit zwei Stößen war Diana bei dem Mädchen. Sie packte es, riss es an sich und wendete schnellstmöglich. Mit ihrem letzten kraftvollen Beinschlag stieß sie gegen etwas Hartes, gleichzeitig aber Glitschiges; dann tauchte sie prustend auf.

Mit einer Hand hob sie das Kind über die Wasseroberfläche; mit der anderen wischte sie sich Wasser und Haare aus dem Gesicht. Dann sah sie, dass Álvars Appell offenbar gewirkt hatte: Der Vater war dabei, sich in das Boot hinauf zu ziehen; die Mutter – noch keuchend und atemlos – klammerte sich kraftlos an die Bordwand, und Álvar selbst hielt das kleinste Kind über Wasser. Ein dritter Retter kümmerte sich um den zweiten Jungen; ein vierter näherte sich, obwohl der Älteste nicht in Gefahr zu sein schien.

Diana freilich wusste es besser: »Da ist etwas im Wasser!«, rief sie. »Macht schnell!«

Niemand fragte nach, was sie meinte; auch die Frau riskierte keinen zweiten Blick: Stattdessen stemmte sie das bewusstlose Mädchen eher unsanft über die Bordwand ins Boot; dann zog sie sich mit einer raschen, kraftvollen Bewegung selber hoch; so war sie noch vor dem recht fülligem Vater an Bord.

›War der Sport doch zu was gut!‹, dachte sich Diana, während sie darauf der Mutter aus dem Wasser half. Es folgte der Vater, der dann das Fahrzeug ausbalancieren musste; anschließend halfen die beiden anderen Retter den zwei Jungen auf das Boot, und zuletzt hob Álvar Diana das Kleinste entgegen: »¡*Guarda!*«

»Danke; ich pass schon auf!«, erwiderte Diana automatisch auf Deutsch. Kaum aber hatte sie das Kind entgegen genommen, da ging ein Ruck durch Álvar; er versank für einen Moment komplett, tauchte prustend wieder auf – nur um dann rückwärts davon zu schnellen, so schnell, wie selbst der beste Schwimmer kaum vorwärts zu schwimmen vermag.

»Diana!«, konnte er noch schreien; dann krachte er mit dem Hinterkopf frontal gegen ein sich näherndes Motorboot.

»Álvar!«, schrie ihrerseits Diana. Sie drückte der Mutter das Kind in den Arm; dann sprang sie erneut ins Wasser. So schnell sie konnte, schwamm sie zu dem Motorboot rüber; dieses stoppte nun, doch von Álvar war nichts mehr zu sehen.«

Damit legt die Autorin das letzte Blatt ab, um sich mit maliziösem Lächeln dem Publikum zuzuwenden: »Soweit für diesmal. Ich will Ihnen ja nicht alle Spannung nehmen! Außerdem dürfte gleich das Feuerwerk beginnen ...«

Demonstrativ blickt sie auf die Uhr. Darauf klatschen die meisten Zuhörer, die vorher in bemerkenswerter Stille gelauscht haben, freundlich bis euphorisch; einige pfeifen freilich auch oder rufen »Weiter! Nicht aufhören!«

Natürlich klatscht auch Margret Mondo, und tatsächlich schnellt nun östlich der Anlage die erste Rakete empor, begleitet vom »Oh!« und »Ah!« der Gäste. Der sich entfaltende Funkenregen illuminiert die gesamte Umgebung, und er wirft auch Licht auf eine Szene, die sich mitten auf dem Kaiserwasser abspielt. Margret sieht mit als erste aus der Menge, was dort geschieht, doch begreifen kann sie es zuerst ganz und gar nicht: Da gondelt eine übergroße Gondel auf dem Wasser, gerudert von vier Männern in passender Montur, die aber momentan damit beschäftigt sind, hektisch nach allen Seiten hin Ausschau zu halten. Was noch weniger ins Bild passt: Auf der dem Ufer zugewandten Steuerbordseite steht vorne ein Mädchen im schwarzen Bikini, das mit einer Art Harpune ins Wasser zielt, und ein rot bikinites Mädchen lässt in der Mitte des Bootes die Beine über Bord baumeln. Nur erahnen kann die Beobachterin, dass auf der Backbordseite ein Junge mit einer Art Stock auf das Wasser einschlägt; gut sichtbar dagegen ist das halbwüchsige Hündchen, das in der Mitte des Bootes sitzt. Das Ganze geschieht in einer Distanz von gut hundert Metern, aber dennoch kommen mehrere Bootsfahrer der Frau verdammt bekannt vor. Prompt zieht sie sich etwas aus der Zuschauerschar zurück, zückt ihr Handy und wählt eine ihr wohlbekannte Nummer. Unmittelbar darauf knallt eine weitere Rakete; so hört man keinen Klingelton, aber dank der pyrotechnischen Beleuchtung erkennt Margret dafür, wie das Mädchen im roten Bikini hinter sich greift und etwas ans Ohr hebt: »Hallo?«

»Wusste ich doch, dass du das bist!«, bellt Margret in ihren Apparat. »Was um alles in der Welt macht ihr da draußen? Und in dieser Aufmachung!?«

»Ah, hallo Mama! Was soll ich machen; Tonys Robe ist schon hinüber. Und ehe ich mein Kleid auch noch ruiniere-«, beginnt

Conny ungewohnt kleinlaut, ehe sie schaltet. »Heißt das ... Du kannst uns sehen?«

»Richtig; zumindest wenn gerade eine Rakete- So wie jetzt! Hier bin ich, unter dem Baum neben dem Hauptgebäude vom Center!«

Stroboskopartig beleuchtet, winkt sie ihrer Tochter zu, die die Geste prompt erwidert. »Ich sehe dich! Wir ... Äh ... Das ist echt schwer zu erklären.«

»Versuch's! Wo ist überhaupt Hans!?«

»Hier; gleich hinter mir.«

»Ihr habt ihn mit auf solch einen Kahn genommen!? Ich dachte, ihr wäret auf einem von den Party-Schiffen.«

»Hey, wir passen schon auf! Ich- Was? Äh, ich muss jetzt Schluss machen!«

»Conny, nicht! Was-«

»Bis nachher!«

Damit beendet das Mädchen das Gespräch, und ohne hinzusehen, wirft sie das Handy wieder auf den Kleiderstapel hinter sich; gleichzeitig zieht sie ihre Beine an: »Bist du sicher?«

Dies richtet sich an ihre Freundin, die weiter auf die Wasseroberfläche starrt: »Ja, da war wieder was!«

»Dieses Ungeheuer folgt uns tatsächlich?« folgert der Hundehalter. Auch der dritte Ruderer ist darüber nicht allzu glücklich: »Sollten wir nicht lieber jemanden alarmieren?«

»Mal ehrlich, Karl«, erwidert darauf Konrad. »Wer würde uns so was glauben? Und wen sollten wir rufen; die SOKO Donau? Wir-«

Da aber schreit Andreu laut auf; gleichzeitig zieht er reflexartig das Wallerholz aus dem Wasser: »Er kommt!«

Außer dem Hund sowie Hans, der auf den Valentino-Roben der zwei Freundinnen lagert, weiß jeder an Bord sofort, was der Junge meint. Noch ehe aber die Mädchen und die Männer von der Steuer- auf die Backbordseite wechseln können, hören sie es laut klatschen; als dann eine weitere Rakete Licht spendet, taucht eine schwarze Masse auf, die drei, vier Meter weit aus dem Wasser hervor schießt – doch diesmal nicht vertikal, sondern schräg, und ehe irgendwer reagieren kann, schwebt das vordere Ende über dem Boot, während das hintere sich noch unter Wasser befindet.

Dann kracht der Körper auf die Mitte der Gondel nieder, und für einen Moment erblickt Conny – nur eine Armlänge entfernt – die Knopfaugen des Hausen, die sie anzustarren scheinen und die ein ellenbreites Maul rahmen. Dieses schnappt ein-, zweimal ins Leere, während der monströse Körper des Fisches durch das schrillsplitternde Holz der Gondel bricht. Für wenige Sekunden halten die Trümmer das Tier über Wasser, dann zerlegen zwei, drei kräftige Schläge des fleischigen Schwanzes das Boot zu Kleinholz.

»Rudi!«, hört Conny noch den Hundehalter schreien, als Hunderl wie Herrl ins Kaiserwasser klatschen; »Hans!«, schreit sie selber, da sie sieht, wie ihr Brüderchen im Wasser landet; was mit den anderen ist, entgeht ihr, denn gleich darauf kentert auch sie mit einem Teil der Steuerbord-Wand. Sie kann aber rasch wieder auftauchen, sieht Hans, der auf einem Trümmerteil zu liegen kam, und greift ihn sich instinktiv: »Weg hier!«

Das Kleinkind über sich haltend, paddelt Conny in Rückenlage von dem Wrack weg; so kann sie noch sehen, wie rechts von ihr Konrad und der Hundehalter im Wasser zappeln; Tony klammert sich an die Trümmer des Bugs; von Andreu und den anderen zwei Ruderern ist nichts zu sehen. Die Schwimmerin kann nur hoffen, dass die Überbleibsel des Bootes sie verbergen. Dafür muss Conny mit ansehen, wie ein fiependes, zappelndes Schäferhundchen in rasantem Tempo fortgerissen wird: Zuerst ragt noch sein halber Körper aus dem Wasser hervor, dann nur noch sein Kopf, dann wird auch dieser mit einem letzten, erstickten »Wuff!«, unter Wasser gezogen.

»Ich habe ihn!«, hört Conny gleichzeitig Tony rufen, und das in einem Ton, der ihr gar nicht gefällt. ›Er hat *uns!*‹, hätte sie gern erwidert, aber anderes ist jetzt wichtiger: »Andreu! Wo ist Andi?«

»Ich habe den Buben!«, hört man nach einigen Hustern die Stimme des Steuermannes, und im Licht der nächsten Rakete sieht das Mädchen auch, wie der Retter – den Jungen im Arm – und der dritte Ruderer links und rechts am versinkenden Gondel-Bug vorbei schwimmen. Konrad und der Hundehalter blicken dagegen noch auf die Trümmer ihres Gefährtes: »Er hat Rudi …«, bringt letzterer nur noch hervor; ersterer dagegen wendet sich an Tony: »Was tust du da? Komm da weg!«

»Hab's gleich!«, erwidert das Mädchen. Sie lässt den Bug-Trümmer los, und einen Augenblick später schießt dieser nach hinten weg, in der gleichen Richtung wie der Hund. »Viel Spaß damit!«

Conny begreift dies vorerst nicht; sie hat momentan genug damit zu tun, ihr Brüderchen und sich selbst über Wasser zu halten. Schließlich erreichen beide den schmalen Landstreifen, der die Badebucht des Sejong-Centers vom Kaiserwasser trennt. Als das Mädchen sich dort endlich an Land schleppt, kann ihr bereits ihre Mutter auf die Beine helfen: »Was um alles in der Welt hatte das zu bedeuten? Seid ihr in Ordnung? Ihr alle?«

Damit nimmt sie dem Mädchen ihr zwar triefendnasses, aber überraschend munteres Söhnchen ab; zugleich verfolgt sie, wie sich die anderen Schiffsbrüchigen nähern; ihnen helfen andere Gäste an Land.

»Uns geht's gut«, versichert unterdessen Conny, die dennoch lieber der Länge nach ins Gras niedersinken würde. »Tut mir echt leid, aber ... Wer ahnt denn so was!«

»Andreu!«, schreit Cassiana Herno, ehe Margret nachhaken kann: Denn auch die Autorin ist ans Ufer geeilt, und sie erkennt natürlich gleich ihren Sohn; kaum dass dieser vom Gondel-Steuermann an Land abgesetzt wird, schließt ihn seine Mutter schon in die Arme. Auch Margret stützt ihre Tochter; gleichzeitig blickt sie aber zu den Gondolieri rüber, die nun einer nach dem anderen an Land steigen: »Konrad? Bist du das?«

Der Betreffende braucht etwas länger, ehe er die Frau erkennt: »Margret? Wow, das ist ja ... unerwartet!«

»Allerdings! Wie-«, beginnt Margret, doch dann fällt ihr der Fürst ins Wort: Dieser kommt im gleichen Moment herbei geeilt, wie seine Tochter als letzte aus dem Wasser steigt: »Tony! Was ist passiert? Was treibt ihr da bloß wieder!«

Die Freizeit-Taucherin schenkt ihrem Vater ein schiefes Grinsen, während sie sich die klatschnassen Haare aus dem Gesicht streicht: »Oh, wir waren nur ein wenig fischen. Wonach, das kannst du dir wohl denken. Nicht wahr, Daddy!«

»Könntest du das etwas präzisieren?«

Erst auf diese Frage hin bemerken die Mädchen und deren Alleinerzieher, dass auch die Regisseurin am Ufer steht – mit beiden Kameras und dem Techniker im Schlepptau. »Oh nein!«

Die Frau mit dem Mikro würde gewiss gerne nachfragen, worauf sich dieser Stoßseufzer des Fürsten denn beziehe; dessen Tochter kommt ihm aber zuvor: »Falls ihr's nicht eh alle gesehen habt, denn groß genug ist das Teil ja: Da draußen schwimmt ein Monster-Fisch im Wasser, ein Hausen, und der hat nicht nur unser Boot auf dem Gewissen.«

»*Unser* Boot?«, bemerkt dazu Konrad erstaunt; die Regisseurin wendet sich nun aber an ihre Kameraleute: »Konntet ihr das filmen?«

»Bin mir nicht sicher«, antwortet derjenige der beiden, der gerade seine Kamera auf das Kaiserwasser gerichtet hält. »Das Licht ist echt schlecht und wechselt dauernd. Bei dem Feuerwerk- Da, jetzt!«

Er deutet auf das Wasser hinaus, und alle schauen in die bewusste Richtung. Tatsächlich sieht man dort, im Licht eines besonders prächtigen Funkenregens, wie ein Trümmerteil des Bootes erheblich schneller durchs Wasser rauscht als vorher das komplette Boot. Auch Tony sieht dies, und sie nickt befriedigt: »Na also!«

Ihr Vater ahnt, was das bedeutet: »Was hast du getan?«

»Ich habe dem Biest eine Harpune in den Leib gejagt, und ans Ende der Fangleine habe ich das Trümmerteil da geknotet«, erklärt die Tochter. »Der eine Zahnstocher bringt den Brocken nicht um, aber so wissen wir, wo er hin schwimmt.«

»Und früher oder später wird er den Weg raus aus dem Kaiserwasser finden«, folgert die Reporterin.

»In die Alte Donau, wo all die anderen Boote sind ...«, ergänzt dies Margret. Vorerst allerdings schwenkt das Bootsteil nach rechts weg, um dann im Uhrzeigersinn am Ufer entlang geschleppt zu werden. »Wo bitte kommt dieses Ungeheuer her?«

»Vielleicht sollten wir uns erst einmal darum kümmern, wo es hin will«, erwidert der Kameramann.

Die Reporterin nickt, zumal sich das Trümmerteil nun dem Ausgang des Kaiserwassers zu nähern beginnt: »Hast recht. Johann, du kommst mit; Jakob und Josef, ihr bleibt hier, macht Interviews und so. Zum Laberlsteg!«

Damit greift sie sich den ersten Kameramann und eilt so rasch, wie es Körperfülle und Alter erlauben, davon. Der Techniker namens Josef, der sich zu seiner Überraschung zum Reporter befördert sieht, zögert einige Momente; dann bedeutet er dem zweiten Kameramann, ihm zu folgen, um sich mit gezücktem Zweitmikro zuerst an Finsterfels zu wenden: »Wollen Sie sich dazu äußern?«

»Kein Kommentar!«, erwidert dieser instinktiv, um sich dann der herbeieilenden Michi Schweighofer zuzuwenden: »Ah, danke!«

Er nimmt der Frau, die einen ganzen Deckenstapel bringt, eine Decke ab, die er seiner schlotternden Tochter um die Schultern legt. Es liegt aber wohl nicht nur an der außerordentlichen Situation, dass beide recht mitgenommen wirken. »Hauptsache, euch geht's gut!«

Tony nickt vorerst nur. Der Kameramann filmt darauf, wie Michi weitere Decken an Conny, Margret, die vier Männer sowie an die Autorin verteilt; letztere hockt vor ihrem Sohn und redet halblaut auf ihn ein. Der Junge freilich wirkt eher schläfrig denn geschockt, und seine Mutter ist offenbar den Tränen näher denn er selbst. Entsprechend unwirsch verscheucht sie den Neo-Reporter samt Kameramann, als die sich ihr nähern. Somit wenden sich beide den Mondos zu: »Kannst du mir diesen ... äh, den Hausen beschreiben?«

Darauf hat Conny herzlich wenig Lust: »Pscht; er schläft!«

Damit deutet sie auf ihr Brüderchen, das tatsächlich gerade – eingemummt wie ein Wickelkind – im Arm seiner Mutter eingeschlummert ist. Ehe sich die Journalisten ein neues Opfer suchen können, meldet sich Tony wieder zu Wort: »Es ist noch nicht zuende! Gibst du mir mal dein Handy, Dad? Meines ... Das liegt irgendwo da draußen.«

Mit dem Daumen deutet sie raus aufs Kaiserwasser. Der Fürst scheint etwas erwidern zu wollen; dann aber greift er seufzend in die Tasche seines Smokings, zieht das begehrte Objekt hervor und reicht es seiner Tochter. Darauf verfolgt er das folgende Gespräch – und mit ihm gut zwei Dutzend Gäste: »Hallo, Paul. Conny meinte, ihr seid startbereit?«

»Antonia, bist du das? Wir sind schon auf dem Wasser; wie verabredet!«, antwortet es am anderen Ende. »Hier herrscht freilich ziemliches Gedrängel.«

»Wo genau seid ihr jetzt?«

»Unweit der Nordspitze vom Gänsehäufel – mit bestem Blick aufs Feuerwerk.«

Darauf blickt Tony zu der gerade aufsteigenden Rakete hinüber, als müsse sie sich erst orientieren. »Sehr gut«, ruft sie, um den Knall zu übertönen. »Und Karla ist bei dir?«

»Aber sicher.«

»Perfekt. Also, ich bin hier am Kaiserwasser. Hier ging's echt arg zur Sache ...«

»Was heißt das?«

»Sagen wir mal so: Wir haben einen auf Moby Dick gemacht.«

»Meine Güte ... Alles klar bei euch? Niemand verletzt, hoffe ich.«

»Keiner, Gott sei Dank! Mehr später; die Zeit drängt: Vermutlich gerade jetzt wird der Teil eines Bootes aus dem Kaiserwasser raus auf die Alte Donau geschleppt.«

»Ein Boots-Teil?«

»Ja, ein Trümmerteil, gut zwei Meter lang, schwarz bepinselt, mit einem seltsamen Fortsatz am Ende.«

»Das ist der *ferro di prua*«, bemerkt dazu Konrad ein wenig indigniert.

»Wie auch immer; ihr könnt's nicht übersehen. Das hängt an dem Fisch dran! Ihr müsst ihm folgen; er darf nicht entwischen!«

»Geht klar!«

»Und haltet uns auf dem Laufenden!«

»Machen wir. Bis später!«

Damit beendet Paul das Gespräch, und während er mit der Rechten das Handy an seine ›Beifahrerin‹ weiterreicht, dreht er mit der Linken bereits den Zündschlüssel um: »Es geht los!«

Karla blickt den Fahrer eher besorgt an, während sie das Telefon einsteckt: »Was geht los? Etwa tatsächlich das mit dem, äh ...«

»Das mit dem Hausen; so ist es«, antwortet der Chauffeur, während er das Motorboot vorsichtig um die ersten benachbarten Boote herum chauffiert. »Als Tony mir das heut Nachmittag erzählte, wie sie mich bat, die *Scuba Gun* in den Kofferraum zu packen, da hielt ich das eher für einen nicht ganz gelungenen Scherz. Aber nun ... Offenbar hat sie den Fisch harpuniert und eine Art Boje an ihm vertäut. *Die* Lektion muss ich beim Tauchkurs am Roten Meer verpasst haben, wie ich mit Durchfall im Hotel lag.«

Karla kann dazu nur den Kopf schütteln: »Das ist ja wie beim Weißen Hai! Also, eigentlich war Antonia in den letzten ein, zwei Jahren zumeist sehr offen und ehrlich mit uns, aber diese Geschichte ... Das glaube ich erst, wenn ich's sehe!«

»Werden sehen«, meint Paul kurz angebunden. »Wenn wir denn rechtzeitig hin kommen! Und ich dachte, der Verkehr auf den Straßen Wiens ist übel ... He; Platz da!«

Letzteres galt einem der Ausflugsboote, das offenbar führer- und steuerlos gemächlich dahin tuckert, während alle an Bord das spektakuläre Finale des Feuerwerkes verfolgen; nur mit knapper Not kann Paul eine Kollision vermeiden.

Nachdem man das gröbste Gedrängel rund um die Nordspitze des Gänsehäufels hinter sich gelassen hat, geht es flotter voran; als gerade die letzten Explosionen verhallen und der Applaus für die Pyrotechniker einsetzt, kommt der Laberlsteg in Sicht – und im gleichen Moment bewegt sich ein Haufen Holz unter dem Brückchen hindurch.

»Da ist es!«, ruft Paul, und wie ein Echo erschallt zugleich vom Land her ein weiterer Ruf: »Da, da ist er!«

Darauf entdeckt das Paar zu seinem Erstaunen auf dem Steg eine stämmige Frau mit Mikro sowie einen schlaksigen Mann mit Kamera. Kaum hat letzterer sein Arbeitsgerät auf das Objekt im Wasser ausgerichtet, stürmen weitere Schaulustige auf den Steg, um zu verfolgen, welches Spektakel sich hier wohl abspielen mag.

Ehe der Chauffeur sich entscheiden kann, ob er den Weg von Zugmaschine samt Anhänger blockieren oder ob er lieber ausweichen soll, wird ihm die Entscheidung abgenommen: Bewegte sich das Trümmerteil vorher in eher gemächlichem Tempo in östlicher Richtung auf das Gänsehäufel zu, so biegt es nun abrupt nach Norden ab, in die Richtung also, aus der die Verfolger *in spe* gerade gekommen sind; zudem beschleunigt es fast schlagartig.

»Hinterher!«, ruft die Frau auf dem Steg, und als hätte es ihm gegolten, wirft Paul umgehend das Ruder herum und gibt Gas.

»Vorsichtig!«, mahnt Karla, da man nun erheblich schneller unterwegs ist denn vorher.

»Sag das dem Fisch da vorne!«, erwidert der Fahrer. Tatsächlich kann er mit Müh und Not einen Abstand von zwanzig, dreißig Meter zu dem Bootstrümmer halten; der schießt schnurgerade davon, rempelt zwei andere Boote an, schrammt mit schrillem Quietschen an einem Tretboot entlang und verfehlt nur knapp ein weiteres Ausflugsboot. Paul weicht großräumiger aus, hat aber dennoch Mühe, Zusammenstöße zu vermeiden.

Dies wird noch schwieriger, als man das stärkste Gedrängel rund um die Nordspitze des Gänsehäufels erreicht. Dort kollidiert das Trümmerteil frontal mit einem kleinen Ruderboot, das prompt umschlägt und eine vierköpfige Familie ins Wasser schleudert.

»Alles in Ordnung?«, schreit Paul den Schwimmern zu, als er den Unglücksort passiert. Alle vier vermögen noch mit Verwünschungen zu antworten; somit stoppt der Chauffeur auch nicht, zumal das Trümmerteil zwar einige Splitter eingebüßt hat, aber ansonsten ungebremst gen Norden davon rauscht.

All dies bleibt nicht unbemerkt: Das Feuerwerk ist vorüber, der Applaus verebbt; so sehen Hunderte Zuschauer auf Dutzenden von Booten, wie jener Ex-Boots-Bug vorüber zischt, verfolgt von einem Pärchen im Motorboot. Naturgemäß führt das zu lautstarker Unruhe, zu Ausrufen der Angst, des Ärgers, aber auch des Amüsements; viele kreischen, andere fluchen, manche lachen auch – solange das Trümmerteil nicht gegen ihr eigenes Boot kracht, versteht sich. Zahlreiche Wasserfahrzeuge geraten ins Schwanken und ins Schlingern, teils durch Ausweichmanöver, teils aber auch, weil Gaffer angelockt werden; ein weiteres Tretboot kentert, ehe die Verfolger endlich das dichteste Gedrängel hinter sich haben.

»Wo will der hin?«, fragt dann Karla mehr sich selber als den Fahrer, während der Fisch samt Anhängsel die Wagramer Straße unterquert und somit die Obere Alte Donau erreicht.

»Keine Ahnung«, entgegnet Paul. »Entkommen kann er jedenfalls nicht; ist ja schließlich ein Binnensee. Wenn- Ist das das Telefon? Gehst du mal ran?«

Während der Fahrer sich auf die Durchfahrt unter der Brücke konzentriert, holt die Beifahrerin das läutende Handy aus der Tasche und nimmt das Gespräch entgegen: »Hallo?«

»Hallo?«, echot es aus dem Apparat. »Hier Elisabeth Schimek. Ist das nicht die Nummer von Paul Huber?«

»Schon; er sitzt neben mir. Aber es ist gerade ganz ungünstig; wir-«

»Weiß ich eh«, unterbricht die Anruferin Karla. »Vermutlich sagt Ihnen mein Name nichts, aber ich bin die Leiterin des ORF-Teams, das die Aufnahmen im Sejong-Center gemacht hat – bis vorhin, heißt das. Und Sie verfolgen jetzt jenen Fisch, wenn ich das richtig sehe?«

Karla ist baff: »Woher wissen-«

»Sie sahen uns vorhin wohl auf dem Laberlsteg? Also, sind Sie hinter dem Hausen her?«

»Äh, ja, schon, aber-«

»Wo sind Sie jetzt?«

»Nun, wir haben gerade die Wagramer Straße unterquert.«

»Es geht also nach Norden, Richtung Floridsdorf? Sehr gut! Wir sind unterwegs, auf der Arbeiterstrandbadstraße. Petri Heil!«

Damit beendet die Regisseurin das Gespräch. Während sie dann das Handy einsteckt, wendet sie sich schon an den Fahrer neben ihr: »Also, zum Birnersteig; da fangen wir sie ab!«

Ohne vom Gas zu gehen, wirft der Fahrer einen Blick auf die Karte, die auf seinen Knien liegt: »Am Angelibad? Kein Problem!«

Während die Regisseurin die Kamera auf ihrem Schoß hält, beschleunigt der Fahrer nochmals, und indem er mehrmals die Hupe betätigt und andere Autos verscheucht, erreicht der Bus innerhalb einer Minute die besagte Gasse. Mit quietschenden Reifen biegt der Fahrer nach rechts ab, passiert den Eingang des Angelibades und bremst erst direkt vor dem Steg, der nur für Fußgänger und Radler passierbar ist. Sogleich springen die beiden – beobachtet von einem verdutzten Pensionisten-Pärchen samt Collie-Duo – aus dem Wagen, eilen auf den Steg und halten Ausschau gen Südosten. Kaum hat die Regisseurin die Kamera an ihren Kollegen übergeben, da entdeckt dieser schon etwas: »Da hinten!«

Während das grauhaarige Pärchen samt Hunden neugierig auf den Steg tritt, richtet der Kameramann sein Gerät auf das betreffende Objekt aus. Kurz darauf sehen es auch Herrl und Frauerl: »Mein Gott; was ist das?«

»Da kommt noch ein Boot hinterdrein«, ergänzt die Frau den Ausruf ihres mutmaßlichen Gatten.

»Hast du das? Hast du's?«, ruft unterdessen die Regisseurin geradezu euphorisch aus. Ihr Kollege antwortet nicht; er ist vollauf damit beschäftigt, Fokus, Zoom und Bildausschnitt seiner Kamera dem rasch näherkommenden Trümmerteil anzupassen. Als dieses dann gegen den Brückenpfeiler kracht, fiepen die Collies synchron auf; einer macht sogar einen kleinen Luftsprung, während die Journalisten ebenso synchron die Seite wechseln. So kann der Kameramann das ein wenig geschrumpfte Holzbündel gleich wieder einfangen, sobald es erneut in Sicht kommt.

»Wo wollen die noch hin?«, murmelt der Mann, während er filmt, wie das Motorboot den Trümmern nun gen Westen folgt. Seine Kollegin ist schon einen Schritt weiter: »Wurscht; wir müssen hinterdrein!«

Sie sieht sich hektisch um: Zur Linken liegt das Areal des Angelibades, das inzwischen verschlossen ist; somit weist sie nach rechts, wo es einen ufernahen Weg gibt: »Dort lang!«

Das verschreckte Pensionisten-Hunde-Quartett ignorierend, eilen die Journalisten weiter. Der Kameramann ist deutlich schneller als seine ältere und fülligere Chefin; da er aber zwischendurch mehrfach versucht, das sich rasch entfernende Trümmer-Motorboot-Gespann zu filmen, kann die keuchende Frau immer wieder aufschließen. Als die zwei Objekte aber den Nordbahndamm unterqueren, verlieren die Verfolger sie vorübergehend aus dem Blick. »Jetzt sind sie im Wasserpark Floridsdorf«, konstatiert der Kameramann. »Wo lang?«

»Dort lang!«, keucht die Kollegin, indem sie auf die Überführung deutet. Man sprintet über die Straße, um kurz dahinter gleich wieder nach links abzubiegen; damit gelangt man auf das Gelände des Parks.

Zuerst erspäht man in dem kleinteilig unterteilten Areal die Verfolgten nicht. Dann aber hört man schrille Rufe, die gut ein-, zweihundert Meter entfernt ausgestoßen werden, aber dennoch unüberhörbar sind.

»Gott, was ist das?«, keucht die Regisseurin, die ebenso wie der Kameramann instinktiv stoppte. Letzterer schaltet als erster: »Die Reiher!«

Gleich darauf kann man im nächtlichen Zwielicht tatsächlich erahnen, wie weiter hinten im Park mehrere Graureiher aufflattern. Die Journalisten rennen in diese Richtung, und kurz darauf entdecken sie tatsächlich die Gesuchten. Das heißt, zuerst erspähen sie nur das Motorboot; dieses hat direkt vor der Insel gestoppt, von der die Reiher aus ihrer Brutkolonie aufgeflogen sind. Erst auf den zweiten Blick bemerken die Journalisten ein zeterndes Schwanenpaar: Dieses flattert rechterhand entlang der Uferböschung auf und ab, und diese Böschung verunziert ein Bretterhaufen.

»Die restlichen Bruchstücke vom Boot«, folgert der Kameramann, der bereits sein Arbeitsgerät wieder zum Einsatz bringt. »Da war wohl ein Nest ... Aber was ist mit dem Fisch? Hat der sich losgerissen?«

Seine Chefin ist noch zu sehr außer Atem, um antworten zu können; so beobachtet sie vorerst nur, wie sich das Motorboot in Schleichfahrt den Trümmerteilen nähert. Man untersucht diese, zieht offenbar etwas aus dem Wasser und diskutiert dann den Fund. Schließlich hat die Regisseurin wieder genug Luft gesammelt, um dem Paar etwas zuzurufen: »Hallo! Herr Huber? Kommen Sie doch mal bitte rüber!«

Im nächtlich leeren Park entdecken die Bootsfahrer rasch die zwei Journalisten, die am Rand einer steinernen Aussichtsterrasse stehen. Paul tuckert sogleich zu ihnen rüber: »Guten Abend! Ich nehme an, Sie sind die Frau Schimek?«

»Bin ich«, schnauft die Regisseurin. »Was ist passiert? Wo ist der Fisch?«

»Tja, wir sind ihm bis hierher gefolgt«, erklärt Karla, mit dem Daumen auf die Trümmerteile deutend. »Da hinten krachte das Holz dann ungebremst gegen das Ufer, und das war's.«

»Dies haben wir aus dem Wasser gezogen; es war über den Draht da an den Trümmern festgeknotet.«

Damit hebt Paul Tonys Harpune hoch, an deren einem Ende noch der Draht baumelt, während das anderen Ende in einem faustgroßen, blutigen Stück Fleisch steckt.

»Verdammt; er hat sich losgerissen«, folgert der Kameramann, während er auf das Fischfilet zoomt. »Dann kann er überall sein.«

»Ich glaube nicht«, widerspricht die Regisseurin. »Es muss im 2000er Jahr gewesen sein, da war ich zuletzt beruflich hier. Damals haben sie eine Verbindung zwischen Alter und Neuer Donau eingeweiht; das sollte die Wasserqualität in der Alten Donau verbessern.«

Verwundert dreht sich Paul zur Böschung um: »Aber da ist doch die Autobahn im Weg.«

»Die Verbindung ist natürlich unterirdisch – beziehungsweise unter Wasser. Aber die beginnt etwa da drüben, wenn ich mich recht entsinne.«

Karla wird nun noch ein wenig blasser, als sie im Mondlicht eh schon wirkt: »Das heißt ... Der Fisch ist in die Neue Donau entkommen?«

»*Well, good riddance!*«, bemerkt dazu der Kameramann grinsend. »Den wären wir los!«

Wieder weiß es die Regisseurin besser: »Wär ich mir nicht so sicher: Die Neue Donau ist ja normalerweise auch gegenüber dem eigentlichen Donaustrom abgeriegelt. Außer ...«

Sie blickt zum Nachthimmel empor, wo gerade der Mond hinter sich auftürmenden Gewitterwolken verschwindet. Auch Paul bemerkt das: »Außer, wenn sie die Wehre öffnen – wie bei Überschwemmungen, bei Starkregen ...«

Auch Karla versteht, worauf das hinauslaufen könnte: »Und für die Nacht wurden schwere Gewitter angesagt.«

Die Regisseurin ist eher begeistert denn besorgt: »Die Story wird immer größer! Wir brauchen noch ein Team hier draußen – mindestens!«

Während sie dann telefoniert, lässt sich auch Paul sein Handy reichen: »Das war's dann wohl fürs erste; mit dem Boot kommen wir jedenfalls nicht mehr hinterher ... Hm, das ist ungewöhnlich.«

Auch Karla bemerkt, dass der Chauffeur offenbar keine Verbindung bekommt: »Was ist?«

»Antonias Anschluss ist nicht erreichbar. Seltsam ... Vermutlich benutzte sie deshalb vorhin das Gerät des Fürsten. Aber ob ich ihn jetzt anrufen soll ... Er wird genug um die Ohren haben.«

»Was ist mit Cornelia Mondo?«, schlägt die Frau vor. »Hast du ihre Nummer?«

Paul wählt schon: »Okay; probieren wir das mal ... Seltsam; genau dasselbe.«

Jetzt fängt die Frau an, sich Sorgen zu machen: »Zwei Teenager ohne Handy? Es wird ihnen doch nichts passiert sein?«

»Versuchen wir's halt doch beim Chef ... Hallo? Eure Durchlaucht? Ja, hier ist Paul.«

»Paul!«, bellt es aus dem Apparat heraus. »Was treibt ihr da eigentlich? Karla ist auch bei dir, wie's scheint?«

»Ja, ist sie«, erwidert der Chauffeur mit einem Seitenblick auf die Frau. »Wir ... Na ja, Antonia hat uns gewissermaßen um einen Sondereinsatz gebeten. Sie hat Sie mittlerweile unterrichtet, nehme ich an?«

»Hat sie – wenn auch sehr lückenhaft und sehr spät! Wieso fragt ihr nicht erst einmal bei *mir* nach, bevor ihr solche Aktionen startet?«

»Äh ... Na ja, wenn ich Antonia recht verstand, wüssten Sie eh Bescheid – wegen des Fisches, meine ich ... Hallo ... Eure Durchlaucht, sind Sie noch dran?«

»Ja, ja«, antwortet es nun deutlich leiser. »Nun ... Wurscht; besprechen wir das später! Wo seid ihr jetzt überhaupt?«

»Im Wasserpark Floridsdorf; bis hierher haben wir den Fisch verfolgt.«

»Am anderen Ende der Alten Donau? Ist der damit sozusagen in der Sackgasse?«

»Eher nicht, wie's aussieht: Die Harpune hat sich aus dem Körper gerissen, aber wo nun der Fisch ist ... Frau Schimek vom ORF meint, er ist womöglich durch einen Durchlass in die Neue Donau entkommen.«

Wieder dauert es eine Weile, bis der Fürst antwortet: »In die Neue ... Mein Gott! Aber ... Wie auch immer; ihr könnt da jedenfalls nichts mehr machen. Kommt besser zurück ins Center!«

Ohne weiteren Gruß beendet er das Gespräch und steckt das Handy ein. Seine neben ihm stehende Tochter – nach wie vor in

230

die Decke gewickelt – hat das Gespräch aufmerksam mit ange-hört: »Das Viech ist entkommen?«

»In die Neue Donau, wie's scheint«, antwortet Finsterfels kopfschüttelnd. »Mein Gott; die Sache ist nun wahrlich außer Kontrolle!«

Tony grinst grimmig: »Bist du sicher, dass du ›die Sache‹ über-haupt je unter Kontrolle hattest?«

Diese Bemerkungen sind dem Reporter nicht entgangen: Nachdem er vorher – freilich erneut vergeblich – versucht hat, die Autorin zu interviewen, wenden er und sein Kamera-Kollege sich nun ein weiteres Mal den Finsterfelsen zu: »Welche Sache meinen Sie? Wissen Sie womöglich, woher dieser Riesen-Fisch kam?«

»Ich weiß gar nichts!«, erwidert der Fürst unwirsch. »Ich habe dazu nichts zu sagen; das sagte ich Ihnen doch bereits!«

Noch lässt der Journalist aber nicht locker: »Der Abend hätte jedenfalls ganz anders ablaufen sollen, nehme ich an?«

»Mit so etwas kann doch wahrlich niemand rechnen!«

Darauf wenden sich die ORF-Leute an Doktor Paek; der un-terhielt sich vorher einige Schritt weiter mit seinen koreanischen Kollegen: »Und Sie, Herr Doktor ... Beck war der Name? Was sagen Sie zu diesen Vorfällen?«

Der Manager lächelt höflich: »Nun, es gibt halt Dinge, die sich jeder Kontrolle entziehen – speziell natürlich, wenn es ... Wie sagt man? Wenn es um Naturgewalten geht; und damit hatten wir es hier wohl zu tun. Wichtig ist, sich dessen bewusst zu sein. Man kann nicht auf alles vorbereitet sein, aber man muss beizeiten die nötigen Konsequenzen ziehen.«

»Das kann ich nur unterstreichen«, bemerkt dazu der Fürst, der bemüht ist, gute Miene zum missglückten Spiel zu machen. »Es tut mir außerordentlich leid, dass dieser Abend so ... Dass er eine fürwahr unerfreuliche Wendung ins Chaotische nahm, um das Kind beim Namen zu nennen. Ich kann Ihnen nur versichern, dass so etwas selbstverständlich nie wieder geschehen wird.«

Der koreanische Manager gibt sich gelassen: »Ich nehme an, es wird nicht sehr viele Fische von der Größe in der Donau geben.«

»Sicher nicht!«, versichert der Fürst eifrig.

»Wie können Sie da so sicher sein?«, fragt der Reporter, wäh-rend sein Kollege die Kamera wieder gen Finsterfels schwenkt.

»Schauen's, das wäre ja kaum unbemerkt geblieben, oder? Ansonsten … Kein Kommentar; suchen Sie sich gefälligst sonstwen zum Interviewen!«

Darauf setzt sich Finsterfels demonstrativ einige Schritt abseits ins Gras, um einen Zigarillo zu rauchen. So filmt der Kameramann fürs erste nochmals Cassiana Herno. Die hockt nach wie vor neben ihrem Sohn; offenbar redet sie beruhigend auf ihn ein, während sie ihn gleichzeitig mit der Decke trocken zu rubbeln versucht: versucht, weil der Junge auf den ORF-Mann eigentlich schon sehr trocken wirkt – und zudem entspannter als seine Mutter. Daher lassen die Journalisten die zwei vorerst in Ruhe; stattdessen nähern sie sich einem anderen Grüppchen: Nämlich den Mondos, bei denen auch Michi steht. An letztere wendet sich nun der Mann mit dem Mikro: »Frau Schweighofer: Das Hauptgericht an Ihrem Buffet war ja ein geräucherter Stör – und gleichzeitig treibt ein anderer Riesen-Stör direkt da draußen im Kaiserwasser sein Unwesen. Ist das nicht ein merkwürdiger Zufall?«

Michi ist noch nicht dazu gekommen, sich darüber Gedanken zu machen: »Jetzt wo Sie's sagen … Merkwürdig, allerdings. Fast wie bei … Welches Sequel war das? ›Jaws 4‹, wo sich der Hai für seine Verwandten rächen will? Nein; sorry, das ist lächerlich!«

Sie muss selbst grinsen bei dem Gedanken. Conny kann darüber allerdings noch nicht lachen: »Außerdem müsste der Fisch da draußen mindestens der Groß- oder Urgroßvater eures Räucherfisches gewesen sein.«

»Wieso das?«

»Weil der geräucherte Hausen höchstens drei Meter maß, der andere aber gut das doppelte.«

»Bist du sicher?«

»Hey, ich bin garantiert die Einzige hier, die *beide* von nahem gesehen hat. Außer …«

Ihr kommt ein Gedanke; sie sieht sich suchend nach dem Koch um, findet ihn aber nicht.

»Außer … was?«, drängt der Journalist.

»Ach, nichts«, meint das Mädchen schließlich abwinkend. »Sorry, aber ich habe echt genug für heute.«

Die Decke demonstrativ noch enger um sich schlingend, setzt auch sie sich ins Gras. Prompt bedenkt ihre Mutter den Reporter mit einem bösen Blick; darauf ziehen er und sein Kollege es vor, sich lieber Augenzeugen unter den anderen Gästen zu suchen. Wie sie außer Hörweite sind, tritt Tony an die Mondos heran und setzt sich neben ihre Freundin: »Kann mir denken, wen du meinst. Den Koch, nicht wahr?«

Dies überrascht Margret: »Herr Ahn? Wieso? Gut, den Braten hat natürlich er zubereitet, aber der andere Fisch ...«

Michi sieht sich nun ebenfalls suchend um: »Also, soweit ich das mitbekommen habe, war immer nur die Rede von *einem* XXL-Fisch. Würde schon gerne hören, was Herr Ahn dazu zu sagen hätte. Aber der ist offenbar schon wieder weg. Seltsam ... Sag, wie kommt ihr auf den Koch?«

Letzteres richtet sich an die Mädchen. Tony zuckt nur mit den Schultern, und Conny schüttelt den Kopf: »Nur so eine Ahnung ...«

Darauf wissen die zwei Frauen auch nichts zu erwidern. So verfolgt man, wie einige Schritt weiter das Kamerateam die vier entgondelten Gondolieri befragt. Die Größen-Schätzungen, die diese für den Angreifer angeben, schwanken dabei zwischen vier und acht Metern; die höchste Angabe stammt vom Hundehalter, der besonders mitgenommen wirkt: »Mein Rudi, mein Hunderl ... Einfach gefressen ... Mit einem Happs; wie ein Hundehäppchen!«

Wie sie das hört, prustet Conny los; Tony kann sich ein Grinsen nicht verkneifen, und auch den Frauen fällt es schwer, ernst zu bleiben. Ehe sie womöglich lauthals auflacht, realisiert Margret noch rechtzeitig, dass das Söhnchen auf ihrem Arm immer noch tief und friedlich schlummert: »Immerhin; er war nur hinter Hundehäppchen her. Hätte viel schlimmer kommen können!«

»Kann sein, dass es noch immer nicht zuende ist«, bemerkt dazu Tony – allerdings derart leise, dass nur ihre Freundin sie versteht.

Dass zumindest das Fest zuende ist, beschließt kurz darauf der Fürst nach Beratung mit Michi Schweighofer; das aufziehende Gewitter dient dabei als Vorwand. Soweit als möglich die Form wahrend, bedankt sich Finsterfels speziell bei seinen koreanischen Gästen für deren Kommen und entschuldigt sich für den »ungewöhnlichen Verlauf«, den der Empfang nahm. Die Asiaten aber bedanken sich für die Gastfreundschaft und den »höchst unterhaltsamen Abend«; Doktor Paek lässt gar durchblicken, dass man das Ganze kaum besser hätte inszenieren können.

Als die Koreaner in ihre Wagen steigen, schließt sich gerade die Wolkendecke über Wien, und erstes Donnergrummeln lässt sich hören; somit macht sich das Personal in aller Eile daran, den Außenbereich des Centers aufzuräumen – wobei sich Michi mehrfach darüber beklagt, dass der Koch nach wie vor nirgends zu finden ist; so lässt man den Räucher-Apparat kurzerhand im Freien stehen.

Dafür findet sich Ersatz-Garderobe für Tony und Conny, und zwar dank der Reserve-Arbeitskleidung des weiblichen koreanischen Küchen-Personals; so kann Konrad geraume Zeit nach Mitternacht einen kuriosen Erinnerungs-Schnappschuss schießen: Margret und Cassiana, beide noch in ihren Abend-Garderoben, beide mit ihren dicht eingewickelten, schlummernden Knaben auf den Arm, davor zwei Mädchen, die man auf den ersten Blick für Küchen-Lehrlinge halten könnte, und in der Mitte ein recht mitgenommen wirkender Finsterfels. »Keine Sorge; ich werde das nicht an die Presse schicken!«, versichert angesichts dessen Konrad grinsend.

»Möchte ich Ihnen auch gefälligst geraten haben!«, murmelt der Fürst. Margret dagegen tritt darauf neben den Fotograph, vorgeblich, um das Bild zu betrachten: »Passt! Nun ... Also, auch wenn die Umstände eher unerfreulich waren: Hat mich wirklich gefreut, dich zu sehen, Konrad. Wäre schön, wenn du mal wieder bei uns vorbei schauen könntest.«

Ihr Ex-Angestellter nimmt sie beim Wort: »Wo du's ansprichst ... Wir könnten meinen Doktor im ›Hotel Welt‹ feiern.«

»Natürlich; wenn's so weit ist, spendiere ich gern die Getränke!«, verspricht Margret.

Die Ankunft von Paul und Karla – per Taxi – verschafft dem Fürsten einen Grund, diese Szene zu unterbrechen: »Wie ist es, Margret: Fährst du mit zum Palais?«

So verabschiedet sich die Frau eilig von Konrad, um zu dem wartenden Mercedes hinüber zu eilen. Dabei bekommt sie auch die Instruktionen mit, die Finsterfels seinem Chauffeur erteilt: »Also, schnurstracks zum Palais, klar? Bloß keine Extratouren mehr!«

»Sehr wohl!«, verspricht Paul. Freilich hat auch seine Tochter dies mitbekommen: »Du kommst nicht mit, Papa?«

»Zähl mal durch!«, erwidert ihr Vater etwas unwirsch. »Paul, Karla, Frau Mondo, Frau Herno, die beiden Buben und ihr zwei, das macht schon acht. Außerdem habe ich hier eh noch zu tun.«

»Na dann ...«, meint Tony ungewohnt kleinlaut. »Bis später. Tut mir leid wegen dem Chaos.«

Finsterfels vermag sich ein Lächeln abzuringen: »Was denn; ist ja nichts passiert! Gute Fahrt, und gute Nacht!«

Damit verteilen sich die Acht über die Sitze der Limousine, und wenig später rollt diese als letztes Fahrzeug vom Parkplatz des Centers.

Fast während der gesamten Rückfahrt herrscht Schweigen im Auto; die Strapazen des Tages sind an niemandem spurlos vorüber gegangen. Da es kurz vor der Ankunft am Palais recht plötzlich und recht heftig zu regnen beginnt, fällt auch der Abschied auf dem Parkplatz sehr knapp aus; gleiches gilt für die Gute-Nacht-Wünsche unter den Mondos und den Hernos im Hotel, ehe alles erschöpft in die Federn fällt.

Als Conny irgendwann aus dem Schlaf hochschreckt, ist sie sich nicht sicher, ob das Krachen, das sie geweckt hat, real oder erträumt war. Ein weiteres Donnergrollen sowie das Regengetrommel auf ihrer Dachluke überzeugen sie rasch davon, dass es kein Wahn war.

»Nur das Gewitter«, murmelt sie. Dann aktiviert sie die Beleuchtung an ihrem Digital-Wecker – mit unerwartetem Ergebnis: »Schon nach Acht!?«

Sie wirft einen Blick rauf zum Fenster, aber hinter dem Rollo ist es derart finster, als wäre es Mitternacht. Die Halbschläferin spielt mit dem Gedanken, sich nochmals umzudrehen, zumal es im Zimmer momentan angenehm kühl ist. Dies wird jedoch von einem schrillen Geräusch vereitelt, welches das Mädchen erst nach zwei, drei Sekunden zuordnen kann: Es ist ihr altes Handy, das sich da nach mehrmonatiger Pause mal wieder meldet – und zwar mit Tonys Klingelton vom Vorjahr. Somit schwingt sich Conny aus dem Bett, eilt zum Schreibtisch rüber und greift zum Handy: »Hey, Tony! Schon so früh wach?«

»Früh!? Und das von dir? Na, jedenfalls gut, dass du dein altes Teil noch nicht entsorgt hast!«

»Tja, mein Smartphone ruht auf dem Grund des Kaiserwassers; da wird mir meine Mutter so schnell garantiert kein Neues finanzieren.«

»Geht mir genauso. Aber weswegen ich anrufe: Hast du ORF an?«

Conny ist zuerst ans Fenster getreten, um sich davon zu überzeugen, dass draußen tatsächlich ein ungewöhnliches, frühmorgendliches Gewitter tobt: »Du weißt doch, dass ich hier oben keine Glotze habe. Wieso?«

»Dann such dir mal besser schnell eine.«

»Geht es immer noch um unseren Lieblings-Fisch?«

»Du hast es erraten. Bis nachher!«

Damit ist das ungewöhnlich kurze Telefonat auch schon beendet. Darauf wirft Conny einen flüchtigen Blick auf den Stuhl, über dem die sommerliche Kleidung vom Samstagvormittag hängt und ebenso die Koch-Uniform vom Abend; dann holt sie angesichts des Wetters zum ersten Mal seit Wochen wieder eine lange Jeans und ein Langarm-Shirt aus dem Schrank. Nach einer Katzenwäsche eilt sie hinunter in die Hotel-Lobby.

Wie erwartet, trifft sie im Frühstücksraum bereits auf ihre Mutter; als momentan einziger Frühstücker ist außerdem ein Conny wohlbekannter Stammgast anwesend: »Morgen, Ma! Guten Morgen, Herr Doktor Hofmann!«

Während ihre Mutter nur knapp und kenntnisnehmend nickt, wendet sich ihr der Hotelgast lächelnd zu: »Ah, guten Morgen, Cornelia! Nun, gut erholt von eurem gestrigen Abenteuer?«

Das überrascht die Tochter: »Abenteuer? Du hast ihm schon davon erzählt, Mama?«

»War gar nicht nötig«, erwidert die Frau. Dabei deutet sie auf den Fernseher, der an einer Wand des Frühstücksraumes hängt und auf den das Mädchen zuerst nicht geachtet hat; schließlich läuft er zur Frühstückszeit permanent, wenn auch meistens dezent leise. Nun aber ist der Ton weit aufgedreht; Hofmann sitzt so, dass er einen guten Blick auf den Bildschirm hat, und Margret steht neben dem Buffet, als habe sie vergessen, weswegen sie gekommen ist – was sogar zutreffen dürfte: Denn nach einigen Sekunden erkennt auch Conny, dass da beim ORF offenbar eine außergewöhnliche Live-Reportage läuft: »... geht die Suche nach dem Monster-Fisch weiter«, berichtet eine Stimme aus dem Off, in der Conny sogleich das Organ von Elisabeth Schimek erkennt; dazu werden Bilder der wind- und wettergepeitschten Neuen Donau gezeigt, auf der zwei, drei Boote mit den Unbilden der Witterung ringen. »Erste Untersuchungen der Verbindung zwischen Alter und Neuer Donau haben ergeben, dass diese tatsächlich gewaltsam durchbrochen wurde. Damit kann man davon ausgehen, dass der Hausen, der gestern beim Lichterfest entlang der Alten Donau für Chaos und Kleinholz gesorgt hat, nun in der Neuen Donau schwimmt. Die einzige Möglichkeit, von dort in den eigentlichen Donau-Strom zu entkommen, wäre bei den Wehren, welche die Neue Donau sperren und im Allgemeinen nur bei Hochwasser-Gefahr geöffnet werden. Damit fürs erste zurück ins Studio.«

»War der Fisch selber auch zu sehen?«, fragt Conny, als man sich bei ›Guten Morgen Österreich‹ vorerst anderen Themen zuwendet. Ihre Mutter dreht den Ton mit der Fernbedienung etwas runter, ehe sie antwortet: »Oh ja: Und zwar bei der Szene da draußen auf dem Kaiserwasser mit euch. Die Bildqualität war aber eher bescheiden.«

»Doch gut genug, um zu erkennen, mit welch mächtigem Exemplar ihr es da zu tun hattet«, relativiert das Hofmann lächelnd. »Es wurde auch ein Biologe interviewt. Der meinte zuerst, dass es erstens von dieser Spezies keine Exemplare dieser Größe mehr gäbe, und zweitens schon gar nicht in der Alten Donau. Angesichts der Bilder musste er allerdings konzedieren, dass es sich hier tatsächlich um einen *Huso huso* von mindestens vier Metern Länge handeln dürfte.«

»Eher ein, zwei Meter mehr«, befindet das Mädchen.

»Ja, das meinten einige Zeugen in den Interviews auch. Konrad war übrigens ebenfalls dabei – und du natürlich.«

Das überrascht Conny: »Ich? Im Fernsehen? Ach ja, der Typ war ja mit seiner Kamera auch bei mir ... Na, ich hoffe, wir kamen nicht allzu deppert rüber!«

»Du meinst dich und Herrn Graf?«, hakt Hofmann nach.

»Eigentlich mehr mich und Tony Finsterfels.«

»Sie kommt nicht vor«, erklärt Margret. »Ebenso wenig ihr Vater; ich wette, der hat wieder beim ORF interveniert. Dafür sieht man mehrfach- Ah, wenn man vom Teufel spricht: Guten Morgen!«

Sie hat sich zum Eingang umgedreht, da gerade Cassiana Herno mit Andreu an der Hand den Raum betritt. »Guten Morgen allerseits.«

Hofmann steht prompt auf, um die Autorin per Handschlag zu begrüßen: »Guten Morgen, Frau Herno! Zwar habe ich Sie heute schon gesehen, doch nur auf dem Bildschirm. Gestatten Sie mir zu sagen, dass es so oder so ein Vergnügen und eine Ehre ist, Sie zu sehen. Ich hoffe, auch Sie können über die Bilder, die zweifellos noch mehrfach gezeigt werden, gelassen lächeln.«

›Eigentlich lächelt Cassie schon jetzt echt gelassen‹, denkt Conny; dabei ahnt die Frau offenbar, was Hofmann meint: »Danke, Herr Doktor; das Leben hat mich gelehrt, die Dinge zu nehmen und zu akzeptieren, wie sie kommen. Aber wo Sie's ansprechen ... Was genau war denn zu sehen?«

Während sich die Autorin mit ihrem Sohn an dem Tisch neben Hofmann niederlässt, schaltet sich Margret ein: »Wo du schon da bist, Conny: Bringst du uns bitte drei Cappuccini aus der Maschine?«

Die Tochter ist sogleich dazu bereit; da die Kaffeemaschine nur zwei Tische weiter steht, kann sie unschwer hören, was ihre Mutter berichtet: »Tja, du warst zwar mehrfach im Bild, Cassie, aber halt ohne Interview. Dafür haben sie Ausschnitte aus der Lesung gezeigt, speziell vom Schluss, und den Ton davon haben sie dann teilweise über die Szenen mit der Versenkung der Gondel da im Kaiserwasser gelegt.«

»Trotz einiger Unterschiede im Detail ergeben sich da in der Tat verblüffende Parallelen«, ergänzt dies Hofmann. »Geradezu prophetisch könnte man ihren Text nennen. Der Kommentar von Frau Schimek ließ jedenfalls nahezu mystische Aspekte anklingen.«

Die Autorin reagiert mit einer wegwerfenden Geste: »Ach, diese Leute vom Fernsehen übertreiben doch immer.«

»Willst du beim ORF protestieren?«, fragt Margret, als Conny gerade das Tablett mit dem Kaffee abstellt. »Sonst geht das sicher noch vielfach über die Sender.«

»Mag sein, aber-«, beginnt die Autorin, ehe sie vom Läuten ihres Telefons unterbrochen wird. »War ja klar! Hallo, Bernd! ... ja, ich hab's gerade gehört; danke ... Nein ... Sag, kann ich dich zurückrufen? Ich brauche jetzt erst einmal etwas zwischen die Zähne. Bis bald!«

»Bernd Müller, mein Manager«, erklärt die Frau, wie sie ihr Telefon wieder wegsteckt. »Er ist natürlich ganz begeistert von dieser Publicity ... Nun ja, sein Lieblings-Spruch ist ja auch: *Advertising you pay for; publicity you pray for!*«

»Sehr richtig«, erwidert Margret. »Wie ich aus eigener Erfahrung weiß ... Warte; ich helfe euch!«

Während dann die beiden Frauen sich am Buffet bedienen, lässt sich Conny mit ihrer Kaffeetasse schräg gegenüber von Hofmann nieder, zückt ihr Uralt-Handy und schickt eine SMS an Tony: ›Schaue jetzt ORF. Du also auch?‹

Die Antwort kommt kaum eine Minute später: ›Eh klar – und nicht nur ich.‹

›Dein Vater auch?‹

›Und Paul & Karla.‹

Darauf wendet sich Conny an den Stammgast: »War eigentlich auch was von der Verfolgungsjagd mit dem Motorboot zu sehen?«

»Oh ja«, bestätigt das Hofmann lächelnd. »Sehr spannend! Seltsamerweise wurde nicht erwähnt, wer denn das Paar in dem Boot war. Weißt du da näheres, Cornelia?«

»Und ob; das sind der Chauffeur und die Haushälterin unserer lieben Nachbarn«, erklärt Conny, mit dem einen Daumen in Richtung Palais deutend und mit dem anderen tippend: ›Wie hat dein Dad es geschafft, dass ihr überhaupt nicht aufscheint in den Berichten?‹

›Bestimmt das übliche: Beziehungen, Drohungen, Versprechungen ... Hing schon am Telefon, als ich aufstand.‹

›Schlaflose Nacht für ihn?‹

›Sieht so aus – auch äußerlich.‹

›So schlimm?‹

›War schon schlimmer. Bessert sich allmählich ... Gott, ich glaube, er nickt ein!‹

›Weiß er, wieso der Fisch da draußen war?‹

›Bin mir nicht sicher. Murmelte was vom Koch, von Betrug, Verrat ...‹

›Ist wohl nicht die beste Zeit, zu fragen?‹

›Bestimmt nicht!‹

›Na, dann noch gute Unterhaltung!‹

›Danke, gleichfalls!‹

Als Conny das Handy wegsteckt, kommen die Frauen mit gefüllten Tellern zurück; gleichzeitig deutet Andreu lachend auf den Fernseher: »Mama, schau: Da sind wir!«

»Ah, eine weitere Wiederholung«, ergänzt dies Hofmann schmunzelnd. »Nun, das war zu erwarten, wo der Sendewagen des Frühfernsehens ohnehin in Wien Station macht.«

Zuerst ist kurz zu sehen, wie sich die Autorin um ihren klatschnassen Sohn kümmert; der Ausschnitt endet, als sie etwas unwirsch einen Interview-Versuch abweist. Es folgt ein Kommentar von Frau Schimek zu einigen Szenen, die offenbar früher am

Abend aufgenommen wurden; auch Doktor Paek scheint auf, nicht aber Finsterfels. »Das kulturelle Highlight des Abends war eine Lesung der Bestseller-Autorin Cassiana Herno aus ihrem neuen Buch ›Kaiserwasser‹«, berichtet die Kommentatorin. Darauf wird ein Ausschnitt aus der Lesung gezeigt. Nach einigen Sätzen werden zu Cassianas Text die Aufnahmen vom Hausen-Angriff auf die Gondel eingeblendet: »Jene Sekunden unter Wasser wird sie nie vergessen: Ihre Augen versuchten sich an das Wasser zu adaptieren, an die Finsternis, die für kurze Momente immer wieder blitzartig vom Widerschein des Feuerwerks zerrissen ward. Zwei-, dreimal drehte sich Diana um sich selbst, stieß das Grünzeug zur Seite, fand aber nichts. Dann erblickte sie direkt unter dem Boot einen Schemen, der sich schnell näherte, schnell größer wurde, und als dann für eine Sekunde ein Feuerwerks-Blitz die Tiefe erhellte, begriff Diana: Es war ein Fisch, der sich da näherte, ein riesiger Fisch, breiter als ihr eigener Körper, länger als das Tretboot, und direkt unter ihm versank ein kleiner, zierlicher, menschlicher Körper.«

An dieser Stelle endet der Ton der Lesung; als dann die Gondel versinkt und alle Passagiere im Wasser schwimmen, meldet sich wieder die Regisseurin aus dem Off zu Wort: »Das Leben imitiert die Kunst weit mehr als die Kunst das Leben, befand einst Oscar Wilde. Dass aber auch die Natur die Kunst imitiert, dürfte ziemlich einmalig sein.«

»Gott, musste der auch noch sein Tele einsetzen?«, bemerkt angesichts dessen Conny betreten. »Da erkennt einen ja echt jeder!«

»Aber du bist ... wie soll ich sagen? Du machst *bella figura*, Cornelia«, beteuert Hofmann schmunzelnd. »Es ist sehr tapfer, wie du dein Brüderchen rettest.«

»Nachdem sie Hans vorher leicht- und unsinnigerweise mit auf dieses Boot genommen hat!«, bemerkt dazu Margret; aber der vorwurfsvolle Unterton geht nun eine merkwürdige Melange mit unausgesprochener Dankbarkeit ein. Conny gibt sich daher mäßig zerknirscht: »Soll nicht wieder vorkommen; versprochen!«

»Ich bin mir sicher, dass wir alle so etwas nicht noch ein zweites Mal erleben werden«, bemerkt dazu die Autorin. »Aber ich bin mir auch sicher, dass diese Geschichte noch immer nicht vorüber ist.«

Conny registriert erstaunt, dass Tony am Vortag fast dasselbe sagte. »Was ist eigentlich mit dem Fisch selber? Ist der also noch in der Neuen Donau?«

»Es hieß, dass er unweit vom Einlaufbauwerk gesichtet worden sei«, weiß dazu Hofmann. »Aber angesichts des Wetters – oder eher Unwetters – ist das wohl recht unsicher.«

»Und ich glaube nicht, dass sich vor morgen jemand ernsthaft Gedanken machen wird, was mit ihm geschehen soll«, ergänzt das Margret. »Ist schließlich Sonntag.«

»Was könnte denn mit ihm geschehen?«

»Früher oder später wird man ihn da rausfischen«, meint die Autorin schulterzuckend. »Schon auf Druck der Öffentlichkeit hin. Und dann ... Wer weiß! Selbst fürs Haus des Meeres dürfte er inzwischen zu groß sein.«

Conny nickt dazu nur, aber während sie ihr Frühstück beendet, reift in ihr ein Entschluss. So kehrt sie danach – die anderen schauen noch ›Guten Morgen Österreich‹ – vorerst wieder auf ihr Zimmer zurück. Dort ruft sie dann eine Nummer an, die ihr seinerzeit Tony gegeben hat. Prompt meldet sich eine arg übernächtigt klingende Stimme: »Ja?«

Conny erkennt trotzdem das Organ: »Guten Morgen, Herr Finsterfels. Entschuldigung, dass ich störe, aber ... Es ist wichtig!«

»Cornelia? Willst du Tony sprechen? Hast du die Nummer ihres anderen Handys nicht?«

»Doch, doch, danke. Äh ... Ist denn Tony bei Ihnen?«

»Nein; die sitzt noch beim Frühstück – und sieht fern.«

»Sie sind also allein?«

Darauf klingt der Fürst schon etwas genervt: »Bin ich, im Büro. Was gibt's denn so Wichtiges?«

»Es ist wegen des Fisches; Sie wissen schon; Koloman ... Glauben Sie nicht auch, dass er es nach all den Jahren verdient hat, endlich frei zu sein?«

»Nun, das ist er jetzt ja wohl.«

»Aber eigentlich ist er ja immer noch in der Neuen Donau gefangen. Und dort lässt man ihn garantiert nicht lange in Frieden.«

Es dauert einen Moment, ehe Finsterfels antwortet: »So ist es wohl. Aber schau, was soll man machen?«

»Man könnte das Wehr öffnen. Sie wissen schon, das Wehr ein Stück nördlich der Stadtgrenze. Vermutlich treibt der Instinkt das Tier dazu, nach Norden zu schwimmen, stromaufwärts.«

»Wäre logisch; die Störe laichten ja einst in Richtung Bayern. Bloß wird das kaum passieren: Das Wehr wird ja nur bei Hochwasser geöffnet, und dafür dürfte selbst das Gewitter da draußen wahrlich nicht ausreichen.«

»Sie haben doch gute Beziehungen zur Stadt Wien, gell? Zum Rathaus, meine ich? Zum Bürgermeister, Magistrat und so?«

»Selbstverständlich, ich ... Worauf willst du hinaus, Cornelia? Soll ich darauf hinwirken, dass man wegen dem Fisch das Wehr öffnet!? Damit der in die Freiheit entkommt?«

»Genau das.«

»Himmel; warum sollte ich das tun?«

Diesmal dauert es auf Connys Seite etwas länger, ehe sie antwortet: »Weil Sie garantiert nicht daran interessiert sind, dass die Existenz Ihres Sohnes bekannt wird.«

Es folgt eine weitere, noch längere Pause. »Was ... Wieso ... Wovon redest du!?«

»Von Hans. Meinem Halbbruder und Ihrem Sohn.«

»Woher ... Hast du das von deiner Mutter?«

»Nein.«

»Aber ... Woher weißt du es dann?«

»Spielt keine Rolle. Meinetwegen kann das auch gerne weiter euer- *unser* kleines Geheimnis bleiben.«

Nun begreift der Fürst: »Das ist glatte Erpressung!«

»Nennen Sie's lieber einen Akt des Artenschutzes. Und ich verspreche Ihnen, dass ich nichts weitersage – falls Koloman, Kongji, oder wie immer man ihn nun nennt, frei kommt!«

Diesmal dauert es glatt eine Minute, ehe Finsterfels antwortet: »In Ordnung; ich werde sehen, was ich tun kann. Aber ich kann nichts versprechen!«

»Prima; danke – und nichts für ungut! Ach, eine Sache noch.«

»Was denn noch?«

»Meinen Sie nicht, es wäre gut, wenn auch Tony davon erfährt? Dass sie einen Bruder hat, meine ich? Und zwar von Ihnen, bevor sie es womöglich von sonstwem hört?«

»Du willst doch nicht-«

»Keine Sorge: *Ich* werde es ihr nicht verraten; versprochen!«

»Nun gut ... Ich denke drüber nach. Sonst noch was?«

»Nein; das war's. Danke schon mal!«

»Wiederhören!«

Damit knallt Finsterfels das schnurlose Telefon so heftig in die Ladestation, dass das Plastik quietscht. Dann lehnt er sich ächzend in seinem Schreibtischstuhl zurück und blickt minutenlang zu dem deckenhohen Fenster hinüber, gegen das nach wie vor der Regen trommelt. Schließlich greift er wieder nach dem Telefon: »Was soll's ... Mal sehen, wer im Rathaus erreichbar ist!«

+++

Wenig später wird die Geschichte rund um die Vorfälle beim Lichterfest zuerst von mehreren deutschen Sendern übernommen, dann auch von ausländischen Anstalten. Sie alle zeigen die Bilder, die sie vom ORF erhalten haben; sie alle nennen natürlich auch die Autorin beim Namen, und sie erwähnen brav den Titel ihres neuen Buches.

Sonntagmittag meldet sich Redakteur Novak telefonisch bei der Autorin; er schlägt vor, den für den nächsten Tag vorgesehenen Beitrag im ›Kulturmontag‹ um eine Woche zu verschieben; dafür würde er doppelt so lang werden. Da es eine Reihe von Anfragen der ausländischen Sender gab, regt er außerdem an, dass die Autorin eine Pressekonferenz geben könnte. Cassiana Herno erklärt sich mit beidem unter zwei Bedingungen einverstanden: Erstens sollte die PK erst am Dienstag stattfinden; zweitens im ›Hotel Welt‹. Letzteres überrascht Margret, aber natürlich ist sie einverstanden.

So gibt der ORF noch am Sonntagnachmittag eine Pressemitteilung heraus, in der die PK angekündigt wird. Etwa gleichzeitig erscheint eine knappe Meldung auf der ORF-Homepage, dass das Einlaufbauwerk an der Neuen Donau geöffnet wurde: Und zwar aufgrund eines Missverständnisses, wie es heißt; nach einer knappen Stunde konnte es wieder geschlossen werden. Am gleichen Abend aber wird Koloman angeblich bei Höflein gesichtet, einige Kilometer stromaufwärts von Wien, was den Presserummel noch steigert. Im Fokus der Aufmerksamkeit steht aber nach wie vor das Geschehen während des Lichterfestes rund um das Kaiserwasser.

Tatsächlich tauchen schon am Montagmorgen die ersten deutschen Kamerateams vor dem ›Hotel Welt‹ auf. Dies amüsiert nicht zuletzt Tony Finsterfels, als sie – per Schleichweg durch Park und Hintertür – ihre Freundin besucht: »Paparazzi!«, lästert sie grinsend, während sie die Journalisten von einem Hotelfenster aus beobachtet. »Jetzt wisst ihr, wie das ist.«

Conny findet das dagegen gar nicht komisch – speziell als ein Reporter sie beim Verlassen des Hotels erkennt und bis zur nächsten Straßenbahn-Haltestelle verfolgt; auf dem Rückweg schleicht sie sich ebenfalls über den Finsterfels'schen Park zurück ins Hotel, und sie zieht erstmals in Erwägung, ihre Haarfarbe zu ändern.

Ihre Mutter freut einerseits der kostenlose Werbeeffekt, den dies für ihr Haus mit sich bringt; andererseits zeigen sich nicht alle ihre Gäste erfreut ob des Rummels rund um das Hotel; so ist auch sie bemüht, die Geschichte hinter sich zu bringen. Zusammen mit Conny und einigen Angestellten des Hauses bereitet sie den Tagungssaal des Hotels für die Pressekonferenz vor – wobei es sich bei dem ›Saal‹ eher um ein größeres Zimmer handelt; mit Ach und Krach bringt man die dreißig Sessel erst auf und dann unter, die nach den telefonischen Angaben des ORF und von Bernd Müller notwendig sein dürften.

Letzterer kehrt in Person am Morgen der PK ins ›Hotel Welt‹ zurück. Gemeinsam mit seiner Klientin besichtigt der Manager dann den ›Saal‹ und zeigt sich im großen und ganzen – oder »im kleinen und ganzen«, wie er es scherzhaft ausdrückt – zufrieden. Trotzdem rückt er noch eigenhändig das Podium mit dem Mikro exakt in die Mitte der Schmalseite des Saales; er zieht die Gardinen an den Fenstern zurück und verringert den Abstand der vier Sitzreihen ein wenig. »So kann man davor und dahinter noch ein paar Kameras platzieren«, erklärt er.

Dass dies durchaus nötig ist, erweist sich in den nächsten Stunden: Etwa ein Dutzend Kamerateams trifft ein: als erstes das vom ORF; geleitet wird es wieder von Elisabeth Schimek, die Margret und den Manager leutselig begrüßt. Diese zwei sowie Conny sorgen im Vorfeld der Veranstaltung für Ordnung, während die Autorin sich vorerst auf ihr Zimmer zurückgezogen hat. Nach und nach treffen dann drei deutsche Teams ein, jeweils eines aus Italien, Frankreich, England, Russland und sogar welche aus den USA, Japan, China sowie Brasilien; dazu kommen noch gut vierzig Vertreter von nationalen und internationalen Printmedien, so dass die Sessel tatsächlich nicht ausreichen.

Um Punkt 12 Uhr tritt dann Cassiana Herno auf: Sie hat sich, wie Margret bemerkt, erneut umgezogen und erscheint nun in einem betont seriösen Business-Outfit. Empfangen wird sie von einem Blitzlicht-Gewitter, das eines Filmstars würdig wäre. Sie tritt an das Pult, zieht einen Zettel aus der Tasche und legt ihn vor sich hin, um dann aber ihre Erklärung weitgehend frei und flüssig vorzutragen: »Vielen Dank, meine Damen und Herren, für ihr zahlreiches Erscheinen. Dies ist, wie Sie sich werden denken können, für eine sonst meist im stillen Kämmerlein arbeitende Autorin wie mich eine ungewohnte Situation; daher bitte ich um Verständnis für eventuelle Fauxpas meinerseits.

Aber zur Sache: Wie Ihnen inzwischen bekannt sein dürfte, habe ich am letzten Samstag im Rahmen einer Veranstaltung im Sejong-Center hier in Wien einen Abschnitt aus meinem neuen Roman mit dem Titel ›Kaiserwasser‹ gelesen. Dieser Abschnitt endete mit einer Attacke eines Raubfisches auf ein Boot und auf einen der Hauptcharaktere meines Buches. Ich-«

Hier wird die Frau bereits von einem deutschen Journalisten unterbrochen: »Kommt die betreffende Figur dadurch ums Leben? Wie es heißt, haben Sie Ihre Lesung mit einem klassischen *Cliffhanger* enden lassen.«

Die Autorin lächelt nachsichtig: »Nun, wenn ich vor drei Tagen dies nicht verraten habe, so werden Sie hoffentlich verstehen, dass ich das jetzt erst recht nicht tun werde.

Worauf ich hinaus will: Man hat mir bereits bei meinem ersten Roman unrealistische Elemente vorgehalten; manches sei unglaubwürdig, allzu unwahrscheinlich, obwohl ich tatsächlich nie behauptet hatte, eine autobiographische Erzählung oder gar eine Reportage geschrieben zu haben. Denn-«

»But ... Aber das erste Buch, das Bestseller, das hat autobiographische Teile, nicht wahr?«, wirft nun ein US-Kollege ein.

»Das stimmt – autobiographische *Teile*. Tatsächlich wurde *manches* darin angeregt von meinem persönlichen Leben und *Er*leben – und dies trifft auch auf mein neues Buch zu. Aber beide sind keineswegs *rein* autobiographisch. Dennoch war mir klar, dass man mir speziell bei jener Szene mit der Fisch-Attacke vorhalten würde, dass da meine Fantasie mit mir durchgegangen wäre – obwohl es einen ähnlichen Fall vor einigen Jahren durchaus gegeben hat.«

Nun meldet sich Elisabeth Schimek zu Wort: »Sie meinen den Fall, wo ein Wels einen Lehrer attackierte und unter Wasser zu ziehen versuchte? Das müsste ... Ich glaube, das war 2009.«

»Stimmt. Damals ging alles gut aus; daher hat der Vorfall auch nur lokales Aufsehen erregt – aber bei mir hatte sich diese Geschichte festgesetzt. Und trotzdem: Ein Süßwasser-Fisch, der einen Erwachsenen attackiert, womöglich sogar tötet – wohlgemerkt, womöglich! –, das würde auf manche Kritiker unwahrscheinlich, unglaubwürdig, ja abenteuerlich wirken; das war mir bewusst, noch während ich diese Szene schrieb. Dabei kann ein Hausen noch deutlich größer und schwerer werden als ein Wels. Dass bei meiner geschätzten Kollegin Lewitscharoff ein alter Löwe durch Münster streift, bei Schimmelpfennig ein einsamer Wolf durch Berlin, das mag vielleicht noch angehen, aber ein Hausen in Wien? Absurd!

Nun, vor drei Tagen mussten wir schließlich ein weiteres Mal erkennen, dass die Realität die Fiktion weit hinter sich lassen kann, was vermeintliche Abenteuerlichkeit und Unwahrscheinlichkeit angeht: Ein Hausen von mindestens fünf Metern verarbeitet gleich zwei Boote zu Kleinholz; acht Menschen retten sich mit Müh und Not an Land, darunter die Kinder meiner guten Freundin Margret« – sie weißt auf Mutter und Tochter Mondo, die in einer Ecke des Saales stehen und verlegen lächeln – »sowie mein eigener Sohn. Es folgt eine filmreife Verfolgungsjagd ... Ein Alptraum!«

Sie senkt und schüttelt den Kopf und schweigt einige Sekunden. Ein Vertreter der österreichischen Presse nutzt dies für eine Zwischenfrage: »Wie kam es eigentlich, dass ihr Bub auch auf diesem Boot war?«

Jetzt zeigt sich die Autorin zum ersten Mal unwillig: »Wie denn? Wollen Sie es einem Vierjährigen zum Vorwurf machen, dass er sich das Feuerwerk von der bestmöglichen Position aus ansehen will? Wollen Sie mir einen Vorwurf daraus machen, dass ich nicht mit dabei war? Ja, im Nachhinein betrachtet hätte ich zumindest dabei sein oder das Ganze niemals zulassen sollen. Letztendlich können wir uns alle glücklich schätzen, dass niemand – oder jedenfalls kein Mensch – verletzt oder gar getötet wurde, und ich bin allen Beteiligten an der Rettungsaktion und der nachfolgenden Jagd auf den Fisch sehr dankbar. Wir können wohl davon ausgehen, dass von diesem Tier keine Gefahr mehr ausgehen wird. Vielleicht werden wir irgendwann mal erfahren, woher er kam, wohin er verschwand; vielleicht auch nicht.«

Nun meldet sich ein Korrespondent einer deutschen Zeitung zu Wort: »Nach dem, was bisher über Ihr neues Buch bekannt wurde, ist jener Fisch aber sozusagen nur ein Nebendarsteller, oder? Im Zentrum stehe eigentlich jenes Paar, das auch in Ihrer Lesung im Sejong-Center die Hauptrolle spielte: Eine Frau von 34 Jahren und ihr halb so alter Liebhaber. Ist dem so?«

Die Autorin nickt nachdrücklich: »Es freut mich, wenn wir jenes andere Thema nun abhaken können. Ja, ich wollte in meinem Buch vor allem die Liebesgeschichte zwischen Diana und Álvar erzählen. Und, ja, das Alter stimmt. Ich hoffe, damit an sich hat keiner der Herren ... und, ja, auch keine der Damen hier ein Problem?«

Eine junge Mitarbeiterin des Französischen Fernsehens fühlt sich hier offenbar angesprochen: »Das nicht. Es hieß aber auch, dass dies ein Fall von Inzest sei, also eine Liebe zwischen Mutter und Sohn. Stimmt das?«

Die Autorin lächelt vielsagend: »Erwarten Sie bitte nicht, dass ich hier den gesamten Plot verrate. Aber selbst *falls* dem so wäre: Wäre das wirklich so schockierend? Glaubt denn heute noch jemand an Tabus, die man wahren müsse – oder, im Gegenteil, noch brechen könne? Mann liebt Mann, Frau liebt Frau, Mann wird Frau und umgekehrt: Dies zu kritisieren ist ja heute schon eher tabuisiert, als dies zu leben, nicht wahr? Viel hat sich da getan in den letzten Jahren und Jahrzehnten – und ich bin sicher, dass dies nicht das Ende der Entwicklung ist, und als Autorin sehe ich es als meine Aufgabe an, die Dinge konsequent weiter zu denken und weiter zu schreiben.«

Ein weiterer deutscher Reporter hakt da nach: »Hieße das, auch Inzest könnte bald nicht mehr als Tabu angesehen werden, sondern als eine Lebensform unter vielen? Also Sex zwischen Geschwistern, zwischen Vater und Tochter, Mutter und Sohn? Ehrlich gesagt, das kann ich mir kaum vorstellen.«

Die Autorin zeigt sich erstaunt: »Wieso? Denken wir die Sache doch einmal durch: Warum war Inzest ein Tabu – und ist es zumeist immer noch? Oft hieß es, weil die Kinder solcher Beziehungen verstärkt unter Erbkrankheiten und anderen körperlichen oder geistigen Beeinträchtigungen leiden würden. Nun, das war bei Fällen von Inzucht über Generationen tatsächlich oft der Fall, wie wir von den Habsburgern wissen. Es konnte freilich auch über Jahrhunderte erstaunlich gut funktionieren, wie etwa bei den Ptolemäern.

Aber das geht an der Sache vorbei. Selbst wenn viele hier im Saal katholisch sein mögen, so dürfte wohl keiner von uns noch den Standpunkt vertreten, dass Sex nur dazu zu dienen hat, Kinder zu zeugen. Betrachten wir also mal Inzest unabhängig von eventueller Fortpflanzung: Warum könnte er dann immer noch als Tabu gelten? Nun, ich bin keine Psychologin, aber da drängt sich eine fast allzu offensichtliche Erklärung auf: Potentielle Inzest-Partner wachsen miteinander auf. Ein Vater, der seine sexy Tochter von 16, 17 Jahren sieht, erinnert sich gleichzeitig an das sechs-, siebenjährige Kind, an ein Wesen, dem jede sexuelle Lust, jedes Geschlechtsleben fremd war; ebenso ergeht es einer Mutter mit ihrem halbwüchsigen Sohn; ähnlich bei Geschwistern, die völlig unschuldig als Kinder miteinander aufwachsen, nackt im Wasser herum tollen ... Solche Erinnerungen kontrastieren natürlich scharf mit sexuellen Begierden, die sich später melden mögen und die dementsprechend meistens verdrängt werden.«

»Wenn Kinder bald nach der Geburt getrennt werden und sich dann erst als Erwachsene wieder treffen, sieht's aber anders aus«, wirft ein österreichischer Journalist ein.

»Ich sehe, Sie sind recht gut über den Inhalt meines Buches informiert«, antwortet die Autorin lächelnd. »Doch ziehen Sie bitte keine voreiligen Schlüsse!

Um vorerst weiter allgemein zu argumentieren: Ja, wenn ein Vater seine erwachsene, ihm bisher unbekannte Tochter trifft, eine Mutter den bis dato von ihr getrennt lebenden Sohn, was spricht dann gegen eine Liebesbeziehung zwischen diesen – wenn es eben nur um Sex geht, nicht um Fortpflanzung?

Denken wir die Sache doch konsequent weiter: Wir alle halten es für absurd, wenn ein 17-, 18jähriger Anfänger einem anderen Anfänger das Autofahren beibringen will, nicht wahr? Ebenso wenn ein Lehrling einem anderen Lehrling das Bohren, Hämmern und Hobeln lehren will, wenn Studenten einander unterrichten, und so fort. Nein, für so etwas sind Fahrlehrer da, Meister, Professoren. Nur beim Sex erscheint es uns völlig normal, dass – wortwörtlich! – blutige Anfänger dies zusammen einstudieren!? Ist es nicht weitaus sinnvoller, wenn Jugendliche zumindest in die Anfangsgründe der geschlechtlichen Liebe von erfahreneren Partnern eingewiesen werden?«

»Das ist doch nichts Neues«, wirft wiederum die Französin ein. »Für so etwas wurde und wird doch oft die Prostitution genutzt.«

»Stimmt. Aber ich nehme an, wir sind uns einig, dass die sogenannte käufliche Liebe kaum die optimale Lösung war und ist. Eine naheliegende, offensichtliche Lösung ist meiner Meinung nach die, dass die Eltern dies übernehmen: Die Väter für die Töchter, die Mütter für die Söhne. Die Eltern bringen den Kindern das Sprechen und Laufen bei und so viel mehr; warum nicht auch den Liebesakt? Ist es nicht so, dass die Erziehung eines Kindes zum erwachsenen, selbstständigen Menschen erst dann abgeschlossen ist, wenn dieser seinerseits in der Lage ist, eine in jeder Hinsicht erfüllte Partnerschaft zu beginnen und eine Familie zu gründen?«

Darauf meldet sich ein weiterer US-Journalist zu Wort: »Wären Sie denn bereit, dies bei Ihrem eigenen Sohn zu praktizieren?«

Die Autorin lächelt souverän: »Es hätte mich gewundert, wenn diese Frage *nicht* gekommen wäre. Erstens: Hier darf natürlich niemals Zwang ausgeübt werden! Wenn sich die Frage stellen sollte, wäre ich Anfang 50, und wenn wir beide dann dazu bereit sind ... Warum nicht? Zweitens: Sie fragen ja immer so gern nach autobiographischen Elementen in meinen Büchern, und daher wundert es mich, dass Sie nicht gleich gefragt haben, ob Andreu nicht bereits der Sohn eines ersten Sohnes von mir ist.«

»Ist er es?«

»Äh ... Nein!«

»Das klingt nicht sehr überzeugend – oder überzeugt!«

Wieder lächelt die Autorin: »Nun, Sie können mir glauben – oder auch nicht! Sie können natürlich auch ganz anderer Meinung in Bezug auf das Thema Inzest sein. Aber ich glaube, ich habe jetzt alles gesagt, was zu sagen war; vermutlich sogar viel mehr! Ich danke Ihnen, meine Herrschaften!«

Und obwohl daraufhin noch mehrere Journalisten gleichzeitig Cassiana Herno mit Fragen bestürmten, faltet diese ihren Zettel zusammen, steckt ihn ein und verlässt den Saal.

# Epilog 1

»Also, nochmals willkommen, und vielen Dank fürs Kommen. Ich weiß, es mag etwas seltsam wirken, wenn ich ins Schweizerhaus einlade anstatt in unser Palais oder wenigstens ins Steirereck ... Aber ich sagte mir, dass erstens nach dem etwas verunglückten Abend im Sejong-Center letzte Woche uns allen fürs erste die Lust auf formelle Empfänge vergangen sein dürfte – und dass ich zweitens dennoch zumindest den Versuch einer Wiedergutmachung wie Erklärung schuldig bin. Eigentlich gilt dies für alle Gäste von jenem Abend, aber insbesondere selbstverständlich für Sie – für euch.«

Nachdem Finsterfels vorher im Stehen über die Tischgesellschaft hinweg geblickt hat, ergreift er nun sein Bier-Seidl und nickt nacheinander allen Anwesenden zu, beginnend bei der Frau, die zu seiner Rechten an der Längsseite des Tisches sitzt: »Margret ... Cornelia ... Antonia ... Michaela ... Karla ... Paul ... und natürlich Doktor Paek: Es tut mir leid, was passiert ist. Einige von euch wissen es ja schon, aber allen anderen möchte ich hiermit sagen: Ja, ich war dafür verantwortlich, dass jener ominöse Fisch auf das Gelände des Sejong-Centers gebracht wurde. Er hätte das *pièce de résistance* des Buffets bilden sollen, und er hätte bis dahin in jenem Unterwasser-Käfig in der Bucht bleiben sollen. Warum Herr Ahn ihn freigelassen und stattdessen einen kleineren Hausen für den Grill geordert hat ... Nun, das ist mir fürwahr nach wie vor ein Rätsel, und ich fürchte, das wird auch so bleiben. Ich will mich damit aber nicht aus meiner Verantwortung herausreden. Ich hoffe, dass Sie mir all dies nicht nachtragen und dass Sie es nicht als böses Omen für unsere weitere Zusammenarbeit nehmen. Ich hoffe auch, dass all dies ... Nun ja, dass es unter uns bleibt.«

Nach dieser Ansprache nimmt der Fürst einen dezenten Schluck aus dem Glas und setzt sich wieder an die Schmalseite des Achtertisches. Abgesehen von einem gemurmelten »Hört, hört!« seiner Tochter antwortet darauf als erstes der Koreaner, indem er seinerseits das Glas erhebt: »Zuerst: Vielen Dank speziell für diese Einladung! Nichts liegt mir ferner, als Ihnen das Geschehen von letzter Woche übel zu nehmen. Ich hatte eher den Eindruck, viele Gäste haben sich sehr gut unterhalten – und auch ich habe mich nicht gelangweilt! Um dies zu unterstreichen – und weil es mir unangenehm ist, dass Sie offenbar mit allen anderen am Tisch per du sind –, möchte ich Ihnen hiermit anbieten, mich künftig Hans zu nennen; so wurde ich seinerzeit beim Studium in Deutschland zumeist genannt. Wenn es Ihnen recht ist, versteht sich?«

Der Fürst stutzt kurz; dann zeigt er sich sichtlich erleichtert: »Sehr gerne – wenn Sie mich Adi nennen. Wie Sie- bitte um Verzeihung: Wie *du* wohl weißt, ist mein eigentlicher Vorname Adolf historisch belastet.«

Darauf stößt der praktischerweise zu Finsterfels' Linken sitzende Koreaner mit dem Fürsten an: »Nun denn, Adi: Auf die erfolgreiche Zusammenarbeit zwischen der Sejong-Bank und der Finsterfels-Bank – und auf unsere Freundschaft!«

»Na dann zum Wohl, alle miteinander!«

Darauf erheben alle in der Runde ihre Gläser – Conny und Tony mit Cola, alle anderen mit Budweiser – und nehmen einen ersten, tiefen Zug: Denn auch im Schatten der Kastanien liegt die Temperatur bei gut 30 Grad. Das dürfte aber nicht der einzige Grund sein, weswegen sich Finsterfels dann mit einer Serviette Schweiß vom Gesicht und aus dem Nacken wischt. »Also gut; die Kellner warten schon! Ihr anderen wisst es eh; daher nur für dich, Hans, die Information: Die Spezialität des Schweizerhauses sind Schweinestelzen, bei unseren deutschen Nachbarn auch als Eisbein bekannt. Oder präferiert jemand Fisch?«

Auch ohne sein ironisches Lächeln hätten die anderen begriffen, wie dies gemeint war. Dem Mann zu seiner Linken ist es ebenfalls klar: »Ich probiere gerne die Stelze – obwohl ich sonst Fisch liebe.«

Tony freilich stöhnt theatralisch auf: »Für mich weder das eine oder andere! Ich nehme die Spinatnockerln.«

»Für mich auch«, stimmt dem ihre Freundin zu.

Alle anderen aber wählen das Fleisch, und so ordert man insgesamt vier Stelzen für die sechs Erwachsenen am Tisch.

»Wo wir schon dabei sind: Sie können mich natürlich alle Hans nennen«, meint anschließend der Koreaner zum Rest der Runde. »Speziell Sie, Frau Schweighofer, wenn es Ihnen recht ist?

Wir werden dann in Zukunft wohl ab und an miteinander zu tun haben.«

Die Frau an der anderen Schmalseite der Runde nickt eifrig: »Gerne. Dann nennen Sie mich doch auch bitte Michi.«

»Es ist mir eine Freude. Es ist dir bestimmt angenehm, wenn du dich mal selber bedienen lassen kannst, nicht selber organisieren musst ... Apropos: Ich nehme an, drüben im Center ... Wie sagt man? Sind alle Spuren beseitigt?«

»So ziemlich. Die Trümmer der Gondel sind geborgen; die haben wir Konrad Graf und seinen Vereinskollegen übergeben. Für den arg zertrampelten Ufer-Abschnitt haben wir unseren üblichen Gärtnerei-Betrieb bestellt; die waren gestern bereits zugange.«

»Auch Demos vor dem Center sind nicht mehr zu erwarten«, ergänzt dies Conny. »Ich habe die betreffende Facebook-Gruppe wissen lassen, dass sich das ... Sagen wir, dass sich das Hunde-Häppchen-Problem erledigt hat.«

»Die meisten dürften's eh per Fernsehen mitbekommen haben«, bemerkt dazu Paul.

Dies verpasst Finsterfels' Laune gleich wieder einen Dämpfer: »Ja, all der Presserummel ... Ich kann nur hoffen, dass da bald Gras drüber wächst.«

»Spätestens beim nächsten Skandal«, mutmaßt Margret. »Oder wenn in ein paar Wochen der Wahlkampf so recht in Gang kommt. Vorgestern wurde der Fisch wohl zuletzt bei Passau gesichtet, aber schon da tauchte die Meldung offenbar nur noch im Internet auf.«

»Die Presseberichte drehten sich ja eh hauptsächlich um die Herno und ihr Buch«, unterstreicht das Karla.

Dies wiederum lässt die meisten in der Runde schmunzeln – einschließlich des Fürsten: »Ja, diese Sache ... Eigentlich galt meine Einladung für heute ja auch ihr und ihrem Manager. Aber, um ehrlich zu sein: Ich bin nicht ganz unglücklich darüber, dass sie abgesagt hat. Ich hatte wahrlich Sorge, dass Sie mich in eine Diskussion über ihr Buch verwickeln könnte ...«

Die anderen wissen, was er meint, aber auch Margret vertieft diesen Punkt nicht: »Cassie meinte, dass sie sich jetzt lieber wieder dem Schreiben widmet. Beide wohnen zwar noch bei mir im Hotel; die letzten Tage arbeiteten sie aber zumeist auf ihren Zimmern, nahmen Verlagstermine wahr – oder beantworteten die zahlreichen Anfragen der Presse.«

»Am Montag kommt ja der Bericht über sie im ORF; da gibt's sicher noch einiges zu tun«, bemerkt Conny. »Übrigens meinte der Manager, dass sich die Startauflage des Buches voraussichtlich verdoppeln wird.«

Das interessiert auch Margret: »Und von welchen Zahlen reden wir da? Hat er das verraten?«

»Konkret wollte er's nicht sagen. Im sechsstelligen Bereich, meinte er.«

»Über 100.000 also? Bist deppert!«, staunt Paul. »Und das nur, weil grad zufällig der Fisch zum rechten Moment daher geschwommen kam ...«

»Wenn's denn Zufall war«, grummelt Finsterfels. »Das mag paranoid klingen, aber ich kann mir nicht vorstellen, dass diese Parallelen zwischen Realität und Fiktion schieres Glück waren.«

»Früher hätte man bei uns gesagt: Frau, Fisch und Fischer folgten ihren Bestimmungen«, bemerkt dazu der Koreaner lächelnd. »Oder dem Willen der Götter.«

Sein Nachbar reagiert mit einer ratlosen Geste: »Solange niemand eine bessere Erklärung hat ... Ich würde zumindest gerne nochmals deinen Landsmann dazu befragen, Hans.«

»Sie meinen Ahn Jong Beom?«

»Unseren Meisterkoch; so ist es. Leider ist er seit jenem Abend immer noch verschwunden – wie vom Riesen-Fisch verschlungen. Oder hast du ihn inzwischen wieder gesichtet?«

Dies richtet sich an die ihm gegenübersitzende Center-Chefin: »Nein, leider nicht. Ich habe gestern eine Vermissten-Anzeige aufgegeben; auch seine Kollegen in der Küche machen sich große Sorgen.«

Dies erstaunt auch den Koreaner: »Ehrlich gesagt, ist mir das an dem Abend gar nicht aufgefallen. Es wäre ja höchst bedauerlich, wenn er nicht mehr für uns kochen kann. So seltsam sein Vorgehen auch war: Der Fisch war köstlich. Ich hätte gerne noch mehr gegessen, aber ob wir Kongji hätten komplett verspeisen können ... Ich denke nicht.«

Der Fürst nickt dazu nachdenklich: »Gut gesagt! Wir- Aber jetzt gibt's offenbar erst einmal Fleisch statt Fisch. Das ging ja schnell!«

Tatsächlich bringen nun zwei Kellner die vier bestellten Stelzen. Diese wollen erst einmal unter den sechs Erwachsenen aufgeteilt werden; die beiden Mädchen müssen unterdessen noch auf ihre Mahlzeiten warten. So ist sich Conny sicher, dass niemand sie belauscht, als sie ihrer Freundin etwas zuflüstert: »Hast du deinem Vater eigentlich schon was gesagt?«

»Wovon?«

»Nun, von unserem kleinen, gemeinsamen Familiengeheimnis.«

»Von Hans? Nein ... Mal sehen, ob sich irgendwann die Gelegenheit ergibt – oder die Notwendigkeit!«

»Und wenn er's dir nun selber beichtet?«

»Tja ... Besser spät als nie! Apropos: Das ist wohl für uns!«

Als sich daraufhin Conny umdreht, sieht sie, dass nun auch die Spinatnockerln im Anmarsch sind.


Was keiner in der Runde ahnt: Zur gleichen Zeit sitzen in einem anderen Prater-Restaurant zwei jener Leute beisammen, über die man gerade diskutiert hat: Nämlich die Autorin Cassiana Herno und ihr Manager Bernd Müller. Passend zum Wetter hat man sich ebenfalls in einem durch Hecken geschützten Schani-Garten niedergelassen; anders aber als bei ihrem Besuch im Schweizerhaus mit Margret hat die Autorin diesmal darauf geachtet, dass man einerseits sichtgeschützt sitzt und andererseits sieht, wer kommt und geht. So stehen die beiden auch rechtzeitig auf, als eine dritte Person an ihren Tisch heran tritt: »Ah, JB: Schön, dich zu sehen!«

Ahn Jong Beom – nun ganz leger in Jeans und Poloshirt gekleidet, ähnlich wie die beiden anderen Gäste – erwidert lächelnd den Händedruck der Frau: »Ganz meinerseits, Cassiana.«

»Du hast ja auch schon kurz meinen Manager getroffen, Bernd Müller?«, fragt die Autorin, indem sie auf den Mann deutet. Darauf begrüßt auch dieser den Neuankömmling: »Freut mich, Sie wiederzusehen; setzen Sie sich doch!«

»Sehr gerne!«, erwidert der Koch wieder, indem er sich zwischen den beiden anderen an dem quadratischen Tischchen niederlässt. »Ist schon bestellt?«

»Damit wollten wir auf Sie warten«, erklärt der Manager. »Waren uns nicht ganz sicher, ob die eher deftige Küche hier Ihr Fall ist.«

Der Koch winkt lächelnd ab, während er die Speisekarte aufschlägt: »Oh, manchmal mag ich es ... Wie sagen Sie? Deftig! Was gibt es denn ... Ah! Das liebe ich; dieser Name ... Patta ... Palta ...

Der Manager beugt sich vor, um in die Karte zu linsen: »Palatschinken! Gute Wahl; das nehme ich auch!«

»Dann sind wir uns ja einig«, befindet die Autorin. »Wieder einmal! Wer hätte gedacht, dass unsere Zusammenarbeit so glatt und gut funktionieren würde, nicht wahr? Zum Trinken würde ich ja gern Champagner bestellen, aber ich fürchte, den haben sie hier nicht.«

Dazu schüttelt der Koch den Kopf: »Besser nicht viel Alkohol für mich. Was gibt es denn ... Ah, genau! Wie heißt das ...«

Er deutet auf einen Punkt auf der Speisekarte, den wiederum der Manager abliest: »Ein gespritzter Apfelsaft. Apfelschorle, falls Ihnen das eher was sagt.«

»Das ist richtig für diese Wetter; das nehme ich.«

Die anderen beiden folgen ihm auch darin, und so kann man gleich darauf die Bestellung aufgeben. Danach wendet sich der Koch an die Autorin: »Ich sah in Fernsehen, dass auch Sohn mit auf Boot war, das versank in Kaiserwasser. Ist nicht verletzt, hoffe ich?«

Die Autorin schüttelt den Kopf: »Andreu? Nein; Gott sei Dank! Cornelia und Antonia Finsterfels haben ihn mit aufs Boot genommen; wie gesagt, wussten sie offenbar schon von dem Fisch. Wenn ich das geahnt hätte ... Aber letztendlich ist es ja noch einmal gut gegangen.«

»Freut mich! Ja, auch ich kann nicht Fisch besser locken, als dein Sohn an die Abend. Wie ging es aber weiter, nachdem ich weg? Hat jemand gefragt oder gesucht nach mir?«

»Schon«, erklärt die Autorin. »Soweit ich das mitbekommen habe, natürlich vor allem Finsterfels und Michi Schweighofer. Auch Ihre koreanischen Landsleute waren wohl verwundert.«

»Ja; es tut mir leid«, befindet Ahn mit eher mäßigem Bedauern. »Aber wie kann ich erklären, dass richtige Fisch nun in Wasser und nicht in Grill ... Vor allem Fürst Finsterfels?«

»Es war richtig, dass Sie sich vom Acker gemacht haben«, meint Müller. »Finsterfels dürfte kaum gut auf Sie zu sprechen sein. Offiziell kann er natürlich nichts gegen Sie unternehmen; dann würde man ja ihn mit jenem Monster-Fisch in Verbindung bringen. Aber sein Arm ist lang.«

»Stimmt. Mit Sicherheit hat auch er dafür gesorgt, dass der Fisch in die Donau entkommen kann. Aus den Augen, aus dem Sinn.«

Der Manager staunt: »Die Sache mit der Wehr-Öffnung? Hieß es nicht, das sei ein Fehler gewesen, ein Defekt oder so was?«

Die Autorin schmunzelt schadenfroh: »Hieß es, aber an solche Zufälle glaube ich nicht. Nun, mir kann es gleich sein. Tja, manche können eben jede Art von Publicity gebrauchen – und andere nur solche, die ihnen passt. Wer hätte gedacht, dass unsere Bekanntschaft solch spektakuläre Ergebnisse zeitigen würde!«

Der Koch nickt dazu nur lächelnd, weswegen wieder der Manager nachhakt: »Apropos Bekanntschaft: Stimmt es eigentlich, was Cassiana mir darüber erzählt hat? Dass ihr euch in einer Pizzeria am Po getroffen habt? Du hast mir ja versprochen, hinterher zu verraten, wie ihr zwei euren Plan ausgeheckt habt – falls alles glatt gehen sollte.«

»Gerne; jetzt sind wohl keine strafrechtlichen Konsequenzen mehr zu befürchten«, befindet die Frau schmunzelnd, um sich dann an den Koch zu wenden: »Weißt du noch, wie die Pizzeria seinerzeit hieß?«

»*Il Principe*«, antwortet der Koch lächelnd. »Ich war in Urlaub, und, wie ich sagte: Manchmal mag ich deftig. Ich frage Cassiana, weil ich hörte, dass sie spricht *Italiano*; die Speisekarte war in *Italiano*, und so ...«

»Ich erzählte, dass ich auch die asiatische Küche liebe; er erzählte, dass er davon träume, mal sein eigenes koreanisches Restaurant zu eröffnen«, ergänzt das die Autorin. »Seitdem blieben wir in Kontakt, wenn wir uns auch selten trafen. Zwei-, dreimal war ich in dem Restaurant in Berlin, wo er einige Zeit als Koch arbeitete; dann hörte ich, dass er nun für den koreanischen Botschafter in Wien tätig wäre. Nun, eigentlich war ich in Norditalien, um für mein nächstes Buch zu recherchieren; dann aber erinnerte ich mich, dass ich ja in Wien mit Margret Mondo eine alte Freundin habe und dass dies tatsächlich der viel bessere, viel interessantere Schauplatz wäre. Ah, danke!«

Gerade bringt der Kellner die Gespritzten, und alle genehmigen sich erst einmal einen Schluck aus den Gläsern, an denen noch das Kondenswasser herab perlt. Dann fährt der Koch fort: »War ehrenvolle Job in Botschaft. Aber nicht interessant; wenig Geld.«

»Das berichtete er mir auch, als ich vorletzten Sommer hier in Wien war«, erklärt die Autorin weiter ihrem Manager. »Danach habe ich dann ja das Buch geschrieben, und letztes Jahr habe ich hier in Wien nochmals Details recherchiert, den Feinschliff vorgenommen und so was. Damals hörte ich von Margret und Michi Schweighofer von dem neuen Projekt ihres fürstlichen Nachbarn: Eine Kooperation zwischen der Finsterfels-Bank und einer koreanischen Bank, einschließlich der Übernahme des heutigen Sejong-Centers durch den koreanischen Partner. Nun, da war es dann relativ einfach, Herrn Ahn hier als Küchenchef des Centers ins Gespräch zu bringen.«

»Wofür ich sehr dankbar bin«, beteuert der Koch. »War gute Vorbereitung für Leitung von eigene Restaurant.«

Hier hakt der Manager nach: »Aber ... Du wusstest also bis dahin nicht, dass er da am Kaiserwasser tätig sein wurde? Wie konntest du dann diese Bucht zum Schauplatz deines Buches-«

»Konnte ich nicht«, unterbricht ihn Cassiana. »Ich musste tatsächlich einige Schauplätze ändern. Die Szenen am Kaiserwasser etwa waren vorher zumeist in der Lobau angesiedelt; die hätte zugegebenermaßen das idyllischere Ambiente abgegeben. Aber das war kaum ein Problem.«

»Aber die Idee mit dem Fisch kam doch erst später. Oder?«

»Idee mit Fisch ist von Fürst Finsterfels«, erklärt wiederum Ahn. »Er wollte etwas ... Ja, etwas Großes für Empfang. Er hatte ... Ich weiß nicht; wollte nicht sagen die Name: Er hatte Freund, Geschäfts-Partner, Bekannte, der hatte Fisch daheim. Ich weiß nicht, woher, warum, aber es war sehr große Fisch – eben eine Beluga, oder Hausen in Deutsch. Nun, für Fisch so groß wir brauchen spezielle Platz, wo kann schwimmen und essen bis Empfang. Aquarium nicht möglich; so lässt Fürst bauen den Käfig unter Wasser.«

»Recht bald berichtete Ahn mir davon«, fährt darauf wieder die Frau fort. »Nun, mir war gleich klar, dass ich dies prima für mein Buch nützen könnte.«

»Doppelt hält besser!«, bemerkt dazu der Manager schmunzelnd. »Erstens das Thema des Buches; zweitens der Fisch ... Wenn darauf die Medien nicht angesprungen wären, dann hätte ich mir einen neuen Job gesucht!«

»Ja, aber so einfach ist es wohl nicht, Bernd. Deine Inzest-Idee in allen Ehren, aber ich fürchte, dies allein hätte nicht für ausreichend Publicity gesorgt. Die Medien heute brauchen zuallererst Bilder, und dafür hat der gute Kongji bestens gesorgt! Danach, auf der PK, konnte ich dann zudem den eigentlichen Inhalt des Buches thematisieren.«

Auch der Koch hat dies verstanden, wie sein Lächeln verrät: »Kongji war nur Köder – größte Köder aller Zeiten!«

»Stimmt; sehr schön gesagt!«, bestätigt das die Frau. »Also, als ich davon hörte, meldete ich mich wieder bei Margret; Bernd sorgte für den Kontakt zum ORF, und dann brauchte es nur noch ein paar Andeutungen, bis mich der Fürst ›einlud‹, sozusagen den Kulturteil bei seinem Empfang zu übernehmen. Da war mein Buch und damit unser Plan praktisch schon fertig.«

»Und er ging ja auch wunderbar auf«, konstatiert der Manager. »Und ich dachte, *ich* wäre der PR-Profi hier ... Nur: Dass der Fisch dann anfing, Wiens Hunde-Population zu dezimieren, das war doch nicht geplant. Oder?«

»Nein; keinesfalls«, antwortet die Ex-Hundehalterin entschieden. »Schließlich war auch mein Hund unter den Opfern. Aber, um offen zu sein: Der Fisch tat mir da einen Gefallen. Den Mops hat mir eine wohlmeinende Freundin geschenkt – wohlmeinend, aber mit keinerlei Sinn für Ästhetik. Behalten habe ich das Tier nur, weil sich Andreu sofort in ihn verguckt hat. Nun, er wird drüber wegkommen ...«

»Fürst meinte, Fisch wurde gefüttert viele Jahre mit junge Hunde«, ergänzt das der Koch. »Sagte er mir aber erst, als Fisch in Käfig zuerst nicht wollte fressen. Ich fütterte ihn mit Fisch, gute, teure Fisch ... Aber frisst nicht! Ich frage Fürst, und er sagt das mit Hunden. Seltsam; sehr seltsam, aber gut: Damit Fisch nicht verhungert, Fürst sorgte für Futter.«

Der Manager staunt: »Sie meinen ... Finsterfels selber organisierte Hundefleisch? Aber wie?«

»Oh, das war überraschend einfach«, übernimmt wieder die Autorin. »Glücklicherweise ist hier in Wien ja vieles städtisch und zentral organisiert – so auch die Verwertung toter Tiere: Die kommen alle zur EBS, irgendwo am Stadtrand. Wie genau Finsterfels das organisiert hat, weiß ich nicht; es interessiert mich auch nicht, aber, wie gesagt: Er hat ausgezeichnete Verbindungen und einigen Einfluss. Wie auch immer: Fast täglich wurden dann ein, zwei tote Hunde ins Center geliefert.«

»Tiefgefroren, mit Lieferant von Naschmarkt. Niemand wusste das; nur ich und er«, ergänzt wiederum der Koch. »Fisch fraß brav tote Hunde, erst in Käfig, dann draußen. Sehr seltsame Fisch ...«

»Aber offenbar reichte das ihm nicht«, wirft der Manager ein.

»Ja; Kongji hat auch geraubt Hunde von Ufer«, antwortet Ahn seufzend. »Unglücklich! Kann aber verstehen: Frische, junge Hund besser als tote, alte, gefrorene Hund ...«

Auch die Autorin reagiert mit einer ratlosen Geste. »Wenn wir das geahnt hätten ... Aber was sollten wir machen? Herr Ahn konnte nur versuchen, das Tier soweit als möglich mit den Lieferungen von Finsterfels zufrieden zu stellen. Aber, wie gesagt: Das reichte Kongji nicht.«

»Skurril ... Aber eines verstehe ich noch nicht: Wo kam der andere Hausen her, der dann wirklich im Ofen steckte?«

»Oh, das ist einfach«, erklärt der Koch. »Kommt von Fischmarkt in Bukarest. Haben sehr gutes Sortiment; wurde gebracht in Nacht mit Laster. Haben Fisch dann getragen zu dritt in Ofen.«

Der Manager schüttelt grinsend den Kopf: »Meine Güte ... Nun, mit all der Publicity, da werden dir die Leute das Buch nur so aus der Hand reißen, Cassiana. Es ist noch nicht fix, aber ich bin sicher, der Verlag wird die Startauflage für den Herbst noch von 150.000 auf 300.000 verdoppeln.«

Darauf wird seine Klientin plötzlich ernst: »Nein, stopp das: Aus Herbst wird nichts.«

Der Manager starrt die Frau einige Sekunden ungläubig an, ehe er etwas zu erwidern vermag: »Wie bitte? Meinst du das ernst?«

»Todernst.«

»Aber ... Das Buch ist doch fix und fertig!? Lektoriert, gesetzt; sogar die Vorserie für Kritik und Feuilleton ist schon gedruckt und verteilt!«

»Ich weiß, und die Umstände tun mir leid. Aber ich habe einen Fehler gemacht.«

»Welchen Fehler?«

»Ich habe eine meiner Hauptfiguren sterben lassen.«

Wieder dauert es eine Weile, bis der Manager antworten kann: »Du meinst Álvar? Nach der Fisch-Attacke? Aber ... Diese Szene, wo er sich von Diana verabschiedet ... Medizinisch gesehen vielleicht anfechtbar, aber ungeheuer berührend, fand ich. Eine starke Szene.«

»Danke. Mag ja sein. Trotzdem möchte ich das ändern.«

»Du meinst ... Ein Happy End? Ist das nicht etwas ... kitschig?«

»Nicht unbedingt. Aber ich will es aus zwei Gründen ändern: Als Andreu fast ertrunken ist, war das ein Schock für mich. Mir vorzustellen, dass es wirklich dazu gekommen wäre ... Unerträglich! Ich möchte so etwas niemandem wünschen, niemandem zumuten – nicht einmal in der Fiktion!«

»Aber-«

»Moment, es gibt noch einen zweiten Grund: Warum schicken denn Autoren ihre Charaktere so oft in den Tod? Meistens nicht, weil es ein unverzichtbares Handlungselement ist, sondern aus drei anderen Motiven: Erstens, weil sie irgendwann mit ihrem Plot in einer Sackgasse feststecken, aus der sie nur noch entkommen können, indem sie einen oder mehrere Hauptcharaktere sterben lassen. Zweitens, weil sie schlichtweg das Interesse an einer Figur verlieren. Drittens, weil sie irgendwie ihr Buch abschließen müssen. All diese Motive sind – hoffe ich! – bei mir nicht gegeben. Oder siehst du das anders?«

Eher widerwillig schüttelt der Manager den Kopf: »Nein. Aber ... Nun gut, ich kann dich verstehen. Aber dies dem Verlag beizubringen ... Das könnte schwierig werden.«

»Du schaffst das schon!«, erwidert die Autorin lächelnd. »Ich vertraue dir; ich überlasse dies ganz dir. Aber ich muss jetzt einfach einen anderen Schluss finden, und das dürfte ein paar Wochen dauern.«

Der Koch hat dieser Diskussion aufmerksam zugehört; nun, da die beiden anderen vorerst schweigen, schaltet er sich wieder in die Diskussion ein: »Ich bin nicht sicher, ob ich alles verstehe ... Du willst, dass Buch später verkauft wird?«

»Stimmt genau«, bestätigt das die Autorin.

»Ich hoffe, dies ändert nicht unsere Abmachung?«

»Keinesfalls«, versichert die Frau. »Versprochen ist versprochen. Gut, dass du es erwähnst.«

»Ich will nicht sein ... Wie sagt man? Nicht gierig«, meint der Koch, dem es merklich peinlich ist, dieses Thema anzuschneiden. »Aber, wie ich sagte: Ich habe Angebot, das Restaurant zu kaufen in Berlin: Gutes Angebot! Muss aber zahlen 100.000 Euro in wenige Tage ...«

»Ich werde die Überweisung gleich morgen veranlassen«, verspricht der Manager. »Ganz wie vereinbart.«

»Und du brauchst deswegen kein schlechtes Gewissen zu haben«, versichert die Autorin. »Ohne dich wäre das alles nicht möglich gewesen, und, wie Bernd vorhin meinte: Durch das Aufsehen, das wir dank jenes, sagen wir, Fisch-Zuges erregt haben, werden wir sicher einige Zehntausend, wenn nicht Hunderttausende Bücher mehr verkaufen.«

»Oder würden es jedenfalls – falls der PR-Effekt in den nächsten Monaten nicht abklingt«, relativiert das der Manager.

»Wir werden sehen. Vielleicht ist es sogar besser, wenn das Buch erst im Frühjahr erscheint; im Herbst dürfte die Presse mit den Nationalrats- und Bundestags-Wahlen ausgelastet sein.«

Der Koch ist erleichtert: »Vielen Dank; so kann ich endlich eigenes Restaurant haben! Darf ich noch stellen eine Frage? Ist vielleicht sehr neugierig ...«

»Nur zu!«, ermutigt ihn die Frau lächelnd. »Neugierde ist nichts per se Verwerfliches.«

»Nun ... Ich habe viel gehört und gesehen über dich, über das Buch in letzte Tage in Zeitung, Fernsehen, Radio ... Fast immer heißt es: In Buch ist viel aus ihre Leben; autobiographisch, wie es heißt ... Aber was wir gemeinsam machten mit Fisch ... Es ist anders.«

Die Frau nickt lächelnd: »Stimmt: Wir haben die Realität der Kunst angepasst – zumindest scheinbar. Und nun fragst du dich, ob dies generell für das Buch zutrifft. Trifft's das?«

»Ja. Du musst nicht sagen, wenn Frage zu neugierig.«

»Oh, du wirst dies schließlich kaum weitererzählen, nicht wahr?«, entgegnet die Autorin, nun etwas ernster werdend. »Aber zuerst eine Nachfrage: Hast du mein erstes Buch gelesen?«

»Nein, leider. Es ist nicht übersetzt auf Koreanisch, und auf Deutsch ... Schwierig!«

»Es wird nächstes Jahr auf Koreanisch erscheinen«, bemerkt dazu der Manager grinsend. »Ich lasse Ihnen ein Exemplar zukommen.«

»Signiert natürlich«, ergänzt das die Frau. »Aber worauf ich hinaus will: Mein erstes Buch war tatsächlich stark autobiographisch geprägt. Ich will dich nicht mit Details langweilen – oder dir die Spannung nehmen! –, aber meine Jugend war, vorsichtig formuliert, schwierig und hart. Dies niederzuschreiben, war zuallererst eine Art Therapie; zu meiner Überraschung wurde daraus auch ein bemerkenswerter kommerzieller Erfolg.

Tja, leider hatte ich damals aber noch nicht Bernd Müller hier als Manager, und somit hat sich dabei vor allem mein Verleger eine goldene Nase verdient. Nach meiner Jugend ist mir finanzielle Sicherheit aber sehr, sehr wichtig, und damit ich – und mein Sohn! – ein für allemal finanziell ausgesorgt haben, da bräuchte es mindestens einen zweiten Bestseller.

Leicht gesagt, schwer getan! Ich hätte natürlich etwas ganz Anderes versuchen können, und dank meines inzwischen halbwegs prominenten Namens – und dank meines tüchtigen Managers hier! – hätte ich sicher auch einige Tausend oder Zehntausend Exemplare eines halbwegs ordentlichen Buches absetzen können. Himmel, notfalls hätte ich sogar einen Ghostwriter anheuern können! Aber ein echter Bestseller? Selbst wenn ich ein literarisches Genie wäre, ist das kaum garantiert – und ich bin mir durchaus bewusst, dass ich als Autorin nur mittelmäßig begabt bin.«

»Nun, nun!«, wirft hier der Manager ein. »Du solltest nicht ausgerechnet den böswilligsten Kritikern glauben!«

»Danke, aber ich finde, ich sehe das durchaus realistisch. Wie auch immer: Ein weiterer Bestseller wäre nur dann halbwegs sicher prognostizierbar, wenn ich etwas Ähnliches liefere wie beim ersten Buch: also eine vermeintlich autobiographisch geprägte Geschichte mit Skandal-Potential. Nun, mit dem ersten Buch hatte ich meine Jugend abgedeckt, die sozialen Zustände, in denen ich aufwuchs, und so weiter. Da lag es nahe, danach meine späteren Jahre zu verarbeiten, und als Thema mit Skandal-Potential drängte sich Sex auf. Nicht originell, die Idee, das gebe ich zu, aber immer noch mit Potential. Und, ehe du da nachhakst: Hier ist tatsächlich herzlich wenig autobiographisch – wenig bis nichts. Meine potentiellen Leser wären vermutlich enttäuscht, wenn sie wüssten, dass mein Sexualleben, vorsichtig formuliert, eher öde ist.«

»Auch Sie wirken etwas enttäuscht«, meint der Manager zum Koch, nachdem alle einige Momente geschwiegen haben. »Hat Sie dies desillusioniert?«

»Etwas, ja. Ist dies nicht ... Wie sage ich das? Nicht ganz ehrlich zu Leser?«

Die Autorin zuckt leichthin mit den Schultern: »Mag sein, ja. Aber habe ich bewusst nie behauptet, ein Memoir verfasst zu haben; ich will ja nicht enden wie James Frey. Ich begnüge mich mit Andeutungen; für den Rat bin ich Bernd hier sehr dankbar!

Außerdem: Die Gesetze des Buchmarktes mache nicht ich; ich versuche nur, mich danach zu richten. Ein nicht ganz unbedeutender Verleger des vorigen Jahrhunderts meinte mal, er verlege Autoren, nicht Bücher. Seitdem ist es tatsächlich kaum noch möglich und üblich, das Leben eines Autors von seinem Werk zu trennen. Pure Idiotie meiner Meinung nach; ich halte es da eher mit der Bachmann: ›Denn ich habe zu schreiben. Und über den Rest hat man zu schweigen.‹ Daher habe ich auch viel Verständnis für Thomas Pynchon, Elena Ferrante und ihresgleichen, die als Autor anonym bleiben und nur ihr Werk sprechen lassen wollen. Aber so was funktioniert heutzutage ja kaum noch auf die Dauer, und für mich ist das ohnehin nicht mehr möglich. Leider – denn diese Verquickung von Biographie und Literatur ist nicht nur für einen Autor unerfreulich: Sie ruiniert zudem die Literatur.«

»Wieso?«

»*Here we go again*«, seufzt der Manager theatralisch, aber die Autorin redet sich nun erst richtig in Schwung: »Es ist schließlich weder sonderlich originell noch kreativ, wenn sich das Schreiben eines Autors vor allem auf dessen eigenes Leben bezieht, nicht wahr? Zumeist ist es nicht einmal interessant – oder höchstens für notorische Voyeure! Natürlich fließt die Biographie immer mit ein ins Schaffen, aber das Ich als wichtigstes, wenn nicht einziges Thema? Das ist doch pure Bauchnabelschau! Wessen Leben war denn schon so bewegt, dass es auch für den Rest der Menschheit gewinnbringend wäre, darüber zu lesen? Stattdessen wird die sogenannte gehobene Literatur immer solipsistischer, gerät Schreiben oft zu literarischem Exhibitionismus, zur Kultivierung von Eitelkeit, Einfallslosigkeit und Langeweile. Andererseits werden Autoren und Autorinnen, die wirklich kreativ sind, die sich Geschichten, Charaktere, ja oft ganze Welten jenseits ihres eigenen alltäglichen Lebens ausdenken – und das oft im Takt weniger Monate – in die Genre- und Unterhaltungs-Literatur abgeschoben. Ist das gerecht?«

»Ich denke nein.«

»Das finde ich auch. Nun hätte ich kein Problem damit, Genre- oder Unterhaltungsliteratur zu schreiben, wenn ich damit genügend Geld verdienen könnte; im Gegenteil! Nur, wie gesagt: Ich fürchte, dazu fehlt mir das Talent; außerdem stecke ich nun in einer Schublade, und da kommt man schwierig wieder raus. Nun gut; ich versuche halt, daraus das Beste zu machen. Und wenn die Leser dann denken: ›Wenn das Leben der Autorin auch nur annähernd so war wie ihr Buch ... Die Glückliche!‹ Oder auch ›Die Arme!‹; mir ist das gleich; sollen sie! Wenn sie sich dabei gut unterhalten und weder Kauf noch Lektüre des Buches bereuen, warum sollte ich dann ein schlechtes Gewissen haben? Der Leser hatte etwas davon, und ich hatte etwas davon.«

»Die Welt will halt manchmal wirklich betrogen sein«, bemerkt dazu der Manager. »Und solange dabei niemand zu Schaden kommt ...«

»Manchmal wünschte ich mir, ich hätte ein ähnlich ehrliches Handwerk gelernt wie du«, bemerkt die Autorin mit einem etwas melancholischen Lächeln zum Koch. »Wenn man schlechte oder falsche Zutaten verwendet, schlampig arbeitet, schlichtweg schlecht kocht, so merkt der Kunde das – wenn er nicht gerade von McDonalds verdorben ist. So, und nun werden wir sehen, ob der Koch dieses Etablissements sein Geld wert ist!«

Denn nun bringt der Kellner die bestellten Palatschinken. Die folgende Mahlzeit verläuft schweigend; offenbar sind alle drei mit der Qualität der gelieferten Ware zufrieden.

# Epilog 2

Ungezügelt übergoss die Dusche die beiden Liebenden mit ihrem Wasser: Es rann durch deren Haare, über Augen, Nase und Münder, nahm ihnen die Sicht und oft auch den Atem. So eng, wie man aneinandergeschmiegt war, war ersteres ihnen gleichgültig; letzteres war schon eher unangenehm, da Mann und Frau ohnehin außer Atem waren – doch war dies eine Atemlosigkeit, die sie genossen. Anfangs übertonte das Rauschen und Plätschern das Stöhnen des Duos; schließlich aber hallte das Bad wider von beider Aufschrei. Just wie sich die zwei eher widerwillig voneinander lösten, da vernahmen sie ein anderes Geräusch von außerhalb des Bades.

Die Frau, die sich gerade die triefenden Haare aus dem Gesicht strich, identifizierte es als erste: »Klingt so, als wäre Alexandra aufgewacht. Perfektes Timing!«

Darauf zog der Mann noch einmal die Frau an sich, küsste sie und lächelte sie dann an: »Ich gehe schon; diesmal bin ich dran.«

Damit schob er den Duschvorhang zur Seite, griff sich ein Handtuch, rubbelte sich rasch das gröbste Nass ab, schlang sich das Textil um die Hüften und verließ das Bad. Während sich anschließend die Frau die Haare wusch, lauschte sie auf die Geräusche von nebenan; doch kam der Mann ohnehin kurz darauf zurück ins Bad: »Da braucht jemand frische Windeln!«

Darauf zog die Frau den Vorhang ein wenig zur Seite; so konnte sie verfolgen, wie der Mann das munter strampelnde Kleinkind auf dem Wickeltisch gegenüber ablegte, um dann mit routinierten Handgriffen die Windeln zu wechseln: »Gut machst du das, Enric!«

»Nach drei Monaten Übung sollte ich das wohl können«, erwiderte der Mann, ohne aufzusehen. Nach dem Abduschen verließ auch die Frau die Dusche, trocknete sich ebenfalls rasch ab und wickelte sich ihrerseits das Handtuch um die Hüften. Dann umschlang sie den Mann von hinten, drückte ihren Körper an seinen und liebkoste seinen Nacken: »Ich bin stolz auf dich, mein Sohn!«

Nachdem er den letzten Verschluss geschlossen hatte, drehte sich der Mann zu der Frau um, um Umarmung wie Liebkosung zu erwidern: »Danke, Mama!«

»Bleib lieber bei Diana!«, entgegnete die Frau zwischen zwei Küssen.

»*Diana, la meva Deessa, la Gran Deessa Mare ...*«, bemerkte dazu der Mann. Dann aber meldete sich das Baby zu Wort: Es erblickte die Mutter, lachte glucksend auf, streckte die Ärmchen aus und versuchte, sein Verlangen zu artikulieren.

Der Mann erkannte dies lächelnd und duldete es, dass sich die Frau aus seiner Umarmung löste: »Wie's aussieht, hat Alexandra schon wieder Hunger. Nun, wenn man an diesen Brüsten liegen kann ...«

Während die Frau das Kind hochnahm, lächelte sie den Mann unzweideutig an: »Da lagst du auch einmal!«

»Leider viel zu selten«, meinte der Mann mit gespielter Melancholie.

»Nun, das hast du ja im letzten Jahr ausgiebig nachgeholt«, erwiderte die Frau, während sie das Kind an die Brust legte, wo es sogleich zu saugen begann. Der Mann legte daraufhin einen Arm um die Frau und beobachtete mit Wohlgefallen, wie beider Tochter trank.


### 16 Jahre später

Während die Frau die Beine abwechselnd links und recht dehnte und dabei tief in die Hocke ging, beobachtete sie lächelnd die beiden anderen Personen, mit denen sie sich den frühmorgendlichen Strand teilte: »Nun, alles fit? Heut möchte ich's zumindest bis zur Buhne beim Pinienwäldchen schaffen.«

Die jüngste der drei Sportler, die gerade ihr rechtes Bein nach hinten gedehnt hatte, verlor darauf prompt ihr Gleichgewicht und plumpste in den Sand: »Bis zur ... Hin und zurück sind das glatt zehn Kilometer! Mama, übertreib's nicht!«

Die Frau streckte darauf ihr Bein demonstrativ weit: »Was denn; das schaffst du! Ich bitte dich; ich wünschte, ich wäre noch mal 16 und nicht 50!«

»51!«, verbesserte sie darauf die andere Läuferin grinsend, während sie wieder aufstand und sich den Sand von den Laufshorts strich. »Okay; wenn's sein muss ... Wie sieht's mit dir aus, Papa?«

Der Mann streifte daraufhin demonstrativ sein Shirt ab und hängte es über die Sitzbank, an der er vorher seine Dehnübungen durchgeführt hatte: »Ich bin für alles bereit!«

Darauf richtete sich die Frau grinsend auf, streifte ebenfalls ihr Laufshirt ab und zupfte ihren Sport-BH zurecht: »Hast recht, Enric; das wird wieder ein heißer Tag heute.«

Darauf ging sie zu dem Mann rüber, zog ihn mit dem einen Arm an sich und stupste ihn mit der anderen Hand neckend in den Bauch: »Wollen doch mal sehen, ob du nicht ein, zwei Kilos runter schwitzen kannst! *Ich* habe noch das gleiche Gewicht wie damals, als wir das erste Mal zusammen gelaufen sind.«

Der Mann revanchierte sich, indem er die Frau mit links umarmte, um ihr dann mit der Rechten auf den flachen, bloßen Bauch zu klatschen: »He, das ist nicht fair! *Ich* bin seit damals noch zwei, drei Zentimeter gewachsen.«

»In welche Richtung?«, lästerte das Mädchen. Auch sie zog nun ihr Lauf-Shirt aus – worauf Diana bemerkte, dass sie darunter lediglich den Brustgurt ihres Pulsmessers trug: »Willst du *so* laufen?«

Darauf wendete sich Alexandra ihr zu und stemmte selbstbewusst die Arme in die Seiten: »Was denn? So viel Oberweite habe ich nicht, dass mich das behindern würde – *noch* nicht ... Oder meinst du, ich müsste mich schämen wegen meiner Figur?«

»Nein, oh nein – im Gegenteil!«

»Sag nicht, dass *dir* das peinlich ist!? Schließlich waren wir erst vorletzte Nacht hier draußen nackt schwimmen.«

»Gott bewahre! Aber üblicherweise treffen wir auf der Strecke noch andere Läufer – meistens Männer ...«

Das Mädchen zuckte mit den Schultern: »Die müssten mich erst mal einholen, wenn sie was von mir wollen. Und wenn ... Dann könnte ich mal mein Nahkampf-Training anwenden.«

Und zur Demonstration führte sie prompt ein paar Front-Kicks aus.

»*That's the Spirit!*«, meinte die Frau lächelnd. »Mein Gott, sieh dich an ... Eine junge, wilde Gazelle!«

Auch der Vater lächelte sie stolz an: »Mit jedem Jahr erinnerst du mich mehr an Aquinia.«

Das Mädchen schüttelte geschmeichelt ihre dunkelbraunen Wellen, ehe sie diese zu einem praktischen Zopf zusammenband, wie ihn ihre Mutter schon trug: »Hattest du mit ihr auch Sex?«

Der Mann lachte kurz auf: »Mit meiner Tante? Nein ... Ich war ja sozusagen noch eine Jungfrau, als ich Barcelona verlies.«

Das Mädchen lächelte kokett: »Also, als sie letztes Jahr hier zu Besuch war, da war sie immer noch sehr fesch. Sie fand auch gar nichts dabei, sich neben uns oben ohne am Pool zu sonnen.«

»Freilich«, meinte der Mann stolz. »Sie ist eben eine echte Casals! Aber erstens ist sie verheiratet; zweitens habe ich ja euch beide.«

Damit schlang er nun den rechten Arm um Alexandra, den linken um Diana, um beide fest an sich zu drücken – worauf ihn beide Frauen auf die Wangen küssten.

»Ich hoffe, du hast dich letzte Nacht nicht zu sehr verausgabt? Nicht dass du einen Herzinfarkt kriegst ...«

»Keine Sorge, Mama!«, erwiderte Enric spöttelnd. »Obwohl unsere Kleine eine eifrige Schülerin ist.«

»Ich wusste es«, meinte Diana mit einem zärtlichen Blick auf ihre beiden Kinder. »Enric brauchte hinterher bei mir doch ungewohnt lang bis zum ersten Höhepunkt ... Heute früh ging's freilich flotter! Wie war's bei euch gestern? Ich weiß, Papa hat dich erst letzte Woche entjungfert, wie man so unschön sagt, aber trotzdem ...«

»Ich könnte mich dran gewöhnen«, erwiderte das Mädchen grinsend. »Gestern haben wir die Reiterstellung erprobt ... Mit Wiederholung!«

»Sehr gut! Und, wie war der Höhepunkt?«

»Sagen wir's so:«, erwiderte der Mann, indem er die beiden Frauen noch etwas fester umarmte. »Bei der zweiten Runde lief's fast perfekt!«

Das Mädchen zog schelmisch die Augenbrauen hoch: »›Fast‹?«

»Ein wenig üben müssen wir das noch ...«

Die Frau sah sich suchend um: Man hat den Strand immer noch für sich. »Aber nicht hier und jetzt! Na los, Kinder, ehe ihr noch auf dumme Gedanken kommt! Hinterher geht's dann unter die heiße Dusche ...«

Damit löste sie sich von den beiden, sprintete zu dem feucht-festen Strandabschnitt hinüber, den der sanfte Wellengang geglättet hat, um dann zu einem federnden Laufschritt zu wechseln. Die beiden anderen gönnten ihr einige Schritt Vorsprung; dann folgten ihr erst Enric und schließlich Alexandra in Richtung der aufgehenden Sonne.

~ ENDE ~

»Was? Schon durch?«

Als Conny aus dem Becken des Neuwaldegger Bades zu dem Tisch auf der Terrasse hinüber kommt, an dem ihre Freundin sitzt, legt diese gerade das letzte Blatt nieder. Ehe Tony antwortet, schiebt sie den Papierstapel auf dem Tisch etwas zur Seite, damit keine Spritzer auf ihm landen, dieweil die Schwimmerin sich abtrocknet. Dann wischt die Leserin sich noch mit ihrem eigenen Handtuch den Schweiß aus dem Gesicht: »Uff, in der Sonne wird's immer noch gut warm.«

Sie steht auf, um den neben dem Tisch bereitstehenden Sonnenschirm aufzuklappen. Ihre Freundin verfolgt das grinsend: »Ich glaube, dich bringt weniger die spätsommerliche Sonne ins Schwitzen; eher die hochsommerliche Lektüre, gell?«

»Durchaus möglich«, meint Tony, als sie sich wieder setzt. »Der neue Epilog ist ganz schön ... *hot!*«

Darauf überzeugt sie sich erst einmal davon, dass die beiden benachbarten Tische auf der Terrasse weiterhin unbesetzt sind. An den übrigen der zwölf Tische sitzen jeweils ein bis vier Badegäste, doch die sind mit sich selber beschäftigt und außer Hörweite. Somit schiebt sie die neun Blätter zu ihrer Freundin über den Tisch rüber, um dann ihrerseits einige Runden im Becken zu drehen. Sobald sie von dort aus sieht, wie sich nach einer Viertelstunde auch Conny ihren Schweiß abwischt, kehrt Tony auf die

Sonnenterrasse zurück. »Wow ... Verstehe, was du meinst! In dieser neuen Fassung hat also Álvar überlebt – oder Enric? Bin etwas verwirrt ...«

»Der angebliche Álvar *ist* Enric«, erklärt Tony, während sie sich in ihr Handtuch wickelt. »In Hernos alter Fassung, da offenbart das Álvars Vater der armen Diana; jetzt macht das Enric selber: Seinerzeit, bei diesem Schwimm-Unglück in Spanien, da ertrank zwar in der Tat Alexandre, aber in Wahrheit bei dem vergeblichen Versuch, seinen Bruder Álvar zu retten. Nun, Alexandre war der erklärte Erbe des Familien-Unternehmens; Álvar sozusagen der Reservist ... Da nun beide tot waren, befürchtete der Vorstand des Familienunternehmens, dass unter den Aktionären Panik ausbricht. Um dem vorzubeugen, beschloss die Familie eher widerwillig, so zu tun, als wäre Enric an Álvars Stelle gestorben; angesichts der Ähnlichkeit zwischen den beiden war das möglich. Anfangs machte Enric da halt auch mit; schließlich begab er sich aber doch auf die Suche nach seiner wahren Mutter. Da traf es sich gut, dass diese katalanische Truppe, der er sich angeschlossen hatte, auf ihrer Tour auch nach Wien kam. Da fand Enric Diana, aber er stellte sich ihr als Álvar vor. Das hatte, wie er in der neuen Fassung erklärt, zwei Gründe: Erstens Gewohnheit; zweitens wollte er Diana zuerst als Mensch kennenlernen – und erst danach als Mutter.«

»Dann aber lernte er sie echt gründlich als Frau kennen.«

»Aber hallo! Nun, seine spanische Mutter – eigentlich ja seine Großmutter, aber die einzige Mutter, die Enric kannte – war Ende Fünfzig und eher rundlich, Diana dagegen so völlig anders ... So verschwieg und verdrängte er die Wahrheit, und raus kam's erst, als er sich plötzlich als versierter Schwimmer erwies – ganz wie seine Mutter eben.«

»Ach ja. Aber offenbar hat seine Mutter auch danach kein Problem damit, mit ihm zu schnackseln – und ein Kind groß zu ziehen! Eine Tochter, die schließlich vom Vater-Bruder in die Freuden der Liebe eingeführt wird ... Echt schräg!«

»Schon krass, klar – aber konsequent. Es passt ja zu dem, was sie da letzten Monat bei der Pressekonferenz bei euch im Haus verzapfte.«

»Auch wieder wahr«, befindet Conny. »Hm ... Aber meine Deutsch-Professorin würde garantiert diese Álvar-Enric-Sache bemängeln: Da schreibt Cassie ... Wie nannte die Professorin das? Sie benutzt einen allwissenden Erzähler.«

»Oder Erzählerin.«

»Wie auch immer. Jedenfalls, diese allwissende Erzähler*in* nennt unseren Feschak zuerst dauernd ›Álvar‹, dann aber plötzlich ›Enric‹? Ist das okay so?«

Tony zuckt eher desinteressiert mit den Schultern, nachdem sie sich ihr T-Shirt über den Bikini gestreift hat: »Wen schert's – solang's funktioniert! Tja, vielleicht hättest doch du die Test-Leserin machen sollen?«

»Ach, ich weiß nicht ... Ist jedenfalls echt nett, dass Cassie ihre Anfrage an dich geschickt hat. Könnte fast eifersüchtig werden.«

»Blödsinn. Bestimmt erwartet sie sich von mir, der vorlauten Finsterfels, eher ein ungeschöntes Urteil als von der Tochter ihrer Freundin.«

»Und garantiert zurecht. Also, wie lautet das Urteil Euer Gnaden? Wie war das; was fragte Cassie in ihrer mail? Ob sie beide Abschnitte als Epilog verwenden soll, nur einen davon – oder gar keinen? Wie ist's?«

Aber die Prinzessin holt nun ihre Geldbörse aus der Tasche, die an einem der Klappstühle hängt: »Erst einmal brauche ich was in den Magen; wozu hat uns Dad schließlich den Zaster mitgegeben! Auch Cola und Würstchen?«

»Klar; danke!«

Einige Minuten später kehrt Tony mit zwei Papptellern und zwei Flaschen zurück, und während die Freundinnen dann Frankfurter mit Semmeln essen und Cola trinken, diskutieren sie ihre Lektüre: »Also, wenn das Buch bis zu der Fisch-Attacke unverändert ist, dann sollte die Herno beide Epiloge verwenden«, befindet Tony zwischen zwei Bissen. »So wie sie sind, finde ich. Klar, es ist krass, auch etwas krank, aber eben konsequent. Oder? Was meinst du?«

»Hätt's nicht besser sagen können. Aber da war doch noch etwas, was sie wissen wollte?«

»Sie spielt, meinte sie, mit dem Gedanken, Alexandra noch einen jüngeren Bruder zu verpassen, so um die 14 beim zweiten

Epilog. Der dürfte dann später von seinem Schwesterchen entjungfert werden ...«

»Meine Güte! Also, das trägt echt *etwas* zu dick auf.«

»Finde ich auch. Okay; dann werde ich ihr heut Abend gleich mailen, dass aus unserer Sicht der Schluss so okay ist. Nein, mehr als okay: Er ist passend und wirkungsvoll. Irritierend, aber effektiv.«

»Amen«, erwidert Conny, indem sie ihren nun leeren Pappteller zusammenfaltet.

Tony leert noch schlückchenweise ihre eiskalte Cola, ehe sie fortfährt: »Aber was anderes ist mir noch nicht klar. Diese Sache mit dem Fisch ... Was sollte das eigentlich? Ich meine, warum hat die Herno das in ihren Roman reingepackt? Hat sie dazu nicht auch was in der PK gesagt?«

Conny versucht sich zu erinnern: »Ja, schon. Wie war das ... Angeregt wurde das wohl, meinte sie, durch einen Angriff eines Welses auf einen Schwimmer vor ein paar Jahren irgendwo in Österreich. Sie war sich zwar bewusst, dass so eine Szene in einem Roman unglaubhaft wirken könnte, aber ... Na ja; auf die Motivation ist sie eigentlich nicht näher eingegangen; dann kam man bald auf die Diana-Álvar-Geschichte zu sprechen. Tja ... Meine Professorin würde den Fisch wohl als *Deus ex machina* bezeichnen. Kam vor ein paar Wochen mal im Unterricht vor ...«

»Meine würde ihn eher symbolisch deuten«, befindet Tony. »So wie bei Moby Dick.«

»Symbol für was?«

»Ach, was weiß ich: Für Gott, die Natur, den Tod, das ewig Weibliche ...«

»Wieso das? Das weibliche, meine ich? Hieß der Fisch nicht eigentlich Koloman?«

»Aber der Koch nannte ihn – oder eben sie – Kongji, und das habe ich gegoogelt: Es ist eine weibliche Figur aus der koreanischen Mythologie, und der Koch meinte ja, dass er eigentlich auch den Kaviar von dem Fisch verarbeiten wollte. Und das ist ja ...«

»Sein Laich. Der Rogen. Kurz, seine Eier«, ergänzt das Conny. »Oder eben ihre. So gesehen ... Nun, frag sie doch einfach!«

»Wen? Die Herno?«

»Wen sonst?«

Tony überlegt eine Weile, ehe sie den Kopf schüttelt: »Nein; eher nicht. Erstens reden Autoren wohl nicht so gern über so was; zweitens ... Ist vielleicht reizvoller, wenn man nicht alles so genau weiß.«

Ihre Freundin antwortet nicht direkt, grinst aber vielsagend: »Darauf nochmals Amen!«

## ~ ENDE ~

**Fußnote**

Wie alle wahren Wiener (und Wienerinnen, versteht sich!) werden bestätigen können, existieren die meisten Schauplätze aus diesem Buch auch in der Realität. In einigen Fällen habe ich mir dichterische Freiheiten erlaubt, für die ich um Nachsicht bitte! Die Handlung und alle handelnden Personen sind freilich frei erfunden. Das soll nicht heißen, dass Ähnlichkeiten mit realen Personen bzw. Ereignissen rein zufällig wären ...

# Inhaltsverzeichnis

Fyona A. Hallé

# HOTEL WELT

## Schichten, Schätze & Schulden

Das Wiener ›Hotel Welt‹ ist in finanziellen Nöten; selbst Conny
(13), die Tochter der Besitzerin, muss gelegentlich an der Rezeption einspringen. Im benachbarten Palais des Fürsten von Finsterfels wird gleichzeitig stapelweise Schwarzgeld gehortet. Ohne dies
zu ahnen, freundet sich Conny mit der gleichaltrigen Tochter des
Fürsten an.

Als dann im Park zwischen Hotel und Palais ein Schatz gesucht wird, kommt es im Hotel zum Aufeinandertreffen von Fürst
und Prinzessin, von Hotel-Besitzerin und Tochter und einigen
weiteren Beteiligten. Alles endet mit einem großen Knall ...

*Eine turbulente, satirische Geschichte, in der haute volée und Hotel-
Welt kollidieren. ›Hotel Welt‹ entstand vor ›Kaiserwasser‹, ist somit
kein Prequel im eigentlichen Sinne, sondern eine eigenständige Geschichte, angesiedelt etwa zwei Jahre vor ›Kaiserwasser‹. Erhältlich
(vorerst) nur als Gratis-E-Book!*

Fyona A. Hallé

# TEKAPEK – Die Stiege

Die Familien Heider und Hader werden zu Nachbarn in einer Wiener Wohnanlage. Rasch freundet sich Reinhard Hader (11) mit dem gleichaltrigen Philipp Heider an; auch Lydia (14) und Stefan Heider (4) scheinen sich gut einzuleben. Einigen mysteriösen Vorfällen schenkt vorerst niemand Beachtung. Dann aber wird der Großvater Jakob Heider misstrauisch, und er weiht Reinhard ein: Philipp, Lydia und Stefan sind TEKAPEK. Dies steht für ›Träger extrakorporal aktiver psychoenergetischer Kräfte‹; d.h. die Geschwister besitzen Kräfte, die früher als ›magisch‹ bezeichnet wurden – ohne dass sie davon wissen, und ohne dass sie – vorerst – davon wissen dürfen. So soll Reinhard seinen neuen Freund im Auge behalten, unterstützt von der gleichaltrigen Sigrun. Als die drei Geschwister nach und nach beginnen, ihre Kräfte zu entwickeln, wird es gefährlich für alle Beteiligten – und viele Unbeteiligte ...

Die Geschichte gipfelt in einem rasanten Ritt durch das nächtliche Wien, und erst bei einem Sonnwendfeuer im Prater klärt sich so einiges auf.

*Ein epischer Urban Fantasy-Roman mit Elementen des Jugend- bzw. Entwicklungsromans, angesiedelt im Wien der Gegenwart. Erhältlich nur als E-Book in allen gängigen Webshops.*

»Zusammenfassend: »Harry Potter meets Siegmund Freud« könnte man das Konzept dieses Buches betiteln - etwas überspitzt vielleicht, aber wohl doch nicht ganz unzutreffend? Und wo könnte so ein Buch spielen, wenn nicht in Wien? [...] Kurz: Unkonventionelle, intelligente Unterhaltung für Jugendliche, aber auch Erwachsene!«
*(Amazon-Rezension)*

Fyona A. Hallé

# Durch drei Welten

Andrea Meier (17) schwärmt für ihren Cousin (zweiten Gra-
des) Andreas (23) – doch er nicht für sie. Dann aber wird Andreas
vor den Augen seiner Cousine in eine Parallel-Welt transferiert –
eine Verwechslung mit einem gewissen Andreas Mayer! Verantwortlich sind ein mysteriöser Junge namens Uriel sowie ein ‚Bote'
mit unaussprechlichem Namen, der sich gerne als Vampir gibt.
Um ihren Fehler auszubügeln, schicken die zwei Andrea ebenfalls
in die Parallelwelt. Dort merkt sie aber schnell, dass es eigentlich
zwei Parallelwelten gibt, die unterschiedlicher nicht sein könnten:
Nicht umsonst werden sie auch ›Himmel‹ und ›Hölle‹ genannt ...

*Eine kompakte Funtasy-Novelle, gemixt aus Fantasy, Mystery und
Science Fiction. Erhältlich nur als E-Book auf Amazon.de*